浮云世事改，孤月此心明

孤月渡

下

且墨 著

北京联合出版公司
Beijing United Publishing Co.,Ltd.

第十三章 她在等我

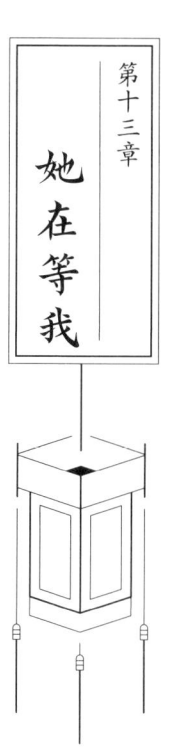

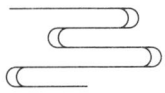

国学府中传得热闹，府外也不见得安稳。

那日乔芜回府后便大哭了一场，后乔府上下皆知内情，但守着话没传出去，直到昨晚好几名闺秀亲眼目睹月陇西搂着卿如是的腰，与她共乘画舫，闺秀们回府后的状态与乔芜别无二致。

坊间亦有不少人证实两人走马观花，登城楼赏烟火，纵马闹市等，基本是坐实了两人有私情的消息。

后又有从国学府出来的落选考生传出两人吃住同院，一同监考七室时便眉来眼去，如胶似漆，这便坐实了卿府一方已首肯这门亲事。

随后，又有考生透露出，前不久郡主娘娘竟亲自入国学府，专门携着月卿两人去卿父卿母的院子，又与卿母一同闲逛说笑，情同姐妹。这证明月府对这门亲事也持赞同的态度。

扈沽城的闺秀为此伤透了心，在府中一通闹腾之后，身为人父的朝廷官员们便也都清楚明白地知道了此事。

月世子可是整个扈沽城的香饽饽，不能将自己的闺女嫁给他，实在遗憾。但场面上的客套还是不能少，于是朝罢后，诸位同僚纷纷献上祝福。

卿父还在国学府里办差事，近期被免了朝事，那他们就只有先恭喜月将军了。

一阵"恭喜恭喜"的客套寒暄过后，月珩笑着狐疑："恭喜什么？"

满朝官员，满城百姓，上下皆知他家即将有喜事，就连皇帝都晓得几分，月珩本人却完全不知。

待听罢原委回到府中后，月珩气得砸了两只白玉杯，企图引起郡主娘娘的注意。

郡主风轻云淡地瞥了他一眼，问："又怎么了？"

"你说怎么？！月陇西呢？！把那小子给我叫回来！看我今儿不废了他！"月珩猛拍桌，"我上回就跟你说过，那丫头绝不能踏进我月府的门！你倒好，上赶着去国学府把那丫头给捂严实了，生怕她嫁不进来是不是？！要不是下了朝旁人跟我说，我还不晓得我们家要办喜事了！现在整个扈沽都知道了，就我这当老子的还蒙在鼓里！"

郡主揉了揉耳，不疾不徐道："坊间要这么传我能有什么办法？你同我发什么脾气啊？我也是今儿个才知道外边都传开了。倒也省事，不必我费心递消息给那些没相看的人家了。也别等过些时候，就这两日吧，咱开始合计合计，寻个有门面的，上门提亲下聘去。"

"做梦！"月珩不可置信地瞪她，"还提亲？我同意了吗？！你说你没办法，你儿子倒是有办法得很！若不是那小子故意的，你当这些消息都能从国学府泄露出去？！一天时间不到就闹得满城风雨，你说这其中没有他推波助澜，当我傻子吗？"

郡主恍然道："哦，他传的啊。"

"重点是这个吗？！我不管，反正崇文党就是不能进我月家的门槛！"月珩执拗地把她手里的书本夺走，强迫她看向自己，"把那个丫头叫到府上来，我亲自跟她说！"

郡主依旧不看他，兀自又把玩起了茶具："难道你没听陛下说，他已经默许这门婚事了吗？"

月珩皱眉："什么？！不可能！"

"你不信的话，自己去问陛下。"郡主悠然一笑，"陛下已经知道她是崇文党，但依旧认可了这门婚事。我早说过，你们月氏总是把不足挂齿的小事顶天了说，明明是你们月氏不开窍地非要死守着腐朽的玩意儿故步自封，却要把这些都归说于是对陛下的忠诚。"

"如今的陛下不是惠帝，也不是百年前任何一位皇帝，月氏猜不到他究竟是如何想的，崇文党也猜不到，幸好，陛下不需要任何人去揣度他的心思。只要他肯点头，月氏娶一个崇文党又有什么关系？既然被陛下首肯过，又何来不忠之说？"

月珩哼声偏过头："妇人之见。就算陛下同意崇文党入我月府，给月氏族中知道了，给外面的人知道了，我的面子往哪儿搁？现如今倒是都来恭喜我，你看等他们知道那丫头是个崇文党之后，会不会暗地里嘲讽？"

"靠这个挣来的面子值几个钱？只要把婚事办得体面，谁又敢嘲到月府来？"郡主抿了口茶，自得地笑，"既然你说是陇西耍的手段，那想来他也是等不及要把人娶回家了。反正都传开了，不如借机上门说亲，还能落个佳话。"

"呵，佳话？我若让他如愿，那就是脑子进了水！"月珩冷笑一声，起身走到门口，唤来一旁的小厮，嘱咐道，"去国学府，把世子和他院里那丫头一道叫来！"

这话传到卿如是耳朵里的时候，天色已暗沉下来。她晨起便听到了府里传的闲言碎语，一直等到晌午，父亲母亲也不曾来唤她去说话。

难道父亲母亲知道她答应嫁给月陇西的事？他们竟然不唤她去问问话吗？莫非月陇西在跟她订好合约之后就跟他们讲过了？

百思不得其解，没等来卿父卿母，却等来月府的小厮，说要请她上门做客。

她以为是郡主娘娘要见她，便随意寻了个丫鬟去告知卿母，而后就与月陇西一道上了马车。

月陇西的神情稍有凝重，一路都在沉吟，临下马车时对她说了一句话："一会儿，恐怕要委屈你一下了。"

卿如是尚未来得及深思这句话的意思，也没机会问出口，人已经到了前厅。

她先看到的不是郡主娘娘，而是坐于主座的月将军。

他眸色冷沉地打量着步步走近的她和月陇西，端起茶不紧不慢地喝着。心想待他们走近，便把这茶杯砸在两人面前，摔个稀巴烂，先立个威。

月陇西和卿如是站定。

不待月珩发怒摔杯，月陇西先拂起袍角，不带半分犹豫地往地上一跪，恳切道："父亲明鉴。孩儿与卿卿，昨晚已有夫妻之实了。"

"噗！"月珩刚喝进去的一口茶径直喷了出来，准备砸到地上的茶杯还没离手，因他一激动，在掌心捏得粉碎。

卿如是闻言机械地低下头，看向身旁的人：你扯什么犊子呢？？？

月陇西拽着她的手，径直拖下来与自己并肩一道跪稳，对她道："卿卿，快，叫父亲。"

默然一瞬，卿如是："父……父亲……"生而为人，形势所迫。这下她可明白方才月陇西那句话是什么意思了。

她还真敢叫？！一个敢唱，一个敢随。

月珩瞧着笔直跪在面前的两人，清一色的倔强神色，他一口气没提上来，噎在喉咙里，闷头呛咳出声。

原本在心底演练过的流程统统搬不出来，月珩咬牙拍桌站起，并住双指颤抖地指着月陇西，想骂他个混账玩意儿。

尚未出口，月陇西先一步道："父亲，木已成舟。孩儿和卿卿只不过是两情相悦，情难自抑。望父亲体谅。"

"体谅？！我今儿个把你废在这儿，也说是难以自抑让你体谅，你体谅吗？！"月珩冷笑一声，没听说过做出这种伤风败俗的事还要体谅的，简直滑天下之大稽！

他自幼在军营长大，脏话学了不少，但念及卿如是好歹是个姑娘，便忍住了当场把月陇西骂个狗血喷头的欲望。继而咬牙指向卿如是，想说她一个女孩子家家怎的这般不知廉耻。

月珩的话还未出口，月陇西再次抢先招认道："是孩儿强迫她的，与她无关。"

一句"不知廉耻"又哽回了喉咙，月珩满脸不可置信地盯紧他，面目几乎是狰狞的，他匪夷所思地道："听你这语气，你还挺自豪是吧！"

卿如是悄悄侧头去看月陇西。

只见他神情庄重，似乎是意识到了事态的严峻，沉吟片刻后，他道："暂时没有。"

月珩一瞪眼：暂时？！

月陇西在月珩猩红的双眸注视之下，不怕死地说完了后半句："但卿卿若是就此怀上月家骨肉，那……恐怕是有些自豪。"

"还恐怕……那我是不是还得要恭贺你当爹了？！"月珩气极反笑，拿起桌上方被捏碎的半个茶碗往他面前一砸，不过瘾，又搬起椅子避开两人摔了出去，"你简直……简直混账！"

"砰"的一声巨响，卿如是骇了一跳，肩膀不自觉地耸了下。身旁的人便默不作声地牵过了她的手，似是安抚。

这无言的动作落到月珩眼中，又是一通火上浇油，他气得都不知道该从哪个开始骂。他瞪着两人，咬牙直咬到腮帮子疼，好半响憋不出一句话来。

眼看彼此间的沟通到了瓶颈期，卿如是估摸着自己是不是也得说点儿什么好，虽然可能并不会缓和尴尬的气氛，但这不是重在参与嘛。

卿如是措了措辞，低咳了声，小心翼翼地道："伯父，您先消消气。这件事是我们不好，但您也是从这般冲动的年纪过来的，能不能试着理解理解我们呢？您不妨再往好处想一想……这……这不是就给您添了个儿媳，兴许还添了个孙子了吗？"

卿如是活这么久就没对月家的人这么卑躬屈膝过，自己究竟跪这儿跟着月陇西遭什么罪。

然则，她不提"儿媳孙子"这茬儿，月珩还能自个消气，她一提，月珩脑子里瞬间蹦出"崇文党""嫁入月府""满城流言蜚语""群臣恭贺"等字眼，一时就只想打死月陇西！

他抬眼一看,这混账居然还在笑?他还有脸笑?

"你真是被惯得无法无天!"月珩想弄死他的心都有了,当即大喝,"我刀呢?!把我的刀拿来!我今天就要剁了你!"

月陇西立即正色,跪得笔直,说道:"父亲就算杀了孩儿,孩儿也要娶她。如今扈沽城上下皆知我月陇西要迎娶卿如是过门,父亲若不答应,那就是执意要让别人说我们月府言而无信、薄情寡义。"

"你可真不要脸你!"月珩想一脚窝心给他踹过去,既怕给他踹坏了,又怕把旁边的姑娘家吓着,生生憋得自己打了个趔趄,栽倒在椅子上,气得发抖,"你还知道外边都传得风风雨雨!先斩后奏,倒是把朝堂上这套摸得挺透的!混账事都是你做的,却要月府跟着受累?!你怎么这么能耐呢!"

月陇西抱拳,平静道:"也都是父亲您平日里教导得好。"

卿如是慢吞吞地转过头看了他一眼:你怕是嫌事不够大吧。

果不其然,月珩听完他的话后气得又砸了另一把椅子。

他在两人面前踱来踱去,最后站定在月陇西面前,一把揪住他的衣襟,怒吼道:"你也就敢搁我面前说,你试试要是搁卿府的人面前说,不害得她被她爹娘打死!女子尚未出阁就被……我月氏百年大族也就出了你这么一个不要脸的!你没事跟人家耍什么流氓?!"

卿如是在一旁"噗"的一声听笑了,愣是咬着牙不敢放肆。

听见笑声,月珩松开他的衣襟,转头要去坐,这才发现主座两把椅子都被自己砸了,只得坐在侧旁位置,猛灌茶水歇火。

须臾,百般寂静中,月陇西又有话要说了。

只见他不疾不徐地拂齐整了衣襟,恭顺道:"孩儿方才自省一番后,认为父亲说教得是。既然如此,还请父亲为我们保守秘密,不要将此事告知卿伯父和卿伯母,以免招来不必要的麻烦。孩儿会以最快的速度将卿卿娶进门,届时父亲就不必担心了。"

"我!"月珩刚歇下去的火又被撩拨起来,再次顺手将茶杯砸出去,摔在两人面前,"你休想!你长这么大了女人的手都没摸过一下,你能把人给怎么着?嘴里的话是不是真的还不晓得,就想着要速速完婚?你做梦!"

"好歹卿卿也是二品大员府上的千金,总不好寻人给她检验吧?"月陇西泰然,"父亲若是不信,尽管放着此事不管,且看两三月后卿府会不会寻人来找我们的麻烦。反正孩儿昨晚趁着月黑风高做了些什么,孩儿自己心里清楚得很,孩儿不敢赌,就看父亲敢不敢了。"

"我今天就要把你给弄死在这儿!"月珩猛地站起身,"家法伺候!家法伺候！给我把棍子拿过来！我打死这个逆子！"

周围的小厮和婢女早被郡主遣散了，一来怕他们听去这些不该听的话出去乱嚼舌根，二来便是怕月珩气头上想着要动用家法的时候，真有人给他递个什么鞭啊棍啊的。

她在屏风后边听得够久了，笑也要笑岔气了，这厢才慢悠悠地出来，先看了眼跪着的两人，示意他们起身，又看向火冒三丈就差掀了房顶的月珩，从容道："有我在这儿，你敢动我儿子试试。"

说着，她朝卿如是招了招手，待人走到面前了，她褪下腕上的玉镯，给卿如是戴上，柔声道："这是我与你伯父大婚之日，我婆母赠予我的，现在转赠给你。如此，你跟陇西的事也是板上钉钉了，别怕，不会让你爹娘知道的，都是陇西的错。我那日跟你娘说好了，等过了国学府选拔这一阵，就上门提亲去。"

卿如是微睁大眼：她们说好了？母亲怎么也不同她讲呢？难怪今日闹得沸沸扬扬也不见把她唤过去问话。

这厢刚温言温语地说上两句，月珩愤然打断道："我看你也是活回去了！这种事你们也能私自说好！你把我放在眼里没有？！"

郡主皱眉不满，说道："事已至此，你想怎么样？你儿子做了错事就得负责到底，又不是瞧上了个不入眼的腌臜人物，如是这门也当户也对，没得你挑的。你再气也不过是自个儿找罪受罢了，生米已经煮成熟饭，除了紧着上门提亲，你能想出个别的法子来？"

月珩是真噎，哽得心绞痛。他的确没别的法子，给官家千金验身的事他万万是做不出来的，且他再如何排斥崇文党，心底也不屑让个小姑娘家受这种羞辱。

他唯一能想到的法子就是往死里揍月陇西一顿出气。但郡主拦着不让，他其实也怕自己常年征战手底没个轻重把人给打坏了，便顺着郡主给的坡下来。

打不能打，娶还得娶，月珩最后只能活活把自己给气死。

他哼声甩袖，坐在一旁生闷气。心底还想着朝堂上那些惯是爱揪着他等看笑话的死对头，这丫头是崇文党的消息若是传出去了不知道都会怎么看他。

越想越气，他瞧着月陇西奉承地给郡主倒茶的模样，只想一脚踹过去。

兴许是他怨毒的眼神过于明显，月陇西感受到了，提着茶壶给他也倒了一杯，还似笑非笑地道："父亲请用茶。"

月珩看着他那晃眼的笑就嫌硌硬，咬牙道："把人送回去，你再给我过来！"

没准儿是有私房话要避开她这个外人讲，卿如是自觉道："不必送的，伯父，我能自己回去……"

月珩没回答，倒是对着月陇西一通吼："去啊！"

再如何对崇文党恶语相向，月珩也担忧卿如是自己夜里回去会有危险。郡主明白他的意思，唇角浮起一丝淡笑。

月陇西得令，牵过卿如是的手往门外走去。

方踏出正门，卿如是就甩开他的手，狠狠踩了他一脚，脚留在他的脚背上使劲蹍，咬牙道："月陇西你不要脸！"

月陇西单足立地，屈腿抱着膝呼痛，嬉皮笑脸地回道："脸不重要，能解决问题就好。你看，本来挺麻烦个事，轻松就解决了。"

卿如是蔑他一眼，自己往马车上面爬，边爬边嘀咕道："你早说你爹不同意，我也就不答应跟你合约了。如今倒是骗了过去，后面我们抱不出个孩子来，不知道有多麻烦。"

月陇西挑眉，跟着她坐上马车，语重心长地道："抱不抱得出孩子，可不一定。"

"你说什么？"卿如是以为自己听错了，瞪着他道，"说是假的就是假的，既然是假的，你别妄想我还给你留个子嗣再走什么的。"

月陇西眸中狭光微敛，缓缓看向她，轻笑道："话可别说太满，万一后来有一日，你对我死心塌地了呢？怦怦啊，你不觉得自己的芳心正在被我俘获吗？"

他不过是随口一说，逗她来的。卿如是却不自然地眨巴了下眼，转过头去不理会他了。

他忽然喊她"怦怦"，她的心竟真的跟着怦然一动，明显与寻常不同的心跳节拍，让她不容忽视。

须臾，她涨红了脸，憋出一句："你是君子，就该有君子的样子。别胡说八道的，讨人嫌得很。"

月陇西撩起两侧的车帘，观赏外边的景色，暂想不到该要如何回她。

直到马车驶过廊桥，他依稀瞧见几个十三四岁的小姑娘正在踢毽子玩，看了一会儿，他笑了，悠悠地道："我早不是君子了。我不过是个初逢春景就陷了进去，且一生无法自拔的少年郎。"

"你看那里。"不待卿如是出声，月陇西勾手示意她靠过来，并指着廊桥处对她道，"刚刚那里坐着位读书的少女，天黑了，她须得赶回家去。我猜下边画舫里的少年藏在那处将少女瞧了一整天了。而今少女回了家，少年恐怕是要相思成疾。"

卿如是狐疑地伸长脖子瞧，问道："那少年为什么不追上去问清楚姑娘家在何处，芳名为何？"

"你说的是，他应该问问的，否则也不会经此一别就害上相思。"月陇西笑了笑，也不晓得是在笑那少年，还是在自嘲，"但须知这世间还有'情怯'二字。就算再来一遍，我料定他也还是问不出口。好在缘分这东西甚是微妙，信则有，不信则无。少年若能和少女再遇，那就祈愿他们会在一起。"

卿如是趴在窗框上，忽然就想到了那个人。

前尘往事合该混入风烟里，早些散了才好。可自打她明白了那人的心意，好像再不能将他从自己的记忆里抹去了。

难怪他当年不曾在廊桥追问她的姓名住处。

难怪他宫宴那夜会对夫人说："就当作是那年杏花微雨，初逢良人之时。"

原来在有情人的眼中，最值得惦念的便是彼此初见的模样。倘若初见不能问出名姓，那就祈愿他们再见，祈愿他们相守。

卿如是盯着廊桥上被一盏盏点燃的灯，轻道："我好像有点儿明白，你祖上为什么要把他惦记的姑娘藏在心底那么久也不肯说了。"

月陇西简直怕了她的"明白"二字，笑道："你且说说看。"

"不就是情怯嘛。"卿如是闭上眼，临着风，深吸一口气后道，"有些东西，不说破的话，尚且能维持，稍有变动就不一定是原来的样子了。因为太害怕比原来的样子更糟，所以干脆就维系现状，不去打破平衡。他能心底惦记着，总比……"

她顿了顿，微有愧色，低声道："总比连惦记都不让他惦记的好。"

是啊，卿如是终于认清了一个事实。以她的性子来说，若在当时晓得月一鸣对她有意，八成会厌烦到不准他惦记，不要他喜欢，不允许他碰，恨不得与他划清界限，永无往来。

月一鸣似乎比她还要了解她自己。

他也想过要说，就在他们洞房那晚，他情真意切地说出"心底藏了一名女子"，却被她不耐烦地敷衍过去。她的抵触，想来也甚是诛心。

不知道究竟要有多不关注一个人，才会完完全全不晓得这人喜欢的是谁，藏的是谁。就是一丁点儿都不在乎，才会觉得与自己无关。

也正因为此，他再不敢说，甚至不敢借由夫人之口告诉她。

夫人想暗示她，她自然也是从未放在心上的。听过便罢，再不多想。

月陇西的确是想借画舫的少年和读书的少女让她明白当年的"情怯"之故，却没寄望以她在这方面的领悟能力真的能想通透，如今听她说来，句句说到心坎上，他欣慰得很。

更欣慰的是，她话中隐有的意思是说，她已完全相信，月一鸣心底那位姑娘就是她了。且认真地将这件事放在了心上，会仔细揣摩，会拿来回忆，会斟酌他当年说过的字句。

反正，不再是从前毫不在意的模样。

一时，月陇西忍不住笑了，哑声道："你说得对。他是情怯，我也是这么想的。"

卿如是叹道："饶是你祖上可怜，可月氏的一桩联姻，害的也不止你祖上一人。"她想到同样不得与良人厮守的夫人，和宫宴上吹响清幽小调的那个男子。

既然月一鸣能体会夫人求而不得的苦楚，既然月一鸣在秦卿死后仍旧一心为她完成修复遗作的夙愿，既然他与女帝里应外合扳倒惠帝，甚至施计夺得当时月氏的掌控权，借女帝的手杀族人为她报仇……既然他放不下她，又为何会与夫人诞下子嗣，甚至传出伉俪情深的佳话？

月一鸣早知道秦卿不会给他留下子嗣，倘若真在乎那孩子的有无，早些年她还没进门的时候便该同夫人生了。为何偏要等到她死后，正是悲痛欲绝的时候？

她还是想不通。

月陇西知道她在想什么，他也盘算着这回又该如何让她明白当年夫人之事。一时还没个思绪，只得先作罢。

马车停至国学府，他没急着走，跟着卿如是下车，将她一路送回了竹院，叮嘱道："我今晚也许回不来，你早些睡，不必等我。"

膨胀了，飘了。他脱口便后悔，自己竟然能理直气壮地说出"不必等我"此等自作多情的话。想来真是近日与她过于亲近，得她喊了夫君，又面见了父亲，以为她的芳心逐渐被自己俘获了。

说完，为免尴尬，他轻笑了下，挑眉道："知道你不会等我，我随口说的。若是真会等，那我今晚一定回来。"

卿如是莫名其妙地瞥他一眼，随意"嗯"了声。

却教月陇西十分在意"嗯"是什么意思，故作轻佻地问："那你究竟是会等，还是不会等啊？"

"你不回来我等什么？"卿如是狐疑看他，稍一顿，又撇过脸去，"你若回来的话，我便等一等吧……反正睡不着。"

月陇西笑道："嗯。"

他舍了马车，径直骑马返回。

月府中，月珩还在正厅里等着他，听小厮报告他已到府门的消息后，便站起身来，手里紧捏着一根长鞭，背手面向门外。

揍是怕没个轻重不敢揍，使唤鞭子打还是要打的，不然他这气还真找不到地方撒出去。

月陇西心底早有准备，晓得自己回来不是听什么避开卿如是的私房话，而是真真正正来挨打的。就算是郡主也得适当顺着月珩的意，要不然这气真全让月珩受了，卿如是以后就得吃苦头了。

月陇西远远瞧着那鞭子足有婴孩臂弯一般粗细，心底暗叹了声真狠。

毫无怨言，他进屋便撩袍跪下了，与卿如是在时截然不同的态度与神情，认真且恭敬道："请父亲责罚。罚完，便顺意让孩儿娶了她吧。孩儿是真心喜欢她的，非她不可。也请父亲日后莫要为难她，若她做得有不合意的地方，您便一道都打在我身上吧。"

语毕，他修长的手指轻扯了腰带，将外衫脱下来，扔到一边去。

"行。"月珩咬牙点头，就没打算跟他来虚的，不再多言，抬手挥起鞭子往他身上狠抽。

力道大，鞭子粗，一鞭就将他打得皮开肉绽，薄薄的衣衫透出血来。

郡主就站在屏风后瞧着，神色怅然。身旁的嬷嬷低声道："老爷下手这么狠，您怎的也不拦着？世子细皮嫩肉的，自小就被您护着没挨过打，这一顿下来还不晕过去？"

郡主沉吟着，低声说："你不明白，唯有真情动人心，他不挨打，怎么教老爷知道他是情真意切。老爷若不知他情深，往后如何善待卿家的女儿。他也晓得自己是回来挨打的，我拦着是没用的。"

一顿，她示意道："你去把他的房间收拾收拾，他今晚肯定要住下。打得这么狠，马都骑不了了。干脆养两日再遣人送他回去。"

嬷嬷答应下来。

她们这厢说着话，视线也不曾离开正厅。

月陇西被打得额间冷汗狂下，却依旧一声不吭。血腥气已然充斥着整间屋子。

一鞭又一鞭，他也不知道湿润的衣衫究竟是汗湿的，还是血浸的。

月珩几乎是拿出了方才砸桌子摔椅子的气势，没个完。

浅色的衣衫血迹斑斑，沾到长鞭上，月珩瞧见了，终于颤抖着臂膀，手软了。

鞭笞声停了下来。不多不少，拢共二十鞭。

月陇西抬眸，低哑着嗓子，不知是玩笑还是认真的："不再多来几鞭吗？她性子活，恐怕以后招惹您的地方还挺多。"

月珩被月陇西刺激得脑子一火又想打，生生抑制住了。他端凝着依旧将背挺得笔直且眉都不皱的月陇西许久，最后将鞭子甩在他身前，拂袖离去，只沉沉留下一句："擦药去吧。"

月陇西默然，心底一口气舒出来，想要起身，牵扯到鞭伤，忍不住倒吸冷气。郡主和嬷嬷从屏风后出来，赶忙唤小厮搀扶他回房。

"不回房了。"他紧皱着眉头，一鼓作气从地上爬起来站稳，又弯腰捡起一边的外衫穿好，一系列动作做下来，颈间的汗又冒出几层，伤处却已疼到近乎麻木。

嬷嬷急声道："世子，你走这些日子只不过落了些灰尘，已经安排人给收拾好了！怎的不回？！"

他抬了抬手，踉跄了一步，随即又如常地往门外走，唯留下一句："她还在等我。"

心猿归林，意马有缰，此后他也是有人管的了。

街道宽敞，人影稀落。月陇西纵马狂奔，几乎飞啸而过，仅有的三两人愣是没能看清纵马的人，唯有马过时闻到一阵掺杂血气的冷梅香。

不消多时，月陇西便回到国学府。

卿如是坐在他房间里，撑着脑袋读书。

读得快要睡着时，被一道猛撞门的声音惊醒。刚起身就被人紧紧揽住，浓烈的血腥气扑鼻而来，不待她反应，自己已经被前推的力道一把按倒在床上，惊道："欸欸欸？？"

身上压着的人似乎对自己如同烂醉般的沉重无知无觉，且完全没有起来的意思。

卿如是拧眉，微有恼怒，道："你……你给我起来啊！你不知道你……"

"你还在等我？"不等她骂，月陇西凑在她耳畔轻问，声音有气无力。

卿如是闻到他身上强烈的血腥味，没有作声。

他轻笑了下，把下颌抵在她肩膀，偏头去抿了下她的耳垂和冰凉的耳坠子。

须臾，哑声跟她说："怦怦啊，我回来了。"

卿如是稍一思忖也猜到是怎么回事了，难怪他说今晚可能不回来。都伤成这模样了，还回来做什么……

均匀的呼吸声缭绕在耳畔，卿如是怔然听了会儿，耳梢滚烫，衔着坠子的耳垂也热意融融，不知是羞的，还是被他温热的呼吸染的。

听得久了，竟觉自己心跳得有些不寻常，不知道压在身上的他感觉到了没有。

卿如是不自然地挪了挪身子，细微的磨蹭后，耳畔的气息便略微粗重了些。

她以为是牵扯到了他的伤口，便不敢动了，只拿手指戳了戳他的肩膀。男人低哑的嗓子轻"唔"了声，随即将她搂得更紧。

"你的伤擦过药了没有？"被禁锢住的臂膀和腰有点儿疼，卿如是也顾不得和他计较，偏头避开他的呼吸，低声问道。

陡一偏过头去，就有凉风在颈间兜转，月陇西感觉到方才的温暖被风消逝，不禁蹙了蹙眉，又紧追着凑过去贴她，用唇边摩挲她的颈子和锁骨间的窝心。

一阵奇异的酥麻感浮上来，卿如是鲜有地没动，愣愣地盯着帐顶，下意识屏住了呼吸，任由他摩挲。

须臾，月陇西的鼻尖轻抵在她的耳郭，呼吸都在她的耳后，尚来不及追究他粗重的呼吸在挠她耳后的痒，便又觉得他的唇衔住了她的发丝，轻轻拉扯着，不痛却痒的力道。

继而有三两根发被他纠缠入口中浅报着，他唇舌的凉意和湿意就好似穿透了发，一直传到她的头皮，让她浑身都绷紧了。她想要推开，又久久没有动作。

"月……"她好容易让僵硬的身体复苏，发出一字单音，却没想好要说什么。

机会稍纵即逝，月陇西用右手捂住了她的嘴。

卿如是蹙眉，眼前的光亮也逐渐被遮掩。他的左手捂住了她的双眼。

月陇西想吻她，隔着手覆上她嘴唇的位置。

两人的鼻息交缠在一起，他沉浸了会儿，稍松开唇，将左手手指开了些缝隙，看见卿如是的眼睛就在自己手心下边眨呀眨。

不知凝视多久，他弯着眉眼笑起来，几乎无声道："我被打糊涂了……疼着呢。你要不帮我上药吧。"

说着，他慢吞吞地从卿如是身上爬起来。

卿如是站起来，低头瞧他，这才看清他衣衫浸出的血迹，一时间心情复杂。

月陇西瞧她神情木讷，低头自己看了眼，笑道："心疼吗？脱了给你看，更令人心疼的还在后边。我专门留着没收拾，好带回来给你看的。看看这惨不忍睹的血色，是不是心疼极了？"

卿如是：方才有点儿，现在不了。

听他的语气，被打成这副德行留着没收拾竟还有点儿小得意怎么的？

月陇西解开腰带，毫不犹豫地脱掉衣衫，露出鞭痕，纵横交错的血条子挂在白皙细嫩的皮肉上。他抬眸，颇有几分迫切地看向卿如是，期待她的反应。

卿如是的心到底还是跟着抽搐起来，好歹他是为了达成合约娶她进门，才受的这个罪。本来因为他跟他爹娘说胡话的事，还有些生气，如今便不跟他计较了，姑且算扯平吧。

她这厢尚且还自责着，目光无意一挪，瞧见了鞭痕掩盖下的腹肌。

线条流畅，起伏连贯，曲直有度，瞧着既坚实又富有美感。硬块相接的凹窝处沾着几处血点子，白皙的肌肤与鲜艳的血色相映，为他平添了些肃杀之气。

只是他的眼睛此时不够凌厉慑人，倒尽是脉脉温情。

如此，反而与身体的血色形成反差，使他显得有些神秘。无可否认的是，这很令人着迷。

上回用蒲扇给他扇风的时候卿如是也看见了，却没太在意。或者说，她因为自幼和男人混一处的缘故，当时的心思根本不在这男人的身体上，所以没留心。

此时也不知怎么回事，盯着那片带着血意的山脉，就颇为脸热，不期然地羞红了两颊。眼睛也不知道往哪里落，躲闪吧显得心虚，不躲闪又显得她不知羞。

踌躇着，她的眼眸下意识忽眨忽眨，不经意地在他腰腹处瞟过来瞥过去。

月陇西瞧见了，翘起嘴角，撩开一些遮掩在腹肌上边的头发，然后把双手撑在身后，仰头望向她，迅速朝她的眼睛吹了口气，待她错眼回神时，方用慵懒的调子同她笑道："怎么了？"

卿如是涨红了脸，别过头羞恼道："没怎么。"

"没怎么？"月陇西直勾勾地盯着她，逗她道，"这都没怎么，是不正常的。"

卿如是低咳一声，掩饰尴尬。其实她也不是没摸过，但上回是她中了药之后神志不清，抱着他摸的，早忘了是什么感觉。且那时隔着衣裳，没有直接触碰。

她的思绪还周游在此，忽觉被人握住了手。

她一吓，定睛看去，月陇西牵起她三根指头，轻轻捻揉着，视线却落在她的脸上，神色端凝。

"帮忙擦药，好不好？"他一边正经地问，一边掰弄着她的手指头，拉往自己的伤处。

卿如是没有察觉到自己的不排斥，跟随他的牵引弯下腰来。因为月陇西一手撑在身后，做着类似斜躺的姿势，卿如是不得不用另一只手撑住床沿。

指尖尚未涂抹上药，就被带着一点点地去接触，滑到有血滴飞溅的相接的线窝处，不慎碰到伤痕，她听见月陇西闷哼了声，却把她的手握紧了。

最后，月陇西覆盖住她的手背，一起落在伤痕上。

压住伤，他痛得很，但一边痛，一边狂乱不止地心悸。

就想带着她的手如此周游。他也的确是这么做的，不知不觉间，缓缓牵引着她的手……

手心感受到的温度逐渐变热，卿如是不清楚那是自己的手在升温，还是他的肌肤在升温……此时这些似乎不重要。她忘了一切规矩，只想荒唐地随心而动，甚至忘记去想一想为何心要这么做。

月陇西的喉结微滑，抬眸凝视着神情恍惚的卿如是，手指却不动声色地挑起她的食指，偏用她的指尖去钩住系绳，然后指压着指，带她拽开系绳。

系绳一松，他的禁锢也就松了。

她竟然还没回神。

月陇西的胆子更大了起来，一边注意观察她细微的表情，一边覆住她的手。

掌心升温，卿如是的眉尖轻动。她猛然回神，倏地收回手，转过背去。耳梢脸颊齐齐烧透。

卿如是兀自尴尬懊恼，想回房去避开他。

"欸……咳。"月陇西握拳抵住唇畔轻咳了声，喉结微滑，又伸出舌尖抿了下唇，赶忙分散她的注意力，挽留道，"药……在柜子里。你也看到了，我被打成这样，不擦药是不行的。"

卿如是没好意思转过来面对他，心底暗骂他浪荡轻浮，顺道连自己一块儿骂。但总不能真的不帮他上药，只得径直往柜子走去，低头在抽屉里翻找。

月陇西嘴角微翘起，三两下除掉亵裤，丢到床角去，拿被子把下身遮掩住，指挥她道："青色的瓷瓶里就是。旁边的小匣子打开，拿些棉花和纱布。"

卿如是依言把匣子和药瓶都拿了过去，蹲在床边不敢看他。她细心倒出瓷瓶里的白色细粉，积于掌心，另一只手拿起棉花蘸了些。

她嗫嚅道："你转过去。我给你擦背上的，其他的你自己擦。"

"嗯？"月陇西挑眉，"你觉得我这要死不活的样子，还能自己抬手上药？我不行的，恐怕要麻烦你一并都承包了，辛苦了。"

"你刚刚不是还能撑着床耍流氓吗？"卿如是嘴上虽这么说，但考虑到他能支撑这么久跟自己耍个流氓也委实不容易，便站起身，屈起一条腿跪在床上，坐于小腿和脚跟，抬手给他抹肩上的伤。

前世她也会给月一鸣擦药。他吆喝这儿吆喝那儿，一会儿说轻一会儿说重，让人实在不知究竟要如何掌握那个力道。

每回她都很不情愿给他上药，但念着都是他跟自己练鞭子受的伤，让别人上药瞧见这般惨状，指不定背地里怎么传。且月一鸣央着非要她给擦，她没的推辞。

月陇西倒好，安安静静的，没那么多要求。就是这眼珠子可以不必看向她的话，就更好了。

卿如是埋着头，不跟他对视，认真做着手里的活儿。

半晌，他上半身就擦完了。她如释重负，伸手把药和棉花递过去，意思很明显：剩下的你自己来。

月陇西故作柔弱道："没有力气，手抬不起来。不瞒你说，我自幼锦衣玉食，不曾给自己上过药，都是别人伺候的。"

卿如是想着他那位故人丫鬟，把药瓶放在柜上："那你且寻人伺候吧，我不伺候。"

月陇西一把拉住她，笑道："这如何能叫作伺候我。以后我们就是夫妻了，这些事不就是日常吗？"

"是假的。"卿如是纠正道。她撇开他的手，再次不情不愿地拿起药瓶，往自己掌心倒了些细粉。

她的余光瞥见床角处不知何时落着他的衣裤，心觉哪里不对劲。

尚未反应过来，她已蹲下身，正打算掀开锦被，稍一顿恍然反应过来，霎时瞪大了双眼。

电光火石间，月陇西一把拽过目眦欲裂眼看就要惊叫出声的卿如是，在她开口前捂住了她的嘴，并将她压在身下，另一只手掀起大被，胡乱一裹，两人都掩于锦被之下。

卿如是此时的心情可以勉强用惊魂未定四字来形容。她瞪着月陇西这张俊美无瑕的脸，再回想方才反应过来的事。

她眼珠子都快瞪出来了：龌龊！卑鄙！无耻！

"嘘……"月陇西示意她噤声，语重心长地道，"想说什么都忍一下。你是要让附近所有人都知道我俩深更半夜不睡觉，净顾着玩乐？届时会被人拉出去打吧？我可不会保护你，我会推你出去扛罪。"

卿如是抬腿想踹他一脚，被他反应灵敏地先用膝弯压住了。

险被踹中的月陇西还含着些许不可思议的意思教育她道："你这人，怎的这般无耻？"

卿如是眼眸虚闪了下，以为自己听错了：他刚说谁无耻？谁？？？

"前脚聊得好好的，后脚就想掀我被子。你知不知道，你刚刚吓了我一跳。我这么清清白白的男人险些这般被你看光身子，你说你无不无耻？"月陇西攫住她的下巴，打量她饱满的朱唇，漫不经心地道，"跟你好好地说话你也不听，苦口婆心正说教着，就想趁我不备偷袭我？你自己好好地反省一下，这事是不是你无耻了。"

"清清白白一个男人？"这种话他都说得出口，卿如是简直想一拳头捶死他，"谁让你把衣服脱了的？！"

"我不脱怎么上药？"月陇西单手按在枕上，撑起身体向下看了眼，又压回去，挑眉看她，"那衣服就丢在床角的，我不信你没瞧见。我看你分明就是故作不知，意图轻薄我。"

卿如是瞪着他看了半晌，忽地冷笑一声："月陇西，我服了。你可真得劲。"学到了你祖上的精髓。

月陇西笑了笑，继续用拇指摩挲她的唇，分析道："昨儿个抹的胭脂色太深了些，不适合你。我觉得你应该抹些石榴红，或者朱砂红，还有檀色的……我们成亲那日，你想用什么颜色的唇脂？"

方褪去些血色的脸蛋又被他问出羞意来，卿如是一怔，意欲敷衍过去："到时候再说吧。还早，又不急的。"

"还早？"月陇西举起她的手腕，伸出指头摩了摩上边的镯子，"我娘把镯子都传给你了，如何还叫早？我前些时候已经寻人看过皇历了，下个月的十七日是好日子，那天提亲正好。"

"提亲还看好日子的？"卿如是想说她虽没嫁过人，但好歹看过别家姑娘正经出嫁，只晓得定下婚期时要看好宜嫁娶的日子，提亲哪有这规矩？

月陇西把玩着她手腕的镯子，低声道："万一触了霉头，正赶上你临时反悔怎么办。"

卿如是不吭声了。

"我打算在提亲后的一月之内与你完婚，正好在我生辰之前。"月陇西抬眸看她，眸光潋滟，"你觉得如何？"

一月内？卿如是觉得时间略有些急，不过也正合她的心意，毕竟他们成亲是为了各自清闲，忙活修复遗作的事，没必要拖得太久。

她点头："我没意见，你安排就是了。你多久生辰？"

月陇西似是松了口气，浅笑道："到时候再告诉你。"

卿如是本想提前给他备个礼什么的，既然如此只得作罢。稍默片刻，她想到什么，忙道："是不是成亲以后，我们也像这样同屋不同寝？还是说，我们直接分房睡？"

月陇西脸上的浅笑逐渐消失："嗯？"

瞧他神色像是当真没想过此事，卿如是理所当然地道："对啊，我们是假夫妻，当然想办法既能瞒住你爹娘，又能各自保持清白了。"随后狐疑问道，"你该不会打算跟我睡同一个被窝吧？"

月陇西慢吞吞地把头埋在卿如是的颈间，轻声说："我今日累着了，咱们先不聊这个，睡吧。改日再说。"稍一顿，他补充道，"待你嫁过来之后说。"

语毕，他挪了下身子，避免全身压着她，受重睡去的话恐会做噩梦。挪身过后，他半压于卿如是的身体便不动了，像是真的睡了过去，气息逐渐均匀平稳。

卿如是听了会儿，竟觉得他呼吸的声音都有些好听。想到他未着片缕的身体就紧紧贴着自己，她抿紧唇，细细感受了番由他传过来的热意。

那种被坚实且温暖包围的感觉，让她心底觉得舒服。渐渐地，她也熟睡过去。

饶是挨了打，天明时先醒来的仍是月陇西。他没急着起，手肘撑住枕头，支起脑袋凝视着卿如是。

她睡觉跟从前一样乖巧，不会乱动，也不喜欢翻来覆去，且睡得沉，不容易醒。但从前她睡时会蹙眉，她说自己不常做梦，既然不是被梦所魇，那分明就是白日里思虑过多，夜里才会蹙眉睡去。这些时日倒是没见她睡去后还蹙着眉。

月陇西浅笑着，轻轻抓起她的手，徐缓地抬起，最后挑起她的指尖，点在自己的额头上。仿佛被她的手指触动了思绪，记忆便又回到当年廊桥初见那时。

若非情怯，他定会追上去询问清楚她的名姓住处。但就是情怯，他没有问出口，任由她转过身离去。他连追上去跟踪她的勇气都没有，也觉得那样失礼。

他弯腰捡起那只从额间弹下来的彩羽毽子，踢毽的那群小姑娘还想从他手里拿走，他身上没有铜板，便从钱袋子里掏出一锭银子跟她们换。他捏着毽子失魂落魄地回到家，便害了相思。

他年少时心高气傲，装模作样时稳重谦和，实则目中无人得很，何曾将谁放在眼里过？更莫说……莫要说放在心里。

好厉害的小姑娘，能教他上了心。

从此，他书房的桌子上就摆着一只彩羽毽子。他写不下去东西，就支起脑袋凝视着被清风吹得微微颤动的毽子，回想这毽子是如何被她握在手中，如何踢过来，又是如何砸到他的额，而以他的警觉性，如何就躲不过。

他一想，就忍不住发笑。心都被那日的清风填满了，或者说，被她填满了。

她怎么就那么厉害呢，教他食不下咽，睡不安寝。就连沐浴，也要将毽子拿在手里把玩，转来转去地看，拿发梢去扫毽子的羽毛玩。

接下来的一整月里，他无事时便租一艘画舫，等在廊桥下边，把窗户打开，一边看书，一边喝茶。每半刻钟便要向桥上望个三四回才好。但不曾等到她再来。

这地方看书有什么不好？清风徐徐，水波碧绿。她怎么就不再来了呢？读书怎么能没有恒心呢？

等不到她，三魂七魄就好似统统被抽走了一般。她该不会搬出扈沽城了吧？还是遇上了什么难事？难不成出了意外？

那日就该追上去问问的……

他想画她的画像寻人去找，但又担心被族里人发现，恐会不利。

整整一个月，他都等在廊桥那边，未果。

一个月后，他闲逛书斋，准备从书斋对外卖出的崇文书籍里琢磨琢磨崇文党如今的形势。那时他方回扈沽不久，听说原来跟着崇文的几位墨客已被惠帝处死，但是不大清楚如今崇文手底下又换了哪些干将。

他倚着书架随意翻了几页，第二行便写着这么两个字：秦卿。

瞥见这两字的同时，身后又传来一名成年男子清朗温润的声音："秦卿啊，你年纪也不小了，不能总跟着我转，我不晓得还能活几年，你还是早点儿找个良人，把自己嫁出去的好。"

他循声看去，先映入眼帘的不正好就是那崇文先生吗？

微翘起嘴角，他慵懒的冷笑刚扬上去，无意一瞥，便瞧见了崇文身后跟着的女子。

她抱着一摞书、几幅卷起的画，偏着脑袋望向书架，似是在挑书。反应过来崇文说的话后，她蹙起眉，漫不经心地回："哦，家里说在帮我物色呢。嗯……不知道物色到什么人没有，我不是很在意的。只要对我家里人好的，尊敬你的，对我不错的，就行了。"

怔然间，月一鸣的喉结不自觉地滑动了下，脸上极为不屑的冷笑也收起来，反倒朝崇文稍颔首，算是见过礼。

崇文也朝他颔首回礼，目光落在他手中翻阅的书上，再仔细看他，便认出他是月氏子弟。且是前些时候骑着汗血宝马，手执月氏族旗，打了胜仗后赶回扈沽的月氏子弟。

他骑在骏马上，身前是着冰冷盔甲的将军，身后还跟着回城的军队。军队回城，引得万人空巷，月一鸣看着水泄不通的街道，平静地指挥官兵疏散人群，眉眼冷肃，小小年纪沉稳极了。

唯在路过一座挂着幅山水泼墨画的茶楼时，接住了二楼窗台落下的洁白栀子，拈花低闻。他稍侧头挑唇一笑，那意气风发的模样，便惊艳了整座扈沽城。

崇文当时就在二楼走廊上喝茶，看见了他插在襟后的月氏族旗，也看见他在马背上弯腰，将栀子花送给了一名四五岁的小姑娘，淡笑着对她说："快跟你爹娘站一旁去，哥哥也要回家了。"

那小姑娘问他："大哥哥你是将军吗？"

"哥哥可不是将军。"他笑。

崇文当时心想，他倒是谦逊。

谁晓得他下一句便是："哥哥回去加官晋爵，能比将军更厉害。"

崇文笑了。少年是个有野心的人。待他回去加官晋爵，朝廷换了血，以后怕是还真要和他打交道。

如此，崇文便记住了他的面孔。此时没想到能在书斋里遇见。

月一鸣见崇文盯着他手里的书看，明白过来，只得将书合上，放回书架，却不打算走。面向书架，随意拿了一本别的书，假意翻阅，一颗心却都放在旁边的少女身上。

他都不晓得自己拿反了书，眼睛还往秦卿那里瞟着。

秦卿与他错身而过，放下手中抱着的一摞书，倒拿起他刚刚放在书架上的那本，翻了翻，朝崇文一笑："咦？先生你看，你的书里竟有我的名字！前边几页是别人写的介绍吧，如今介绍你的时候，还会介绍我了。"

崇文神色微变，对她道："秦卿，这不是什么好事。若我出了什么差错，你当第一个受牵连。你还是尽快嫁人，寻个能庇佑你的夫家才好。"

她竟然是崇文党。月一鸣心觉微妙。那一刻他就晓得，他们之间注定坎坷。

但这种难受的感觉很快又被悸动挤去，他嘴角微微挽起，听见她说："这扈沽哪里有那等权势滔天到能庇佑我的夫家？再有权不也盖不过月家去吗？难道我要嫁给月氏子弟不成？"

她不乐意地把书放回去，低声嘀咕道："又有哪个月氏子弟会庇佑崇文党，他傻吗？再说了，有权有势的也不一定看得上我啊，人家高门大户求的都是门当户对的人。"

崇文笑着摇头："我却觉得，是别人看得上你，你看不上别人。在你眼里，扈沽城可有哪家少年不肤浅的吗？"

"没有。先生，你说得对。"秦卿头也不回地说，"所以我打算随便一嫁就成了。我在刑部帮着做事这么久，秉性不错的还是遇见了许多个。"

她在刑部帮忙做事？为什么？他在心底默默记下，打算回去把她查个究竟。

顺便要打听清楚她父母为她物色的夫婿。他可不想刚看上个姑娘就要眼睁睁送她出嫁。别的人怎么配得上她，她那么傲气，会觉得扈沽城的少年都肤浅。恰好，他也看不上扈沽城别的女子了，所以，只有自己配得上她。

他这般想着，崇文已带着她往书斋外走了。他就站在原地望着他们远去的背影，愣怔出神。最后笑起来。

"秦卿……"他自顾自地回味这两字，又挑起眉，"卿卿？秦姑娘？……秦姑娘，你瞧我肤浅吗？我刚回扈沽，你还没见过的。若有空，可以试试看……我这人，应该是不肤浅的。如果你觉得肤浅的话，那你多了解了解，我阅历还是挺丰富的……可以给你讲北边的大雪、南边的山水、东边的日出、西边的荒漠……"

自言自语了会儿，他敛起神色，也离开了书斋。

书斋一别，他回去就将秦卿查得清清楚楚，并打听到了她常去看书的几个地方。原来她是几个地方换着待，难怪那一月不曾见她再来廊桥。

想认识她，该怎么办呢？若是教她知道自己只是个官宦家的公子哥，无官无爵，还是她最不喜的月氏子弟，她恐怕会觉得自己肤浅吧？

整整一年的时间，他都不敢去认识她，倒是偷看过她许多次，帮她"拒绝"过几家提亲，打发过几个她家里给她物色的人选。知道她破过哪些案子，写过哪些文章。把她的名字写在有自己名字的红笺上。为了跟她的名字出现在一处，揽了刑部审核案宗的差事，在她破过的案宗上盖自己的私印，偏落在她名字那处……

一年后，他拜相称臣。他终于鼓起勇气，持着不那么肤浅的身份去招惹她了。

"相爷，您怎么还亲自来视察呢？"迎接的人哈腰笑问。

"我来不得吗？"旁人看来，他真是好大的官威。

鬼知道，他进刑部大门之前有多紧张，紧张得唇干舌燥，喉咙发痒。

"你……给我倒杯茶。"于是，这就成了他跟她讲的第一句话。

月陇西收敛思绪，起身穿衣，不曾注意到背后卿如是已悠悠转醒。

她睁开眼，先入目的是月陇西挺拔的脊背和半穿的单薄衣衫，他就坐在床边，素白的衣襟逐渐被他修长的指尖撩起，掩住肩膀。紧接着，他抬手，将如瀑的青丝从衣衫撩出来。

这场景莫名透出男子的诱色来。

卿如是惺忪的眸子眨也不眨地盯着，一瞬的懵懂过后，渐渐想起昨晚他们如何躺到这一张床上来的过程。她下意识撩起被子往里边看了眼，衣襟完好地合着，她又抬眸看向月陇西。

似乎感觉到自己被人注视，月陇西也正好回头看她，见她安静地瞧着自己，以为她没有睡醒被自己吵到了。思忖了下，他压低声音问："不睡了吗？还早的。"

卿如是低垂着眼睫，不知道在想什么，摇了摇头。

她惯爱这样，从前也是，这证明她前一晚睡得很好。她常常早上起来都处于神游的状态，木讷地把自己放空，像是在想事情，但要跟她说话，她也都会回应，哪怕点头摇头，或是只言片语。

一般她这样的时候，都很好玩，可以随意逗弄，她也不会生气。兴许是没有反应过来跟她说了什么的缘故。

月陇西饶有兴致地问她："昨晚我厉害吗？"

卿如是慢吞吞地抬起头看他一眼，别过脸去，又侧着身子面向床内，半响，郑重地点头："嗯。"她的思绪落在他昨晚被打后骑马飞奔回来的事情上。

挺厉害的，受那么重的伤还能骑马。

月陇西低笑了声，接着问："那你舒坦吗？"

卿如是神情呆滞，还像模像样地思忖了片刻，慢慢摇头。不舒坦，她在屋里等得快要睡着了，还忍着困意给他擦药跟他闹。

她这般躺着摇头，倒像是在蹭枕头撒娇。

月陇西凑过去看，似乎又要睡着了。

显然刚刚是没有睡醒。月陇西不再吵她，穿好衣裳，寻人备水药浴，等浴完再上一道药。

由于月世德暂且被关押之故，月世德那边的审核也就搁置下了。他身边帮忙审核的人手被月陇西一同禁用，明令要等查清月世德与手札的关系，无罪释放之后，他的这批人才能重新被启用。

说这是针对吧，闹到月陇西那里，他又笑着说："兹事体大，唯谨慎行事尔。"说这不是针对吧，月陇西又大张旗鼓地遣了小厮将他们即将要审核的文章撤走，并派遣侍卫看守他们的院子。

他们敢怒不敢言，心底只得相信月陇西当真是公事公办，毕竟他和月世德都姓月，再如何也不会帮崇文党吧？这般想着，因禁令一事起的纷争慢慢平息了些。

三审光靠卿父那边的人手根本忙不过来，月陇西安排了些可靠的人过去帮忙。

结果回禀的人带来了卿母准备八选那日用过午膳就带卿如是一道回府的消息。说是反正选拔就快要结束了，府中一些事务须得在卿父回来前处理好，也得把卿如是带回府圈几日收收心。

剩下一句卿母不说他也明白。他确定的完婚时间太急，卿如是没多少时日能待在她身边了。

月陇西将此事告知卿如是，她刚起床不久，坐在桌边吃糕点，看样子是还没缓过劲。

听到消息后她愣了下，沉默着，许久没有出声。接着，鼻尖微一酸，晕开涩然的红。

这位母亲不知道她的亲生女儿已经无知无觉地消失，莫名被另一个性情举止与原主皆无差别的人顶替了身份。

其实掰着指头数过来，她们也不过就只相处过两三月的时间罢了。因此，纵然性情举止相同，经历与情感却是不同的。

卿母将十多年的母女情系在她这个只在卿府度过两三月光景的人身上，她不知道该如何接住这份珍贵的情感，于是一直囫囵过着，不去想这个问题。直到此时，方觉微妙。

月陇西拿折扇轻敲了下她的额头，问："在想什么？"

卿如是回神，下意识继续啃手里的糕。

他清浅一笑，似是别有深意，又似是无意玩笑般同她说："怕我以后不孝敬你娘吗？你放心，就算是假的，我也会对她好的。"

卿如是愣住。就算是假的，也会对她好。

她心底想着，月陇西的意思应该是说，就算他们是假夫妻，他也会孝敬卿母，但于她来讲，这句话的意思就变了味道，令她豁然开朗。

她是假的又如何，既成事实，无可挽回，真心就好。世间事得过且过，莫要活得太明白，计较得太清楚，方能自在。

"心情好些了吗？"月陇西笑问。

卿如是点点头。

他接着道："那现在来说说采沧畔和崇文遗作的事。"

卿如是正色，放下手中的糕点，示意他说。

月陇西起身走到书桌边，从抽屉里拿出一本书来，递给她，解释道："《女帝手札》是大女帝闲谈当年朝事的杂文。为了解决月世德的案子，我今早一直在看这本书，发现大女帝登基初期在处理采沧畔的事时就想过要兴修国学府。"

其实他早就看过这本手札，上边的簪花小楷自然也是他写上去的。女帝登基的头几年他在暗地里出谋划策了不少，后来实在撑不下去，死前为帮她稳住根基，将这本手札翻来覆去熟读过，批审了手札中所有初期计划，这才撒手人寰。所以当他重生后得知晟朝的皇帝修建了国学府，他是极其震惊的。

其一，当时他明明在手札中认可了女帝修建国学府的计划，女帝最后却没有修。

其二，他预感如今的皇帝能与大女帝的想法一致，应当不是巧合。

卿如是愕然抬头，问道："大女帝为何会想要修建国学府？最后又为何没有施行？"

"书上说，那时候惠帝的势力刚瓦解不久，女帝的根基尚未稳固，坊间稍有风吹草动，就极可能引得朝局动荡。于是有人建议女帝延续惠帝的想法，继续操控采沧畔，引导风向，以免自采沧畔再冒出几个如崇文一般悖世之人，她就会重蹈惠帝的覆辙。"稍一顿，他看向卿如是，"但你也知道，女帝并不希望采沧畔再捏在皇室的手中，让百姓的思想被禁锢束缚，那样没有好处。所以她就想出修建国学府的主意，让国学府成为第二个采沧畔。"

月陇西说着，给她指那本书上绘制的国学府图稿。

卿如是稍反应了下便明白过来，猜测道："是想让国学府替代采沧畔在文坛的地位吗？招揽采沧畔的墨客进入国学府，许诺他们不必科举就能入朝为官的好处，并让他们的文章以正规的流程上达天听，运气好的话，他们的看法建议就会被女帝采纳。这样一来，多数墨客就会选择去国学府继续书写自己的文章。采沧畔在文坛的势力、地位自然被削弱，而采沧畔也没有被皇室掌控，墨客们的思想也并未受到禁锢与束缚。对于他们来说，就只是换了个地方阐述自己的道罢了。"

她顿了顿，沉吟道："难道……陛下如今建立国学府就是这么想的？他竟和大女帝的想法完全一致……"

月陇西笃定道："在我看来，就是这样的。但这本手札是我从密室里拿出来陷害月世德的，陛下应当不曾看过里面的内容，为何会这般巧，与大女帝的想法不谋而合呢？"

卿如是亦十分疑惑。女帝没有施行的那部分计划，所知之人应当甚少，在朝官员都不一定晓得，如今的皇帝为何会晓得？真的是巧合？

"你问为何最后女帝没有修建国学府。我看到手札后也觉得十分奇怪。"月陇西指着图稿后的字道，"这是祖上用秦卿的笔迹写的批语。明着说，祖上当初和女帝联手扳倒惠帝后，在暗地里帮女帝处理些事务，这本手札就是他审批过的。从批语不难看出，祖上当时已经同意了这个计划，可女帝没有施行。我看过手札后好奇得不得了，于是就去采沧畔拐着弯套叶渠的话，想探探他知不知道为何。"

"然后呢？结果如何？"卿如是迫切地问。

月陇西稍一沉吟，却没有告诉她，只道："有时候，真相会令人难以接受。待往后你觉出一些东西了，再告诉你也不迟。因为，我暂时也不知道自己猜测的究竟对不对。叶渠被我套过一回话了，你最好不要再去问他，以免他生疑。"

"什么意思？"卿如是蹙紧眉，"有什么是我不能知道的吗？"

"倒也不是不能知道，是时候未到。"月陇西莞尔，"崇文在一篇文章中阐述过，思想没有对错之分，人也没有好坏之分。但我觉得，你对这个道理理解得应该还不够透彻，等你透彻了，我便告诉你我的猜测。"

卿如是一怔，第一次有人说她对崇文的思想理解得不够透彻。都是聪明人，她略微思考就明白了月陇西的意思：不是对道理本身理解得不够透彻，而是无法接受真的暗含这些道理的现实。

她按住好奇，不再追问，转而道："你接着说，陛下修建的国学府和遗作的关系是？"

月陇西颔首道："既然我俩都一致猜测陛下修建国学府的原因与当年大女帝的想法一致，那我便大胆揣度，选拔完人才之后，陛下会制定一套与采沧畔如出一辙的流程，吸引更多墨客去国学府。

"而今采沧畔的墨客，几乎都是崇文党，由此可见，陛下是真想收服崇文党。万华节那晚，我也跟你提过，陛下极有可能是在复刻女帝王朝。他觉得女帝能做到收拢崇文党的心，他也能做到。

"可是崇文党的思想与皇权至上的思想相悖，等陛下收揽了崇文党，这些崇文党的思想恐怕不再是最原本的崇文思想了。或者说，在女帝时期，崇文党的思想就受到了影响，因为一方面女帝尊重崇文党，另一方面女帝的皇权依旧压制着他们，那时候的崇文党所信奉的是'皇权至上为前提的平等'。"

卿如是明白了。

百年的时间，足够月氏子弟改变固有的思想，自然也足够崇文党改变原来的思想。月氏子弟慢慢了解并追求崇文所描述的平等盛世，崇文党也在潜意识里习惯了帝王的压迫。

如今月氏和崇文党的观点与立场都不如百年前那批人鲜明，不如他们斗得那么纯粹。那时候的两方几乎是针锋相对，观点完全互斥，站这边就不可能接受对方的任何观点。所以，崇文党的思想并不是错误的遗作修复本扭曲的，而是这个时代和这百年的时间扭曲的。有些东西是会变的。

如今，两方的观点却在时代的改变下互融了许多。那么按照这个走势分析，由这样的两批观点有互融之处的人修复出来的崇文遗作，也是不伦不类。

除非她亲自以默写的形式进行修复。可是，如月世德当初所言，那样的话，修复的成果就不是陛下想要的。陛下想要的既不是最纯粹的崇文党思想，也不是最纯粹的月氏思想，而是专属于他的两相融合的东西。

卿如是恍惚间看透了许多东西，却对未来愈发迷茫。

那她还要继续下去吗？去坚定地按照自己的想法修复遗作？那样岂非毫无意义？

"且将要做的事情做完，其他无力更改的，只好随它去。"月陇西一顿，又轻声补充道，"想必，当年我祖上也是抱着这样的心态来修复遗作的。他不曾深入了解过崇文的思想，但他后来为修复遗作恶补过很长一段时间，他尽力了。无力更改的，只好随它去。"

卿如是眸光微微发亮，须臾，缓缓抬起眸，凝望着他。

眼前这个人，好像总是知道她在想什么似的。怎么就这般了解她呢，只言片语就为她指明了方向。哪怕这方向不一定正确，总归不会教她沉溺于迷惘的困境。

忽地，她朝他笑了，眉眼弯弯。

月陇西一怔，喉结滑了滑，垂下眸，执杯抿了口茶，掩住微翘起的唇角。

"你打算如何解决手札的事？"卿如是想到万华节那晚月陇西说的话，再结合方才的结论来看，陛下怕是不会善罢甘休。这手札肯定也是要给陛下的。

"既然陛下留着月世德还有用，那就不能将手札的事嫁祸给他，让他被定罪。我准备把月世德关几日，等选拔结束后再放出来。少了他的参与，选拔能对崇文党更有利些。"月陇西斟酌道，"至于手札，我直接将它推给叶渠就好了。前朝旧臣留着女帝的随笔做个念想也没什么说不清的。"

卿如是狐疑："这么草率？"他似乎总爱用些过于简单粗暴的法子解决看似麻烦的事。

月陇西笑道："行之有效即可。这件事陛下暗示我的意思，就是要我放过月世德，但要查清手札的来历，我做得越简单，陛下越不容易起疑。若设局复杂，绕多了弯子，陛下反而会多想。帝王嘛，都是这样的，脑子有问题，什么都喜欢往复杂了想。"

"你倒是很清楚帝王的心思。"卿如是随口道。

月陇西挑眉，未言。

两人忽然陷入沉默。卿如是抬眸看他，发现他也凝视着自己，不晓得在想什么。对望须臾，月陇西先躲闪着错开了眼光，低头喝茶。

卿如是亦眨巴了下眼睛，忽然想到昨晚从他的指缝中看他眼睛的情景，心怦怦的，侧颊泛红。她压住心口，径直起身出了门，往卿母那里去。

第十四章 余家母女

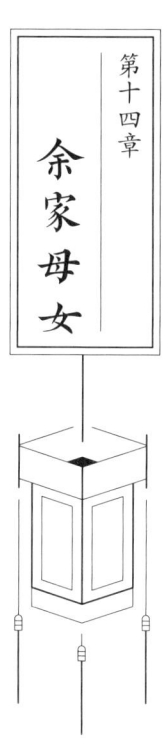

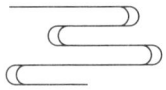

院子里，卿母斜倚着美人榻，指挥丫鬟拾掇东西。看见卿如是走进门，她笑着招手。

"如是，来坐。"卿母给她挪了些位置，待她坐下后，跟她道，"明天晌午，跟陇西一起过来吃顿饭。"

卿如是点头应下。

"刑部尚书余大人的夫人明儿个要带着余小姐来家里做客。你记得早晨起来就穿得好看些，莫让她家闺女比下去了。"卿母打量着她的穿戴，叮嘱道。

"余大人的妻女？"卿如是微睁大眼，"为什么要来我们家里做客？"

"前几年……"卿母想了想，更正道，"我出阁前那会儿，余夫人跟我也算是情同姐妹，后面我议亲的时候，不知怎么就不跟我来往了。我嫁给你爹之后才晓得，她对你爹有过那么点儿意思，两个人相看过，但是你爹没瞧上她，最后却娶了我。"

卿如是失笑道："还有这层关系呢。"说着，她在果篮里拿了个橘子剥着吃。

"是啊。我成亲的时候专门让人给她寄了喜酒喜糖去，却没个回信，我当时还纳闷呢。后来她嫁给余大人做续弦，自觉低人一等，就更不与我来往了。"卿母说到这里，顿了下，拍着她的手，低声道，"她嫁为人妇后过了好几年才生下那么个闺女，宝贝得跟什么似的。上个月她闺女也跟世子相看过，世子没瞧上她闺女，跟别家姑娘一样，随了份礼，赠了只言片语就打发了。她为什么来做客，你懂了吧？"

卿如是剥橘子的动作一滞，慢吞吞地看向卿母，回道："不会是因为我和月陇西……"

"对呀。"卿母欣然道，"你瞧这是什么缘分。当年她相中的人娶了我，而今她闺女相中的人又要娶我闺女。她心底不痛快，可不得上门来见见我，瞧瞧你，再硌硬硌硬嘛。"

"难怪你要我收拾打扮。"卿如是吃了一瓣橘子，囫囵道，"娘你放心吧，这场子我给你压定了。"

卿母抚着她的头发，笑眯眯道："好孩子。"

母女两人拉着说了好一会儿话。

入夜后卿如是非缠着要和卿母一起睡，卿母惯着她，遣人去竹院说了声，收拾出她早几日睡的那间房，又吩咐丫鬟多抱了床被褥来。

晨起时，卿母干脆唤来贴身婢女和嬷嬷，一道为她收拾打扮。

一身茜红石榴籽纹绉纱裙，配一件浅芙蓉色金丝披帛，并蒂牡丹纹样的白底靴。松松的凌虚髻插上沉星坠月簪，下边垂至肩头的水滴子状红玉珠流苏与耳边佩戴的明月珰摇来晃去，煞是喜人。

浅红的胭脂晕在两颊。卿如是想到昨晚月陇西说的石榴红色的口脂，便挑了这颜色。她肌肤雪白，茜红恰将她的清致衬出几分媚色。

今日是八选的日子，下了软绵绵的雨，算不得冷，倒觉得清新。她收拾好后，撑了把檀色的伞赶去七室。

考生已坐定，她来得最晚。进门后便往最前边看去，月陇西正低头看书，不晓得是什么书，看得他时而露出浅笑，时而蹙起长眉，却不像是烦恼，只是有些纠结。

听到她的脚步声，月陇西抬起头来，愕然地打量她。

那一刻，他以为自己认错了人。

不晓得是不是错觉，她最近好像越来越喜欢打扮自己了？是个好兆头。

他尚未回神，卿如是已走至身前，似乎不觉得反常，坦然问他："你在看什么书呢？"

月陇西敛眸，握拳在唇畔低咳了声，回道："一起看吧，反正是给你选的。"

"嗯？"卿如是好奇地凑过去，带起一阵隐隐的暗香，似是桃花的清甜气。

月陇西下意识吸了口气，然后开启了一整天的魂不守舍。

一个月才完婚未免也太折磨人了，他现在就想洞房可怎么办呢。

"你今日打扮又是为什么？"月陇西忍不住问，心底隐隐期待是为了他。

卿如是凑到他耳畔，轻声道："我娘说她的一位结过些怨的旧识要带着她女儿来家里做客，她女儿恰好是与你相看过的一位小姐，所以我娘让我既要赢人，也要赢阵。"

果不其然不是为了他。

月陇西问："哪家的小姐？"

卿如是没注意收声，随口回道："刑部尚书余大人家的。"

正朝他们走来，准备交东西给月陇西的萧殷步子一滞，后又若无其事地走上前，施礼道："世子，这是您让我写的东西。"

月陇西微不可察地扫过他，轻颔首，萧殷便自觉要退下。

卿如是却立刻喊住他："萧殷，我有东西要送给你，还有些话得跟你说。一会儿考完你记得等等我。"

萧殷看了月陇西一眼，又稍转眸看向卿如是，好片刻没有回应。

月陇西盯着萧殷，和善地道："回话啊。"

月陇西：回，你回，我看你敢答应。

萧殷通透，自是打月陇西的眼里读出了深意，不敢多言。

卿如是恍然不觉，见他不吭声，便做主决定，说道："既然你不说话，那我就当你是答应了。你放心，不会占用你太多时间的。"

她说完，萧殷似是松了口气，朝她稍颔首后径自回到座位。

月陇西更气了。

看向若无其事地接着翻书看的卿如是。她侧对着窗，天光泻来将她的轮廓一笔勾勒，好似被风拂开的涟漪，步摇的水珠链子垂下来，在她侧颊边晃来晃去，冰凉珠子时而拂过她的粉颊，弹润白皙的肌肤便给予他视觉上极为美妙的享受。

她向来是静若处子动若脱兔，气质如此，教他如何瞧都欢喜。

瞧着瞧着，气就消了些。月陇西伏案过去，偏要与她一道看。

提笔铃响，考生顾不得去看他们两人如何卿卿我我，只得埋头作文。

他俩看的是坊间常见的《女子物什荟萃图鉴》，顾名思义，就是收录女子常用的物件，比如珠钗妆奁、衣裳佩饰、胭脂水粉，甚至秋千书桌等物，并为每种不同的东西写个小传，说明这物什城中哪处卖得最好，哪处的样式最全，哪处做工精致等。

虽说这类书而今已成为风尚，但百年前那会儿，是没有谁会闲到记录女子物什的。因此卿如是对这本书感到十分新奇。

书中的图都绘得甚为精致，随意瞧一件，就教人生出买下的欲望。

卿如是一手捧着腮，难得露出女儿情态，笑指着一方书桌，轻声道："这书桌不错，圈椅上的纹路也好看。你院子里除了花草显得空荡荡的，不如在花径处放置一张桌子，正巧后边就是引溪水的竹渠，你想那牡丹芍药开满院时，听着水声泠泠，独坐在花中晒晒陈书，打个瞌睡，多有意思。盛夏夜里教仆人寻些萤火虫来藏在灯罩里，把灯摆在桌上，读些闲书。你觉得如何，我这安排可以吗？"

月陇西的脸上浮出淡笑，道："可以，买。"

卿如是欣然拿笔在书桌下边撇过一道墨，继而翻到另一页，一颗巧夺天工的九转玲珑球吸引住了她的目光。

九转玲珑球俗称鬼工球，一般是由匠人用象牙石或者玉石雕刻而成，因为工艺复杂，流程烦琐，雕刻过程中不得有任何差错，因此对匠人的手艺要求极高。成品也就取鬼斧神工之意，命名为鬼工球。

卿如是记得以前家里有颗拳头大小的，得来不易，被父亲挂在正厅里，风吹时有鸣响，不绝于耳，且被手指或是风拂转后，里边的内核转动能保持很长一段时间都不停，煞是好看。

书上边绘制的鬼工球连着它的托架，整体约莫有半人高。托架雕刻成海浪，托住球体。这件工艺品被称为鲛人垂泪。

卿如是十分喜欢，但买回去好像没什么用。

不等她开口，月陇西先凑到她耳畔，轻道："我院子后筑有浴池，长期都是热水腾腾的，旁边正缺个合适的摆件。你若是喜欢这鬼工球，不妨摆到那里去。热气氤氲，鲛珠玲珑，再有意境不过了。"

卿如是点点头，高兴地在下边撇了道墨，目光再落到一些花样不同的屏风绣图以及珠帘上。

"我记得你住的西阁那里有间房是专门拿来沐浴的，就是我上回去的那间。"卿如是蹙眉，"素净了些，不如在墙上挂一幅四时令花绣图。屏风后的雕花浴桶边，再种些颜色鲜艳的花，可以拿来入浴，就算不拿来入浴，沐浴的时候闻着也算不错。窗户最好常年能透气，若是担忧被人瞧见不好，就再在窗内打一道珠帘，风来时相击相鸣。"

月陇西颔首浅笑道："好，买就是了。"

他有求必应，不求也要帮她琢磨个理由应。于是，半炷香看下来，光是摆件就选定七八件，书桌躺椅、秋千花架……数不胜数。

待翻到胭脂水粉篇时，落笔铃响了。一炷香的时间未免太短，月陇西意犹未尽，给她买东西的感觉真舒坦。

卿如是心底惦记着要去拦萧殷，合上书便主动去收卷，眼看着萧殷走出七室，她匆匆跟月陇西说了声，便追了出去。

月陇西望着两人一前一后的背影，神色不豫地抿紧唇，思忖片刻，吩咐小厮收好卷后交给二审的人，随即亦跟在他们身后出了门。

七室门外，斟隐等着向月陇西禀报公务，见他出来，赶忙施礼。月陇西示意他跟着自己走，边走边说。

最后，看见萧殷停在池塘边的榕树下，转过身看向追上来的卿如是。不远不近的距离，疏近有度。而月陇西就站在池塘对岸，不再紧跟，状似赏花弄柳，偏头时余光却都落在那边两人身上。

卿如是伸手从袖中掏出一块貔貅玉坠来，递给他道："我今日就要回家去了。那日的事我还不曾向你道谢，听人说道谢致歉都得备个礼方是真心，我诚心向你道谢，所以特意挑选个东西赠你。"

萧殷垂眸，目光落在她纤细白皙的手指上。葱根似的指头捏着青色的玉坠，瞧着心悸。

他没收，卿如是又解释道："我本打算一道出国学府后再好生挑选东西赠你，但突然得知今日就得回家，只好先在母亲那里寻了件礼给你。这玉坠也不算太值钱，可貔貅是瑞兽，且我似乎不曾见你佩戴这些小玩意儿，就私自做主选的它。若你不喜欢，那就再缓些时日，等你出府后我专门挑好礼给你送去。"

她的话说到这份儿上，若再不收，就是不识礼数了，毕竟要让她多花心思为他破费。

萧殷抬起双手，恭敬地接过。翻过手时，指尖轻摩挲了下玉面，似乎上边还留有她的温度。

"卿姑娘客气了。"萧殷低声道，"那日我也没做什么值得你致谢的。君子克己复礼方为仁，如此而已。"

"话虽这么说，但那种情形下，世间没几个君子的。"卿如是淡笑了下。

萧殷沉默着，垂下眼睫，心想：你又如何知道我那时候想当君子，还是小人呢。

他相信，若非卿如是用腰带绑住了他，最多再过半刻钟，他便要缴械投降，彻底输给她。就算不绑，西爷来得那般及时，他如何也做不成小人。

由此可见，上苍还是更愿意教他做君子。他心底却一直是动摇着想去做小人的。

至此，两人的谈话竟到瓶颈之处。

卿如是瞧着时辰，记起晌午要和月陇西去卿父的院子吃饭。她正要跟萧殷告辞，托词的腹稿都打好了，萧殷却忽然开口。

他的手微微握紧，已是犹豫了许久，斟酌了又斟酌，方问她："我听说，卿姑娘你……就要嫁入月府了吗？"

他知道世子爷跟出来了，就站在相隔不远的对岸注意着这边的动向。可他还是想亲口问，要她亲口回答，知道她心底是怎么想的。

诚然，他问出口后，耳梢红透。

"嗯，不出意外的话，就是这两月之内的事。"卿如是坦然道，"所以待我回府后，能出来的时日就少了。嫁人后倒是能出来。你若要见我，跟我探讨书籍和修复的问题，就寻人来月府给我递个话便是。我们随意约个地方都可以见的。"

饶是早知道她当真要嫁入月府，听她亲口承认到底还是更失落些。然则又听她说婚后还打算约他出门看书讨论，他心底又有些收不住的愉悦。

"卿姑娘身边应当不缺解惑之人，为何会这么说？"萧殷知道是因为自己在她心目中有过人之处，但他想听她亲口说。

果然，卿如是道："你是我认识的人里将崇文的书吃得最通透的一个，至少从我对崇文书籍了解到的来看，你的想法简直与他不谋而合。我相信在入国学府前，崇文的书你看得不多，可是你知道吗？你光凭自己思考，就能得出与他相同的结论。你很聪明，我很欣赏你。这不是解不解惑的问题，这是我想跟你深交，在邀请你以后与我往来。"

萧殷嘴角浮起一丝几乎看不清的笑意，像是清风中的一丝幽香，一瞬滑过便也就过了，痕迹都无。

这风轻云淡般的一笑，却被卿如是捕捉到。他天生玉骨剔透，这般清浅一笑真教万古春。然而姹紫嫣红繁花乱眼，他到底还是这万古春里最为赏心悦目的冰花。

站在对岸将两人的动作尽收眼底的月陇西心情极其微妙。仿佛回到当年秦卿拒绝他的邀约，却跟着常轲在楼里喝茶闲话的时候。

他心道：还聊？且不打算用午膳了是不是？

耳边还传来斟隐一板一眼报备公务的声音，月陇西转过头瞥他一眼。

"结……结果……"斟隐的话语登时磕磕绊绊，最后消弭为无声。

月陇西收眼，一簇簇海棠花枝的掩映中，他勾起手指，随意攀折下一枝灿红的海棠，低头轻闻了闻，随即步伐坦荡地朝对岸走去。

卿如是背对月陇西，不知道他走过来了。倒是萧殷，隔着远远的，目光就落在了月陇西以及他手中的花上。

卿如是不知萧殷为何突然敛声，还自顾自说着："我看今日的考题已经松宽了许多，兴许是你们留下的人数够了，不必再筛去太多，所以……"

话未说完，发间似有别样的触感，她欲回头，却被人按住了肩膀。

月陇西一手按肩，一手抬起，将海棠插在她的发间，稍压着步伐，莫名其妙地插入两人的谈话中来，悠然自如地说笑道："我乱逛赏花，见此处花枝曼妙，艳红喜人，就好似卿卿昨夜在我房中为我脱衣上药时娇羞可人的模样，于是特意折下来，想为你插在发间。果不其然好看得紧。"

一顿，不等旁人说话，他又做作地抬眸看了眼天，失笑道："啊，我看这时辰也不早了。卿卿，娘还在院子里等我们用膳呢。萧殷，你若无事，就回去温习书本吧。"

萧殷：世子，恕我直言，你吃起醋来好生幼稚。

卿如是以为月陇西是饿狠了耐不住，所以来催促她去吃饭。她思忖了番，便坦然跟萧殷道别。

萧殷不再停留，匆忙朝二人施礼离开。

待他走后，卿如是转过身，欲将脑袋上的海棠花给拔下来，月陇西制止道："挺好看的，与你今日这身裙裳很配。"

他若无其事地拉住卿如是的手，说道："走吧，我们去找爹娘一起用膳。"

卿如是怪别扭，边蹙起眉跟着他走，边建议道："你能不能别管我爹娘叫爹娘，听着挺……就挺不顺耳的。"

"那我该尊称什么呢？"月陇西步子快，几乎是拉着她走的，他勾唇浅笑，"随你撒娇叫'爹爹'和'娘亲'吗？我觉得我叫'爹爹'似乎不大合适。"

"……"卿如是。

"你就不能好好地叫声'伯父''伯母'吗？"待走到卿父卿母的院子里，临着要进门时，卿如是才低声纠正道。

"行吧，那就叫'伯父''伯母'。"月陇西抬眸看进正厅，随即看向刚巧都坐于堂上的二老。他缓缓展颜一笑，恭顺地施晚辈礼："爹爹、娘亲，我们来了。"

卿如是睁大眼转头看向他。

月陇西恍若未见，施过礼后就乖巧地站在那里，等卿如是。

须臾，卿如是找回自己的语言，慢吞吞道："爹、娘……让……让你们久等了。"

卿父卿母招呼他们两人跟着过去坐，后者浅笑道："就我们四人，不必见外了。我吩咐厨房做的都是些家常菜，刚端上来，你们来得刚好。"

几人坐上桌，卿母随手就给卿如是夹菜，道："今日院子里来了不少帮忙批审的人，陇西，是你吩咐过来的吧？"

月陇西颔首道："月世德入狱之后所有的总审差事就都落到了岳父大人的头上，害怕岳父大人忙不过来，特意调了些人来。不知用得可称手？若有什么不顺意的，尽管跟陇西说。"

他一口一个"岳父大人"，卿如是在一旁往嘴里扒饭，默不作声地瞥了他一眼。

卿父本人对他这称呼并无任何疑惑，忙笑说调来的人手都合意，之后紧跟着又道："你也算是挑大梁了，我看陛下安排你调查月长老之事，明着是调查，其实多半是授权给你跟着管理国学府。现在国学府有些地方尚未建成，能用到你的地方不多，待两月后全数建成，你恐怕也要跟着操心这边。"

月陇西欣然道："那样的话，岂不是便宜我这个小辈了。能跟着岳父大人一同打理国学府的事务，是陇西的荣幸。"

卿母笑道："这孩子，嘴多甜呢。"

月陇西淡笑，稍稍颔首回礼示意。

"如是，一会儿走之前重新抹抹口脂，你瞧你给吃的，是在吃饭呢还是在吃口脂呢？"卿母盯着她的嘴唇看，蹙眉说她，"跟你说过多少回，用膳前先把它擦干净，免得花了妆。"

听及此，月陇西一边从袖中掏出锦帕，一边笑道："如是今日这妆娇艳可人，想来出自岳母之手？就算是花了也好看。"

说着，他转身轻端起卿如是的下颌，用锦帕一点点帮她擦着，轻声问道："方才如是同我说今日上妆是为了迎客？"

卿母可太喜欢这个逢事就把漂亮话说得天花乱坠还不失行动的女婿了，眼瞧他俩你侬我侬的模样，她笑着解释道："是，无关紧要的人罢了。从前有些小过节，要么是来找些不自在，要么就是而今释怀了，上门来恭贺如是新婚，总之无伤大雅。"

寻常跟外人的话，卿母自是不会和盘托出，但她已将月陇西当作亲女婿亲儿子看待，这些话也就没什么好遮掩躲藏的了。

"哦？"月陇西故作不知，好奇地问，"不知是什么客人，小婿可认识？"

"刑部尚书余大人的妻女。"卿母稍顿，有意问道，"听说，余家女儿与你也相看过？"

月陇西想都不带想，满目薄情，说道："似乎是有这么一号人，但小婿已经不记得长什么模样了。"收回锦帕，他莞尔继续道，"想来是每日只要瞧着卿卿，别的人便统统都不入眼。"

卿如是："……"

太会说话了。别说卿母，卿如是本人都忍不住想招他当女婿。把他给能耐的，甜言蜜语一套套地说，卿母被哄得跟自己在谈婚似的。

"不过刑部的余大人小婿倒是经常接触，是雷厉风行之人。"月陇西道，"岳父应该知道多年前那几起关于前朝命官的案子，都是他一手操办的。"

卿父点头，啧叹道："陛下把那几宗案子交给他，应当也是看中他手段狠辣。"

卿如是想起萧殷，神情微凝，问道："说他狠辣，是指？"若是为了斩草除根而奉旨株连全族，倒也算不得是那位大人狠辣。

"是指那些人死状太惨。"卿父似是不忍心说下去，只道，"不过是立场不同，并非有滔天恶行，斩首示众也就罢了，他却非要……"

卿母也听他说起过一些，知道是些血腥的东西，赶忙招呼道："吃着饭呢，说这些做什么。"

卿父便闭口不再谈。

他不说，卿如是却能猜到，多半是沿用了惠帝时期惯爱用的刑法手段。

百年前发明的酷刑不敢说有千种，细数下来至少也有百种。崇文先生所受的千刀万剐之刑便是其中之一。这百种酷刑中，好一部分都是月一鸣混迹军营的那几年贡献出来的。

秦卿也是在被囚西阁后才知道这些。在她眼里，月一鸣从来只是个风流纨绔而已，秦卿从不知他善奇技淫巧之术。

据说他亲审犯人时眼刁得很，生怕给人打不坏打不疼，狱卒所用刑法不入眼的时候就喜欢当场自创一种，每每被惠帝晓得后便啧叹称奇，继而收录进《酷刑宝典》中。惠帝也看不起普通的刑法，唯看得起月一鸣想出来的，因为足够狠。

在知道月一鸣创了不少酷刑后的很长一段时间，秦卿觉得崇文所受的千刀万剐之刑恐怕就是月一鸣提议的。

《酷刑宝典》这种恶趣书惠帝喜欢得不得了，秦卿枯坐西阁的后几年也无聊，很想知道自己最后会如何被惠帝赐死，于是买来研究，就想看看究竟有哪些刑法够自己惨死的。

不知是哪位奇人撰写记录，书本中的介绍描述之详尽，好几回都把她给看吐了。当时的秦卿还冷笑着心想自己是否该感谢月一鸣，废她手的时候一滴血都没让她掉，不过是用圆棍折断，干脆利落，疼晕过去再醒来，也就不疼了，还包扎得顶漂亮。

当时的她正那般冷笑想着，月一鸣忽然拿着前一天争辩无果的一摞记录走进来，坐到她躺着的小榻边，挑眉笑问她在看什么书。

那时候她好几日都恹恹的，吃药进食统统不肯，没有胃口，也没有表情，就靠着窗放空看着外边，连吵都没什么兴致跟他吵了。大夫说她再这么下去恐怕就只有不到一个月可活。

不承想，而今竟然有兴致看起书来了。月一鸣很高兴，垂眸扫了眼书，他的笑意又敛起来了。须臾，他哑声对她道："这种书就……不要看了吧。"

秦卿没什么力气，倚着窗问他："'烤骨之刑'是什么？"声音很轻，不是质问，是真的想知道，"为什么这书上不介绍？你没跟惠帝讲完吗？"

月一鸣收了她的书，没有回答。

谁会知道，惠帝要秦卿死的时候就想用月一鸣以前创的这个法子。把人手、腿的皮肉和骨头剥离开，但要人永远处于清醒的状态，在皮肉里、骨面上倒满油，放在火上烤，直烤到滋出热气和油泡，生生将人给折磨死。有些人不堪火力，不待油冒泡就死了，还有些人失血过多而死，那些真熬到最后冒油泡的反而最惨。

惠帝不仅要用他创的刑法，还要他亲自执行。后来他废了秦卿的手，惠帝得知她再也作不了妖，才让她免于惨死。

此后月一鸣自然不允许书中记载烤骨的刑法。

这刑法他只跟寥寥几个人提到过，其中包括惠帝、大女帝和她的亲信、月氏里的几个族人，但令他万万没有想到的是，重生之后，他得知那位余大人当年在处理前朝旧臣的案子上，用的就是他从前创的各种酷刑，其中也包括烤骨之刑。

为何这位余大人会知道这种刑法？难道是跟他想到一块儿去了？月陇西百思不得其解，后来也就不再追究，默认这阴毒的想法恰好跟他一致。

卿如是倒是不知道这茬儿，她只是想到了那本《酷刑宝典》。

此番谈话后，几人不再提那些败兴之事，专注用膳。

因想到两人就要分别，卿母特意让卿如是送送月陇西再回来，可以说会儿话，不急着马上走。

卿如是应允。

出了府后，月陇西笑吟吟地问她："我刚刚在爹爹娘亲面前表现得还可以吗？"

卿如是瞥他，说道："花里胡哨。"

"能讨他们欢心就成。"月陇西满不在意地笑，"我不是一贯都花里胡哨的吗？"

卿如是想到方才的谈话，又问他："你真不记得那位余小姐了？知己知彼方能百战百胜，我隔会儿就要见她了，你隐约记得什么，就跟我讲讲吧。"

月陇西正色道："我记得，但并非因为与她相看过，而是因为几日前，我在国学府的门口见到了她。她独身一人前来，但被府卫拦下。她也看见了我，正因为看见了我，她着急忙慌地跑了，生怕我会追问她来此处做什么。"

稍顿，他饶有兴致地一笑道："不如你猜一猜，她来此处做什么？"

国学府里无非都是些官员和考生，再不然就是官员家眷。她一养在闺阁里的千金小姐，如何也不会有什么事需要找上国学府里的官员，有什么难处直接找她父亲岂不更快？

且她独身前来，连丫鬟侍卫都不曾带，应该是害怕别人知道她私自来此处找人会多生事端。想来，多半是要找与她年纪相当的一名男子，否则不必如此避嫌。这里跟她年纪相当的男子，多数是考生。

"难道是来找某位考生的？"卿如是问道。

月陇西颔首，回道："我也是这般猜测。我心底好奇，所以待她走后，特意去询问了门口的府卫。他们告诉我说，等余小姐的人跟她约好了那个时辰在门口见面，但不知为什么没有来，后来她想进去找，被府卫拦住，就问她找的是谁，可以帮她去跑个腿。她竟然说不认识那人，并不知道那人的名字。后来就远远瞧见了我，仓皇而逃了。"

卿如是神情微凝，说道："好奇怪。身为考生，明知国学府不能轻易进去，还要同人约在国学府门口。没有准时到，又不告诉余小姐自己的名姓，好歹让她有迹可循。岂不是成心为难别人？还是说，那人是故意这么做，让余小姐找不到。却不知为何……"

"不难猜，"月陇西淡淡一笑，凝视她的眼神别有深意，"我经历过。所以，不难猜。"

卿如是偏头看他，示意他说来听听。

他笑道："暂且不告诉你。不如你先回去猜一猜，若是你能自己猜到呢？"

卿如是挑眉，默然接受了挑战。

"你快回去吧，别让岳母久等了。"月陇西稍一顿，笑着抬起手，犹豫片刻，仍是轻落到她的脑袋上，揉了揉，"我很快很快就会来看你了。"

蓦地被人摸头，卿如是头皮一阵发紧，也没有听清他后边说了什么。她被触碰的那刻下意识想要躲开，但最后不知为何就只缩了缩脖子，低着头不说话了，也不敢再动弹，仿佛任由他顺毛的乖顺模样。

半响，他温热的手挪开了，反教她有些不适应。

卿如是捏着上裳衣角的石榴籽绣花，嗫嚅道："……那我先走了。"不等月陇西再答，她迅速转身，迈着小步子跑开。

娇羞，他居然看出了娇羞。月陇西轻笑了声，目送她进入正厅才离开。

回到院子里，卿母已吩咐人打点好了行装，其中包括卿如是带来的一箱书籍。月陇西一大清早就吩咐人将他赠给卿如是的衣裳首饰都运送回了卿府，怕她不好意思收，也怕她们自己找人运送会麻烦。

卿母得知后又不得不感慨了声真是绝世难得的好女婿。

毫不夸张地说，这一房间的物件，都能抵得上寻常人家女儿出嫁要收的聘礼了。他却不过是随手一送，且还生怕卿如是不收。

乘上马车，卿母就跟媒婆似的在卿如是耳边说月陇西这样好、那样好，行事稳重，待人温和，出手大方，简直挑不出毛病。上马车就开始说，直说到下马车都还没夸完，可见她对月陇西的满意程度。

卿如是瞧着她高兴，心底暗忖这合约订得划算。她笑着往马车外边爬，抬眸看见宽敞的街道上，另外一辆马车迎面驶来，最后停在她们马车面前。

她先跃下马车，转头去搀卿母，目光却有意无意地注意着那边的动静。

卿母方站定，目光移过去，那边的马车里先钻出来一个插满金银珠钗的脑袋，发间有一丝银白，瞧得出是上了些年纪，或者操劳过重的妇人。

余夫人被嬷嬷搀扶着下了马车。厚重的银宝蓝长衣下搭着暗金色马面裙，佩戴金钗玉饰较多，富态尽显。不过手背已有淡淡的细纹和褐斑，发间几根欲藏却无意露出的银丝，细纹在额间，不在眼尾，说明不常笑，愁事多。

反观卿母，这些年不曾操心什么，为人豁达乐观，眼尾有正常的笑纹，额头饱满光洁，面色红润，气质依旧如少女般的活泼模样。喜着鲜亮颜色的衣裙，今日着的便是一身浅蓝色银边芦苇底纹的衣裳，裙边别出心裁地剪了波纹弧度，可见其心思活络。

跟在余夫人后边出来的便是余小姐。卿如是听卿母说余小姐的性子不似余夫人那般，她温婉娴静，并非刁钻刻薄之人，而今瞧着这面相也的确如此，花容月貌，文静秀气，举止端庄得体。浅蓝色的衣裙衬得她愈发恬淡安静。

互相打量过，余小姐余姝静先向卿母问好，再向卿如是颔首示意。

卿母拉着卿如是的手，微微捏了捏她，示意她回礼。

卿如是向余夫人施礼，再朝余姝静致意，眸子却依旧不经意地打量着她。

这般恬静的可人儿，独身前往国学府寻个连名姓都不曾告知的人，怕不是被骗了？

"你我二人也是多年未见了。"余夫人上前拉住卿母的手，寒暄道，"你倒是不曾变样，我瞧着就跟当年未出阁时一般。"

她示意身后的嬷嬷将备好的礼拿出来。

卿母笑道："你上门来还跟我客气做什么？这礼我看不备也罢。都是自家人，不过近些年你忙得很，才少了些联络，以后咱们多走动就是了。"

卿母无意一句"你忙得很"委实刺到了余夫人的心坎。余夫人方才就觉得卿母这些年似是活得舒适安逸，不曾操心过什么才能保养得体。而自己帮忙看顾余府先夫人留下的两个嫡子还讨不了余大人那里的好，那两个少爷仗着有刑部的爹，见天地惹是生非，她忙里忙外，操碎了心。

两相对比，这句"忙得很"不像是客套，倒像是刻意找她不自在的。

余夫人维持着笑，接着道："本来你我二人不该如此生分，但我来之前恰巧听说你们府中将有喜事……我这个做姐妹的再如何都得备些薄礼前来贺喜。你也是，要嫁女儿怎么也不跟我说，当年你成亲时还晓得差人来送喜酒喜糖呢，如今却怎么一声不吭了？"

她的语气尖酸，看似埋怨，实则是讥讽她当年送喜酒喜糖莫不是在炫耀，说卿母为人虚伪。

这话说着说着，就逐渐露了些锋尖儿。

卿母想到这事就来气，当年她不知内情，好心好意告知她自己即将成亲，又是送喜酒又是送喜糖，她半点儿音信都不回，好似自己把她当姐妹是自作多情一场，如今还好意思提。

卿母姑且认为她是记着当年"夺"夫的仇，呛她一句，暂时忍了，笑道："就别在外边站着了，咱们进去说话。如是的喜事尚且还没个定数呢，莫教外人听见了笑话。"

这般说法，让余夫人心底好受了些，自然也就觉得当年是自己占了理，态度上就愈发地轻慢。

她们几人坐于正厅，丫鬟递了果片茶和糕点来，随即退避到一旁。

待坐定，余夫人抿了口茶，与卿母假意寒暄起来。她们不过是聊些儿时的事，卿如是听在耳朵里倍感无趣，目光落在对面的余姝静身上。

只见她坐得端端的，微垂着首，时而抿茶时而吃一小口糕点，眸色淡然，并不关心她们说了些什么，仿佛置身事外。

小半个时辰过去，余夫人终于将话题绕了回来。

她放下茶盏，好奇地问道："你方才在门口说那话的意思是，外面传的关于月府和你们家结亲的流言，都是子虚乌有？"

卿如是的思绪这才落回她们两人的交谈中。

她这是故意设套让卿母往里头跳。卿母自然不敢把话说死了。

若说是子虚乌有，万一她出门之后逢人就说卿家的主母亲口说了没这回事，届时消息传到月府那边，不知道别人有多难堪。若说不是子虚乌有，此时月府尚未提亲，什么都证实不了，万一真有什么意外，月府没来提亲，尴尬的就是卿如是。

好在卿母心思活络，并不上当，端起茶示意卿如是："你自己好好跟姨母说说，世子带你去过万华节那晚怎么就教旁人传出了你们将要成婚之言？"

卿如是心领神会，低头羞怯道："那晚登画舫时没有站稳，世子揽腰扶了一把，被旁人看去了。想必是因为世子与别家小姐相看时不曾逾矩，才教人觉得世子对我有意。至于究竟有没有意，那如今怎么说得清。姨母说呢？"

话里提到的"别家小姐"可不就包括被随了礼的余小姐，但卿如是不点明，只教余夫人自己硌硬。余夫人瞥过她，笑道："好厉害的嘴呀。那日在郡主的寿宴上姨母见过你一面，上去耍了段鞭子，我们那边几桌人都笑呢，夸你是个活泼的孩子。"

彼时卿母自己都跟卿如是说，她去耍鞭子实在是上不得台面。余夫人的"活泼"二字讥讽之意再明显不过。

卿母的笑意微敛，不等她说，余夫人又接着道："郡主寿宴之前曾偷偷让小厮放言，择媳要择贤，以端庄雅静为最好，那我就有些纳闷了……"稍停顿，她刻意将视线落在卿如是身上打量，又朝卿母笑道，"倘或如是真的嫁入月府了，想必也是因为她有过人之处吧。"

这话说来气人，又挑不出错。

卿如是抿着嘴角淡笑，不慌不忙地喝了口茶，正待要怼回去，没开口，就有小厮前来禀报："夫人、小姐，世子爷来了。说是自与小姐分别之后就食难下咽，惦记着夫人和小姐的安危，所以特来拜访。管家没拦着，已经请进门了。"

"月陇西？现在？"卿如是讶然，装了小半个时辰的娴淑温婉顷刻间破碎，"他有病吧，我不是刚跟他道别吗？"

这是她们前脚走，他后脚就跟上了？不然哪有这么快的。

话落，月陇西已抬腿跨入门槛，素白折扇一合，敲在掌心里，轻握住后抬手施礼道："岳母大人，小婿到底不放心您跟如是的安危，特意尾随跟来。您不会怪怨小婿吧？"

稍顿，他的余光瞟过余夫人，敛了笑意，说道："不知家里来了客人，晚辈失礼。"

余夫人的脸色颇为难看，刚还问起外边的流言是否子虚乌有，没说两句呢，这会儿正主就上门拜访，还称呼卿母为"岳母大人"，自称"小婿"，并称卿府为"家里"。这不是照着她的脸打是什么。

她不高兴了，卿母就乐不可支，忙招呼月陇西来坐。月陇西选了卿如是身旁的位置坐下，偏头看她，低笑道："我说我很快会来看你的吧。"

快，未免也太快了。

毫无分别又重逢的过渡感。

卿如是瞧见，他身上着的是银白麒麟纹锦裳，与方才在国学府中的穿戴截然不同。

敢情方才跟她道别后，不过是回屋里换了身衣裳？

换身衣裳又登场了。

卿如是瞥他，道："你来做什么？"

"我来找你，带你玩。"月陇西低声回，抬眸时恰好看见余姝静躲闪且慌张的神色，他用手肘轻碰了碰卿如是，示意她看。

卿如是看过去，果然瞧见余姝静坐立不安的神情，与方才隔岸观战，仿佛一切与自己毫无关系的淡定截然不同。想来是看见月陇西就想到那日去国学府找人无意被他撞见的事。

那边，余夫人微皱眉，低声叱责，让余姝静向月陇西施礼。余姝静这才反应过来，赶忙起身请安，目光却不敢上抬。

"陈姑娘免礼。"月陇西虚抬手。

余姝静微愣，有些尴尬地低声道："世子，小女姓余。"

余夫人嘴角的笑僵了些。世子这般若是故意的，也未免太让她们难堪；若不是故意的，而是当真记不住，岂非更让她们难堪？

月陇西状似恍然，说道："抱歉。原来是余姑娘。那日小楼一别，便不曾再有过交谈，一直以为你姓陈呢。对了，我赠你的孔雀石手串可还合意？我是真心祝愿余姑娘能觅得佳偶的。"

余姝静再一愣，须臾，低声回道："世子赠予小女的，是金银叶间色百褶裙。"

后知后觉的月陇西抱歉地笑了声："如此，可真失礼。不过，我祝福你觅得佳偶的心还是诚的。"

他这么一闹，谁还信他心诚。

余夫人嘴角的笑意僵硬地收起来，她的余光扫过去，瞧见卿母唇畔抿着笑，心底就更窝火了，一开口就没个把门的："据我所知，世子还不曾上门提亲，怎么就自称起'小婿'来了？难道说这门亲事已得了令尊令堂首肯？方才我可听如是说了，这流言只不过是因一场小误会传出去的无稽之谈罢了。怎么到了世子这里，倒成了板上钉钉？"

她心底隐约猜测方才卿母不敢一口咬定婚事是因为尚未过月氏这关，毕竟堂堂世子要娶亲，怎可这般草率地因为"他喜欢"就定下来？

却听月陇西一笑。

正当卿如是以为他要搬出郡主娘娘赠给她的传家手镯以及提亲的日子等，来回怼余夫人之时，他缓缓笑道："问得好，每一个问题都问得很好。不过，这倒是不知和余夫人有什么关系了，一口气竟问这么多。"

月陇西还是那个让你出其不意的月陇西。

卿母愣是没忍住，笑出了声。

余夫人僵硬的笑被磨得干干净净，当即也没脸继续坐下去，生硬地回道："好歹是如是的姨母，关心而已。既然如此，贺礼我也送到了，姐妹我也看过了，就不再多叨扰。姝静，我们走。"

她拂袖起身，走前瞪了余姝静一眼，似乎是急她个闷性子，方才半句话都不敢驳。

余姝静一副任由她骂的表情，走之前回头看了眼月陇西，眸中蕴含着深意，像是担忧、害怕、好奇，又有些许祈求的意味。几番欲言又止，她咬了咬下唇，只得跟着余夫人走了。

无疑，她的态度令人十分疑惑。卿如是微微蹙眉，转头去看月陇西，他自在地喝着茶，似是了然于胸。

兴许是不服输，卿如是不愿意问他，偏要自己猜。

卿母看到月陇西来，心底很高兴，也明白他是来找卿如是的。她也是那个岁数过来的，很明白两个小年轻恨不得随时随地黏在一起的感觉，她不扰他们，只交代了几句，便自己去打理近日府中事务。

待周围的人都走干净，月陇西放下茶杯，站起来拉住她的手，催促道："我来是带你去送喜酒的，跟我走吧。"

"亲都没提，喜酒就送上了。"卿如是嘴上这么说，还是站起身跟着他往外走，待他将她也一把抱上马之后，她才问，"给谁送啊？为什么要我们两个一起去？"

月陇西答："叶渠。我刚刚没打算这么快跟来的，原本在屋子里重新翻看手札，意外发现了些不曾发现的东西，忽然想到一些事，想要问问他。正好你也可以听听。"

"有关大女帝的？"卿如是侧坐着，被风吹得有些冷，缩了缩脖子。

月陇西垂眸觑了眼，伸手把外衫解开，说道："抱着我。"见她伸手环住自己，钻到自己衣服里，他继续道，"我觉得大女帝不修建国学府还有别的原因，原来我少想了些东西……"

卿如是沉吟："比如？"

"坊间是如何说那些与崇文走得近的学生和好友的下场的？"月陇西不答反问。

这不消坊间说，卿如是记得清清楚楚，崇文被千刀万剐之后，除了秦卿侥幸活下来以外，其他与崇文先生密切相关的人都被惠帝下令处死了。但是大多数不敢与惠帝叫板的崇文党，命都还留着。

她不会忘记自己孤身赴雅庐时无人相助的场景。那些平日跟她称兄道弟的崇文党，不敢与天斗，只眼睁睁看着她去拼命。

"不。"月陇西低头，凑到她耳畔，轻声道，"我怀疑，当年应该被处死的那些崇文的学生与好友，有人逃过惠帝的掌控，活了下来。"

顷刻间，卿如是的身上起了一层鸡皮疙瘩，她不可置信地抬头看向月陇西："你说什么？！不可能！若是他们活着，为何不去……"

她想说"为何不去帮我"，但又想到当时的情形，他们若真的死里逃生，又如何敢再去搏命。

"有人布了一场很大的局。"月陇西笃定地道，"大到你无法想象。大到从惠帝到女帝，再到如今……这盘棋都还在下。当时如果要延续这一局，就须得先保全自身，自然也就无法露面去帮助秦卿。"

"你说的是什么局？设局的人，就是活下来的那位崇文党吗？"卿如是问道，问后又觉得这想法实在荒诞，"可是，不是说当时惠帝下旨要对那些崇文党处以极刑吗？就像崇文先生一样，除却千刀万剐，还有那么多折磨死人的法子，众目睽睽之下，如何能逃出生天？我不相信……"

说着，卿如是忽然想到了记忆深处的一个细节，登时汗毛直立。她想到了一片青色的衣角，但那片青色衣角一瞬间就从脑海中滑走了。滑走之后，这处细节再怎么回忆，也回忆不起来了。

月陇西没有回答她的问题，拧着眉沉吟。他也有许多不解的地方，但是有不解之处不代表会否决自己的揣测。他无比肯定，是有人活下来了。

两相沉默，直至采沧畔。

月陇西先翻身下马，再接卿如是下来。骏马前边挂着的玄色筐子里存放着一小坛酒。他拎出来，说道："我暂且不知如何跟你解释。还是那句话，等时机成熟，我便将我知道的统统告诉你。此时你便先听一听叶渠要说的吧。"

那壶酒是宫中搬出来的御酒桃花酿。月陇西打算让卿如是不戴面具，坦然露面，便询问卿如是有无意见。卿如是点头。

既然都这么熟了，也只有他们三人，且月陇西多半已将她的身份告诉了叶渠。

走暗道进去，卿如是寻常都是去叶渠的书房，头回来到茶室，好奇地打量这里。与书房的风格无差别，但空气中隐隐浮着些茶叶香气，沁人心脾。

等了片刻，叶渠笑着推门而入，说道："久等啦，久等啦。刚刚去斗文会上瞧了几眼，真是人才辈……"话未尽，他瞧见了卿如是，怔了一瞬，稍抬手指着问，"……这谁啊？"

"叶老，我是青衫。"卿如是起身朝他拱手施礼，"卿如是。"

叶渠猛地回头看了眼门，确定是茶室的门没错，又看向坐在旁边吃茶的月陇西，确定是本人没错。他着急忙慌地把门关上，转过头打量他们两人。

嘿笑了两声，拱手回了采沧畔的文礼，道："叶渠。卿家小姐写得一手好生狂放的字。"

卿如是笑。

须臾，叶渠的目光落在那小坛子上，问："这是……给我送喜酒来啦？"他的手摸过去就要戳封，尚未碰着，就被月陇西挪开。

"老规矩。我问你答，回得我满意就给你东西。"月陇西道。

叶渠脸上的笑收起来，挥手道："拿走，拿走拿走，我不要你的东西，你也别问我。"

月陇西从怀里掏出一本手札，道："我说的，是这个东西。"

叶渠瞟了眼，惊呵出声："《女帝手札》？！这东西你哪儿来的？！"

他伸手要拿，月陇西迅速收回，慢悠悠地笑道："家族渊源。"

叶渠屈服得极快，落座，戳开酒封，给几人都倒上，说道："你问吧。"

"这手札里提到一件事，让我百思不得其解。"月陇西翻开一页，指着上边的文字，开门见山道，"女帝曾说要为崇文先生修设祠堂，受香火供奉，后有一位暗中帮助女帝当政的谋士给予了否定的意见。但我近日打听到，最后大女帝竟然还是建成了祠堂。后来女帝王朝覆灭。才被陛下废除。如今细想来，女帝为何非要建这样一座祠堂，连谋士的话也不愿意听？"

随着他的话一句一句脱口，叶渠的思绪逐渐回溯，倒酒的动作微滞，没有注意到酒杯已满，被月陇西扶了扶，才回过神。

他印象中有这么一件事。但时过多年，他又跟随过两代女帝，潜意识里将有些刻骨铭心的事情强化了，那么有些不算深刻的事就会显得微不足道。

如今那些被弱化的情节再被人提起，便勾起他的遥思。

凝神细想片刻，叶渠端起酒杯一口饮尽，手指还摩挲着杯口，目光却凝聚在一点。

他微眯起眼,像是在模糊的虚影中又看见了那道浅青色的帷帐,上面挂着的珠帘叮玲作响,帷帐后的人似乎被黑色的衣服包裹得严严实实,俯跪在地,又在对大女帝说那些动听的谗言。那个人的声音极其沙哑,活像是从地狱里爬回来的。

叶渠回想着,徐徐开口道:"我并不知道那位给予女帝良言善谏的谋士是谁,我侍奉大女帝的时候,她背后只有一位喜欢进献谗言扰乱朝纲的谄臣。"

"谄臣?"月陇西迫切地问,"那是谁?"

"我不知名姓,只隔着一道帘子瞧过数回。唯有一次与他近距离接触过,也没瞧见脸。听说他很早就在女帝身边侍奉了,兴许早到那位谋士亦存在于女帝身旁那时候。"叶渠缓缓落下酒杯,"我与他近距离接触,便是因为修设崇文祠堂之事。

"如你所言,女帝原本应该是遵照了谋士的意见,并不打算修设,可谁知这想法后又被那人提出。女帝举棋不定,唤我一同商量,我制止无果,便与帘后的人争吵起来,情绪激动之时无意掀了帘子。当我看到他裸露在外边的双眼和手腕,令人不寒而栗,那一刻,我忘记了自己的冒犯之罪,只讷然站着,动也不敢动……"

"是因为发现他双目已眇?手腕上还受了重伤吗?"卿如是觉得应该不会这么简单。

叶渠点头,又摇头。他这态度教人捉摸不透。两人盯着他,等他说下文。

"我无法形容,但他那双眼睛,应该是没有问题的。只是眼睛周围的皮肤都溃烂过,愈合后的伤疤遮住了些视线。"叶渠皱紧眉,回忆着不堪忍受的画面,"手腕的皮肤亦是溃烂后愈合的痕迹。我相信,他全身上下都是那般模样。"

卿如是想象着画面,脸下意识地扭曲了。

叶渠心底想着,其实外表的可怕并不是最令他无法忘记的,予他印象最为深刻的,是那人的眼神。

有着仿佛看破生死的颓丧,眸底透露出的是他因放不下的执念与牵绊困顿于俗世的挣扎感。这是个极为矛盾的人,也是个极其可怕的人。因为他已将生死置之度外,那么这世上除却生死,还有什么可以束缚他?他恨不得有人能帮他解脱,不必死守着一个信念强撑着去活。

叶渠不明白这人究竟经历了什么,才会只被自己的信仰吊着一口气。

"后来女帝发怒,我才回过神,赶紧跪地认罪,但那人双眼和手腕的模样还回荡在脑海里,若去想他浑身都是那般惨状,实在太过恐怖。我好几次想要问女帝如何认识的这人，思来想去也没敢问出口。从那以后，修设祠堂的事再没让我参与，祠堂建成，起初也算风平浪静，直到几年后，有月氏子弟聚众砸了祠堂，女帝派我处理。那时候我才知道，让我接管是因为那个人死了，就被埋在宫里。"

"病死的？还是被女帝赐死的？"月陇西沉吟道，"或者是到了年龄？"

叶渠微拧着眉，摇头道："不得而知。"

"为何要说他是谄臣？我听你讲后，却只不过觉得那人是在推崇崇文的思想罢了。"卿如是狐疑，"叶老您自己不也是崇文党吗？你应该能明白女帝和那人为何会想要修建祠堂啊。"

"这不一样。"月陇西接过话，跟她解释道，"不管崇文的思想再如何深远，对于女帝的朝代来说，他都是无功无绩之人，一旦立了祠，就会激起民怨。后几年忍气吞声许久的月氏子弟聚众砸了祠堂就是最好的说明。"

卿如是沉默，想了一会儿便想通了。

叶渠拈着胡须，叹道："女帝可以提倡且发扬崇文的思想，但若是立了祠，那就是强行教人去敬畏这样一个已经死去多年的人，于女帝统治时的百姓来说，崇文已有些遥远，跟他们没关系。更何况他的思想也不是人人都认同，绝大部分百姓都更信奉皇权至上，毕竟当时尊崇崇文思想的女帝就是高高在上，要让百姓都去认同崇文，如何能有说服力？倘若为大局着想，就不该立祠招惹那些本就忍气吞声受女帝压制的反崇文党。"

"那后来呢？"卿如是蹙眉，关切地问，"后来那座祠堂如何了？"

"事实证明，那座祠堂最后积灰破败，轮到小女帝当政时，就没有再翻修。如今的陛下更是一早就派人将那处夷为平地。真是明君。"最后四字也不知是真心感慨还是讽刺，尾音微微颤抖。叶渠啜了口酒，像是想起了什么伤心往事，垂眸回想，不再作声。

月陇西心底合计着问得差不多了，起码证实了自己猜测中的一点。他抿了口酒，发觉叶渠情绪低落，便看向卿如是，示意她与自己离开。

卿如是领首，与叶渠告别。

"近期这本手札牵涉案件，最后恐怕要归到陛下手里。我会尽快命可信之人仿制一本给你，拿不到原本，时常翻翻仿本，也当是个念想了，全了你对女帝的忠义。"月陇西低声道，"这酒不错，甜的，你若是有什么苦楚，便多喝点儿吧。"

"你们去吧。"叶渠抬眸，感激地看向月陇西，又默然望向卿如是，良久，轻道，"卿姑娘，良人难得，你们得白头偕老啊。须知这世上，有太多命不好的人，遇到的都是人渣滓……"后一句话，几近哽咽。

卿如是不得深意，但知道他是好心，蹙着眉谢过，并表示自己谨记。

待走出采沧畔，卿如是才去问月陇西："为何叶老会生此感慨？你像是知道他的苦楚似的。"

月陇西摇头，翻身上马，伸手抱她，说道："我并不知道，只不过是觉得，谁还能没点儿苦楚。他好歹也这么大年纪了，经历过的东西太多，如何能没有些难以忘怀的事？一时悲恸，对你说那些话，也是想让你好好珍惜我。毕竟我这种不可多得的男人，也不是谁都能遇上。"

卿如是抬眸瞥他一眼，道："快走吧。"轻靠在月陇西胸膛，脑子里还在回想那位谄臣。

毫无疑问，那位谄臣是崇文党。可女帝应当有分辨，崇文党的哪些意见是于她有益的，哪些意见又是不可听取的。叶渠的劝阻她不听，为何就对那名谄臣偏听偏信呢？

她隐隐觉得这背后牵扯太多。

就像月陇西所说，有人布下了很大的局，大到颠覆人的想象。

忽然想起，来时月陇西说"怀疑当时有崇文党活了下来"的事。她心神恍惚，脑子里闪过崇文温润明朗的笑，又闪过他被拖上刑场受千刀万剐时的场景。

她猛地回神，自己怎么会忽然想到崇文先生？

是太希望他当时还活着了吗？

可崇文先生的的确确是死了的。就死在她眼皮子底下，因为失血过多，又因狂骂皇权精疲力尽，晕过去，又因痛楚醒过来。最后一次晕过去，就再也没能醒过来。

死前一刻，秦卿恰与崇文的目光衔接上，他饱含深意的眼神，仿佛是在告诉她：以后的日子只得你自己走，一步也不能踏错了。

一步也不能踏错。卿如是想着后来发生的一切，不禁低叹了口气。

月陇西先将她送回卿府，走前叮嘱道："还有六七日，我就能从国学府出来。届时距离我来提亲也没几天了，在提亲之前，我想先带你去一趟扈沽山。"

"去做什么？"卿如是还骑在马背上，盯了眼月陇西意图抱她下来而伸出的手，坐着没动。自在地摇晃着脚，居高临下看着他问。

月陇西收回手，一手牵住马，以免她晃着的脚踢到马肚子让它受惊跑起来，另一只手牵着她，以免她不慎摔下来，抬眸看向她道："带你去看看我祖上和秦卿的墓，还有一些别人不知道的东西。等你嫁进来之后，再要去祭祖，就须得等到明年三月，太久了。"

"行吧。"卿如是想到他将要跟着卿父一同接管国学府的事，问道，"等完婚之后，你是不是还要住在国学府里？我听说，他们那些被挑选出来的考生一旦入了国学府，就三年都不得出来？"

"我自然不会住国学府中。"他好不容易跟她成婚了，选择住在外面是有毛病吧。月陇西沉吟道："寻常考生自是如此，但若是师从某位要职官员，就不必整日都留在那里了。譬如萧殷，他选择跟着余大人，那么除却编修遗作等国学府的差事要做之外，还得时常去刑部当差。但照渠楼不是好住处，他可以选择住在国学府。"

卿如是点头。她似乎没有留意到自己的手一直被月陇西握在掌心，轻轻地摩挲着。也或许是因为不排斥，才任其所为。

此时感觉到掌心被猫爪挠似的异样，有些痒，她下意识屈起手指，不像是要挣脱，倒像是回握。

她听见人来人往的街道中，月陇西在轻声泣诉，分明他就在眼前，他的声音却好似从很远很远的地方传过来。

一瞬间，她也分不清那是月陇西在问，还是活在记忆中的那人在问。

他问她："还会疼吗？"小心翼翼的语气，好似恐惊扰了睡梦中的人。

不确定方才是不是此刻垂首沉默的他在问话，卿如是皱起眉，不明所以。

但她的记忆被拽回百年前的西阁，恍惚记起那天日暮时的余晖还洒在自己身上，微微发烫。

夹棍在十指缝隙中夹磨，后来她痛得喊不出话，呜呜咽咽地叫着，汗水湿透衣襟和发。她望着封闭的窗，灿黄的光一缕缕透进窗纸，她泣不成声。

那时候她多希望后来发生的一切，只是她遇见月一鸣那日坐在廊桥上读书犯困打了个盹。

她希望一切都没有变，回到那一天。她记得那日崇文先生还告诉她，晚上要带她和几位学生去城楼上看烟火。

可当晚他不慎入狱，隔天被放出来，就错过了约定。

直到被囚西阁再不得出府，她都没能去城楼。

行刑后，她知道自己这次是真的，再也出不了月府。那个吃人的世道，欠了她一场五年的烟火。

她想去看烟火，月一鸣知道。

他站在西窗后听她一次次声嘶力竭，夕阳落在窗上、墙上、树叶上，待到树叶纷飞，上边斑驳的光影便开始凄惨招摇。

夫人还紧紧揪扯着他的衣角，哭得肝肠寸断，苦苦哀求他别再继续。她不明白，但他不能不明白。

他默然站着，想起当年问惠帝讨要秦卿时说过的话。

"反正那一手草书臣是纠不过来了，重学楷书不晓得有多麻烦，您看臣像是喜欢费那劲的人吗？您赐再多的笔都没用，若要再赐笔，不如就将秦卿赐给臣。臣帮您管着她，教她乖乖的，再也不敢顶撞您，还教她日日给臣誊抄折子，欺负她、折磨她，您看到臣的折子字迹工整了心里也畅快不是？陛下，赐给臣吧，臣只想要这根笔。"

一时腿软，没有站住，月一鸣顺着墙滑下来，蹲在地上，紧紧抱着头深埋在双臂间，不知在呢喃什么，连气音都是哽咽的。哽咽着哽咽着，不知是笑了还是在哭。

夫人凑近，唯听到他轻声唤秦卿的名字。

两个字咬在口中，唤得百转千回。

他任由眼泪从指缝中淌出，忽而自嘲地苦叫起来："秦卿啊……"

一声声的，忒煞情多。

后来行刑完毕，他将双眼埋在臂弯里，独自抹干了泪，吞咽悲伤。进门的那刻犹豫不决，许久都没能推开。

最后是夫人帮他推开了那扇门。

他走过去，蹲在秦卿面前。

伸手想要抚她，却不知该从哪里碰起。

她强撑着抬眸看他，眼底是绵绵的刀，想说什么，终是因气若游丝未能开口。

月一鸣喉头一哽："秦卿，陛下赐给我的笔没有了……"

她眸中的泪光闪烁着，盯着自己动弹不得的手指看了一会儿，想要号啕，却哭不出声。她合上眼，趴在手臂上。

"我想……"须臾，不知攒了多久的力气，她迷迷糊糊地睡过去之际，平静地抽噎着，"我想去城楼看烟火……崇文先生还欠我一场烟火……可是他死了……"

月一鸣满面泪痕，仍旧温柔地朝她笑，须臾，轻声回应已入睡梦中的她："我带你去看，我一定会带你去城楼看。"

两人伫立于长街，所思所想竟是同一件事。

该走了。卿如是微叹气，先回过神，收手，从马背上跳下来。月陇西的掌心蓦地一凉，下意识抓紧，抓空了。他有些失落，抬眸看向她。

卿如是道："你回去吧，太晚的话该批审不完了。"

"嗯。"月陇西垂眸，盯着她腰间那只桃粉色的香囊，上边绣着两尾锦鲤，瞧着活泼，他这才一扫过往郁结，有了些笑意，"里面放的是什么香？"

卿如是弯腰去闻了闻，道："好像是安神香吧。"

"安神？"月陇西慵懒一笑，不等她反应，他伸手扣住香囊，连着她的腰带一起握住，朝自己这方轻巧一拽。

大街上，没有料到他的动作会如此孟浪，卿如是未察，整个人都扑进他的怀抱。月陇西另一只手顺势将她接了满怀，唇角的笑愈发放肆。

他俯首，偏过头，在卿如是的耳边道："你孙子又要自己一个人睡觉了，送个香囊呗？让我也安安神。"

看似是请求，却不想，她刚脱口说好，月陇西已经单手解下了香囊。她稍退开些，正巧看见他把香囊一提，下头的穗子被风抛起弧度，明艳的桃粉色乱了人眼。

她轻哼一声，像是在笑，提起裙摆，转身跑入卿府。

月陇西捏着香囊，凝视她的背影，心底火燎似的发烫发痒。她消失在视线后，他才离去。

这厢，卿如是先通报了卿母，回到闺房，看见皎皎正在收拾她的书桌书架，她唤了声。

皎皎转过身来惊喜地看着她："姑娘！昨儿个就听丫鬟们说姑娘你要回来，特意出门买了你爱吃的糕点，却一直没瞧见人呢。"

"出去了趟。"卿如是看见窗边挂着的鸟笼以及笼里的白鸽，讶然道，"月陇西什么时候把它送回来的？"

"哎呀，果不其然是不分你我的关系了。姑娘现在也不管世子叫'世子'，都直呼其名了。"皎皎绕着手里的抹布，调侃她道，"真以为姑娘不打算嫁人了，害得奴婢心里担心了许久，谁晓得姑娘就去了一个月，婚事全扈沽城都知道了。真是人算不如天算，姑娘总归还是栽在西爷手上，起初还不跟人家相看呢。"

卿如是回头瞥她一眼，不服气她的说法，辩驳道："是他栽在我手上了。"脱口后，心底颇觉怪异，耳梢不经意红了些。

"早几日前就拎回来了。若不是斟隐大人亲自拎过来，奴婢还真不敢相信这白鸽是世子的。"皎皎没注意到异常，不再打趣她，默了瞬忽地想起，"哎呀，今天还没喂食呢。"

"我来喂吧，你继续收拾。"卿如是想到什么，嘱咐道，"这几日把我房间里的书都收拾起来，装箱子里。届时和嫁妆一道抬去。"

　　皎皎蹙起眉头，苦恼道："别人家的姑娘都是收拾打点衣裳首饰的，姑娘搬什么书啊。"边说，她边开始整理书籍。

　　这白鸽被皎皎喂养得不错。卿如是用指尖捻碎食盒里的小颗粒，一点点地喂给它。瞧着它低头啄食的可爱模样，卿如是浅笑起来，忍不住想月陇西是如何给它喂食物的。

　　想着想着，记忆深处的某些事情被轻轻勾动了下。

　　她记起上辈子临近去世的时候，常看到夫人喂养的那只白鸽从自己的窗外飞过。最初只是看见白鸽从夫人的窗口飞出去，并不晓得是飞往何处。

　　后来她常常看见夫人坐在窗边写信，只顾着艳羡她一双纤细白皙的手能在纸上挥墨，也不细想她抬头望着天时为何笑得那般温柔。

　　夫人有时会来西阁看望她，但因着秦卿自个儿的缘故，那时已不大爱说话，除了能被月一鸣气得呛声，平日里都是处于静坐的状态。

　　那晚夫人来时，她正望着窗外，回想傍晚飞出府的那只白鸽，破天荒地主动跟夫人聊起天来，问她："那鸽子是要带信去哪里的？"

　　似乎没料到她今日又同旁人开口说话了，夫人微讶了片刻，坐到她床畔，温柔地笑道："寄去给我的家人。秦姑娘，你若是喜欢鸽子，我送一只给你，无事的时候就给它喂喂食，或者交给下人养着，待它长大了，认得路，你将它放出去，看它自己飞回来。"

　　秦卿缓缓摇头，不再说话。

　　当时这事说来极其寻常，如今回想，卿如是却觉得疑惑。

　　为何偏生就是那段时间会和家里的人通信那般频繁呢？若是思念家人，完全可以回娘家住几日，或者是让娘家人来相府，总之，如此频繁地往来信件，且每每写信时都露出那般笑容，倒不像是和家人，像是和……情郎？

　　卿如是不得其解，搁置在一边不再多想。

　　她没多少时日能留在家中了，要收拾整理的东西格外多。

　　卿母还觉得她只是个孩子，怎么就要嫁人去做主母。就她那顽劣的鬼样子，怎么做主母？未免卿如是进了月府闹笑话，卿母见天儿地将她锁在身旁恶补，卿如是亦不舍卿母，抱着能多陪就多陪的心态赖在她身边听教诲。

　　甚至晚上还要卿母陪着睡，听她讲扈沽城那些要职官员的各个家眷。每每听一会儿就能睡着，贼催眠。

　　整训了六七日，她仍是一个人都没记住。暗叹前世的夫人当真辛苦，不晓得她每日记那些玩意儿是不是也会犯困。想起月一鸣要求她背月氏族谱的时候被支配的恐惧，卿如是抖了抖肩。

她怎么就没想到，成亲之后其他的事的确可以顺风顺水，可光是让她去背他们月氏百年的族谱就要了命了。

恰是选拔正式结束的次日，月陇西骑着马寻她出门。

卿如是见到他，愁眉苦脸的。

"怎么了？几日不见，感情就淡了？"月陇西摩挲着她的发梢，笑吟吟道。

卿如是不听他的鬼话，拂开他的手，皱眉道："月陇西，我不大想嫁给你了。"

月陇西一滞，脸上的笑意褪得干干净净，须臾，正色低声问道："为什么？"

"我忽然回过味来，你们家的亲戚朋友那么多，我要是嫁给你的话，应付不过来啊。别说'应付'那么做作了，就是人名我都不一定全记得住。"这回换卿如是牵着他的发梢摩挲，笑问，"我这么给你当夫人，你愿意吗？"

月陇西心底松了口气。"你……原是因为这个。"吓到他了，真把他吓得不轻，他想也不想说道，"有娘在，你担心什么，这些轮不到你的。你想做什么就做什么，别的事自有娘给你摆平。"

得他承诺，卿如是喜笑颜开："那就这么说定了。"

"嗯。"月陇西抱她上马，往扈沽山的方向去。

扈沽山在卿如是的记忆里已蒙上了灰尘。她只去过一次，对那里的印象恐怕只剩下月一鸣抱着她作弄时口中描述的景致了。用他彼时低沉微哑的嗓音念出来，脑子里都有画面，可谓声色同步，想忘也忘不掉。

不知怎么忽然又想到了他，卿如是的脸有些烫，把脑袋埋在月陇西的胸口，闭眼睡觉。却觉耳畔的心跳声活像是那晚跟月一鸣欢愉后听到的那般。她又把脑袋挪开一些，沉默着。

表面上仁义道德，满脑子男盗女娼。卿如是狠狠地鄙视了自己。

月陇西纵马快，半个时辰就到了山脚。他唇畔隐约浮起一丝淡笑，说道："现在要带你穿过一条种满杜鹃花的幽径，那后面就是月氏祖坟了。"

卿如是噌地抬头看向他，又埋头烧红了耳朵，自顾自地呢喃道："这里还真有……"她以为那是月一鸣当时说来戏弄她玩的。

穿过僻静的幽径，满目可见荒凉。此处有几个守坟的小卒，远远看见月陇西，其中一个上前来查问。

月陇西将卿如是腰间的令信拿起来给他看了眼，那小卒忙呼自己不长眼，随即让了道。

天色灰暗，不如前些时日明媚，此处又是坟地，阴冷的风呼啸着。月陇西脱下外衣给卿如是披上，她微怔愣，回头看他。

他挑眉，笑道："怎么？不必太感动。这就感动，以后岂不是得日日抱着我哭，天天唤我好夫君？"

卿如是："……"她默默地转过头，继续往前走。

景色愈发凄怆，唯有远处的山峰还有绿意，周遭荒芜森然。

不知走了多久，月陇西停住，轻声唤她："卿卿，到了。"

那是两块并排伫立的墓碑，边角长着青苔，但碑上字迹纹路大致清楚。想来寻常会有人定期维护。

一块写着月一鸣的名字，一块写着秦卿的。

站在自己的墓碑前，卿如是有种迷离的梦幻感。

就在几个月前，她还活在前世，在无望的日子里挣扎，等待油尽灯枯。就在几个月前，她还是那一抔黄土之下的秦卿。

坟里的她生前便被囚一屋，如今还要被束缚于棺椁。

然而秦卿旁边躺着的那个人，为什么就那么甘愿跟她一起被束缚在黄土下，方寸中。

活着不好吗？如果还有机会，卿如是真想亲口问问那个人，你是傻子吗？活着不好吗？

她想着，轻哽咽了下。

"书上说他是被毒死的，可旁人又有哪个能近他的身？"她低声问，"他不是很厉害的吗？"

月陇西蹲下身，用手去拂秦卿碑前的灰尘和被风吹落的枯叶，轻描淡写道："据他写的一本札记里说，他是服毒自尽的。但他服用的是慢性毒药，不想死得太快，便宜了自己这个混账。他就想知道，等着自己慢慢油尽灯枯，究竟是什么滋味。"

他的手微顿，轻声道："秦卿那时候是什么滋味……那毒怕是远不够她的痛。"

任由那药慢慢侵蚀自己的五脏六腑，却不教旁人瞧出来他已逐渐油尽灯枯。

他只是想要试试，她那些年枯坐在西阁里，望向窗外，等着油尽灯枯的感觉。想试试她那时有多难熬。

知道自己会死，却不知何时死，活着就十分痛苦。

卿如是跪坐在墓前，目光涣散。

倘若当时真的没有一个人知道他有这般荒唐的想法，那毒药想来也是他自己去买的。

她似乎不能想象出，像月一鸣那么桀骜的一个人，是如何如同行尸走肉般走去药铺，跟老板说他要买一包毒药，为了让老板卖给他，他得撒谎，说是要毒死一只欺他心仪之人的老鼠。

"他……"卿如是伸手去摸墓碑上的"鸣"字，哑声问，"他怎么还要把这些事给记下来……服药自尽是什么光彩的事吗？"那个傻子。

月陇西清扫完落叶，又拿指甲一点点去剥秦卿墓碑上的青苔，动作轻缓，回道："练字。没得写，就写写临终感言吧。"他笑。

"练字？"卿如是疑惑地看向他，眼眶已起红晕。

月陇西点头道："他练簪花小楷。"

"不是很早就练了吗？"卿如是蹙起眉，费解地问，"他不是早几年就拿秦卿的簪花小楷开始编修崇文遗作吗？为什么还要练字？"

月陇西这才反应过来自己刚刚失言了，他的动作微顿，声音逐次低哑："他拿左手练。你若要问他为何拿左手练……因为他太蠢了，一不小心伤了右手。右手再也写不得字，只好用左手从头练起。"

一不小心？卿如是摇头，就在前一刻，她再也没办法相信是"一不小心"。月一鸣会用服毒的法子走她苦等着油尽灯枯的路，却说他伤右手伤到几乎废掉的地步是一不小心。她不信。

"我觉得他没有在书里写实话。"卿如是轻声评判，喉头哽咽着，"我觉得……他撒谎了。你没有猜过吗？你家里人没有说过吗？没有把他做的那些蠢事当笑话讲出来给你听过吗？"

月陇西凝视着她，眸光微微潋滟。

看她的指甲紧抠着那个"鸣"字，也不知是什么意思。是他想的那样吗？她心底在为他难受吗？

月陇西想不明白，叹了口气，风轻云淡地说道："听说过。就说，不过是梦魇了，吓醒之后，自己坐起来拿刀扎的。他下手快，刀子利，扎下去就扎透了。你不用难过，他那算是失手……咎由自取，活该的。"

他话音落，卿如是却忍不住放声哭出来。

这个男人明明废了她的双手，如今却教她恨不起来了，再也恨不起来。

她将脑袋抵在墓碑上，凄声低唤："月一鸣……"

我好想你。

一旁,月陇西眼眶微热,忽地轻笑了声。

卿如是转头,一边抽噎,一边拿手背抹眼泪,问:"你笑什么?"

"没什么。"他的手方才沾了灰尘,只好用袖子捧着她的脸给她擦泪,边擦,边轻声道,"小祖宗哭起来,有些许可爱。"

陡然被干净清爽的袖子触碰,卿如是闻到淡淡的冷梅香气,这味道似乎惹了她的眷恋,顿时又放声号啕。也不管面前这人究竟知不知道她在哭什么,只抱着他哭。

"不哭了……"月陇西犹豫着将手放在她脑袋上,轻抚摸,他有些无奈,自己为什么告诉她这些把她惹哭呢。

可是,他又很高兴。

凉风愈盛,卿如是的哭声渐渐停歇,月陇西逮着袖子给她擦干净泪,听见她低声在风中絮叨:"一笔勾销了……我与你一笔勾销。"

她希望这阵阴风将她的话捎去鬼门关,若那个人还站在奈何桥头等她,放不下纠葛,自以为亏欠,那就让风告诉他,过往的债一笔勾销了。

收拾好心情,卿如是拢了拢月陇西方才披在自己身上的外衫,改披为穿,而后依旧默然跪坐着,望向他。看他的眼睛。

深邃处是动辄愁思满溢,浅薄处是晶莹的光,那层潋滟封住了他所有的情绪。

"看什么?看这么久。"月陇西同样是跪坐的姿势,俯首凑近她,笑道,"小心为我神魂颠倒。"

是了,看久了是有点儿。眼前的男人忒俊。

卿如是竟然没有反驳,默默别开双眼,站起身时因跪得太久,又哭得有些头晕,趔趄了下,很快被跟着站起的月陇西扶稳。

他们空手而来,也没什么好祭拜的,月陇西自然也没那兴致带着卿如是祭拜自己的坟,他此行有别的目的。牵起卿如是的手,月陇西示意她跟着自己走。

不算很远,但要绕过一座小山丘,因为那里几乎算是已经划出了月氏祖坟的地界。只不过因着还在扈沽山下,所以没有特许的话,旁人也不敢葬在这里。

越过小山丘,月陇西方与她细说道:"我现在带你来看的,是祖上那位夫人的墓。她亦算是我钦佩之人,所以带你来看看。"

"钦佩?"卿如是跟着他站定。四周较之方才来说,稍微有了些活气,像是没什么人踩踏打理，只任其随意生长，且这附近的坟墓寥寥几座，森冷气少了许多。于是放眼望去，绿草茵茵。

尤其距离夫人这座墓旁不远处的那座，青坟被风雨削了些锋，倘若不看坟前的墓碑，便以为只是一座长满青草的圆钝小坡。

"兴许是因为祖上在札记中所述的她这一生也过得极其不容易的缘故。"月陇西微叹气，侧眸觑了卿如是一眼，"不能与有情人相守，却不恼不闹，做好自己的本分，可想她的这份气度与善良有多令祖上钦佩，才会在札记中这般赞誉。幸而祖上自述最后成全了她。"

"如何成全？"卿如是狐疑，"难道说他们最后偷偷和离了？"

月陇西故作迷惘，说道："我也不知。只是札记里说成全了她，却没有仔细记录究竟是如何成全的。我思来想去，恐怕是这实情着实骇人听闻，不敢随意记录下来，以免招致什么灾祸吧。"

他这么一说，就引得卿如是愈发好奇了。什么样的实情会达到骇人听闻，招致灾祸的程度？

细想片刻后，卿如是仍是想不明白，便搁置在一边不去想。

她的目光再次被不远处的那座青坟吸引，情不自禁地走过去，随着距离越近，墓碑上面的字也就愈发清晰。令人惊奇的是，上面似乎没有刻逝者的名姓。卿如是以为自己看错了，待到走近，在坟前蹲下身来细看才确定。

上面的确没有名姓，却拿隶书端正写着两行字："杏花微雨风，夕阳故人意。青山不老，此情难绝，君亡吾亦亡。"

"杏花微雨"。四字陡然入目，卿如是心尖微颤，便想起宫宴那晚月一鸣对夫人说过的话。那位丰神俊朗的翩翩佳公子，就是夫人在杏花微雨之时初逢的良人啊。

卿如是有莫名的直觉，眼前的坟就是那位良人的。原来月一鸣死前为夫人另择一处安息是为了成全她和她的有情人。

正是因为这里几乎被隔绝于月氏祖坟外，才会更容易让外人葬入。

难道月一鸣的成全，就是指让他们合葬？

她的脑子里回想着自己弥留之际，夫人写信时望着窗外温柔地笑的场景，还有书中记录她死后次年夫人便诞下月家子嗣的事。

有个极其荒诞的念头一闪而过，她没有来得及捕捉就被自己下意识狠狠否定，并刨除脑海。

"走吧，明年带些东西来正式祭拜他们。"月陇西估摸着差不多了，适时打断她的思绪，"这段时日，你就待在家中看些有趣的书，心情愉悦地等着我来提亲。"

他说起有趣的书，卿如是头一本想到的就是叶渠给她的《史册》和月陇西手里那本《月氏百年史》。其中有说到夫人诞下子嗣后被月一鸣送出相府，只在一处私宅中将养着，且侍候的仆人还都是哑巴。

一股仿佛快要发现惊天秘密的悚然感自足底升起，她呆呆地跟紧月陇西，一言不发，认真地将三点结合在一起思考。

直到回府，她仍沉浸在苦思之中。或者说，她无法相信自己大胆揣测后得出的荒谬结论，所以一直发散性地去想别的可能性。

月陇西见自己目的达到，不禁低笑了声，同她告别："近日要忙着将女帝手札的事了结，我都会在刑部坐着。你若是闷得慌，就来刑部找我。"

卿如是这才回神，没有留意到他眸底狡黠的笑，回道："好。"

依旧是月陇西目送她先进门，自己再离去。

第十五章 提亲下聘

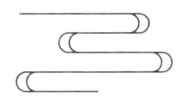

卿如是神情恍惚地走着，于花厅看见倚窗而坐，与嬷嬷一同闲话且露出诡异神色的卿母。卿如是回神，走过去询问她们在聊什么。

嬷嬷给卿如是请安倒茶，卿母顺势拉着她坐下，神秘地对她道："我今儿个算是开了眼界，咱们扈沽城竟还能发生这种事。城南那家卖茶叶的皇商，你知道吧？昨晚跟你讲过的。"

卿如是囫囵道："好像是吧。"

"我跟你说，他们府里的二小姐前些时候跑出去私会情郎，被逮了回来，这几日食不下咽，都以为她惦念着情郎，结果大夫一看诊才知道，她是跟那情郎苟合，珠胎暗结了！"卿母瞪大了双眼，"本来这种事应该遮掩过去的，谁知道他们家的夫人是那二小姐的继母，故意害她，便将事情抖搂了出来。你说现在整个扈沽城的人都知道那姑娘跟情郎……她爹一怒之下，已将人赶出了府。"

"为何赶出府？好歹也是自己的亲闺女呢，那孩子生下来养着就是了，皇商富户的又不是养不起那一口人……"卿如是说着说着，忽而陷入沉思。

卿母继续絮叨："倘若一开始府里的人都为那姑娘遮掩着，她爹自然会允她偷偷生下来，大不了以后给她单独辟个院子将养着，不让人碎嘴。可现在都闹开了，所有人都知道他们府的姑娘丢了这个人，再想遮掩也遮掩不住，若是生下来，就更要让人闲话。皇商丢不起这个脸，明着当然要赶出府。但我估摸着，她爹应该也不会那么狠心，私底下还是会帮她寻个去处。"

卿如是眸底的暗潮涌动着，沉吟许久，她倏地抬眼，几分清明，眸中云翳一瞬间消散。

如果说，真的是自己猜测的那样，那何止是骇人听闻，会招致灾祸的一次成全？这于月氏来说，是混淆了血脉，颠覆了想象。

事情很可能是这样：当年在自己弥留之际，月一鸣默许夫人与她的情郎通信往来，甚至帮她遮掩。后来自己去世，月一鸣被族中催促开枝散叶这等事，恰逢夫人与情郎私会珠胎暗结，月一鸣便做主瞒了下来，并将自己想让这个孩子成为嫡子的想法告诉了夫人。

既然能平安将孩子生下来，夫人没有理由不答应。那位情郎也没有理由不答应,是他做了对不起月一鸣的事,同时也知道月一鸣的难处,于情于理,都会答应。

这就有了次年夫人诞下子嗣一说。

后来搬出相府,极有可能亦是月一鸣对夫人和那公子的成全。那公子许是就与夫人同住私宅。月一鸣允他陪伴夫人和孩子身边一年,而后这孩子便与他毫无瓜葛了,是惩罚,也是恩赐。

月一鸣需要后人堵住族中那些人的嘴,否则他要拿月氏的掌控权时必会有长老以此为理由阻止。

可是,月一鸣真的就能做到这个地步?他一点儿都不在乎自己有无子嗣?

卿如是回想起在花圃与他打闹那日,他说想跟她要个孩子,她不愿意,便随意胡诌了个理由,称自己不愿生下来的孩子跟着他姓月。

这个男人,想都不想就说可以跟着她姓。

他不是不想要子嗣,只是他想要的那个人不愿意。那么不要也罢。

卿如是气息微颤,深吸了口气,抓起茶杯狠灌入口,才让好似冒烟的嗓子舒服许多。

"怎么了?"卿母谈话间剥了些花生瓜子,顺势倒在她的掌心,自己嘴里还嚼着几颗,"你别怕,你就算跟人珠胎暗结,月府不要你了,娘还要你。回家就是了。"

卿如是被她逗笑,说道:"女儿只是觉得,这故事有些许动人,生了些感触罢了。"

她们聊了会儿,不再谈及此事。可这件事终究郁结在心底,无法解开。卿如是一连好几日都在想月一鸣做的那些蠢事,越想越觉得造化弄人。临着要嫁人,皎皎见她心情郁闷,以为她是恐婚,心里愁坏了,便催促她出府走走。

卿如是没有拒绝,她着实在房间里闷了好几日,闷得自己都觉得恹恹地难受。

她带着皎皎去逛练武场,耍鞭子挥舞了一通方觉好受些。

"人家姑娘出门逛的都是胭脂锦帛的铺子,咱家姑娘出门逛的不是兵器坊,就是练武场。"皎皎又有话说了,"那里都是些练武的男人,一身臭汗,姑娘也不怕熏着。奴婢幼时都是怎么跟着姑娘熬过来的……"

她自顾自嘀咕着,停下脚步时却见没了卿如是的踪影,张望了番,见她趴在花坛下边,此时正招手:"嘘……过来过来。"

皎皎勾着腰小跑过去,问:"姑娘,你干吗呀?"

卿如是用胳膊肘碰她，示意她说话小声点儿："你看前边把自己裹得跟白粽子似的那个姑娘，是不是余小姐？"

"戴着白色帷帽那个？"皎皎觑着眼睛仔细瞅了半晌，"都遮住脸了怎么看吗？但好像……是有点儿像。"

"她独自出行，身边一个丫鬟都没有，这说明什么？"卿如是冲她挑眉。

皎皎木讷地摇头。

"说明有问题，很可能是去私会情郎。"卿如是笃定道。

皎皎恍然道："哦，怪不得姑娘你以前跟着世子查案的时候，都自己出门，不喜欢带奴婢。"

"我……"卿如是抬手作势要打，最后只点着她的脑门，"我那不一样，我自己会武功。她平日里就娇娇弱弱的一姑娘，出府怎么能不带上丫鬟侍卫？"

"啊，那岂不是就要跟皇商那家二小姐一般了？"皎皎低声惊呼。

"走，跟上去看看。"关于月陇西那日在国学府留给她的题，她这么些天都没想通，好容易撞上正主，卿如是揣着好奇，想要一探究竟，拉着皎皎跟了上去。

索性余小姐并不骑马或者乘马车，只消片刻便停在了小楼门前，四下张望一番后，稍垂着头走了进去。有客人进，小二高声吆喝，一吆喝，似乎还惊着了余姝静。

若非做贼心虚，如何会是这般反应。

卿如是蹲在门边，示意皎皎："你就在这里看着，盯紧她，我去刑部一趟，很快就来。"

语毕，她向小楼的小厮借了一匹马，朝着刑部飞驰而去。

月陇西正翻看档案，卿如是跑得气喘吁吁，进门抓起他手边的茶灌下去。

他微讶，不等他问明来因，卿如是先开口笑道："你现在有空没有？我请你去小楼吃饭。"

"你？请我？"月陇西合上档案，"随时都有。"

她牵起月陇西的手，几乎是将他给拽出刑部大门的。

路上，趁着他骑马的时间，卿如是向他说明了原委。

月陇西似是叹气般笑，道："啊，我就说你怎么可能无缘无故来找我吃饭，果然是为了别的事。"

远远瞧着他们乘马回来，皎皎迎上去："世子安好。姑娘，人还没走呢，但是……也没瞧见有男人进她那间房。"

月陇西和卿如是对视一眼，前者先笑，说道："走吧，既然这热闹已经看起来了，那就坐正堂里等着。"

三人选了视线最为开阔的位置，正对着余姝静所在的雅间。

小二上前来询问，卿如是示意月陇西随便点喜欢吃的，不料他菜单都不必看，随口就点了七八道菜。

皎皎惊呼："好巧，都是姑娘爱吃的。世子你跟我家姑娘果真投缘。"

月陇西颔首浅笑："好说。"

"欸，反正如今咱们都坐在这里了，你可以直接告诉我答案了吧？"卿如是抿着茶，好奇地问。

月陇西见她抿茶，便也执杯抿着，微勾唇角道："其实很简单。余小姐之所以会去国学府门口找一个不知名姓的人，是因为……有人布下了一个局，故意惹她。"

卿如是微蹙眉道："什么局？"

月陇西凝视着她说："相思局。"

前世他们于廊桥相遇后，月一鸣整整一月都没能等来秦卿，那一月里秦卿无意间将他对她的相思拔高到了极点，同时也将他对她的好奇勾到顶点。招惹的人尚不清楚，被招惹的人却会千般挂念。

"余小姐的这位情郎是想要利用'时间'来把控她的心。"月陇西解释道，"就好比你在街上看中一件首饰，却苦于没有带足银两没办法买下，回去之后必定牵肠挂肚，一直惦记着。若是第二回拿足了银两去，得知首饰已经被别人买走，你心里肯定会愈发对那件首饰念念不忘。几番磋磨，直到寻见一模一样的首饰，把它买到手，才会心满意足，且爱如珍宝。不过能不能爱得长久，那就要看这件首饰后续的魅力了。"

卿如是恍然大悟，说道："原来如此。我是没有经历过，所以猜不到。你上回却说自己是因为经历过，所以觉得很好猜。你也被人下过套，入了局？"

月陇西微滞，轻颔首："姑且算是吧。不过那人无心布棋，我却是有意入局，终究和余小姐的情况不同。她是被人盯上了，套她的人或许是看上了她，也或许是另有所图。"

"总归是国学府的考生，依你看，会是谁？"卿如是撑着下巴思考，"若以布局下套的角度来看，我觉得那人着意将余小姐引到国学府，还有另一层目的。"

月陇西亦随意撑起下颌："且说说看。"

皎皎站在一旁自顾自打量，左看看卿如是，右看看月陇西。她比较笨，听不懂他们在说什么，但她发现，不管自家姑娘做什么动作，姑爷都会跟着学。

"倘若只是为布一场局，就该约在偏僻的地方，怎会要求余小姐一位姑娘去国学府那等男人窝找他，分明是有意要让旁人晓得他们之间有私情，且要教人误会是余小姐先倾心的。"卿如是拿一根筷子在茶碗里搅弄着，笑道，"你看，就好比你我，今儿个不就当了'旁人'，跟着来一探究竟了吗？"

月陇西失笑道："我还以为你方才是要说：'就好比你我，不就叫旁人晓得我们俩之间有私情了吗？'"

卿如是面色微羞，下意识瞟了眼看热闹的皎皎，而后埋下头喝茶，落盏时肃然把茶杯定在桌上，低说了句："……一点儿也不好笑。"

"你分析得有道理。"月陇西转移话题不再逗她，笑说，"这么说，那人不仅图谋不轨，还故作清高的姿态，想要片叶不沾身。"

卿如是被他引开注意，脸色好了些，同他聊起刑部的事："手札的事情你办完没有？你就这么跟着我跑了，会不会影响你们刑部办公？"

"不会。到了晌午，我总是要吃饭的，正好跟你出来。况且近日处理完了手札的案子，刑部轻松了不少，没什么大案。"月陇西沉吟道，"月世德昨晚出狱了，余大人得陛下旨意，亲自将他送回了国学府。一段时日里，他应当会在你这边收敛些，但你也不可掉以轻心。婚宴时父亲定会请他前来，我担心的是……"

他会借机搅局，或者做什么手脚，尤其是借她"秦卿"这个身份。

月陇西咽下没说完的话，话锋一转："总之，女帝手札的事都没有将他正法，他应该已经猜到自己对陛下来说还有用，恐怕会愈发肆意妄为。"

"他怎么那么多事，说到底我嫁给你跟他究竟有什么关系？"卿如是郁郁地撇嘴，"就算我真是秦卿，死而复生，嫁给你那也是祸害你，没招呼到他身上去，他命长闲的吧，管得真宽。"

月陇西爱死了她说"嫁给你"的模样，忍不住低声笑。

"不聊他了。兵来将挡，见招拆招吧。"卿如是瞧见小二端着菜走过来，便挪开茶碗，将一双筷子整齐捏在手上，摆好碗乖巧等着，一边等一边回头跟月陇西道，"可以吃饭了。我这几日在家闷着都没什么胃口，今天去练武场耍了会儿鞭子，现在饿得慌。"

"为何没有胃口？"月陇西一击必中关键。

卿如是犹豫着不知找什么借口糊弄，皎皎低声问她："姑娘，你不是因为快要出嫁愁的吗？近几年扈沽城待嫁的姑娘都有这毛病，很正常的，你跟世子说呀。"

卿如是慢吞吞地抬头望向她，低声辩驳："呸，把你给能的，我像是因为这事犯愁的人吗？门口等着去，一会儿给你买好吃的。"她嫌皎皎在这儿说些不该说的东西。

皎皎一听有吃的，当即应声去了。

可皎皎那话教月陇西听去，便打趣道："不如你说说，担心嫁给我之后哪里会有不如意呢？"

话到这茬儿，卿如是只好顺着聊，待上菜的小二走了之后，她才道："上回我跟你说的，关于成婚之后我们怎么睡的问题……我愁这个呢，想了好几日。"

月陇西放下筷子，揉了揉眉心，神色诚恳地问道："我们不是说好等你嫁过来之后再商量吗？"他抿抿唇，又道，"你想出什么结果来了？"

"不知道。"卿如是夹了两筷子肉，放在小山峰似的米饭上，埋低脑袋，大口大口地扒饭。

"既然如此，那……"月陇西挑眉笑，"那我们就别分房睡了。你看，我们折腾来折腾去，若哪日娘突然来了，瞧见这架势，我们说都说不清楚，届时也懒得遮掩扯谎不是？我的床可舒服了，不想认真躺一躺，感受感受吗？"

卿如是："……"

她心底犹豫，余光瞥见余姝静从二楼雅间走出来："欸，快看。"

余姝静随意拦住了一名小二，像是在问话。小二满脸无可奈何，最后只得哈腰点头，不知是同意了什么，往楼梯处去了。紧接着，余姝静又低头迅速进了房间。

"看样子，是没等来那个人。"月陇西笃定道。

"第一回不留名，第二回指示人家去国学府却不露面，这回干脆也不来赴约。"卿如是偏头冥思，"这人真是吊足了余姝静的胃口，连着我的胃口也一起吊了去。"

月陇西笑道："再一再二不可再三，那人不一定是没有来赴约。"他的话别有深意，却并没有把剩下那句"或许是来之后看见了我们才没有上楼"说完。

他的目光在正厅里逡巡，最后落定于一处视线开阔的走廊，那里有拐角，从他们的角度看过去，并不能看见拐角后的情形。但是，那里背着光，有一小截儿影子投映在地面。

很快，那人也发现了藏在这里的弊端，迅速转身从走廊离开了。

月陇西收回视线，低头抿茶时唇角浮起一抹了然的浅笑。

"算了，我们还是吃饭吧。"卿如是不再关注那边的动静，她不好因为玩而耽误月陇西办公的时间。

两人用完膳，月陇西唤小二结账，刚打算掏银子，卿如是却说自己说好了要请他的，他便毫不客气地笑道："好啊，那你来。"

前世今生，两辈子算起来，姑且就当这是她头回心甘情愿给他赠礼。月陇西很期待地凝视着她，唇角是压不住的笑意。

结果卿如是摸了摸腰间，又摸了摸怀里，最后勾手去掏袖子，愣是没有翻出钱袋。月陇西的笑容渐渐消失。

她笑得眉眼弯成月牙，甜滋滋的，说道："呀，我好像把钱袋忘在练武场了，身上唯一的一点儿散碎银子都在方才来找你的时候拿去借了马。"

瞧着她鲜少对自己露出这般笑，月陇西想郁闷都郁闷不起来。这个郁闷的劲儿统统栽进了蜜罐子，一丝丝地浸进去，化为了酥他骨头的甜意。

"练武场也不是很远，要不你坐着，我现在回练武场去拿？"卿如是正儿八经地问。

罢了罢了，月陇西叹了口气，想起她主动送萧殷玉佩的事，一边在心底揪扯着那疙瘩，一边笑着掏钱结了账。

两人并肩走出客栈，皎皎迎上来，满脸惊讶。"姑娘，你猜我方才在门口遇见谁了？"没等卿如是真猜，她先忍不住脱口，"我看见萧殷萧公子了！他好像是从另一道门出来的，刚刚就在小楼里，你们遇见没有？"

卿如是讶然，稍一思忖，就明白过来。她抬眸看向月陇西，后者笑道："现在知道是谁了。"

"可是……"卿如是皱眉不解，片刻后又恍若参悟了些。难道他真打算对余大人下狠手？那他去招惹余姝静做什么？不应该是从刑部那边滋事，把余大人拽下马吗？莫非是对余姝静生了真情？或者余姝静有何值得利用之处？

她一时摸不准，暂且搁下不想。左右与她无甚关系，不过是生出好奇之心才参与进来。

月陇西照例送她回府，因有皎皎跟着，他唤的马车。

下马车后她毫不留恋地进府，月陇西赶忙一把拉住，说道："我方才问你的事你还没有同意呢。眼看着就要大婚了，我可不想当晚连个房门都不让进。"

卿如是皱皱眉，道："那行吧，你在你房间里多准备一张宽些的榻。"

月陇西欲言又止，最后心思微动，不再细说下去，反而催促她进府："等着我，我后日一早便过来。"

卿如是很疑惑："提亲哪有你本人掺和的份儿？不都是请人来说媒的吗？

你就别过来了，多丢脸啊。"

"是吗？"月陇西故作疑惑地蹙起眉，微眯了眯眸，"那好吧。"

如此说定，她方放心地回府。

依照他们两人如今的情形来看，提亲完全是走流程罢了。由媒人带着男方的庚帖上门说亲，若是女方有意，初步便算成了，须得当场互换庚帖。两方人家各自将庚帖压在自家灶君神像之下，若三日内家中无大小任何异常，再请人合八字。若是八字不合，那这门亲事恐也会招致灾祸，家宅不宁。

因此，多数人在择夫选妻时便会先看好八字，以免两人合了心却不合八字，届时两方都尴尬。

所以这点倒是不必担忧，能入月府相看名册的女子都是郡主娘娘暗地里寻人合过八字的。

十七日，当天清晨，卿府迎来了名动扈沽城的百寿媒喜婆。喜婆今年正好百岁，为人牵线搭桥几十年，经验丰富。且自她三十五岁起，经她的手牵线的姻缘就没有不成的，俱是夫妻和睦，家宅安宁。

喜婆的夫君生前只有她一妻，不曾纳妾，两人伉俪情深，顺遂和睦，羡煞扈沽。自女帝时期她便在扈沽城中闯出了名声，谁都晓得她膝下儿孙满堂，且都是恭顺孝贤之辈。后辈中有从官者，有从军者，亦有从商者，皆有所成。养在她膝下的姑娘所嫁之人不是朝中大员就是富户，无一例外。

饶是家中富足优渥，喜婆仍不曾改变志向，她这一生别无他好，只喜做媒，直到六七十岁身子骨受不住了才不再外出奔波，回家颐养天年。

万万没有想到月府能请得动如今已有百岁高龄的喜婆，扈沽城都知道她早在三十年前还是女帝朝时就放出消息再不做媒，后来多少高官富商请她都未能请得动。

如今竟被……

卿母啧声暗叹，真是寻了个好女婿，外边结亲的风声都定了，而今不过走个过场都走得费尽诸般心思。

卿父卿母哪敢怠慢这位老人，早早换好衣裳迎了出去。卿母心底说不雀跃是假的，这会子喜婆替月府上门说亲的消息怕是都传遍扈沽城了。

她压下狂喜的心思，紧跟着把人接到手扶进去，定眼一看后面还跟着一位，可不就是她的亲女婿。

"世子这是……"卿母失笑，她长这么大，倒是真不曾见过跟着媒人一道上门的。

月陇西施礼，神色从容地淡笑道："让您见笑了。不知如是此时正在何处？小婿来找她玩的。"

"我让她早起以后在自个儿院子里好好待着呢，我让小厮和丫鬟领着你去看看吧。"卿母说完，示意身后的仆人。

月陇西再施礼，又请示了卿父，拜别了喜婆，这才跟着丫鬟往她的院子去。

卿如是正蹲在屋里的屏风后面，给一盆花浇水，一边浇一边跟皎皎说："要不然这几盆花也跟着当嫁妆抬过去吧，留在这边我怕别的下人照顾不好。"

"姑娘，哪有把花封箱子里当嫁妆的嘛。"皎皎正在收拾她的妆奁，听及此皱起眉头急道，"更何况这花还带着花盆，根还扎在土里。姑娘肯定会让人笑话的。"

"那我回门的时候再专程吩咐几个小厮把花都给搬去月府。"卿如是蹲得腿麻，干脆盘腿坐在地毯上，把一盆土搬到面前，见那土被小铲子挖得十分松软，便忍不住用手掏着玩了会儿。

脸侧有汗珠子滴下来，她觉得痒，用手抓了一把，顺便撩开落在鼻尖上的发丝，以及浇花时溅在眼下的水点，待一系列动作做完，她才后知后觉地想起自己指甲缝里都是泥。

"皎皎，帮我拿锦帕来。"她埋头唤，身边却无人回应。

抬起头，月陇西就侧身站在屏风后，偏着脑袋瞧她，眼角流溢着脉脉温情。

瞧见她脸上的泥巴，月陇西慵懒地挽起唇角，继而笑出声。稍一顿，他撩袍蹲下，挑眉道："看到我可惊喜，小花猫？"

"不是让你不要跟来吗？你前天答应得好好的，怎么转脸就又跟来了，不嫌丢人哪？"卿如是见他盯着自己的脸，瞧个不停，又因他方才的昵称回过味来，耳梢不禁发烫，赶忙伸袖子捂住脸，闷声令道，"别看。"

"偏看。"月陇西攥住她的下颌，将她的手臂拿开，俯身故意凑到她唇边去，待她目露惊慌之时方挪开，风轻云淡地笑，"我给你擦干净。"

他今日没有带锦帕，只好用袖子给她擦拭。

满室静谧，四目相对。他的眸子明澈深邃，灼热的目光正一寸寸地在她脸上游走，彼此的呼吸融于一处，又被周遭细微的清风吹散开，又融、又散……好似极尽缠绵的云丝，缱绻难分。

卿如是情不自禁地屏住了呼吸，想要分散自己的注意力，这厢刚分散，又感受到他光滑的袖子触碰脸颊时带来的酥痒。愈被摩挲，愈渐发烫，她的脸颊飞上两片红霞。忽而心跳得厉害，漏了呼吸，便闻到他袖子里盈满的香气。

晃神间，听到月陇西轻问她："你有什么想要在嫁人之前完成的愿望吗？"他听郡主娘提到过，姑娘们都喜爱在嫁为人妇前去做从未做过的事，顺自己的心意，遂自己的愿望。

注意力终被吸引，卿如是不再关注他的袖子，认真回想一番，她道："幼时的算吗？我幼见到有些男孩子爬树蹿高，就躺在树上睡觉。我一直想学他们那般在树上睡一晚，但那时候我一个几岁大的女孩子家，根本爬不上去，家里也不允许我在那上面睡觉，怕我摔着。长大之后就更不允许了，家中有宵禁，也不可能让我彻夜不归。这件事只好不了了之。"

月陇西莞尔，擦得差不多，他维持着攥住她下颔的动作，凝视她笑吟吟道："这愿望再简单不过。就没有别的了吗？"

卿如是摇头，期待地问："你带我去？"

"嗯。三日后，定亲那晚……"月陇西拿拇指从她唇上滑过，擦去最后一点儿泥土星子，而后定眼注视她，轻声说，"我来偷你。"

这男人好端端地说什么偷，搞得像是在说偷情似的。卿如是听不惯，皱起眉头瞥他一眼，心却被"偷"字挠得痒酥酥的。

两人闲聊了会儿，月陇西听闻喜婆那边已经换完了庚帖，这厢要走了，便与卿如是笑说："喜婆年纪大了，来一趟不容易，我须得亲自将她送回去，以免失了礼数。"

"那你快去吧，别耽搁了。"卿如是并不知道喜婆是谁，只以为是寻常说媒的媒婆。

直到三日后，纳吉当天，卿如是方听卿母说起了那喜婆的身份，险些惊掉下巴。卿母说世子当真为她上心，此举不知道羡煞多少闺秀千金。

卿如是未曾多想，以为是月府着意安排的手笔。月氏她是清楚的，一向注重面子，排场必定要配得上地位。

她们坐在院里吃早点，远远瞧见月亮门那处有小厮疾步走来，面露喜色，见到她们便施礼禀道："夫人、小姐，世子亲自抱着一对活雁上门来了。瞧着后面还跟了不少仆人，都捧着红案，红案上盖着绸花，不知里头还有什么呢。"

"活雁？"夫人微讶，接过身后嬷嬷递来的锦帕，掩唇擦拭。多数人家过定的时候赠女方的都是金雁，或者赠送金银首饰，在首饰上面雕一对雁，极少真有那心思去弄活雁来送的，市井里也不见得有卖。

卿如是好奇地问:"真是活雁?扈沽城哪里有卖活雁的?"

小厮点头,笑道:"是活雁,真的,还在怀里扑腾呢。听说是世子亲自去扈沽山上打的。"

"真是难为他这般有心。"卿母的唇角抑制不住地上扬,稍偏头唤嬷嬷,"走,跟着迎去。"

"姑娘要跟着去看看吗?"嬷嬷问。

卿如是不舍地盯着桌上的糕点和米粥,纠结道:"我早膳还没吃完呢,你们去吧,我隔会儿再去。"

卿母幽幽地看了她一眼,见她依旧神色莫名,卿母无奈地叹了声,带着嬷嬷往前院去了。

到了前院,卿母瞧见月陇西竟还抱着那双雁不曾放下。卿父站在一旁,身穿官服,拍着他的肩膀同他谈笑,兴许是匆忙要去上朝。

卿母走过去,催促卿父去上朝,笑说:"这里有我呢。"

卿父离去,卿母这才仔细打量那双大雁,羽毛鲜亮,双眼熠熠,趾高气昂,时不时叫几声,引得周围丫鬟仆人伸着脑袋探看。

卿母让月陇西将大雁交给小厮抱着,他双眸顾盼,没见到卿如是,只好先依言交给小厮。

见卿母不解地盯着他身后手捧红案的仆人看,月陇西示意斟隐去将绸花揭开,并向卿母解释道:"小婿听说,而今多以赠金银首饰为佳,唯恐赠送活雁失了礼数,便又做主加了金银雁摆件各一对,刻有双雁雕花头面一套,雁头玉如意一对,雁纹锦帛数匹。"

"哎哟,你⋯⋯你这⋯⋯"卿母高兴得红光满面,失笑道,"你这是听谁说的?因那活雁难寻,坊间才多以金银首饰相赠,你既寻了活雁来,传出去定是一段佳话。"

她虽嘴上这么说,心底却晓得他是有意要赠厚礼过定,以表心意。卿母招呼月陇西进屋坐,月陇西却笑道:"小婿就不坐了,府中还有重要事宜待办。"

知道他公务繁忙,卿母并不强留。送走月陇西,她吩咐人将摆件、首饰和布匹都搬进库房去,打点了月府的仆人小厮,这才回到院里。

卿如是还在吃,抬眸一扫,讶然道:"娘这么快就回来啦?"

"我真是不知道这碟糕点有什么好吃的?!"卿母揪着她的耳朵,恨不得给她拧下来。

听她轻呼了声疼,卿母又松开给她搓揉,说道:"你的嫁妆我老早就在打点,你阿婆阿爷三姑六婶的前几日听了信儿都往这边赶来了,也给你运了不少嫁资。我估摸着你自己打点不出个什么来,这些天没事就在家里跟嬷嬷学学绣花吧,好歹绣出几个肚兜,也算增添你们夫妻之间的趣意了。"

"娘你在说什么呢?!"卿如是被母亲揪得耳梢发烫变红,此时连带着红到了侧颊去。

卿母低头看她,叹道:"早晚都得知道,你出嫁前我还得再教你这些的。羞什么,也不小了。"

卿如是倒也不是不知道,只是从未与人明着谈过这些,脸皮薄,一说就红。

两人聊了会儿话,又寻了个绣艺高超的嬷嬷指给卿如是,让她从明天起就开始待在家里认真学绣花。

待卿父上完朝回到家,卿母向他交代了清晨月陇西赠的礼。几人用过午膳后,卿母回屋午睡,翻来覆去睡不下,惦记着要再多给卿如是添置些嫁妆。她整日里就晓得看书练武,半点儿不经事,嫁过去若是再少了家底撑着,受了气怕是都不知道。

越想越后怕,卿母坐起来,在外间坐定,吩咐嬷嬷去把库房的册子拿来。

嬷嬷应声,刚走出几步,正好听到急促的敲门声。她赶忙开门低声呵斥:"做什么,着急忙慌的?!夫人正愁着,莫扰了去。"

前来传话的是名小厮,先笑着告了罪,才轻声在嬷嬷耳边禀报。

"什么?!"嬷嬷先听了一耳朵,吓得瞪大眼珠子,笑得合不拢嘴,一时也忘了要细声说话,"千……千真万确?!"

小厮颔首:"千真万确!"

卿母听见动静,微皱眉站起身来,问:"怎么了?"

嬷嬷转过头就回禀卿母,脸上尽是激动与喜色:"月府也没来个人说一声,这才纳完吉,一双大雁还在院子里扑腾呢!怎么又跟着一声不吭地来下聘了?夫人,那抬聘礼的杠箱都排到后街去了!咱这府外整条街道都被堵得水泄不通!世子派来维持秩序的侍卫就有好几十个!老百姓们都争着出来看热闹呢!"

"整条街?!"饶是卿母这等见过大世面的人也没顶得住这消息的震撼冲击,脚底一滑险些栽倒在身后的圈椅里,她捂住嘴惊呼,"天哪……我是招了个女婿还是招了个财神啊。"

虽然满崫沽城的人都晓得月氏有钱,但这钱终究没落到自己怀里,不知道轻重。陡然落到自己怀里,这谁顶得住?

"快，快吩咐人都去前院里帮忙！我一会儿就来！"卿母按着胸口，赶忙招手唤嬷嬷，"如是在做什么？"

"刚听皎皎说好像在院子里逗那两只大雁玩儿呢。"嬷嬷笑回。

"这个时候了她还玩什么大雁？！多大了也不嫌丢人！真是愁死个人了，怎么好像要嫁出去的不是她似的。"卿母恨铁不成钢，"赶紧去把她叫进来！世子多半又跟着下聘的来了，待会儿看见她蹲地上玩大雁成什么体统？叫进来给世子倒倒茶也是好的。"

身边丫鬟应着，赶忙出门去招呼了。

"老爷呢？老爷去哪儿了？"卿母又紧着问嬷嬷。

嬷嬷笑了笑，回道："老奴方才还没说完呢，带人来下聘的是月氏族里的老学究，亦是儿孙满堂、多福多寿之人，早些年还得女帝看重，请他入仕，但此人颇有风骨，婉拒之后便待在扈沽山研究学问。老爷刚带着人亲自出去迎了，收下礼单之后就去了正厅里说话。"

卿母一口气提到心口来，隐隐有些猜测，忙低问道："可是写《月氏百年史》的那位先辈之子？"

"正是！"嬷嬷笑道，"老爷惦记着见这位学究多少年了，世子当真有心。"

正说着，卿如是拍落两掌的灰尘，跨过门槛，问："娘，找我什么事？"她的衣裙上还沾着方才抱大雁时从它们足底带去的泥，袖子挽了好几挽，直翻到肩膀上去，手腕戴着护腕，腰间还别着卷了枯草的长鞭。

卿母看她的眼神一言难尽。上下打量卿如是一番，不是她自贬，她是真觉得自己这闺女配不上人家世子。

卿母道："世子下的聘礼太重，咱得多拿出些顶面的嫁妆来，娘再给你划些账出去，你自己瞧瞧。嬷嬷，快去把我库房的册子拿来。"

卿如是坐过去，随手拿了块糕点，被卿母一巴掌拍掉。丫鬟递了手盆来，卿如是转头，边净手边说道："娘，不用操心。他说晚上会悄悄派人来添礼，且将那些额外添置的礼一并充作我的嫁妆，再抬过去。"

卿母震惊地看向她："你说的可是真的？！他何时同你说的？"

"刚才啊，跟我玩了会儿就走了。"卿如是净完手，终于拿起糕点咬了口。

卿母啧啧称赞："这女婿真是绝了……亏他想得出来。不行，如此咱们就更不能失了礼数。嬷嬷，快去拿册子。"

她抬眸瞥了眼卿如是，叹道："你呀你，真是天生好命。我本想说你几句，瞧着你一点儿不操心。如今可好……嫁妆都被别人给操心完了，你倒是真不用操心了。你就等着嫁吧，娘也没什么可说的了。"

说完，她又立即起身道："我得亲自出去看看。"

卿如是摸了个苹果回屋啃。近日待嫁无事，索性找些月氏的书籍来看，提前摸索一番。

她看书向来心无旁骛，不知不觉入了夜，晚膳也不曾吃，抬眸时见外头灯火通明，她便撑起下巴瞧。忽而有隐约的嘈杂声传来，她起身出门，听得有人唤"卿卿"两声。

咬字轻缓，但她偏就是听着了，循着声音望去，竟在自己院子的墙头上瞧见了月陇西。

他盘腿坐着，一手抵在膝上撑起下颚，偏头朝她笑，另一只手就随意垂着，那手还挑着一盏琉璃灯，琉璃瓦上是金纹芙蓉，明黄的烛火映得他一双凤眸流光溢彩。银白的华裳落下一角，耷拉在墙面，被风翻起。他用银冠绾起青丝，冠下垂着细长的坠珠绳，此时亦随风摆弄了下。

那珠子像是敲在她的心头。

"你翻我家墙头做什么？"卿如是微睁大眼，耳梢悄红，"饶是偷我……就不能走后门吗？"

"我吩咐来添礼的小厮都挤在后门，这会儿你爹娘应该也去了。"月陇西从怀里掏出个布包丢给她，"接着，我路上买的芙蓉糕。"

卿如是抱着还是热乎乎的芙蓉糕啃，朝他走过去，望着他："现在就走了？需要我准备什么吗？"

月陇西将琉璃灯朝她的脸拿近，映亮了她的双眸后，才笑道："你顾着吃和睡就是了。"

果不其然如卿母所说，好像自认识月陇西起，她什么都不用操心了。卿如是四下看了看，没有人在院子，她借着墙边的砖瓦几步飞身登上，随着他出了卿府。

夜风微潮。

两人去的地方就在廊桥下，碧湖边，那里有一棵大榕树正值枝繁叶茂。虽然是夜，但街道上仍有不少人，小贩收摊，行客往来。

月陇西纵身而起，踩在粗壮的树枝上，抬手将琉璃灯高挂于树心。霎时间，明灯就将整棵树点亮，光从树叶缝隙漏出，像是黑夜被白昼撕开，也像鬼工球上瑰丽的花纹，迷离了人眼。而那个站在树干上居高临下凝视着她的男人，此时动人心魄得紧。

卿如是惊叹于此情此景，一时出神。

"愣着做什么？上来。"月陇西坐在枝丫间唤她。

卿如是倏地回神，她没有选择施展轻功，而是选择像幼时看到的那些小男孩一样抱着树干爬。月陇西饶有兴致地觑着她一步步往上爬，临着她在自己斜倚的树枝边冒出脑袋，伸出手接她。

兴许是他向上拖的力道太大，卿如是陡一被他接住就扑进了他的怀里，整个人都趴到他的身上。

她骇然，想起身，被月陇西挟住腰肢不得动弹。她羞恼地皱起眉，刚要说他，耳边就传来了他的微哑的低语："你想起身去哪儿？这里就这么点儿地方，你不在我怀里睡，还想在哪儿睡？"

他说的是实话。卿如是消停了些，把脑袋偏到他心口，听见他的心跳，很快，比她的快。

她惊奇地磨蹭过去细听，想起每每听月一鸣的心跳也仿佛是节奏紊乱的样子，她好奇地问："你们男人的心跳，是不是普遍都要偏快一些？"

月陇西慵懒一笑，从容道："我又没听过女人的心跳。那你把心口凑过来，给我听听你的是不是比我的慢？"

话音刚落，卿如是就伸手在他腰间狠狠掐了一把。他假意呼痛，捉住她的手贴在自己腰上，不疾不徐地说："且再掐重些，共度一晚上总得留下点儿东西回去。"

他一说话，胸腔便震动起来，听得卿如是的耳朵发痒。她想起月陇西身上还有鞭伤，便收了手继续趴在他胸口，换了边耳朵。

如此过了会儿，才想起要回他方才的话。卿如是捏起拳头在他胸口轻打了下，低低地说："不要脸。"

月陇西一顿，忽笑出声来，哑声道："好生活脱的娇嗔。小花猫，你撩到我了。"

卿如是耳梢滚烫："……"说什么都能接，瞧把你厉害的。

"你就这么趴着，我怕你待会儿摔下去了。"月陇西随时随地都有话说，笑吟吟地握住她的手，往自己的颈边带，做出她搂住自己的模样，"这样如何？搂紧些。我恰好有些冷，你给我暖暖。"

卿如是抿住唇，搂住他的脖颈，小心翼翼地把脑袋蹭到他下颌去，以免手臂伸出太远会累。

谁知蹭得月陇西痒了，他就笑出声，仰起脑袋嗔她："你逗猫呢，下巴都要被你给蹭酥了。真是……撩死我算了。"

"月陇西！"卿如是恼了，抬起脑袋瞪他，"你有完没完，不许说话了！"

月陇西慵懒地笑，说道："好吧。"看似乖巧。他低眸觑了她一眼，眉眼都弯起来，望着高挂在树心处的琉璃灯，被映得潋滟生辉的眸子里尽是笑意。

他安分了会儿，卿如是才继续靠着他的胸口，双手贴住他的颈侧，给他搓热乎。借着琉璃灯的光，她看见他侧颈处那颗清浅的痣，在烛火的映衬下，莫名显得温柔。

方才被他勾得浮躁的心安稳下来，卿如是将声音放得轻柔了些："搓了会儿还冷吗？你现在什么感觉？"

月陇西没回答。卿如是抬眸一看，他正眯着眼瞧她，嘴角噙笑。

"说话呀。"卿如是屈起一根手指挠挠他脖子上的痣，"问你现在什么感觉了？"

"你不是不许我说话吗？"月陇西舔着嘴角忍笑，又握住她一只手，单掌把玩着，一会儿捏捏手指头，一会儿又摩挲粉粉的指甲。

抬眼一瞧，卿如是正瞪着自己，他正经道："那我说了你可别又生气。什么感觉啊？……温香软玉。"

不等卿如是发作，月陇西把她的手往自己衣襟里一带，赶忙抢话道："我也给你暖暖。那你现在什么感觉？"

"斯文败类！"卿如是回敬，却意外地没有拽回手，只不过捏紧了拳，似是因为不习惯在男人衣襟里取暖。

"好贴切的词。"月陇西低笑，"不过，斯文败类也不能形容感觉。夫君教你说，感觉是暖和，还是不暖和啊？"

被"夫君"二字刺激，卿如是双颊陡然泛红，迅速将手抽出来，扒着他的手臂，侧过脸去不说话了。

自知方才操之过急失言太多，月陇西亦不敢再多说，默默搂紧她的腰肢，合眼睡去。

然则，两人都怀揣着心事，谁也没有真的睡过去，不过小心翼翼地呼吸着，不肯互相打扰。

天公不知是作美，还是不作美，落下一颗颗的雨点，打在地面。周遭行人都看出要落大雨的苗头，赶忙拿袖子遮住脑袋往家跑，原本优哉游哉收拾摊子的小贩也迅速推着摊子跑了。

这雨落得快，顷刻间就会下大，届时饶是枝繁叶茂的榕树也遮掩不住。卿如是不再装睡，从他身上爬起来，朝后退了些，坐到树中间的总枝丫窝去。

"未免你睡到半夜不舒服，还是习惯床，我来之前便在这附近酒楼订好了房间。"月陇西跟着坐起来，交叠起两只手遮挡在她头顶，别有深意地笑道，"你这几日，最好不要淋雨。"

卿如是点点头，又倏地反应过来，睁大眼看他，问道："你……你怎么知道？！"

"上回在国学府你好像就是这几日，我记着的。"月陇西偏头沉吟，"不过，听说小日子也有不准的时候。你准吗？"

卿如是不愿意跟他一个男人讨论这些，但又感动于他真的记住了自己平日里不爱记的小日子。上回他说的时候还以为他是说来逗她玩的，没承想不是随口之言。

风动树摇，雨倾盆而下。

他的手还叠放在卿如是的脑袋上，给她遮雨。卿如是怔然望向他，隐约在他的眸中看见了倒映的自己，明亮且清澈的墨瞳，缀了一弯月牙，将她的倒影也映得清亮。

"月……"她想唤他的名字，告诉他，他的眼睛生得可真好看。但名字咬在唇畔，她又改了口，无意识地喃喃着，"月亮……你的眼睛里有月亮。"

月陇西微挑眉，故意凑近她，轻声问："嗯？你说什么？……我眼睛里的，不是你吗？"他的声音愈轻愈哑，最后几近无声。

雨洒在他的身上，浸湿他的衣襟和头发。卿如是忍不住抬手帮他拂去眉角处的雨珠子，他眉心微微一动，握住她胡乱在自己眉角扫动的手。

他瞧见卿如是的脖颈上也贴着带了雨水的乌黑青丝，黑与白的简单碰撞，过于单调，但那种颜色的缺憾让人无端生出一种美来。与此同时，雨滴顺着她的青丝蜿蜒而下，浸湿衣衫。

月陇西轻捏住她的下颌，摩挲掉那处的雨水。稍抬眸，凝视她的双眼，像灌满了水，盈盈发亮，又像是蒙上了薄雾，迷离不自知。他亦是如此，而不自知。

握住她的那只手无意间稍稍用了力，卿如是下意识地回握了，这让月陇西胆子愈发大了些，稍使力攫紧她的下颌，缓缓低头，倾身靠近她的唇。

一时两人心跳皆咚咚不止。

气息穿透冷雨相互交缠，洒在对方的脸颊上，再轻扫过唇畔，却仿佛挠着全身的痒。

被烛火勾勒出暖黄色的唇线已在茂盛的绿意中相贴，月陇西用唇边摩挲着她嘴唇的外廓，如蜻蜓点水般轻盈。不够，月陇西觉得不够，唇尖的痒意还没纾解，又何谈纾解心尖的痒？

他想贴上去，探入她的口中，将这么多年一直想要说的话、想要讲给她听的解释、想要表达的爱意统统渡予她。

月陇西眉心微微一皱，尚在犹豫时，捏她下颌的手不觉间使了劲。卿如是被这痛楚激得猛回过神，忽见他近在咫尺的脸，骇然高呼，想也不想，用力推开了他。

方一推就觉得不对劲，面前的人影一晃再一翻就消失于视线，卿如是赶忙扒住树，捂住嘴惊呼："啊，月陇西？！"

"砰"的一声，月陇西狠狠摔在地上，周遭溅起浅浅一片雨花，他闷哼呼痛。

月陇西从来对她不设防备，哪里会晓得自己上一刻还沉浸在狠狠吻下去的美好臆想中，下一刻就被这狠心的女人径直推下树摔落在雨地里。

前些时日被笞到骨子里的鞭伤隐隐作痛，痛得发痒，霎时间，劳什子风花雪月消散得无影无踪。

"对不起啊，谁让你……让你……"卿如是回想方才那幕，心慌得厉害，没能说出口，只嗫嚅着问，"你没事吧？"

月陇西迎着雨朝上看，见卿如是抱歉地盯着自己。他专注地凝视了会儿，抬手抹掉脸上的雨水，用手臂捂住双眼笑了，叹道："你啊。"

月陇西站起身，拂了拂衣袍的水渍，望向她，缓缓张开双臂："跳下来，让我接住，我就原谅你。"

卿如是并无任何犹豫，他话音落时就纵身跃下，准确无误地扑进他的怀里。月陇西紧抱住她，在她耳畔轻声问："站稳了吗？"

卿如是点头，他松开手。

琉璃灯仍在树风中轻轻招摇，瓦片相撞，发出清脆的响声。卿如是回头望，月陇西便问她："想要带回去？"

不知为何，她觉得很喜欢。

未等她回答，月陇西飞身将琉璃灯取下来递给她，说："你抱着它。"卿如是刚接住，冷不防身体一轻，月陇西已将她打横抱起，笑说完后半句，"我抱着你。"

话语被风声折起，一连串的雨珠子在树叶上轻弹，最后猛地坠落，洒了一地星辰。

瓢泼大雨中，月陇西修挺的身形被街道边一重重屋檐下的灯笼映在水洼里，雨落时弹起的水花和泛开的涟漪断断续续地拼凑出他的身影。他怀里抱着的也是他的琉璃灯，一点光芒万丈清辉。

明黄的琉璃灯光在水洼里浮动着，映照着前路。

月陇西低头看她，柔声道："躲进我衣服里，就淋不着雨了。"

卿如是没吭声，脑子里一遍遍过着方才那个未落到实处的吻，头愈埋愈低。月陇西的脚步也愈渐快了，不消多时就到客栈。

月陇西住在她隔壁，命人给她备好热水和干净的衣裳，亲自送过去后才回屋沐浴，泡在热水里。他的脑子迅速将刚刚发生的一切回想过一遍，最后一头扎进热水里，任由水面没过头顶。微蹙起眉，心想自己刚才想吻她的举动是不是表现得过分明显了。

他这厢苦恼，卿如是也好不到哪儿去，她已在浴桶中坐了小半时辰，一直在想这个问题。倘若直觉没有错，方才月陇西是不是想要亲她？她下意识抿紧唇，不经意用舌尖舔过唇线，似乎方才被他用唇轻轻摩挲过。

这和在密室里不同。密室里他虽有无礼之状，但说是给她渡气也说得过去，他这人一向不正经，用些不正经的法子解决当下的困难也不是不可以。

可是方才，他对自己说的那些话，不像平日那般只作戏谑言，倒像是……男子真心时会说来撩拨人的情话。他要吻自己也不是为了渡气，不是只作无礼之色，他好像是真的想要吻下去。

卿如是趴在浴桶边苦思冥想，慢吞吞地摸来素白里衣穿好，心神恍惚地往床榻走去，躺进被窝里，饶是神思飘摇，还晓得要认认真真给自己盖好小被子，掩好被角。

做完这一系列动作后，她摸着额头，狐疑地喃喃自语道：“他是不是……真对我有意思？”

这想法陡然冒出，原来与他相识相熟发生的一切都被勾动，那些看似挑逗的话语，看似轻薄的举动，都像是他动了情之后的有意撩拨。卿如是越想越骇然，吓出一身冷汗，索性不再想，闭上眼强制自己睡过去。

第十六章 大婚当日

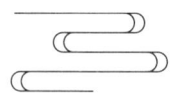

早晨醒来，卿如是发现自己却在卿府里。窗外可见天已大亮，她听见院外有丫鬟打水的声音，便唤了声皎皎。

"欸！"皎皎应声，匆忙进屋，"姑娘，要梳洗吗？"

"月陇西呢？"她问。

"姑娘，你睡糊涂了，这是卿府，你还有半月才嫁到月府去呢。姑爷怎么会在这里？"皎皎走过去给她穿衣。

"半月？！"卿如是惊呼。月陇西疯了吧，昨日方下聘，半月后就让她出嫁，真是半点儿不让人缓气。

但一想到昨晚得出的结论，卿如是又沉默了。她似乎明白为何在国学府时月陇西跟她说想要在两月内与她完婚。

可自己中药那日，他不是说对她也差不多没有情意，合约成亲只为各自摆脱家中催婚吗？

诚……诚实一点儿不好吗？

卿如是的脸噌地红了。

经此一思，恐怕成亲前这半月她都不敢再去找月陇西，也不敢再应他的约。说不清楚为什么，就是再想起他心就怦怦地跳，若是见了面不知该多么窘迫。

正巧，卿母也对她说这些日子莫要再贪玩跑出去，家里许多亲戚都会到访，她就留在府中逐一拜见，不求她将所有远亲近戚全都认清楚，只求她认个脸熟，晓得那是自家人，给她添了嫁资的便好。

卿如是乖乖听话，留在家里跟嬷嬷学绣花。卿母怕她坚持不了几日就又闷屋里看书练武，索性收缴了她的鞭子和书。

这下可好，她没得选择，整日里不是拿绣绷子用针戳戳，就是梳妆穿戴出去待客，倒还真有几分要为人妇的姿态了。

只有卿如是晓得这种日子有多么无聊，绣花绷子看得她眼都快瞎了，待客待得她嘴角的笑生生僵在脸上，回屋之后得叫嬷嬷丫鬟揉好半天，简直催人命了。

生熬到婚前几日，月府派了总管过来，带着小厮和婢女各十名，皆身穿喜字红服，手捧着红案，队伍穿街过巷，再次引来小老百姓争相探看。如上次一般，侍卫开道，总管带着人顺畅地到了卿府。

卿如是正坐在卿母旁边绣一朵小黄花，刚照着光绣了一瓣，不知怎么线就绣脱了。她长叹一声，搁置在一边。

绣不下去了，实在绣不下去。这么多天，她就学着绣了这一种花，如今还把线给挑脱了。这根本不是她一个惊世之才女做的事。

"夫人，月府派管家给咱姑娘送喜服来了！"嬷嬷刚从前院一堆看热闹的小厮里挤回来，激动道，"听说是宫里制出来的喜服，皇后娘娘赐下的！"

卿母从座上惊起。"快快，通知老爷！"她拉起还在喝茶吃糕的卿如是，"你还吃什么吃！就知道吃！跟我去迎！"

被生拉硬拽带出去，卿如是前世还来不及跟着夫人学习应付这种场面，只得全程跟着卿母，学她如何拜谢皇后恩典，看她拿银子打赏云云。

她自保住小命后，险些就要忘了月陇西是陛下和皇后的外甥，向来得他们宠爱，此番亲自为月陇西的婚事操持婚服之事，其深意显而易见。

待队伍回程，卿母拉着卿如是，催促她快回屋试穿，看看是否合身。

卿母寻了两个嬷嬷帮忙，想一想又不放心，自己便也跟着一道去了。

皇室的手笔自是无可挑剔。晟朝婚法中允许新妇顶凤冠着霞帔，这身婚服便是了，明艳庄重却不失大气。

深红流云暗纹鞠衣，衣襟处以银线叠串璎珞，辅以飞霞金纹，沿金纹绣以深青色四角花作饰。外着正红褙子，褙子上以金红二色圆珠结成祥云样式做盘扣，大袖处有龙凤呈祥绕金云霞图。最外衣金绣云霞翟纹霞帔，珠翠装饰，缀金珠子。

下裳为丝缎所制大红褶裙，裙摆边与衣襟处花纹相呼应，串以九十九颗璎珞，飞霞如浪。正红双喜鞋，亦是金绣云霞纹，足踝处结祥云式假盘扣，金红二色，辅以红团短线流苏，走步时随风跳脱，别出心裁。

"合身、合身……"瞧着卿如是着嫁衣站在自己面前，卿母不禁湿了眼角，拉着她的手在床边坐下，拍着她的手背叮嘱道，"你嫁过去之后就别老惦记着往府外跑了。世子对你好，娘知道，但是谁也保证不了他会喜你爱你一辈子，你若不跟他好好过，不自己好好经营感情，他就是与你生了嫌隙，到时你又能怪得了谁呢？"

卿如是点点头。

卿母抓紧她的手，生怕再眨个眼就是出嫁那日，她叹道："娘把你养这么大就是不该太纵着你了。郡主娘娘看着也是好相与的，你不能怠慢她，她对你好，你也得对她好。以后同处一个屋檐下，凡事莫要只想着自己了，书什么时候都能看，鞭子也就在自己院子练练，别去月将军面前丢人现眼的。"

卿如是再点头，道："女儿谨记。"

"还有……"卿母轻声哽咽，"你若是得空，多回来看看娘。娘自己在家闷得慌，没你吵着整日里太清闲了也不好。若是他们欺负你，你告诉娘，没什么大不了，咱回家就是了，你就算是和离了、被休了，娘也养着你……别看你爹不说，但他心里跟娘也是一个想法。"

卿如是眼眶一热："娘……"

"好端端的夫人说什么和离啊被休啊，不吉利。看把姑娘给惹的。"嬷嬷拭去眼角的泪，轻道，"这嫁衣试好便快脱下来放着吧。"

"好。"卿如是换下嫁衣，只觉身体轻盈了不少。

她告诉卿母，卿母笑话她："这便嫌重了？过几日戴上头冠你才晓得有多重。"

卿如是皱皱眉。

"不过你也别担心，等到了月府就取下来了。"卿母刚敛好情绪，又忍不住心底发酸，"娘养了这么多年的闺女就这么送别人家里去了。世子这女婿再如何称我的心，我心里还是不舒坦。他把你瞧得重是好事，就怕他喜欢你就整日里欺你……"

"娘，你别说这些……他也是有公务在身的，哪有那个时间。"卿如是红了脸，抱着她，把脑袋埋在她颈窝处，"咱们说点儿别的。"

卿母叹气，哽咽道："哪里有别的事可说，这些天都是你的事。娘一闭眼就惦念着多给你添置些嫁妆，一睁眼就想着你嫁过去之后没有娘教了可该怎么应付公公婆母，再一闭眼又害怕世子后来厌倦了你对你不好，都是你的事，全是你的事……你怎么那么不让人省心呢。"

"娘。"卿如是抱着她，轻拍她的背，"我会好好的，随时回来看你。"

"哪有嫁了人三天两头往娘家里跑的？"卿母转口又叱她。

卿如是狐疑道："不是您方才还说……"

"我随口说的，凡事你俩商量着来，别一声不吭跑回来，公婆明着不说心里也会厌弃你。"卿母教训道。

卿如是点头，不再接话茬，抱着她安静听她絮叨着。

　　

三日后出嫁。

头天晚上卿如是用过晚膳就去沐浴，爬上床后卿母又过来跟她说了好些私房话，直说到卿如是脸红心跳睡不着才安心离去。

一席话，便将她前些日子考虑的问题又勾了出来，月陇西若是真的对她有意思，那……他们在洞房之夜见面该有多尴尬？辗转反侧，卿如是没能休息好，次日天不亮又得爬起来梳洗上妆。

平日她这屋子里就只有她和皎皎，陡然进来五六个伺候她上妆穿戴的嬷嬷，她还无端生出些惊慌与紧张。听说月陇西专门派人送了一盒正红色的口脂，唯有卿如是知道他为何送这个来。

在国学府的时候，他与她聊起成婚那日应涂抹的口脂颜色。卿如是唇角微弯。

细抹香露，粉面红扑。嬷嬷手艺极好，绾发上妆皆是一把好手。待天边泛起鱼肚白时，红妆已成。

卿如是揽镜自照："这也……"太丑了吧。她没说完，想着今日好歹谨言慎行些，愣是把话咽了回去。

她是亲眼瞧着嬷嬷涂的粉，至少上了五六层，此时她白得骇人，五官都要被粉抹得辨识不清了，朱唇如烈焰里绽开的艳红色的花，奇丑无比。但是旁的人都觉得她今日美艳动人，尤其是卿母，自己生的能不好看吗？

戴上头冠，果然觉得脑袋重了不少。双凤翊龙冠，附以翠博山，一金龙，二珠翠凤，皆口衔珠滴。前后有花、叶、蕊三物珠翠环绕，左右各三博鬓。①能不重嘛。

卿母亲自为她盖上喜帕，想跟她再说点儿什么，又怕把自己的情绪过给她，她若是哭了这妆就白上了。想到这里，卿母愣是忍住了没跟她再多说什么，围观的姑婆姨婶们笑闹着，唯有她这个当母亲的心底不知什么滋味，笑时心底哭。

卿府四处张灯结彩，双喜遍处，鞭炮声震耳欲聋。远远听着外面的鞭炮声愈发响，其中夹杂着喜庆的唢呐声和铜锣声，都知道是月府的迎亲队伍来了。

屋里的人还在打趣卿如是，一会儿帮她捋捋喜帕上的穗子，一会儿帮她整理绣鞋上的流苏，唯有卿母拿手绢包了两块糕点揣在怀里。喜婆笑呵呵地被人搀扶着，给卿如是念出阁喜词。

全福人跑来催促，笑说迎亲的队伍到了，快将新娘子扶出门，莫要耽误。

---

① 取自《明会典》："双凤翊龙冠，以皂縠为之，附以翠博山。上饰金龙一，翊以二珠翠凤，皆口衔珠滴。"

一群人哄然而起，全福人笑着搀扶起卿如是，将她带出门。

另一边，卿父和卿如是几位表亲的兄长拦在府门外，有心要刁难月陇西的队伍。却不想这小子文武双全，撇开他不谈，论武，他身边带着月将军指派的两名副将，又有斟隐这个一等侍卫在；论文，一帮翰林院的学士，还有下聘时领头来的老学究。众人刁难不住，一时半会儿拿他没辙。

不晓得哪位兄弟故意使坏，放了十多个小童出来围住月陇西，有管他唤"姐夫"的，也有管他唤"姨父""姑父"的，不晓得是不是一通乱叫，反正上去就缠着问他要银锞子。月陇西早有准备，出手之大方，一人分发了一袋子。

最后几位表兄堂兄图个热闹，纷纷不要脸地凑上去喊"妹夫"，也学小童缠着要银锞子。月陇西笑着拱手："妹夫见过各位兄长，既是各位兄长的份，怎么能用银锞子打发了？"他丝毫不吝啬，命人散了几锭刻着双喜字的银子。

卿如是这厢，愈到府门，听着是愈发热闹。她的左手边是全福人，右手边早换了卿母亲自搀扶，此时右手边传来卿母的轻啜，她不禁也跟着眼眶一热。

快要走到门口时，卿母趁着没有人注意，往她的怀里塞了个布包，低声哽咽道："这里面是你喜欢吃的芙蓉糕，你早膳也不曾吃。平日里再有什么事都要赖着把早膳吃完，今晨梳妆却耽搁了，路上要是饿了就自己吃点儿……"

卿如是鼻尖微酸，紧紧捏住卿母的手，用力点头。

踏出府门，全福人高声唤："新娘子到——"

月陇西不再跟他们闹，一双眼睛直戳到卿如是的身上，嘴角的笑意生压不住，一颗心七上八下地要跳出两颗的节奏。

临着要将卿如是送出去，卿母终于丢了手，用极轻的声音温柔地道："去吧。"

卿如是喉头哽咽，往前走了一步，忽而又猛地回身一把抱住卿母，扑进她的怀里。卿母的眼泪愣是没憋住又落了下来。

周围传来妇人和姑娘们的轻泣声，最后还是全福人擦了泪劝道："新娘子快上轿吧，别耽误了拜堂。"

两人松开，全福人领着卿如是朝花轿走，唢呐锣鼓又起。临着卿如是要上花轿，月陇西迅速凑过去，偏着头去看喜帕下面，被全福人阻拦才作罢。月陇西从怀里拿出一个精致的小盒子，借着全福人的遮挡，交到卿如是的手里，顺便捏了下她的手。

卿如是狐疑地偏了下脑袋。

月陇西轻笑道："卿卿，我是想亲自跟你说……我来娶你了。"

他说给卿如是听，卿如是却全无反应，低着头暗自羞恼，只觉得月陇西是真不怕大庭广众之下丢脸。

她不回应，月陇西就一直等着她，旁边的人都劝他上马，他还抓着卿如是的手疑惑地问道："你听见我说的话没有啊？"

全福人听见了，笑着催促他："有什么私房话，新郎就留着洞房的时候说吧！"

周围笑作一团。

可想卿如是此时的脸被哄笑声羞得有多红，她咬住下唇，把手从月陇西的掌间拽出来，气恼地低叱道："我听见了！"

旁边的人又都哄笑起来。卿如是羞窘不堪，转身要往花轿里爬，全福人赶忙推开轿门，掀起轿帘，搀扶着她坐进去。

待到卿如是坐稳，全福人为她整理了番喜帕和裙裳，叮嘱她不可再挪动，是为"安稳"。卿如是点头应后，全福人才退出去，张罗着卿府亲戚好友为花轿撒米粒、茶叶。

卿如是在轿内低垂着脑袋，从喜帕下打量掌间的小盒子，她轻轻打开，一股糯米的清香扑鼻而来，竟然是用荷叶包起来的一小块一小块的糯米鸡。一块约莫只有拇指大小，吃的时候不会脏掉口脂。

他倒是真的不嫌丢人，来迎亲路过廊桥那边还要专程去买糯米鸡给她吃。他心思细腻，跟卿母想到一块去了，都知道她晨起梳妆不曾用过早膳。

她抿唇笑了下，抬眸时正巧听见外面全福人高呼起轿的声音。花轿被八人稳稳抬起，她想起前世，月一鸣也曾用八抬大轿把她这个妾抬回月府，一时恍惚，似要陷入回忆里，却又被外面热闹的鞭炮声惊醒。

卿如是左手拿起一块糯米鸡，低头咬了一小口，又摸出藏在袖中的布包，右手拿起糕点咬了一小口。左右手同时往嘴里喂，吃得欢快。

左右月府距离卿府有好些距离，月府干脆就全了礼，打算按照旧时习俗抬着花轿绕城，过千岁坊，再到月府，只要赶在黄昏前不耽误拜堂吉时就好。这是月陇西提议的，他自是想要让整个扈沽城都知道他要迎娶卿如是过门。

这一长段路虽说是绕城，但其热闹喜庆丝毫没有随着前行而消减。月氏发扬了他们向来铺张浪费的作风，在绕城的整条路上挂满灯笼、贴满红囍，如此张灯结彩，又有锣鼓喧天，老百姓们纷纷探着脑袋看热闹，哄笑声报喜声不绝于耳。

卿如是的耳朵都要被吵聋了，她想去揉，又怕碰歪了脑袋上顶着的凤冠，愣是忍了一路。不晓得过了多久，她坐得双腿发麻，队伍终于到了月府。

月府这边以上等筵席招待贺客，但凡月氏族内与月将军有些来往的亲戚皆自清河山庄前来做客，还有扈沽城中的权贵及其家眷，可以说是请来了扈沽半边天。这边亦是悬灯结彩，一派热闹非凡之景。

远在府门，隔着花轿卿如是就听见了月府里宾客间往来说笑的声音。她微敛呼吸，心里想着一会儿下轿了当着那么多人的面定要再谨慎一些，莫要给卿府丢脸。

她刚这么想着，花轿落停，月府毫无征兆地奏乐放炮，一哄而起，像是在门口炸开那般，骇得卿如是险些从轿座上跌下去。她还说稳住心神呢，谁知道成亲的流程一惊一乍的。

她平复心绪之际，轿门已被卸下，一名盛妆打扮的小姑娘伸手进来，要迎她出轿。她从喜帕下瞧见了，便将手支过去，让小姑娘迅速找到自己的袖子，拉了三下。卿如是这才顺势出轿门。

全福人迅速上前来搀扶她跨火盆、步红毡，往喜堂走去，站定于右侧。月陇西则站定于左侧。

老学究担任主香者，与月、卿二人一同循着赞礼者的高喊，在香案前进行仪式，随着主香者上香完毕，月卿二人平身复位。而后再拜、再起，反复多次，直到完成"三跪，九叩首，六升拜"，礼成。

赞礼者高声喊："礼成！送入洞房——"

周围哄闹声欢呼声乍然弹起，此起彼伏，欢声笑语惹得卿如是耳朵烧，默默埋头接过小童递来的彩球绸。

月陇西与卿如是两人各执彩球绸一端，由两名小童端着龙凤花烛在前导行，月陇西跟着小童，再以彩球绸牵引卿如是。身后还跟着一帮闹洞房看热闹的亲戚好友。

到房间后，月陇西和卿如是坐于床沿。月陇西忍不住转头去看她，全福人拿起身后小童以红案呈上的"秤杆"，笑吟吟地敲了下卿如是的脑袋。

轻"砰"一声，卿如是猝不及防。"啊唔……"她缩起脖子抬手揉头，看笑了在场所有瞧热闹的人，也看笑了月陇西。

她下意识还想掀开喜帕，被月陇西迅速握住手腕制止，轻笑道："你掀了我掀什么？给我留一个步骤不行吗？"

又是一阵哄笑，卿如是的脸烫得都要泛起疼了。

全福人把秤杆交到月陇西手里，笑说道："请新郎用秤杆请方巾，是为'称心如意'！"

月陇西紧握着秤杆，面上倒是从容淡定，殊不知手心已紧张得出汗。他稍侧身坐着，凝视着卿如是，挑起喜帕一角，缓缓往上掀。

一颗心怦啊怦，怦啊怦……好像有蜜糖里黏稠的泡泡咕噜咕噜地从心口冒出来，又泛起阵阵的酸。

他喉结微微滑动，想要说什么，最后在看到她涂抹了正红色口脂的唇时，那酸涩又化为了喜悦。他笑出来，手臂还微微颤抖着。

卿如是一直低垂着眉眼，待眼前的红帕逐渐被撩起，得以重见光明时，她才稍稍抬眸，小心翼翼地去看月陇西。

却见他的眼角蓦地猩红，眸底潋滟生光，映出浓浓的复杂情绪。最后他低头笑了，近似无声地呢喃质疑："我是在做这么多年缺失的那个梦吗？"

身旁无人听得清他在说什么，只有卿如是听清了。不知为何，就轻声回了他一句："好像不是你的梦，因为我刚刚真的被敲疼了。"亦是只有他们二人听得清的声音。

月陇西倏地抬眸凝视她。她今日的妆容极明艳，素来不爱涂脂抹粉，不想一旦浓妆艳抹便是这般明媚撩人。此时她抿紧唇，低下头，抬眸偷瞟他一眼，又垂眸不再看。

全福人端起另一小童以红案呈上来的两只酒杯，递给月陇西和卿如是，笑说道："请新郎新娘互饮合卺酒，是为'合二为一'！"

两人拿起酒杯，交颈绕臂而饮。月陇西喝得很慢，细闻她今日涂抹的香粉，又稍侧眸去瞧她的侧颊。

饮完交杯酒，全福人立即转身捧起一把花生、桂圆、枣子等，朝着他们头顶散去，落到床帐内。

那果子一颗颗地砸在脑袋上，卿如是的脖子缩了又缩，心底郁卒。她天生反应灵敏，下意识就想躲避这些零零散散的"攻击"，此时控制不住又有什么办法。

全福人最后一捧撒下来，笑道："祝新郎新娘'早生贵子'！"

撒完福，各路亲戚总算有机会逮着月陇西出去拼酒。他本想再跟卿如是多坐会儿，此时只得依依不舍地跟着众人出门去应酬。他起身时快速地在卿如是耳畔叮嘱了句："若是饿了就先吃，不必等我。"

卿如是抬眸刚想回什么，他人已经被几位姑婶叔伯拉出去了。

待房中客人散尽，只留下卿府带来的一名嬷嬷、一名大丫鬟，还有皎皎，卿如是才长松了口气。

"我刚刚表现得还可以吧？"卿如是急切地问。

皎皎摇头笑："姑娘，你躲秤杆那一下真是把脸给丢尽了。"

"不能叫姑娘了。"嬷嬷敲她的头,"以后要唤夫人。"

卿如是神情恍惚,道:"我就这么嫁人了?"好神奇,几月前还活在水深火热的前世,如今却甘愿嫁给了月氏的人。

嬷嬷笑着吩咐丫鬟去打热水来给卿如是洗脸,自己走到卿如是身边帮她取下凤冠,口中说:"是啊,以后就和世子爷一条心了。"

卿如是坐在梳妆台前打量着周围的布置。她发现这房间里的布置就和在国学府时她跟月陇西描述的一模一样。她说梳妆台要放在窗边,临着光,窗台再养一盆颜色素雅的花;她说床前要摆一方案几,随时可以放到床上去看书写字;她说中厅要摆放三足香炉,镂空的花纹不能太花哨……她说了很多,他全都照做。

原本西阁是不可能有梳妆台、妆奁这些东西的,月陇西按照她的想法安置得十分妥当,他这房间便也有些女人的活气了。卿如是觉得这种掺和到他生活里来的感觉似乎不错。

须臾,丫鬟端着水盆进来,伺候卿如是净脸。那粉是卿如是亲眼看着抹的,深知有多厚,一盆水肯定洗不干净,她命人多打了几盆,不停换水,才终于洗净。

皎皎帮她梳头,院子里的丫鬟嬷嬷依次进来拜见她。本来拜见后打赏完,便也没她们什么事了,卿如是却忽然叫她们等下。

她想起月陇西在信中提到的那位故人,他后来解释说那是府里新来的丫鬟。

卿如是打量着她们,姿色皆是上乘,且各有千秋。她也不清楚自己怎么就想问:"你们谁是这里新来的?"

丫鬟们面面相觑,有些疑惑,一名领头的丫鬟向前走了一步,施礼道:"回夫人的话,奴婢们都是才从郡主院子里新调过来的。"

卿如是一愣,本想继续追问,想了想又觉得自己无趣,便挥手让她们下去了。

外间筵席上,烛火斑驳,映衬得每个人脸上俱是五光十色。觥筹交错间,有的人趁着酒兴上演一出大悲大喜,有人琢磨着如何灌倒月陇西图个乐子,也有人调侃月将军最终还是找了个文臣之女做儿媳,还有的人借机攀附郡主,巴结奉承……众人嬉笑哄闹,纷纷讨趣。

月陇西正跟着小童的引导,挨个向月氏族亲们敬酒。

敬到月世德的时候,他的笑意明显冷了许多,慢悠悠地抬示意身后捧着红案的仆婢和一旁侍酒的小厮。小厮拿起酒壶将酒杯倒满,递到他手里,紧接着，又给月世德倒了一杯。

"长老年事已高，又刚出狱，身体受不住，不如就以茶代酒吧。"月陇西命人给他换成茶水。

月世德觑着眼睛看他。眼前这个人将他困死在牢里耗了这么些天，临着他住的那间牢房对面便是用刑的地方，刑部尚书手段狠辣，牢里所用刑法皆出自《酷刑宝典》，他就被绑在十字桩上，正对着被用刑的犯人，整日里看他们受非人的虐待，那酷刑虽没用到自己身上，但精神上给他折磨得不轻。

后来得知在他入狱这段时间，月陇西把国学府所有的权力全数交给了卿铮，连着他从月氏带来的人一并被缴了权，统统插不上话，原本被他精挑细选来要入国学府的月氏子弟全被踢出了国学府，美其名曰是选拔竞争合该公平公正。

这话说得好听，他把萧殷和乔景遇介绍给自己让自己给他们开后门的时候怎么不想公平公正了？！

若不是看在陛下的面子上，月陇西怕是打算让崇文党只手遮天。他不想想自己到底姓什么！

月世德接过茶水，紧握在掌中，咬牙低叱时不慎洒了出来："她的身份你还是不清楚吗？陛下不追究是卖你和郡主的面子，月氏若知道了定会追究到底！她若真的问心无愧，敢不敢让我当众说出来？族亲在此自会分辨！我是怕你被妖女蛊惑！我是为你好！你究竟知不知道我怀疑的是什么？我有九成的把握……"

"长老。"月陇西打断他的话。周围的人都顾着吃酒，没有注意到这边的异样，但这桌的族人都把目光落在了他们身上。

稍一顿，月陇西垂眸摩挲着酒杯，微勾起唇角："长老的衣裳被茶水打湿了，我差人送您回房间换一身。有什么解决不了的事，咱们私下说。"

月世德若有所思地沉吟了会儿："我且等着你！"

月陇西示意旁边待命的小厮将月世德搀扶回房，小厮领命，伸手扶住人往客房的方向走。

他一走，族亲们就先按捺下了好奇的心思，打算筵席散尽之后亲自去询问月长老。月陇西心底自然清楚他们都打着什么算盘，面上仍是风轻云淡地逐一向他们敬酒，喝了两杯后，又浮起笑意，仿佛方才不曾与长辈发生过什么龃龉。

听月世德讲些废话，再拿月世德前些年背着族里杀人揽财做威胁堵住他的口，这两件事和顾好婚宴比起来根本不值一提，月陇西打算等敬完酒再去客房找他。

谁知他方敬完这一桌族亲，远远就瞥见一名面生的小厮朝着月珩疾步走去。跟着禀报了什么，月珩便立即点头要随小厮而去。

月陇西眸中衍出几分阴鸷，侧身朝斟隐低语了几句，便放下酒杯径直朝月珩走去，假意阻拦他的匆忙，故作疑惑地问："父亲要上哪儿去？"

"你敬你的酒，长老寻我过去有事。"月珩微蹙眉。

月陇西低笑作恍然模样："父亲不必担心，长老不过是方才喝多了酒身体不适，又不慎打翻了茶盏，此时正在客房里换衣裳。刚巧孩儿跟他说好了要去探望一二，就让孩儿去吧。孩儿刚看到母亲在找您呢。"

得知郡主找他，月珩根本无暇再去管不过是打翻了茶杯的长老，把事情交给月陇西后便转头去寻郡主了。

那面生的小厮见形势有变，僵硬着腿不知如何是好。月陇西低笑了声，抬眸盯着他，淡声道："愣着做什么？长老不是有事要交代嘛，带路。"

小厮喉结一动，腿几不可见地抖了下，踯躅地转过身，走出两步便要跑，被月陇西一把揪住衣领，咬牙吐出两个字："带路。"

小厮不敢再违抗，只好带着他往月世德所在的客房走去，额间的汗却狂冒。

不消多时两人到了客房外，月陇西将小厮甩到一边，斟隐早悄无声息地跟了过来。月陇西拿走他手上的匕首和长鞭，一脚踹开门，看见仍在安稳吃茶的月世德那刻顿时火起，扫了眼屋里的下人，反手一鞭甩出去，笞在月世德手边，那长鞭如吐信的猛蛇，瞬间带翻了茶具："都滚出去！"

下人骇然，手脚并用地爬了出去。月世德抖着手放下茶杯："你……你你你想干什么？！"

"关门！"月陇西踏过门槛，左手反握起刀，右手将长鞭盘绕三圈，果断朝月世德走过去，头也不回地对身后人道，"斟隐，守在门口！谁敢闯进来格杀勿论！"

月世德并起双指叱他："你……你反了，你要！！"

"我看是你反了！！"月陇西咬牙切齿，一脚踩在桌上将他固定在圈椅间，俯身将匕首抵在他的喉口，盛满怒火的眸中倒映出的人脸几乎狰狞扭曲，"你睁大眼睛看清楚爷是谁？！月世德……你认得出秦卿，却认不出我来吗？！"

话脱口，月世德猛地瞪大双眼，额间的汗涔涔而下，猛地从圈椅滑了下去，声色登时吓得扭曲变形："你……你是……你是！！"

眼前的人一身红衣恍如罗刹，眼中血丝遍布，猩红的眼角亦如染了血般，此刻这双鬼魅般的眼睛正紧紧逼视着如蝼蚁般的自己。一如当年！

"认出来了？表叔可忍你很久了！"月陇西挑眉冷笑，眸底凌厉的寒意如冰剑从地面噌地拔起，"牢里让你见识的那些酷刑不过是我幼时闲来无事随意折腾的，算不得什么！你若是想见识别的，我多的是办法！"

月世德拼命摇头，仿佛被扼住咽喉几近窒息，涨红着脸猛烈地咳嗽，整个人缩在圈椅中说不出话来。

"这辈子表叔打算修身养性，陛下卖我面子放过了秦卿，我便也想着卖他面子留着你……"他别有深意地将话音留长，稍一顿，他将匕首竖起，往下施力一捅，却悬停于他的腿面，冷锋微芒，在他惊慌的惨叫声中，月陇西咬牙说完了后半句，"你若再寻她不自在，这面子我也可以不卖！"

话落，他猛地将匕首插进腿间，一把穿透。月世德惨声尖叫，一口气没提上，跌倒在地。大汗淋漓间低头一看却见匕首不过是从双腿之间穿了过去，划开了裤子，冰凉的刀锋刚好紧挨着皮肉，不多不少，不偏不倚。

月陇西拂衣转身，走了两步又转头随手将长鞭给他留在了桌上，恻然一笑，偏头意味深长地道："长老，陇西告退了。您可要好好保重身体，药不能乱吃，话也不能乱说。"

踢开门，迈过槛，月陇西皱紧眉，朝倚在院门口的斟隐走去，问："那几个下人收拾了？"

斟隐立时颔首："属下教训过他们了，您今天到此处的事他们绝不敢乱传一个字。"

"派人把长老送回国学府去。"月陇西提步往西阁走，"再去回了父亲，长老不过是染上风寒，寻他来也只是讲究礼数，想亲自知会一声，再恳请他安排马车罢了。"

斟隐颔首："是。"

月陇西又叮嘱了些细节，斟隐一路跟着他走，听他安排，待一切周全妥当后，月陇西的人已经到了西阁。他停下脚步，瞥了眼斟隐。后者心领神会，麻溜地办事去了。

房间里传来卿如是和丫鬟嬷嬷们的欢声笑语，月陇西听了会儿，方逞完威风的心再度紧张起来。院子里的丫鬟看见他，笑着向他请安报喜，他皱眉"嘘"了声，仍是扰到了房内的人，欢声笑语渐弱，他的喉结微微一滑。

不消片刻，房门打开，嬷嬷见果真是他，笑着请了安。

月陇西点头，从怀里掏出一沓封红给她。那红包每一个都格外厚实，嬷嬷笑得合不拢嘴，转头招呼两个丫鬟出来。

两个丫鬟是乖顺的，皎皎却不舍得卿如是，生怕今晚自家姑娘要遭大罪，被嬷嬷呵斥了两句才慢吞吞地出了房间。月陇西亦拿了封红分别递给两个丫鬟，道过谢后，丫鬟就跟着嬷嬷站到院子里去了。

饶是人都打发干净了，月陇西自己仍是犹豫了片刻才跨进门，再顺势关上。卿如是坐在床沿，边摇晃着脚，边把玩他挂在四个床角的鬼工球。

听见脚步声，卿如是方抬眸看他。这身喜服好适合他，衬得他愈发俊美无双……卿如是暗蔑自己，孙辈的，不能多想。

月陇西勾唇慵懒一笑，提步朝她走去，站定在她面前后蹲下身稍仰头瞧她，问："吃东西了吗？"

卿如是依旧摇晃着脚，心分明怦怦乱跳，惦念着前些日看破他对自己有意思的事，面上却故作自在地摇头道："没有，只在轿子里吃了些，而今不是很饿，就想着姑且等你回来再吃。"

话落，她一时不察，小脚摇晃时无意踢到了他的膝盖，尚未来得及收回，便被他捉住握在掌心里。

"为什么不穿鞋袜？这么冰。"月陇西的声音微微低哑，他故作不知，捉着卿如是的双足站起身，解开自己的腰带，把她的双足藏在怀里，用衣襟捂住后才挨着她在床沿坐下，舔着唇笑道："给你暖暖。"

卿如是没有反抗，心里却想着，自己身为他的长辈，这样依赖他是不是有点儿不太好？可是，他身为自己的小辈，对自己有意思就算好了吗？

那今晚……是允许他跟自己睡一个被窝，还是……

她正暗自发愁，纠结着辈分之说，月陇西忽然凑近她，与她鼻尖相点，唇角挽着仿若窥破天机的笑："时而愁，时而笑……小祖宗，你在想什么坏事？好啊你，我还憋着什么都没做呢，你就开始臆想如何勾引我了。"

"我没有！"卿如是脸颊噌地被羞意烧红，虽没他说得那般轻佻龌龊，但她的确是在想要不要让他跟自己睡一起，允许他继续对自己有意思……她顷刻便有种被人戳中心事的尴尬。

她躲闪着眼神，别过脸去不看他，却不想他竟巴巴地凑过来，直将她一把按倒在了床上，被他捂在怀里的双脚顺着动作蜷曲。他覆身过来，正好从中间分开了她的双腿，让她的腿架在他的腰上，姿势暧昧。

他勾唇，用轻哑的声音说："我知道了，你刚刚是不是在臆想我美好的躯体？卿如是，我发现你这个人好烦啊，想看直接跟我讲不就行了……"

"谁想……你才好烦！这是我要说的话！"铺了满床的花生枣子硌得她生疼，她羞恼地蹙眉想要起身，稍一抬眸却看见他正在脱衣服，登时口齿不清地结巴了，"你……你脱衣服做什么？"

"我给你看啊……"月陇西笑得愈发灿烂，左手缚住她的双腕，右手为自己宽衣，"距离礼成不是还差一个最为关键的步骤吗？今晚是我们的洞房花烛夜，虽说我们原本不是这么说好的，但既然你已经开始想了，那我又岂能不遵从小祖宗的意思？"

稍一顿，他俯身挑眉问道："小祖宗，你看我单手解衣服的技巧高超吗？"

"我……月陇西！你放开我！我们不是说好了嘛，你不能强迫我！"卿如是皱眉苦恼道，"你还叫我一声小祖宗，你不嫌硌硬啊！我且当你是孙子，你且当我是祖宗，我们不能行这等越轨之事，你这样是会遭天谴的！"

"为什么我们一起行越轨之事，却只有我遭天谴？"月陇西挑眉，慢条斯理脱下最后一件婚服，丢到床下去，笑着伸出一根指头逗弄她的下巴，"那就让天谴来吧，照着我们劈，我们一起荣登极乐……小祖宗，极乐前可还有什么遗言？"

他的声音愈发沙哑，最后几近无声。

卿如是咬住后槽牙瞪着他，双颊通红。

"你没有啊？"月陇西笑，"我有。"

他却没有动作，只勾着唇与卿如是对视，直凝视到两人的双眸都好似灼热发烫，最后，俯身凑到她的耳畔，用口形说——

"小祖宗，我好爱你。"

小祖宗没有听清他的话，倒是被他的气息挠得耳朵发痒，缩着脑袋躲闪。

此时的月陇西就只着了亵裤，上半身赤裸着，伏在她颈间，而她又是半躺的姿势，脑袋倚着床头，于是从她的角度看去，可以瞧见月陇西宽厚的脊背和窄细的劲腰，不至于壮实，也并非纤弱。线条流畅得恰到好处，极具美感，且白皙嫩滑，若非前些时候挨了打，伤痕开始结痂，瞧着便最是赏心悦目不过了。

卿如是抿唇错开眼，心底鄙视自己还真被这美好的躯体给诱到了。她羞恼地张开口在月陇西的肩膀上重重咬下一口，他倒吸凉气，哎哟哎哟地叫唤起来。她竟一直咬着也不松口。

"疼……疼疼，小祖宗，还没开始你就弄疼我了……"月陇西嬉皮笑脸地埋怨她，继而发现肩膀疼得更厉害，他顺势下坡求饶，"我错了，我错了好不好？祖宗，我不捉弄您了。您松个口先……哈喇子流出来了，我都觉出凉了。"

果然最后一句一出，卿如是果断松了口，拿手背抹了自己唇角的口水，又垂眸看他的肩膀，上边果然沾着自己的唾液，且在烛火的映衬下晶莹剔透。

月陇西稍侧过头瞧了一眼，随意用手指抹去口水，再抬眸瞧她，发现她正拿手捂住唇，眼神躲闪。他便笑道："您该不会是意犹未尽吧？要不您歇着松松腮帮子，隔会儿换一边咬，给我咬个对称的花色出来？"

卿如是推他，凶道："起开！"

月陇西没动，左手仍撑在她的头侧，右手食指拂开她额上的青丝，凝视着她，几近无声："我不起。"

卿如是撇过眼去不看他，瞅见落在身旁的花生，她就着姿势，顺手拿起一颗，两个手指按住花生壳压开，剥出两粒花生喂进嘴里吃。嚼了两下似乎觉得好吃，又伸手去拿枣。

这动作把月陇西给看笑了，他瞅了眼被她细白手指捏住的枣，又瞅了眼她。

忽然，月陇西俯身下去抢咬她的枣子。卿如是眼疾手快，抬手就往嘴里塞，殊不知月陇西跟着她的手咬过去，那枣已经递到她的口中，手却还留在唇畔，被他一口叼进嘴里，继而含住了两根葱白的指头。

卿如是愕然松开枣子，手指头随着他的嘴去。那圆滚滚的大枣子半露在她鲜红的唇边，最后因为她的怔愣滑出，落入宽松的衣襟里，斜躺的姿势让那颗枣子并没有穿衣而过，反倒停在小腹处，仅与身体一衣之隔。

她顾不得去摸衣裳里的枣子，只愣愣地瞧着被月陇西咬在齿间的手指，许久没有回神。

月陇西眼波流转，眸底的笑意便沁了出来。见她没有反抗且木讷的模样，他捉弄她的心思又起，浑然已经开始无所畏惧。

他用喉口呼气，让热气都从她的指尖滑过，又拿舌尖去触碰她的指甲，轻轻扫过。卿如是的手指微微不适地弯曲了下。软软的，微凉的感觉，月陇西的喉结轻轻滑动了下。

与此同时，他的手也不老实地摸到了卿如是的腰间，三两下解开她的衣带，伸了进去，帮她捡那颗枣子。可抓到枣子后他并不急着把手伸出来，反倒伸开五指，任由枣子在掌心隔着，去抚揉她。

温暖的手掌抚过她的腹部，明显感觉到她的腰腹都紧绷了起来，呼吸也逐渐不均匀。卿如是被撩拨得面红耳赤，呼吸几度紊乱后，她甚至屏住了呼吸，紧紧抵着床头，不知该做何反应。

月陇西见状愈发大胆，竟然妄图让手继续向上攀，而口舌也完全贴合着她的手指轻吮了两下……

"呀!"这回卿如是酥痒得浑身都不自在,低呼了声猛地蜷曲起指尖,一时不察,那半圆的指甲便在月陇西的舌尖上深划了一道!

霎时,血液在他口中漫延开来,止住了他脑子里臆想的一切。

"对不起!"那种明显划破软物的感觉让卿如是瞪大了双眼,看见他顷刻皱起眉头,她赶忙道歉。

月陇西真是万万没有想到,这猝不及防的一下真比他幼时吃饭被自己咬到舌头还要疼,疼得他下意识酸了眼,张嘴倒吸了口凉气。卿如是趁势将手指拿出来,还颇为嫌弃地在大红喜被上擦拭了下。这才抱着手指头抬眸去瞧他。

月陇西一言难尽地瞧着她无辜的脸,吸气,给舌尖减缓疼痛,须臾才摇头叹道:"卿如是啊卿如是,你让我说你什么好,你这人真是好没意思……回回我跟你闹都没什么好下场。"

卿如是垂眸眨巴了下眼,再抬眸看他,正经道:"刚才不还'小祖宗'啊'您'啊的吗?"

月陇西微挑眉,顿了下,随即二话不说改口纠正:"小祖宗啊小祖宗,您让我说您点儿什么好,您这人真是好没意思。回回孙子跟您闹都没什么好下场。"

卿如是没憋住,"噗"的一声笑了出来。

她一笑,月陇西也跟着笑。方才见她回神后心底跟着升起的担忧亦烟消云散。

"你起来。"笑过之后卿如是又尴尬地抱住了一旁的被褥。

她似乎还没有反应过来刚刚月陇西把手伸进了她的衣裳里,直到抬眸看见月陇西挪身起开时将那颗枣子随口咬来吃了。

她的脸霎时爆红,翻身把大被往身上一裹,说道:"我睡了!不许跟我讲话!"

月陇西一怔,垂眸看了眼被自己捏在两指间的枣子,低笑了声。边嚼着枣,边凑过去抱她,神色卑微地附和:"我也睡了,也不许跟我讲话……"

"你不能在这里睡!"卿如是转头呵止。

"说好不讲话的,您这人怎么出尔反尔呢?"他勾着唇角笑了下,反手迅速抓起被子把她的脑袋一裹压进自己怀里,"好啦好啦,别闹啦,我们快……"

不等他说完,卿如是伸出腿将他蹬开,这才把脑袋从被窝里拱了出来,顶着毛毛躁躁的头发叱他:"或者……你在这里睡,我去睡榻!"

"别折腾了,您看我这房间里哪有榻……"他慢吞吞地说完,又趁着卿如是真狐疑地伸长脖子去看时以迅雷不及掩耳之势钻进被窝,抢在卿如是说话前捂住脑袋,"哎哟,我忽然头晕,虚弱,疲倦……"

"你有毛病就别挨着我睡!"卿如是窘迫地咬牙想要推他下床,无奈推不动,气急败坏地抱起被褥,想从他身上爬下床去睡榻。

谁知月陇西趁她爬过自己身上时双手钳住她不盈一握的细腰,将人给抱了回来,然后卷起两床被子把自己和她统统裹在里头。

一手按住她的肩膀不准她起身,另一只手揉乱她的头发糊她一脸,月陇西笑得肆意又猖狂:"小祖宗,明日验喜的嬷嬷进来看见我们没有躺一个被窝,不知道怎么去我娘跟前说呢!快睡吧,你不该有此等精力啊,我都累了,你还没累啊?"

她累得不轻,哼哧喘气。可眼前这人才分明是一脸从容闲适的样子。

饶是她拼死抵抗那头发也糊了她一脸,卿如是放弃了挣扎,躺在床上喘息,从他的指缝和自己的头发丝缝里瞪着他,问道:"那明日验喜怎么办?"

月陇西挑眉,别有深意地哑声道:"我可以……"

"你可以什么你可以,你不可以!"卿如是抢先堵住他满嘴跑骚的口。

月陇西笑,随手拿过床边的素白方巾,从自己的舌尖上抹过,然后慢悠悠地说完了后半句:"我可以把我的血借给你。"

方巾是丝绸所制,沾了一点儿血就会立时漫延浅浅的一小片。他抹了几下就丢到床下面去不再管。

烛火长明,卿如是拂开青丝,侧过头去看红色的灯盏,外层的灯罩将烛火分成一层一层的,她看得眼睛愈发疲惫,慢慢地合上,不知不觉就睡了过去。月陇西吹灭烛火,唯留下床边一盏火光幽微,借着光去瞧她,瞧了会儿,再心满意足地把她搂进怀里闭眼睡去。

次日须得早起给公婆敬茶。月陇西先醒,将卿如是唤起。

陌生的环境让卿如是的脑子卡住了。她迷糊地揉了揉眼睛,盯着床帐顶反应许久,终于回过神来,抬眸就看见躺在她外侧正半撑起身子笑吟吟地瞧着她的月陇西。

卿如是郁郁地坐起身来,抱着膝盖缩在床角没搭理他。很快有丫鬟嬷嬷进来伺候梳洗。

自今日起似乎不能再随意披散着头发,得要正式绾髻了。有郡主那边的嬷嬷特意过来验喜,趁着月陇西和卿如是在镜前绾发时捡起地上的方巾,拔嘴笑过后就往郡主的院子去了。

月陇西挨打前的那套说辞欺瞒月珩还行，郡主自然知道他和卿如是婚前有夫妻之实是假，此时要见到巾帕才行。从嬷嬷口中得知两人昨晚行房行到了实处，郡主笑着长舒了一口气。

两人穿戴好后就去正厅里给公婆敬茶。卿母早教过卿如是这套礼仪，所幸卿如是这回没丢人，一套动作做得十分周全。

临着要退下时，月珩想训卿如是两句，以免她去采沧畔晃悠给月府招惹是非。他蹙着眉，沉声道："从今往后……"

话刚起，郡主就轻咳了声，径直打断道："你们早起想必也乏了，回去歇着吧。陇西，你有空闲便多带如是在府里转转，熟悉熟悉。若觉得闷了，尽管出府玩去。"稍顿，她瞥了眼月珩，别有深意地道，"这偌大的扈沽城，难道还有我们得罪不起的？"

月陇西得令，压住唇角朝二老施告退礼，随即带着卿如是退下了。

他们回院子走的是另一条小道。晨起是赶时间去给二老敬茶，此时不急，月陇西就想带着她走别的路。穿过种满桃树的浅溪，踏过青石板桥，前面是一条幽静的石子路。铺满雪白鹅卵石的曲径上摆放着一架缠绕着青藤的秋千。

"你真的在这里摆了秋千！"卿如是讶然，几步跑过去坐在秋千椅上，轻轻荡着。

她看见月陇西亦慢悠悠地朝自己走来，以为他是要帮自己推，谁知他撩袍往她旁边一坐，合上眼靠着椅背，浅笑道："您说的……我都照做了。"

卿如是想起昨晚在他房间里看到的。的确，他全都照做了。除了他虽摆放好小榻，却没有按照约定去睡这条。

两人不再交谈，默默荡着。从石桥那方走来一个人，是斟隐。他方走到鹅卵石路前就停住了脚步，抱拳施礼："世子，属下有事要禀……"

他话没说完，月陇西蹙眉，却没有睁眼，保持着靠在椅背上的姿势问道："还有夫人呢？给夫人请安。"

卿如是：我觉得可以不必。

斟隐：这年头当个侍卫是越来越不容易了。

他稍顿，恭敬地朝卿如是施了礼："斟隐给夫人请安。"这才继续刚刚的话道："国学府传出消息，月长老昨日傍晚回去之后便生了重病，如今卧床不起，暂将他的掌控权交给了一名下属。"

月陇西微睁眼，莞尔道："真病了？"

斟隐颔首道："属下去探过了，真病了。"

"好端端的，他为什么会生病？"卿如是摩挲着藤蔓，好奇地问。

"谁知道。"月陇西笑着挥手，示意斟隐下去，对卿如是道，"卿卿，今晚跟我去采沧畔见叶渠。月世德病了，正好可以将叶渠安排进府。"

"陛下会同意？"卿如是稍顿便想明白了，既然陛下如今打着拉拢崇文党的主意，那自然会同意。她蹙眉又道："你们什么时候开始修复遗作？你知道，我能帮上忙的。"

月陇西沉吟道："快了。你可以修复遗作，但修复的成果不能归你。"

"那归谁？"卿如是恍然，"归叶渠？我明白了，你早算计好了，以前你就想把叶渠和我都安排进国学府，但那时候我是青衫，所以你是想把青衫修复出来的文章归功于叶渠，若是陛下最后真的治罪，那也是治叶渠的罪，好歹能保下我这个更能修复好文章的崇文党。可不知为何你现在不打算安排我进国学府参与修复了，唯一不变的是，叶渠依旧是个幌子，极有可能被陛下赐死，是不是？"

月陇西颔首，又摇头，郑重道："我会保住他的。一旦进国学府参与修复就会有危险，饶是青衫有叶渠顶罪，但终究防不住君心难测。所以，如果青衫是你的话，就不能再进国学府。且你是女子，怎么进？"

自晓得他对自己有意思之后，卿如是也很快地明白了他对她的忧虑。她抿唇，耳梢有些烫，不再搭话。

傍晚，月陇西带着卿如是去往采沧畔，走的依旧是那条直通茶室的密道。

临着要出门时，月陇西敏锐地听见隔墙传来两人交谈的声音。他拖住卿如是，压低声音道："嘘，茶室有外人。"

卿如是也听见了。但隔着墙面，两人的音色都听不清楚，只隐约可以从他们谈话的内容分辨哪个是叶渠。倘若不仔细听，他们谈话的内容也听不大清。因此，月卿二人都不再说话。

茶室里，神秘人摩挲着杯子，沉声问："这么多年了，你畏畏缩缩待在此处，过得可还好？"

叶渠不答，坐在离他较远的桌后，垂眸佯装翻书，手却轻微地颤抖着。

"若你活着只是为了承诺，那当初就不该活下来。"那人低声喃喃，似是陷入一段经年的梦，"听说采沧畔近日来人才辈出，倘若这些人最后都入了国学府，你又该何去何从呢。"

叶渠仍是充耳不闻，默然盯着桌面一点，不知在想什么。

那人走了过去，站在叶渠身前，居高临下地睨着他。"叶老真是一如既往地有风骨，一句话都不肯说吗？"话落时，他将手里的杯盏蹾在桌面，茶水随着动荡溢出来。

"水满则溢……"叶渠盯着桌面的茶水，终于怅然开口道，"袭檀，我若说，便是劝你适可而止。你还折腾得起，我已经折腾不起了，崇文党亦折腾不起了。"

"袭檀？"墙这面，卿如是蹙起眉，望向月陇西，"那是谁？"

月陇西的脑海里似是晃过这两字，却没能定格。他微蹙眉，敢肯定自己绝对在哪里见过。但想了一圈没想起来，最终只能摇头："暂且不知。"

墙那边，不知袭檀又说了什么，叶渠眼眶微热，道："我本可以阻止一切的……如你所言，我如今活得很痛苦，但我的痛苦都是愧疚所得。袭檀，你一点儿也不愧疚吗？你的良心不会受到谴责吗？我担着骂名畏畏缩缩躲在这里，你难道不知道是为什么？当时我已经没有选择的权利了……你却还要为我编造一个谎言去诓骗世人，让我背上骂名，让我躲在这里，让我愧对女帝……可现在你又打着为崇文党的幌子劝我出去？！"

那人沉默了。

叶渠的手抚摸着书页上娟秀的字，满目慈爱。半晌，他低声问道："袭檀，你回去看过那棵檀树吗？只要这么多年你去看过，哪怕一次，我都遂了你的愿。"

不知那人又说了句什么，含糊不清，像是在低喃。而后，茶室里再无声音传出。

月陇西等了片刻，确认袭檀已经离去，才拉着卿如是往回走。

"你怎么看？"待走出采沧畔，月陇西忽然问。

卿如是沉吟道："很明显，叶渠受制于袭檀。饶是他能对袭檀大放厥词，却不敢不听从袭檀的命令。听来，袭檀是想让他去国学府，而之前我们就分析过，国学府的建立是因为当今圣上想要削弱采沧畔、收拢崇文党，如今出现袭檀这么号人来规劝叶渠顺从陛下的意思，去大振崇文党们的士气……倒和你祖上当年背地里帮助女帝的作为有些像，就是不知道袭檀是不是陛下幕后之人。"

"我与你的想法一致。既然这人暂时没有任何与我们所行之事相悖的举动，那姑且不追究也罢。"月陇西浅笑道，"更令我好奇的是，那棵檀树背后的故事。"

"又是劳什子情情爱爱？"卿如是没有兴趣，随口道，"那是袭檀自己的私事了，跟我们有什么关系？"

卿如是说着，走到马前捋了捋它的鬃毛，随即翻身上马。

"据我所知，扈沽城里的檀树都在小女帝死的前一年被她下令砍光了，谁也不知道为什么。但是檀木无论是作为木材，还是作为宣纸原料、香料，都极其珍贵，所以陛下登基后当然是允许扈沽城中继续栽培檀树。且往城南走，那里有一大片地都种着青檀树。"月陇西亦骑上另一匹马，"袭檀这个故事没那么简单，而叶渠提到的檀树也正好给了我答案——这故事里的主人公之一，应该就是当年下令伐檀的小女帝。"

"小女帝？"卿如是低呼了声，牵扯到了女帝王朝的事，她便来了兴趣，"你且继续说。"

月陇西见自己讲的勾起了她的兴趣，翘起唇角一笑，拉着马凑过去，跟她的马并辔而行，接着说："袭檀若是从剿灭女帝前就跟随于陛下左右，那么他一定目睹了叶渠归降的整件事。叶渠在他面前却说是袭檀这个人为他编造了谎言，才让他背上归降于陛下的骂名……你仔细想想，这是什么意思？"

卿如是稍思忖一番，笃定道："叶渠当时并不是归降于陛下活下来的，而是陛下要他活，才留下他的命。为何陛下会要他活着？或许跟袭檀和小女帝有关？"

月陇西颔首道："所以，檀树背后的故事没那么简单。他编造叶渠归降于陛下的谎言也是为了让叶渠死守在采沧畔不敢出去……或者，换种说法，是害怕叶渠把他知道的秘密泄露出去。而叶渠自是承了大女帝的厚望以及小女帝的期许，不得不活下去。所以这骂名他得担着，还得故作自在地担着，才能保住性命。"

"所以陛下才会监视采沧畔？将人困在一处进行监视，总比放这人出去乱说要好。"卿如是想到自己，便觉出叶渠方才那句"这么多年我活得很痛苦"是何意。

天已黑透，两人尚未用晚膳，便紧赶着回府，不再多做交谈。月陇西存心逗她，压住笑故意引着马靠近她，看准时机，挥起鞭子往她的马身上抽去，马儿长嘶，甩蹄就往前冲，卿如是吓了一跳，登时高声惊呼。月陇西笑，赶忙挥鞭跟上。

她骑术好，不至于摔下去，就是被猛然跑起来的马惊得不轻。很快稳住身形后余光瞥见跟上来的月陇西，她气恼地冷哼，憋着一口气，打马就跑，不跟他凑在一起。

"欸？"月陇西刚追上她就被甩开了距离，无奈地低笑了声，嘴仍旧欠极，逆着风喊她，"小祖宗你生气啦？同样是生，孩子你就不愿意给我生，气你就喜欢天天生？小祖宗？小祖宗？你等等我啊！怎么还越跑越快了呢？"

说着，月陇西狠夹了下马肚，挥鞭使劲打马追她。

卿如是听到他方才的言语愈发羞恼，憋着劲跟他比骑术，打马狂奔。眼看着自采沧畔至月府这段不算长的距离被两人无奖竞技给折腾完，月陇西惋惜地叹了声，本打算带她去逛夜市然后一道逛回去呢。

方下马，府门口的小厮就迎上来给卿如是请安，接过她手里握着的缰绳。紧跟着月陇西也下了马，眉眼俱笑地贴过去。

"你还好意思说那晚我带着你是纵马闹市？你瞧瞧你自己……"话未说完，他见卿如是瞪过来，忙握住她的手捏捏她的手指头，笑吟吟地改口道，"你瞧瞧你自己，被我这混账带坏了吧？看学这套把我们根正苗红的小祖宗给累的，汗珠子都出来了，来夫君给你擦擦。"

他抬袖要擦，卿如是心知他是在逗弄自己，哼哧地甩手不理，径直往府里走，边走边斜眼瞥他，问道："月陇西，你最近是不是很得意？"

"没有啊。"月陇西故作疑惑，跟着她走了一截儿路，"我不一直都挺得意的吗？"

卿如是一噎，竟然无法反驳。

怼不过他，卿如是愈发恼，月陇西也不说话，跟在她身后往前走就是了。

他倒要看看，压根儿不熟悉路的她能走到哪儿去。

谁知卿如是七拐八绕地仍是绕进了西阁。月陇西满脸都写着惊叹，边鼓掌边摇头笑赞："妙啊，小祖宗真是妙，半刻钟的路，您硬是多绕了三刻钟，妙啊。"

"月陇西！"卿如是抬手要打他，还没打到他身上，就被他偏头紧闭一只眼开始瞎叫唤的神情给破了功，最后没有绷好自己合该恼羞成怒的情绪，竟气着气着就笑出来了，"你好烦啊！"

月陇西眼疾手快地捉住她的手腕，裹住她冰凉的手暖在自己掌心里，微笑着低头凝视她。

卿如是敛起笑，抿唇低下头不看他，耳梢微微发烫。近日她很容易就害羞，不晓得为什么。

缩回手，卿如是稳住心绪，转身穿过走廊要往屋里去。这走廊她早晨去敬茶时应该也路过，但走得急，没有注意到这边还有一间房，且门上落了锁，瞧着像是新锁。

卿如是心跳莫名加快，停下脚步指着这间房好奇地问："为什么要上锁？这里面放的是什么？"

月陇西一讷，稍微思忖后道："是一些收藏罢了。都是旧物，害怕下人进去清扫会弄坏，所以就给锁上，不准人进。"

他只说是收藏，却没说是关于她的收藏。简而言之，这里面存放着关于秦卿的一切。他没办法跟卿如是解释为何自己珍藏秦卿的东西，也还没做好把真相告诉她的准备。饶是她如今已经不再记恨，饶是她与自己一笔勾销，月陇西仍是不敢这么快就赌。

昨晚他躺在她身边时还不可思议地感慨，他们竟然成亲了。这回他是明媒正娶。对他来说今生发生的一切好像都太过顺遂如意，自己不应该得到的这么容易。或者说，他与她之间从来都很不容易。今生反常得令他害怕，所以他担心稍有不慎，得到的就会破碎。

"哦。"卿如是点点头表示理解，继而又对他口中所说收藏十分感兴趣，"我现在可以进去看看吗？我也喜好收藏，这次搬进来的嫁妆箱子里还有许多我精挑细选的藏物，平日里都是我自己打理。我很有经验，不会给你弄坏的。"

月陇西微滞涩，抿了下唇道："改日吧。我择个好日子让人清扫干净了你再进去看。"

明显的迟疑让卿如是清楚地知道他是在婉拒。似乎没料到自己只不过想看收藏，却会被拒绝，她稍愣了下，明白过来这间房里藏着的可能是些他不愿意告诉旁人的秘密，而非什么普通收藏。

她有些疑惑，却不敌蓦地升起来的失落和难过，尽管她并不清楚自己为何会因为他不愿意告诉自己而难过。

须臾，卿如是压住情绪，迟缓地点头道："哦……好吧。那我们先去吃饭。"

月陇西点头，跟在她身后继续走。走着走着，就盯住了她垂在身侧微微蜷曲的手。

他伸出一根指头想去触碰，犹豫片刻，才牵起来，把她的手裹在掌心。

卿如是抬眸看他。

他斜睨过去，挑眉笑。

卿如是低头，心底萌生出很奇怪的感觉，像是方才心底的难过被此计消除，又像是让刚才的难过更难过了些。总之，很矛盾，但她没有反抗，也没有说话。

两人净手用膳后，卿如是沐浴更衣，先爬上床睡了。月陇西将平时不常看但随手翻过的书统统浏览了一遍，在确认的确没有"袭檀"二字后，他只好先搁置下，跟着就钻进被窝去抱卿如是。

卿如是知道，却不打算再推他下去，只装作已经睡着了的模样。

谁知月陇西忽然颔首在她耳畔吹了口气。卿如是的耳梢立马就红了，与耳垂处色差明显，却还要装睡。月陇西看笑了，凑到她耳边轻说："耳环没取，我帮您取。"

语毕，他伸手在她的耳垂上摸索起来，直痒得卿如是拼命咬牙皱眉方忍住睁眼的冲动，半刻钟过去他才把一只耳环取下来，惹得她呼吸都不稳了。

月陇西笑道："另一只就不取了吧，再取我怕你忍不住生扑了我。我可是好人家的清白男子，你若要逼我为娼，我就收你一百两银子一次。"

他笑睨着卿如是的侧颊，似乎比方才更红了些。如此，调戏的话说够了，他终于消停下来，搂着她睡去。

因着成亲，皇帝放了月陇西三日假。次日便是他休息的第二日。

国学府一大早派人来给月陇西传消息，说是采沧畔的主人亲自登门，府内崇文党皆出门相迎，硬生生将府门堵得水泄不通。

叶渠在采沧畔长期戴着面具，崇文党是头回晓得他的真面目。大多都没有料到，采沧畔的主人竟然会是前朝叛臣叶渠。

一时间，崇文党的心情有些复杂。

按理说他们是后辈，女帝王朝覆灭那时他们的年纪还小，的确没必要揪着这一个点放到已经是晟朝天下的当今继续非议。

且叶渠在采沧畔待他们不薄，常组织崇文党举办诗会，也常掏钱请他们吃酒，有什么珍贵稀罕的书籍字画都会拿出来跟大家分享，实在没有必要再追究这个人在生与死一念间做出的选择。

但是，他们这么想，平民百姓不会这么想。已经消失在众人视线中多年的人突然出现，还被已入国学府的子弟们迎接，不引起争论是不可能的。

月陇西早吩咐过国学府预留位置出来，只是国学府众人都不知道他说的人是叶渠，一时为难，不知该不该请进门。

"您要去国学府看看吗？"来传话的小厮问。

月陇西淡然笑道："不必。午时三刻之前，圣旨就要下来了。"他幽深的目光落在窗外，院子里的桃树下有一道倩影。卿如是正在给挂在树上的几只笼中鸟喂食，旁边站着皎皎和一名脸生的丫鬟。

丫鬟似乎是跟着前晚那一批人从郡主的院子里调过来的，都是为了给卿如是使唤。他平日里又不用丫鬟。

卿如是细白的手指捏着食物细屑搓揉，身旁的丫鬟笑说："这几只鸟儿可真好看，颜色鲜亮极了。奴婢可听说世子以前从不爱养鸟的，都是因为夫人来了才买了好几只，有意讨夫人欢心！"

她会说话，皎皎听了友好地冲她笑。卿如是听了却蹙起眉，敏锐地捕捉到她话里的关键字眼："听说？为何是听说？"

丫鬟一愣，不知她为何角度如此刁钻，忙解释道："回夫人的话，奴婢三月前刚进府，先前也只是在郡主那边伺候，只与世子接触过几回，并不清楚世子的日常习惯。所以前晚跟着一众姐妹从郡主院子里过来时听她们讲了些忌讳。她们提到世子喜静，不爱养这些闹腾的莺雀。"

卿如是挑眉，三月前……时间竟也和月陇西提到那位故人时差不多。她低声问："三月前，跟你一同进府的丫鬟多吗？"

那丫鬟思忖了番，摇头道："月府有规定，寻常不会乱买丫鬟，管家是看奴婢可怜才将奴婢买回来。那时候应该只有奴婢一人进府。"

随着她的话音落下，卿如是的视线已经在她的身上周游起来。

她紧抿住唇角，瞧着眼前的这名丫鬟。

丫鬟是鹅蛋脸，眉如远黛，杏眸含春，鼻若悬胆。兴许是前段时间受了苦，肌肤不够雪白细嫩，但她胸脯丰腴，玲珑有致的躯体被包裹在干净简单的浅粉色衣衫下，教人瞧着便觉得酥了腿，且她声音娇美，一开口说起好听话来便如树上的黄莺唱曲般动听，试问哪个男人不会动心？

自己是个女人都动心。

卿如是低头瞟了眼自己的胸，然后转头看向房间，透过窗正好看见月陇西在往这边看。她霎时有些闷闷不乐，郑重地将鸟食交给皎皎，皱起眉叮嘱道："我不想喂了，你拿着好好喂。喂肥点儿，鸟胸脯肉最好吃了，明天把它们都送到厨房去。"

说完，卿如是转身离去，留下皎皎和那名丫鬟站在原地面面相觑。

她不打算回房间跟月陇西共处一室，反倒朝府外走，打算去逛逛书斋，然后回家看看卿母。

这厢刚走几步，月陇西就跟出来，边与她走，边问道："卿卿要去哪里啊？"

卿如是瞥他，回道："我回家看娘。"

"明日就回门了，届时我陪你一道去。"月陇西拉住她，笑道，"你若今日去了，咱娘还以为我欺负你，让你受了委屈。你也不想惹得她担心是不是？"

言之有理，卿如是心底妥协，脚却仍是往府外挪："我去看叶渠。"

"看叶渠做什么？他这会儿正被人围观呢，咱们懒得去凑那个热闹。"月陇西再度拉住她，"待请他入国学府的圣旨下来了，他正式住进国学府后咱们再一起去探望。"

饶是心底再次妥协，卿如是仍旧接着往前走："我去书斋里看书。"

"家里不是有很多书吗？"话毕，月陇西瞧着卿如是蹙起的眉，微微一顿，迟疑地问道，"小祖宗是不是哪里不高兴了？谁惹的？"

你惹的，就是你惹的。卿如是不予理睬。

她觉得月陇西就是个花心枕头，表面上对她千般好万般好，背地里却又和他郡主娘那么远的院子里的小丫鬟勾搭在一起。分明已经在信中对她透露出确认了这位故人的意思，而今两人竟还装作不认识。

他左一句"小祖宗"，右一句"卿卿"，其实都是花言巧语。难怪世人常说男人的嘴是骗人的鬼。

月陇西瞧她气鼓鼓的模样，一时失笑："该不会是我惹的吧？为什么啊？"他想起自打昨晚不让她看收藏后她就没说过话，晚上还装睡不肯搭理他，他心底明了了几分，想必是觉得他为人不够坦诚。

他只得无奈地笑道："那好吧，我们去看书。看完书去给你挑胭脂好不好？"他回头望了眼，看见树下那名丫鬟，如果没有记错，今日晨起时应该就是她给卿如是绾发上妆的，对胭脂水粉自是熟悉，他招手唤她过来。

"奴婢巧云给世子和夫人请安。"她恭顺地施礼。

月陇西吩咐道："你跟着我们，一会儿为夫人挑选称心的首饰和胭脂。"

巧云应好，卿如是却霎时站住脚，用一种窥破奸情的目光打量着他们两人，莫名觉得登对之后神情就变得怏怏的，心底烦闷，便往回走，很失落地摇头呢喃："不去了，我不想去了……"

语气近似于看破红尘。

月陇西一怔，疑惑地"唔"了声，转身跟着她往回走，犹豫地牵起她的手，却被挣脱了。他再度牵起，与她十指相扣后才问道："为何不去？"

卿如是不答，余光瞧见巧云还跟在后面，她便微微叹了口气，一副老气横秋的样子。

"这是怎么了？"月陇西竟被她的样子惹笑了，"是我的错吗？还是小祖宗自己一时想不开了？"

卿如是回到房间，坐到书桌后去，自顾自地扒着书看。

巧云站在房门口，不知该不该进去，看向月陇西用眼神询问，月陇西使眼色示意她下去。巧云迅速施礼退下。

饶是她走得快，但两人这无声的交流落在卿如是的眼中，就成了眉来眼去。她郁闷地支起下颚不去看他们。看书吧，书里什么都有。

她翻了两页，发现这本书写得竟然是关于如何喂养莺燕，她默然给合上了。随手又拿了一本，看了一页，发现这竟是一本讲述世家子弟与小丫鬟久别重逢后相知相爱的话本子，她又给合上了。

算了吧，书里还真是什么都有。卿如是愁眉不展地捧起两腮，盯着空中一点，忽然想起了月一鸣。还是月一鸣好，好歹他能做到一生一世只喜欢她一个人。有几个男人能做到他那样的。

月陇西亦撑着下颚看她，笑吟吟道："不管是不是我的错，我先给你认个错好不好？您别生气了，免得气坏了身子。"

卿如是瞪他，翻出一摞纸，拿起墨锭要研墨写字，手还没挨着，月陇西抢先道："我来，我来给你磨。"

卿如是没跟他争，当真提笔蘸墨写起字来，不再理会他。月陇西不知哪里惹着她了，但就这般瞧着她翻书写字也很舒坦。他一手支下颚，一手拿着墨锭在墨池里随意打圈，眼睛都搁在卿如是身上，唇角还挽着笑。

如月陇西所料，午时三刻之前，国学府迎来了圣旨。待宣旨的公公回去后，国学府大开府门将叶渠请了进去。圣旨虽开了国学府的门，却也将坊间的舆论和争议推向高潮。

得知这个消息后，卿如是十分担忧叶渠，仍是打算趁早去看望他。毕竟按照月陇西的说法，届时她将崇文遗作修复出来，都是叶老帮她顶罪。叶渠背负着袭檀给他编造的莫须有的骂名这么些年，到时候又要帮她顶个罪名，年纪大了还受这些折腾，她心里实在过意不去。

想着，她也不写了，起身收好纸笔。月陇西微挑眉，道："又想去选胭脂了？"

卿如是不理睬，唤小厮备马。月陇西一路跟着她，见她似是去国学府的方向，待快要到时便提醒道："前面有卖笔墨的，不如给叶老带些好用的去，权当是恭贺他入府了。"

卿如是依言拉马去挑选了上等笔墨，月陇西给了银子，发现她都不等自己的，无奈地笑了笑，挥鞭去追她，与她并辔而行："小祖宗，你别这样，我都不晓得我哪里做错了，你什么都不说，我现在慌得紧，我怕你回去就休了我。那我岂不是还没尝过女人的滋味就成下堂夫了？恕我直言，这样我以后会没人要的。"

她不理，月陇西继续笑着烦她："哦……我知道了，你不是想休了我，你是琢磨着今晚把我踢下床，不让我睡床了是不是？好好好，我打地铺，我今晚睡地铺还不成吗？榻我都别想睡了，我不配。"

她依旧不理，月陇西惨笑道："还气呀？该不会地铺都不让我打，难道要我就着地毯躺了便是？"

"没让你不睡床，你睡你的。"到国学府后卿如是才嗫嚅着回道，勒绳下马，她又有些懊恼自己竟然会允许他继续跟自己睡，于是又改口道，"我去睡榻。"

月陇西跟着下马，凑过去笑道："那怎么成呢，小祖宗身娇体贵的，着凉了可不得把我给心疼死。啊，说着说着，我这颗赤子之心已经隐隐开始疼起来了呢……"

卿如是顿住脚步，忽然转过身，皱眉望他，神情严肃地说："我告诉你，你别再嬉皮笑脸的。我不吃这套了！"

她这般生气委实有点儿可爱。月陇西失笑，见她瞪眼，他又立马收敛起笑，故作肃然道："那好，我现在是端庄稳重的月陇西了。卿姑娘先请——"

他说着，抬手礼貌地示意她先走。卿如是咬牙，哼声转头。

第十七章 匣子记忆

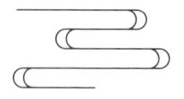

两人见到叶渠时，脸绷得一个比一个难看。叶渠吹了吹胡须，低头边整理书边问："怎么了这是？现在最惨的人竟然不是我？"

　　卿如是将要送的笔墨递去，说明了来意。

　　"没什么可担忧的，放心吧，我活这么大岁数什么风浪都见过了。"叶渠虽然嘴上这么说，神情却有些黯然。他整理书本的动作一直未曾停过，书桌上还摆放着几只陈旧的匣子，他将匣子摞到一起，最上面的那只最小。

　　卿如是的目光随着他的手不停移动，最后却被顶上的匣子吸引去，停留在匣盖的花纹上。

　　她微微蹙眉，只觉得这花纹瞧着有些眼熟，像是记忆深处里的东西。

　　叶渠见她盯着看，抬手递给她，说道："你喜欢就拿去吧。"

　　"啊，不是。晚辈看一看就还给您。"卿如是接过手打量起来，她摸到边角处被灼烧的痕迹，疑惑地问，"叶老，这匣子你是从哪里得来的？"

　　"一直都有，也忘了具体是怎么来的了，只记得是宫里的东西。"叶渠不假思索道，"我用来装些小玩意儿，用了许多年。我这人念旧，常拿去修补，就是不舍得扔。"

　　"皇宫里的？"卿如是狐疑地蹙眉。她怎么会觉得皇宫里的东西眼熟？倘若是今生的人事物，她合该记得清清楚楚，如今记忆模糊，说明这匣子是她前世在何处见过的，或者说这上面的花纹她前世在哪里见过。可前世她从未进过宫，怎么会见过呢？

　　月陇西走过来，低垂着眉眼细看那匣子，同样陷入了沉思，默然不语许久。

　　"既然是宫里的，那多半就是女帝赐给您的，叶老要不您再仔细想一想？"卿如是试探地追问道。

　　月陇西缓缓抬眸，看向叶渠，眸底透露出同一个意思。

　　"你俩真是……"叶渠"哎哟"一声叹，停下了手里的活，坐到椅子上，皱着眉头细细回忆。

　　如卿如是所言，既然是宫中带出来的，那多半是女帝赐的。至于是大女帝还是小女帝，他这也上了年纪了，被赏赐的东西那么多，哪儿还记得呢？

除非赏赐东西时说过什么令人记忆深刻的话，或者发生了什么令人难以忘怀的事。

"嘶……"叶渠微眯眼，印象中，这匣子似乎还真佐着那么一段话。

"你若被欲望和权力吞噬，忘掉了初心，那就不该再坐这个位置。你辜负了他的教导。"那男人依旧裹着面纱，跪在她的脚边，嘴里吐出来的，却是冰冷的话。

女帝睨着桌上他递上来的匣子，拿起来随意把玩了会儿，幽幽道："原本他心目中的既定人选也不是朕。谁都会被权力吞噬，包括原来那个人，那个他亲自选的人。那人只是没有机会接触到这样的权力罢了。这么多年，你不也变了吗？除却样貌，还有心。你的心已不再纯粹，你变得肮脏，你的信仰也已经走向极端，不该再留存于世了。"

"话落时，她便将匣子丢下来，甩到了我的脚边。"叶渠皱着眉，"并且十分讥讽地对我说，'这是某人曾经的信念，叶爱卿可要替朕保管好了。'像是专程说与那人听的。"

卿如是思忖道："您不是说过，大女帝向来听从这人的话吗？怎么会忽然闹成这样？"

"我以为，这并非听从，而是女帝一开始信守于对他人的承诺。"月陇西忽然有些神情恍惚，低声道，"后来却被权力乱了心智，逐渐想要自己掌控一切，于是背离了她登上帝位的初衷。"

卿如是愈发疑惑，道："她登上帝位的初衷是什么？若不是被皇权压迫太久，感受到身份带来的不公，她怎么会想要去造反？难道她的初衷不是想要维护女权？还有……女帝口中所说的那位原来被选中去坐她那个位置的人，又是谁？"

她的声音逐次低哑，恍惚间竟萌生出一个极其荒谬的念头，转而又立即将这个念头从向来没有这方面认知也不相信会是这样的脑中摒除。

可她不明白为何女帝会用"选"这个字眼。

难道女帝登上帝位并不是她想，而是有人选择了她，进而推波助澜？这个推波助澜的人原来是想要谁去坐那个位置？又为何放弃了这个选择？

最为关键的是，这人为何要选一个人出来去做这件造反的事？又为何有权去选择？难道这个人有十足的把握能推翻惠帝？

卿如是急迫地想要厘清思路，却觉得越理越乱，心神难以安稳。月陇西忽然握住了她的手，她看向他，竟觉他的神色苍白，眸底或有几分清明。

他知道吗？他猜到什么了？卿如是惶惑地凝望着他，他却垂眸未言。

"这匣子……"须臾,卿如是低头将匣子捧起来,"匣子上被灼烧的痕迹又是哪里来的呢?"

"一直有,女帝赐给我的时候就有了。"叶渠拈着胡须冥想,"我当时还奇怪,怎么会赐给我这样一件有瑕疵的东西。但想来那人带在身上的时候这痕迹就留下了。"

"那个人被火烧过?"卿如是敏锐地抓住了这一点,继而揣测道,"那他变得面目全非,会不会是因为被火烧的缘故呢?"

叶渠直言自己也不清楚,卿如是只好作罢不再追问。

几人随意闲聊半晌,月陇西给叶渠派了几个趁手的小厮,与府中各位学士商议完近几日要着手开始清剿野史杂谈等书籍的事务细节,安排妥当后才带着卿如是离去。

踏出国学府,卿如是轻揪住月陇西的袖子,踌躇再三后问道:"你上回对我说,你怀疑被处死的崇文党应该活了下来。假如女帝身边那名谄臣真的就是幸存的崇文党,那你说他身上的痕迹,会不会是当年被惠帝下令烧死未果后留下的?"

月陇西低头看她揪扯自己袖子的手,他没有半分犹豫,紧紧握住,说道:"我想应该就是如此。"

"那么……"卿如是费解地皱紧眉。她脑中那片青色的衣角好似随着寒风在起舞,招摇成零碎不堪的记忆,朦朦胧胧的,谁也看不真切。

她不再说,沉浸在思绪中。月陇西将她抱上马带着往回走,容她自己思考,没有再打扰。

回到西阁后,她的嬷嬷迎面走过来,给两人请安,问道:"夫人,我听皎皎那丫头说,您要把院子里的那些鸟都送到厨房里去?"

"啊?"卿如是回过神,下意识看了月陇西一眼,后者亦狐疑地盯着她,她低咳声,"暂且留着吧。"

嬷嬷沉吟着点头,笑道:"我就说,好端端的,怎么想着要吃莺雀?若是馋了,明日回门之后给夫人做鹌鹑吃。"

卿如是面有赧色,点点头不做声了。

待嬷嬷走后,两人进了屋。月陇西用足尖将门关上,顺势拉住她旋身往门背后一压,伸手撑在门上,将她圈在门和自己之间,朝她轻轻吹了口气,见她被吹得蹙眉眨眼,他挑眉轻声问:"为什么?"

卿如是抬眸看了他一眼,忽地蹲身想从他腋下溜出去。她反应快,不敌他反应更快,手掌顺着门下滑与她同时蹲身,依旧圈着她。

"什么为什么？"没能溜走，卿如是气恼地偏过头。

月陇西捏住她的下颌把她的脑袋扭过来，笑说："看着我，我们聊聊。"

"不聊。"卿如是垂眸，别扭地摆动下颌想要挣脱。

月陇西凑近她，好奇地问："为什么要把鸟送到厨房去？"

卿如是轻哼，脱口反问："那你早上为什么盯着鸟看？"话出口她就后悔，一时面红耳赤，只好故作气恼地推他。

"嗯？"月陇西把她扣得死死的，不准她乱动，脑子却沉浸在这莫名的问题中，想了半天也没想出个所以然，只好坦言道，"我在看你啊。"语气颇为无奈。

卿如是倏地抬眸看向他，感受到他目光之灼烈，她又垂眸躲闪，喃喃："骗人，你分明就是在看……"

"我在看什么？"月陇西抢着话问，见她神情窘迫，心以为她该不会是觉得自己觊觎她养的鸟，早上看那鸟是在打什么坏主意吧？

他至于吗？为了逗她还能跟几只鸟过不去？月陇西低笑着调侃她道："你该不会是……"

话没说完，卿如是立即抢话反驳："我不是吃醋！"

月陇西一怔，蒙了。没脱口的话直接被闷头一棍打回了喉咙，险些呛了他。

卿如是自己也蒙了。她为什么会脱口说出这句话？！

四目相对，气氛陡然怪异。卿如是憋了半晌，脸色噌地暴红，猛站起身想跑，被月陇西一把拽回来按在门上。

卿如是看见他的喉结狠滑了下，怔愣地盯着自己看，眸底漾着些许迫切与激动，不敢置信，以及探究和疑惑，此刻尽数糅合在一起，显得傻极了。

最后，他纠结半晌，神情复杂地凝视着她，慢吞吞地问了句："吃……鸟的醋？"

卿如是说不清，焦急道："不是……不是！"

"那吃谁的醋？"月陇西觉得这不是重点，他匪夷所思且又带着那么点儿压不住的想笑的意味反问，"你居然吃醋？"这才是重点。

卿如是有口难言："不……"吐出一字，她偏过头去不想看他。

刚偏过去，就被月陇西捏着下颌掰正，他嘴角抑制不住地疯狂上扬，追着问："吃什么醋？"

"你好烦啊，我都说不是了！我口误，我是想说……"卿如是脑子卡壳，一时竟找不到搪塞的理由。她自己这厢还想不明白刚刚为何会脱口说出那句话，又怎么能应付得了他。

"你想说什么？"月陇西噙着笑，偏要不依不饶地追问，"那你到底为什么吃醋啊？"眉梢眼角仿佛拿草书写着"走上人生巅峰"几个字。

卿如是破罐子破摔，干脆往地上一坐，急道："我……我没……"

"地上凉呢。"月陇西笑，不疾不徐地打断她的话，其尾音之得意，一转三调。他将卿如是打横抱起，放到小榻上，郑重地给她整理了下裙摆，看她要起，立马按住她的肩膀将她稳回去，笑说："小祖宗别动，当心醋坏了身子。"

他刻意语无伦次地说来，更惹得卿如是浑身都发热滚烫，整个人烧着了似的。

月陇西故意凑近她，眨眼笑问："这么热吗？都出汗了？要不要我帮你凉快凉快？"稍顿，他笑道，"我去给你拿瓶醋来，醋最消暑了。"

明里暗里都在隐射"吃醋"两字，卿如是两腿蹬床急声道："我说了我没有！你不许再说了！"

月陇西唇角的笑愈发肆意，一把将她抱起举高，仰头看着她蹬腿撒气的样子，在她孩子气的吵嚷声中发出了窒息四问："告诉我吧，你吃醋做什么啊？为什么吃醋呢？真吃醋呀？在吃谁的醋？"

正此时，有人敲响了门。

月陇西凝望着卿如是的脸颊，打量她脸上那团红霞，头也不回地笑道："进来。"

来的丫鬟正是巧云，推门看到的就是夫人被世子爷举起的作为，夫人似乎有些不高兴，不停地挣扎着。她低笑了声，给两人施礼："午膳做好了，厨房让奴婢来问一问，世子爷和夫人想要在哪里用膳？"

月陇西不答，望着卿如是，眼神带着询问。

被这般举着，还要她说话，且是在巧云的面前，卿如是脸都丢死了，羞道："随便！"

"就摆在葡萄架下边吧。"月陇西别有深意地笑，"那里凉快。"

待巧云离去，卿如是羞愤地叱他："你快放我下来！我真生气了！"

月陇西舍不得放开她，现在他就想碰碰她，摸摸她，想要表达自己的喜悦。他终究没有放下她，转而将她抱在臂弯里，望着她笑道："生气啊？那你生吧，我哄你就是了。"

奇了怪了，这张嘴怎么说起情话来就那么好听，卿如是咬牙挪开视线，不搭理他。

月陇西脸皮厚，无所谓，一逮着机会就问她"为什么吃醋""吃谁的醋"云云。其实在看到巧云的时候他心底就想明白了这是怎么一回事，偏要逗着卿如是玩，故意问来惹她脸红。

甚至到了晚上也不消停，惨被卿如是一脚踹出屋子，硬关上门不准进，吼道："吃醋吃醋吃醋！你吃西北风吧！别想进屋睡了！"

她说完毫不留情地将门闩上，转身坐到茶桌边去，瞪着门后那道疯狂拍门的身影，听见他无奈地笑道："卿卿？小祖宗？怦怦？真这么狠心哪？外边冷啊，待一整晚我受不住的！"

他边喊门边往窗户口挪，卿如是瞧见了，冷笑着看他作为，就见他单手就着窗棂一撑，长腿伸进来径直踩在桌上，坐于窗框。眼看他要往下跳时，卿如是走过去，话也不说，只握着窗扇瞪他。

"眼神还凶凶的……"月陇西笑了，见卿如是瞪得更厉害，他只好被吓退，"好好好，再给你次机会，这次把窗户也闩好。我这就滚出去。"说着，他长腿往窗外一伸，又翻了回去。

刚站稳，还打算隔着窗跟卿如是聊两句，卿如是愣是不给他机会，"砰"的一声把窗户给关上了。

月陇西撑着窗，手指在窗面上敲了敲，哭笑不得道："哎，我真是好惨一男的啊。"

卿如是哼声不理，双手环胸坐回到茶桌边，耳边是月陇西的拍门叫惨声。她悠然地给自己倒了杯茶，待抿了一口后，门外的声音竟戛然而止。

半晌没有动静，卿如是狐疑地看过去，忽然又听见了靠近的脚步声。她便收眼不再看。

门纱隐约勾勒出月陇西颀长的身姿，风拂起他的青丝。他一手在背，一手拿花，故作怅惘地对月吟诗："啊！月夜撩人醉我怀，杜鹃愁色为谁开？"

卿如是不经意地一瞥，立时瞪大了双眼，他手里握着的那束花，似乎是她昨儿个特意遣小厮去家里搬来的杜鹃！

谁教他把花根连着土都刨出来的？！不知道她那盆花不容易养活吗？！

她拍桌起身，拔下门闩，猛地拉门要寻他算账。

谁知月陇西竟眼疾手快地扣住门，笑吟吟道："我诗还没念完呢。狂风难解相思意，门作河汉隔我哀。……别开门别开门，我不配睡床，快关上，风大，别给您吹凉了。"

"月陇西！你把我的花给种回去！"卿如是崩溃，使劲拍门吼他，"你……你给我开门！"

月陇西背倚着门框，一手拽着门，任凭她喊，自个儿优哉游哉地扒拉着花瓣，摇头笑道："不开不开，门一开可不就放我进去了？那不成，我今晚得睡外边，好好尝尝这西北风。小祖宗快睡吧，不必担心我，我不冷，我一个人在外面乐呵着呢。您瞧着，我马上能给您表演一个天女散花。"

话落，卿如是想到了什么，睁大双眼一脚踹在门上，呵斥道："月陇西你敢扯坏我的花，我要你好看！"

"好看？"月陇西笑得放肆，挥手就抛起一堆花瓣，做出临风高歌的架势，"啊！良宵苦短谁人伴，何处天仙赠杜鹃？好不好看？"

透过门面上镂空处的素纱，卿如是眼睁睁地看着花瓣飘然而下，散了一地，她拧眉跺脚，跑向窗边，推窗要翻。

哪知刚才开窗，月陇西便狠狠一压给她关上了，笑吟道："唯恐少年薄衾寒，窗低惹来红杏翻。小红杏，你在做什么呢？快把窗闩插上，我不冷，衣服就别给我送了。"

"月陇西，你这个人怎么这么讨厌！"卿如是说着，猛力捶了下窗，随即也不想管了，闩好门窗，她转身去睡，"你就一个人在外面自娱自乐吧！你看我搭不搭理你！"

"欸？"月陇西笑，"真不开啦？我说笑的，快给我开开，我帮你种回去。还能活呢，不考虑抢救它一下吗？"

卿如是脱了衣衫躺上床，大被一裹不再跟他闹。

月陇西开始了他凄惨的表演，唤声叫唤高低起伏，不绝于耳。须臾，似有人路过给他请安，好奇地询问道："世子这是做什么呢？"

他敛了笑，握拳抵住唇轻咳了声，肃然道："赏月。没你们的事，快走吧。"

"哦……"两名丫鬟施礼要退。

月陇西又喊住她们："等下……去给我拿床被褥来。"

卿如是听进耳里，咬唇一笑。

待丫鬟给月陇西拿了被褥离去后，他才去把花盆搬过来，撩袍就地而坐，裹着被褥盘着腿，面向正门，一边把花给她种回盆里，一边幽幽叹道："卿卿啊，你睡了没有？我错了，给我开门吧……凄风冷雨无人问，寒光照我夜不眠。"

还念诗呢。卿如是含笑，合上眼睡了。

次日清晨，卿如是起得很早，她心底也怕把他给冻坏了。且今儿个回门，病着了的话教卿母瞧见可不好。

她拔下门闩，拉开门左右瞧了瞧，却没有看见月陇西。她狐疑地蹙眉，前脚踏出门槛，后脚月陇西就钻了出来，吓了她一跳。

"你……"卿如是捂住心口平复情绪，皱紧眉叱他，"你吓到我了！"

月陇西的双手藏在身后，笑吟吟的，哪里像是被风雨糟蹋得彻夜未眠的样子。

"我的杜鹃花呢？"卿如是质问时，目光无意落在地面，上边还落着昨晚飘散的花瓣，但似乎并不是杜鹃花瓣。她狐疑地蹙起眉。

月陇西伸出一只手把杜鹃花捧到她面前，笑说："喏，你瞧。"

卿如是杏眸微睁，接过花盆，根和土重新埋回去了，完好无损。

此时，月陇西另一只手又捧出一盆花来，递给她，道："这盆也送你。"

是一盆白月季。

她瞧着这院子里似乎并没有月季花的，便问道："哪儿来的？"

月陇西凑近她，低声道："我去我娘院子里偷的。"

卿如是抿唇，眸底隐隐浮上笑意，低头轻嗅花香，抬眸见月陇西正含笑瞧着自己，便又敛起神色道："我还没原谅你昨天惹我的事。"

"嗯？"月陇西挑眉，"你还气啊？昨晚我抱着被子在门外坐了一夜，来往多少丫鬟小厮，你说我难堪不难堪？咱们以后别罚这个了，传到爹娘耳朵里不好听，你觉得呢？"

卿如是心中觉得有理，但没有回他，只抱着两盆花往院子里走。嬷嬷和丫鬟端着物什来伺候梳洗，卿如是将两盆花寻好地方放置妥当，又给浇了水，这才跟着她们去收拾自己。

她发现连着两日给她绾发上妆的巧云今次竟没有来，虽然十分疑惑，但她并没有问出口。

两人换衣梳洗完毕后便一同去给郡主请安，告知回门事宜，此后才出门。

坐上马车，月陇西紧挨着她，握住她的手，揉揉掌心捏捏指头。卿如是挣扎了两下没挣扎掉，只好随着他去了。

至昨晚一遭，月陇西也心照不宣地不再去提吃醋的事情，有些事心底明白就好，再问就要招她恼羞成怒了。她不明白，他可以等着她自己慢慢明白。

月陇西噙着笑瞧她，直瞧得她面红耳赤不敢跟自己对视。他就暗自乐着，并以此为趣，不知疲惫。

卿如是被他盯得一颗心扑通扑通地跳，怎么都缓不下那个劲儿，终于忍无可忍："你瞧我做什么？"

"瞧你生得好看。我不及你，有点儿嫉妒。"月陇西自在地捏她的手，情话张口就来，"没有你的美貌还不准我瞧吗？"

卿如是紧紧皱眉，忽然安静下来，不再作声。

两人下马车，月陇西先下，转过身接卿如是，待她将手放到掌心后，他便极其自然地牵过，一路拉着往卿府里走去。身后跟着丫鬟和嬷嬷，小厮们卸下带回门的物资一并跟随。

卿父和卿母都在府中，两人拜见过后，卿母便拉着卿如是回房聊起私房话。

虽说这方嫁去两三日，但卿母总觉得已有好几年未曾相见，唯恐她这两日在月府里受了什么欺负，窝了什么委屈，好一阵的嘘寒问暖。卿如是忙说自己不曾受委屈，又说是自己欺负月陇西还差不多。

"你就仗着世子疼爱你胡作非为吧，迟早有你哭的。夫妻协心有什么不好？"卿母蹙眉，拍着她的手背，忽而低声问道，"你和世子……懂吗？"

卿如是微怔愣了下，猛地反应过来，窘迫地把手抽出来捂住脸，苦恼道："娘，你在问什么啊……"

"有什么不好说的，你若是不懂，娘再教你就是了，就咱们娘儿俩还有什么不好意思的？"卿母悄声道，"你出嫁前一晚娘跟你说的那些法子你都用到了吗？怎么样？"

"哎呀，这些您就别问了……我……我不好意思那样的，我亲他取悦他干吗呀？还往那些地方乱亲……"卿如是用手肘撑着膝盖，蒙住脸嗫嚅道，"我实话跟您说吧，我跟他还没……没圆房呢。"

"什么？！"卿母惊呼一声，随即拉着她的手追问道，"为什么？新婚之夜不圆房你们干什么去了？"

卿如是自在道："玩呗。"

卿母一脸恨铁不成钢，数落道："我可真是信了你们俩的邪，新婚夜还玩？你玩我信，他……他竟也跟着你玩？不应该啊……"她想不通，暂且便不去想了，自顾自地跟卿如是讲，"那你们打算什么时候圆房？我不催着你们要孩子，但不代表他的爹娘不催，你们自己掂量着。"

卿如是为了让她安心，满口答应下来："过几日就圆，过几日……我肯定主动找他圆。"

听她做了保证，卿母才稍微放下心，又继续逮着她的手跟她讲闺房之事。

一番说教后，卿如是被知识浸浴得过于充实，过耳容易，接受无能，她羞涩难当，再见到月陇西的时候根本不敢看他的眼睛。一看他总想到卿母之教导，前世之实践。她怀疑自己原本被人间正道填满的脑子此刻被灌满了淫邪之气，不然怎么能……一见他脑子里都能浮现出画面。

简直岂有此理。

两人在卿府中用过膳后便要回府，月陇西瞧着她跟卿母去了一趟回来后面红耳赤的模样也猜得到被说教了些什么。他心底憋着笑，坐上马车后才道："小红杏，你可知道方才要走时娘把我拉到一边说了些什么吗？"

卿如是震惊地看向他，心道卿母不会那么狠吧？！

他故意不说，让卿如是自个儿琢磨，观赏她一变再变的脸色，心底乐不可支。

最后卿如是没好意思问出口，自顾自地琢磨出了一身汗，越想越羞，越羞越怯，再看月陇西时忍不住就往不该瞟的地方瞟。她被自己羞耻的意识吓得下马车后直接奔着西阁去。

不行，她需要洗洗脑子，把这些不干不净的东西全都剔除。来回踱了十来步，她高声吩咐丫鬟准备沐浴。

正是大白天，她竟奔着浴房去。月陇西慢悠悠地拉了把椅子坐到院子里，隔着若隐若现的窗看她慌乱脱衣和沐浴的模样，咬住拇指低笑了声。

卿如是把脑袋浸入热水里，任由水声咕噜噜地撞进耳中，希望这咕噜噜声撞走她今日听来的腌臜东西。

然而潜意识里越想要剔除，就越是会想起。尤其卿如是深深地记住了给月陇西擦药那晚，掀开他的被子看到的景象……完了，她完了，她竟然真去想月陇西那厮美好的躯体。

怎么会这样……书里说相爱的人心生喜悦，才会渴望对方的躯体。不管是哪种形式的渴望，或得到，或亲吻，或抚摸，或者仅仅是想要看……她完了，她居然渴望月陇西……

卿如是呜咽了声，忘了自己还在水中，呛了口水赶忙钻出水面，急促地呼吸几次，她又沉了进去。

皎皎想给她洗发都找不到机会，瞧着她沉沉浮浮，反复多次，终于忍不住问了："夫人，你怎么了？你要是渴，我给你倒水就是了，咱们犯不着喝这里面的。你要是嫌我洗不好，那要不然我去把世子请进来，让他伺候你好了。"

卿如是猛拉住她，拿手指头戳着她的手臂，发狠道："你小心我换了你！"

见她终于消停了，皎皎赶忙凑过去帮她洗发，边洗边道："夫人和世子吵架了吗？"

"没有……"卿如是郁郁地盯着水面，"我想不明白一些事，觉得自己很奇怪。我不好意思看他了。"

皎皎狐疑地蹙眉。"哦……那是很严重的问题。"她一顿，又笑道，"不过没关系，过几个时辰就好了。"

"为什么？"卿如是好奇地问。

皎皎理所当然道："因为世子会哄你啊。世子这人好会哄人啊。就这两日的时间，院子里的小姐妹们都知道，世子最喜欢哄夫人了，就算夫人莫名其妙地生气，世子也能很快把你哄好。看着好像是夫人治得了世子，其实就是世子治得了你。"

她一番话随口说来，竟然意味深长。卿如是沉吟许久，再回过神时皎皎已经伺候她沐浴完毕。

走出浴房的门，竟一眼瞧见坐在庭院中的月陇西。他的手转着一面干净厚实的素帕，眼睛却往她身上戳着，唇畔还勾着慵懒惬意的笑。

见她一言不发地转身往屋里走，他便也拿好帕子跟了过去，关上门，笑吟吟地道："我以为你打算洗一个时辰呢，竟然这么快就出来了。"

卿如是捋了下湿发，坐到梳妆台前，鼓了鼓脸，转身去拿他手里的帕子，却被他避开了，抬眸疑惑地望着他。

他舔着唇角，玩世不恭地笑，说道："我帮你绞，我会。"

以为自己要费好大的劲儿才会逗得她同意，却不想她竟压根儿没有反对的意思，转过身脸红道："行……行吧。轻点儿啊，我头发多。"

月陇西唇畔的笑更肆意了些，轻"嗯"了声，捧起她一小部分头发，用帕子裹住，轻轻揉着。

湿漉漉的青丝披散在她的身上，浸湿了薄薄的素白衣衫，映出里边藕荷色肚兜的花样来。从月陇西这个角度看过去，正好可以穿过交叠的衣襟，窥见松系着的肚兜里的风景。

清致的锁骨下，白皙柔软的隆起间，有一道不深不浅的沟壑。上边布满晶莹的水珠，有乌黑的发丝顺着沟壑蜿蜒而下，黑与白相映，谁也不输谁。

月陇西的身体微微异样，嗓子忽然有些发痒。他生了热，只得别过眼，自行平复。

谁知此时卿如是稍抬手挽了下耳发，惹得他情不自禁地又看了回来。

那袖子顺着柔嫩的手臂轻滑，无意间露出了她皓白的手腕，腕骨的弧度恰到好处。她的耳梢微红，原本白皙的耳朵便呈现出淡粉色。

被她挽过的发顺着肩膀垂下，稍短了一截儿，耷拉在她的衣襟处，发丝堪堪与交领处齐平。

她的身体带有刚沐浴后的清香，淡淡地萦绕在他的鼻尖，勾魂夺魄，蛊惑人心。

不知不觉中，他为他擦拭青丝的手便稍使了力。

卿如是蹙眉，轻声惊呼："疼……"

这一声略带嘤咛的"疼"，喊得他心化了一半。

月陇西喉结微滑，不擦了。他要死了。

被她给治死了。

不疾不徐地轻拂袍角，月陇西在她侧旁蹲下身，眸色迷离地望着她："我……我想要你帮我个忙，好不好？"

他的声音透着沙哑，原本就低沉的声音此时听来竟散发着磁性，浓厚的情意在他的声音里徘徊，最后缓缓流出。

卿如是刚被拽了头发有点儿疼，没怎么留意他语气里的不寻常，只低头蹙眉，惶惑地瞧着他，有些不明所以，问："什么忙？"

月陇西迟疑了片刻，捉住她的手，在自己掌心微微捏了捏，然后缓缓地往自己身侧拉拽过去，在她微讶的眼神中，领着她触碰到了自己跳动的心口，那里热意升腾，且咚咚作响。他迟疑着轻声问："这个忙……帮吗？"

"啊！"卿如是反应过来，霎时低声惊呼，骇然抽回手紧握于胸口，脸嫩地红透，继而说话都不利索，"你……你这人怎么……"

"我无耻、败类、龌龊？"月陇西抢了话，眸中隐隐含笑，"我都承认。那卿卿是愿意帮，还是不愿意帮呢？"

他说的每个字落音时拖着悠长的余韵，句尾就像初生奶猫的小爪子，在心上挠，调动起卿如是全身的痒。她咬住下唇，轻摇了摇头，换作寻常，她拒绝后便不会再想，但今次不知为什么，摇着头，心却还在犹豫纠结。

分明前世她就根本不在意这些，她能够很坦然地帮月一鸣纾解欲望，只想着打发了他就行，别的都不在意。可为何今生换作月陇西，她就想要循着心认真地去考虑？

她想起卿母对她说的那些话，又想起皎皎说的话，一时间心乱如麻。

在月陇西看来，她那本就因为刚沐浴浸泡过而鲜艳欲滴的红唇，此刻被她这般用皓白的牙齿轻咬住，嫩得仿佛能挤出水来，像是熟透了的樱桃，惹人采撷。

他忍得辛苦，却不敢轻举妄动，只锁眉凝望着她，以色诱之，以声引之："我真的需要你的帮助，卿卿？……你别摇头了，你摇个头我都觉得好看……"

卿如是杏眸微睁，反应过来他是何意后咬唇咬得更重了些，手足无措地绷着身子兀自脸红。

　　见卿如是隐约有动摇的意思，月陇西便将她的手又捉回来，在自己掌心捏来捏去，忽然有点儿惆怅，又好似妥协地叹道："你再考虑考虑，事后我给你付银子还不成吗？不然你给我付银子，权当自己在我这儿买了件东西？不不，我的姿色也不算差，你先委屈一下，我再倒付你银子，成吧？"

　　卿如是没忍住，用手背捂住唇笑出了声。她窘迫地敛起笑，别过眼去不看他，余光觑见他瞧着自己，她羞怯地转身站起，在房间里踱来踱去，似是在强烈挣扎。

　　月陇西的视线紧随着她绕圈子：这也太折磨人了吧，转个圈都转得这么好看。

　　最后，她轻靠住墙，汲取着墙面的凉意，给自己降了会儿温，才垂眸嗫嚅了声："嗯。"

　　单音刚落，卿如是就感觉自己被人猛抵在墙上，湿软微凉的薄唇覆来。她吓了一跳，刚想要推，人就被月陇西顺势捞起，架在了他的腰间，没有腿支撑，她猛地沉了下，便慌忙钩住他的颈子。这期间，他一直没有松开过她的唇。

　　自相识以来，她从来没有见过月陇西这副模样，悍然且近乎于暴躁的侵略感在扫荡她的神志，强势得让她几乎要喘不过气来，下意识就闭上了眼，屈服地回应。

　　于她而言这是在屈服，于月陇西而言，他很清楚她为什么会回应。以前她从来不会回应，饶是他已将她挑逗到极致，她也只是承受，不会主动回应。如今她会回应是因为喜欢。她终于喜欢他了，才会回应。

　　月陇西睁眼，松开唇，仰望着她，盯着她刚被自己侵占过的红唇，晶莹红润，艳色欲滴。又稍抬眼紧盯着她迷离的双眸，忽地翘唇笑了，眼角逐渐猩红。

　　他再次覆唇吻住她，几近掠夺，仿佛就要这般天荒地老的架势。

　　终于，卿如是缺了气，皱起眉嘤咛了声。他当即松开唇，就着这个姿势将她抱到床边让她躺好，然后丝毫不客气地覆身，想了想又怕她承重，便直起身跪在她的腰两侧，一边俯身去吻她的颈，一边单手宽衣解带。

　　这般趋势，有那么一瞬间，让卿如是恍惚以为自己刚刚答应的方式，和他想要用的方式其实不是同一种。但她竟也没有问，没有反抗，稀里糊涂地任由他所为。

月陇西很快只剩下一件外衫，他不再脱，任其敞着，又去解卿如是的衣裳。低眸瞧她脸红耳赤别过眼不敢看的娇俏模样，有那么一瞬间，他想临阵换更痛快的方式，神思一阵混沌后仍是怕她没准备好，怕她生气，生生忍了，蹙起眉轻喃自语："算了。"

随着这一声呢喃，他单手将卿如是抱起来，让她坐到自己腿上，低头去咬她的衣襟，用牙齿拉开她的衣衫，完整露出白皙的脖颈来。与此同时，他握住她的手，温暖霎时间肆意扩散。

卿如是听见他闷哼了一声，她转过头去看窗外，不敢多看，更不敢低头。似是有所感应，月陇西慵懒地勾起唇与她玩笑道："藕荷色衬你肤白，但我最喜欢看你穿的颜色是青色。下回穿青色的。"

卿如是微怔，而后羞恼地低叱："不要脸……"

"嗯？不要脸？"月陇西伸出手指头逗了下她的下颌，莞尔道，"我们难道不是正做着不要脸的事？"

卿如是瞪着他，忽而冷笑了声。

"别别别……别生气。"月陇西见她色变，赶忙哄回来，倒吸了好几口凉气，呼吸顿沉，重重的几声闷哼后，他猛地伸手揽住她的腰将她带向自己，紧贴住她的身体，作势要掐她的腰肢，流里流气地笑道，"好好伺候着，爷一会儿给你拿大把的银票赎身，跟着爷回去吃香的喝辣的，嗯？"

卿如是失笑，随即又万分羞恼地敛起神色，咬了咬唇，故作娇滴滴地道："那……爷打算给我拿多少银票？"

月陇西从来没见过她这样，知道她是想要做出勾栏院里那些女子的狐媚姿态，但到底生得清秀，妖娆不到那种惹人腻味的劲儿上，眉眼间的懵懂感恰到好处，如此不上不下的才真是要撩死个人。

"你想要多少？"他的呼吸逐渐粗重，用灼热的目光凝视着她，盯了会儿便忍受不住，再度覆唇吻她，从她的唇吻到脖颈，不能再向下了，他又绕回来吻她的唇，哑声道，"你要多少我给多少……"

还真当她是勾栏院的了？卿如是低笑了声，又敲了下他的肩膀，故作气恼道："你闭嘴吧，我不想听你讲话……"

"嗯？"月陇西忽笑，故意讨嫌，"我说银票呢，你看看你思想多脏啊，想到哪儿去了？……我就知道你又要生气，错了错了，我错了。咱们好好的行不行？我还想以后跟你要孩子呢。"

卿如是不说话了，咬住下唇，神情恍惚，不知在想什么。月陇西凑过去想趁机多亲几次，被卿如是发现后躲开了，气恼地跟他道："你别动我！现在我才是做主的那个！你给我闭嘴，坐好！什么都不许说！"

月陇西未能得逞，唉声轻叹："好，主子您说什么都好。最后一句，您还是怜惜一下我这朵娇滴滴的花儿吧，我寻常都是做清倌的，平时也只卖艺罢了，这还是头回接客……你太凶悍了，我这厢哄不住可是没有钱拿的。"

卿如是道："你闭嘴！！！"

两人闹了整整一个时辰，大白天把自己关在屋子里，偶有暧昧不清的话语传出来，外边扫地的丫鬟都知道他俩做了什么好事。

待到闹够了，卿如是嫌恶地用他丢在床角的外衫擦干净手，翻过身假寐，不想理会他。明明后来她都喊累了他还憋着不想结束，以后再也不帮他了。一点儿都不干脆。

月陇西哭笑不得，这和他干脆不干脆有什么关系啊？明明是想多和她亲近一会儿。他半合上亵衣的衣襟，凑过去笑问："要不要去院子后面泡温泉啊？"

卿如是坐起来，把衣衫一拽，系好系带后朝他比了个十："我决定十天不理你！"

"你忍不了十天的，一刻钟都忍不到，你就会被我气得拿刀了。"月陇西边勾唇笑，边握住她的手指头，拿锦帕给她细细擦着。

卿如是上下打量他，说："你还挺有自知之明啊。"

"不是自知，是我知你。"月陇西微顿了顿，轻声道，"因为你一直都很讨厌我。"

卿如是一怔，默然别过眼，嗫嚅道："倒也……没有。"

月陇西挑眉笑道："嗯？不讨厌了？不是你每次嚷嚷着'月陇西你好烦啊''你这人怎么这么讨厌''你烦死了'……还有好多。"

"还有什么？"卿如是轻蹙眉尖，狐疑地问。

月陇西凝视着她，手中的动作忽然慢下来，眼角渐红，迟疑道："还有……"

还有你曾说：月一鸣，我恨你。

月一鸣，我永远都不会原谅你。

月一鸣，你离我远一点儿。

月一鸣，你烦不烦啊……我真的不想再看见你。

月一鸣，你别跟着我。你想监视我，把我的一举一动汇报给你的陛下，是不是？

月一鸣，我的手没有了……我恨死你了。

经年的痴心妄想，让他不得不将她赠的所有刀子都逐一收下，好好珍藏。

因为没有别的好话可以给他珍藏了。

似有酸涩浮上心头，转瞬即逝，月陇西笑道："还有'无耻''败类''龌龊'啊。看来你真是把我厌得不轻，什么脏词都往我身上用。"

卿如是欲言又止，默然低着头，有点儿抱歉地说道："也不是因为讨厌你才说的……那我说你讨喜的话你怎么不记得了？"

"我记得啊。"月陇西笑，俯身凑过去，"却还未请教，您的讨喜是何意？就是讨你喜欢……是不是？"

卿如是将身子往后倾了些，跟他拉开距离。她垂眸躲闪视线，屏住呼吸默了片刻后，她选择了避而不答，红着脸转身下床。

月陇西知道她是害羞了，央求道："卿卿，帮我拿身衣裳来吧，我的衣裳都被你拿来擦手了。"

"你自己不会下去拿啊？"卿如是此时的头发已经半干，她先给自己寻了身青色的衣裳穿戴好，然后出去打了水洗手，又拿了张干净的巾帕回来，坐到梳妆台边继续擦拭。

须臾，月陇西没有回应，只盘腿坐在床上，撑着下颚瞧她。卿如是余光瞥见了，到底还是起身走到衣橱边，给他也挑拣了身青色的，转头丢给他。

月陇西抱着衣裳，神色懒散地往床后一躺，说道："啊，没有力气，刚伺候完客人，好累啊，我想要卿卿帮我穿。"

"你别得寸进尺。"卿如是把擦拭完水渍的巾帕往床上一丢，正好丢在他的脸上，她抿唇一笑，又敛起神色，"欸，我出门买些书，你要想跟我一起去的话就快些。我可不会等你。"

那巾帕带着她发丝的清香，月陇西轻轻嗅了嗅，伸手拿下来，凝视着她出门的背影低笑了声："怎么这么好闻……"他拿巾帕收拾了自己，方开始穿衣，唯恐她真的不等自己，只用了片刻工夫便穿好了衣裳出门寻她。

卿如是就站在院子里，安静地翻着一本册子。天光倾泻，她的眉目洋溢着温暖与柔和，睫毛在她眼下投影出小小的扇形。

她竟听他的话穿了青色。月陇西低头再觑了眼她给自己拿的青衣，唇角微翘，慢悠悠地走过去，猛地吓她："哈！"

他一声喝，瞬间破坏了方才的娴静美好，卿如是被吓得险些跳起来，随即恼怒地拿册子打他："你无不无聊啊！"

"欸，没打着啊？"月陇西笑吟吟地抓住她的手，带着她在自己的手臂下面旋身一转，刚丢手，就见她抽出了腰间的鞭子。月陇西险些忘了她还会使唤鞭子，拔腿就往府门外边跑，被她一路追着打。

书斋在廊桥那面，两人你追我赶跑过了廊桥，卿如是体质不如他，先停下来撑着双膝喘气。月陇西倒回去，在她面前蹲下身，笑道："咱们回去再好好收拾月陇西。上来，我背你。"

卿如是毫不犹豫地跳上去，拿鞭子把他的颈子松松地绕了三圈，作势要勒他，说道："你以后再吓我，我就……"

他们走的是正街，遇上不少公子闺秀，纷纷讶然地看向他们。卿如是收住了嘴没说下去，有些羞赧地把头埋在月陇西的肩膀上。

月陇西却不顾旁人的目光，笑吟吟地接过她的话："你就谋杀亲夫？"

"你还是放我下来吧……让旁人看见了，不知道怎么传我们呢。"卿如是没有回答他的问题，凑到他耳畔低声道。

"让他们传吧，他们羡慕我们呢。"月陇西笑，"他们会传我爱妻如命，会传你凶悍如匪……说错了，传你貌美如花，跟我真是天造地设的一对。"

卿如是没搭理他，目光在周围游离着。远远瞧着一道熟悉的身影，她拍着月陇西的肩膀说："你快看，前面那个人是不是萧殷啊？他好像进酒楼了。"

月陇西微眯着眸子顺着她指的方向瞧了眼，说："好像是。今日似乎不是国学府休整的日子，他怎么出来了？"

"我发现我和萧殷特别有缘分，常常都是我走到哪儿，就能在哪儿遇见他。"卿如是摇着脚示意月陇西跟过去，高兴地道，"我们去看看吧！"

"缘分都是假的，那些媒人专门编来骗你们姑娘家的。"月陇西不是很高兴，"不是要去书斋吗？"

"还去什么书斋，没准儿有戏看呢。你都说了，今日不是国学府休整的日子，他私自跑出来，兴许是约见余小姐的。"卿如是摇着腿，蹙眉拍他的肩，"哎呀，去嘛去嘛去嘛。"

月陇西微愣，顿了顿，站住脚，低笑道："你再撒个娇让我瞧瞧！"

毫无意识做出那般女儿姿态的卿如是陡然被他说穿，窘迫难当，狠捶了下他的肩膀，说道："快走！"

"好好好。"月陇西就知道结果不会如意。

谁知刚走了两步，背上的人忽然故作自在地嗫嚅了句："等我回去兴致好时再给你撒……"

她用故作轻松的口吻，说着娇俏动听的话，月陇西先是一怔，随即低声轻笑。

第十八章 祠堂情定

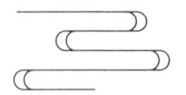

酒楼是王孙公子常驻之地，往来皆是贵客。两人走到门口后卿如是没那脸皮再赖他背上，忙唤他放自己下来。

　　门口小厮十分有眼力，当即撇下其他客人迎上来。卿如是低声询问他方才进来的客人往哪间房去了，小厮沉吟了下，伸手为她指，转过头却见萧殷就站在二楼走廊上，在小厮的指尖尽头处看着他们。

　　就好像正站在那处等着他们。

　　他的神情淡漠，眸底漾着复杂的情绪，但终究看不出那是一种什么样的情绪。只见他将手紧握于前，似是想将眸底的东西攥在掌心，以免释放出去。他隔着栏杆给二人施了礼，又吩咐身旁的小厮去请他们上来。

　　这让原本只是因为好奇想跟来远远看个戏的卿如是有些赧色。

　　月陇西看了卿如是一眼，说道："反正都来了，走吧。"

　　两人跟着小厮往楼上走，萧殷就站在楼梯口迎接。当三人对立时，他再度施礼，恭敬道："世子、夫人。还不曾恭贺世子与夫人新婚之喜，本打算明日世子来刑部之后再奉上贺礼，却没料到今次能在这里碰上。"

　　"无碍，这份心意我们收下了。"月陇西淡笑，目光几不可察地瞥过他腰间佩戴的玉佩，话锋一转便问，"倘若我记得不错，昨日官差在书斋和部分摊贩处收缴了第一批杂书，今日正好是核查内容的日子。国学府刚选定人才不久，彼此尚待磨合，流程本就走得慢，任务初期又正是手忙脚乱的时候，你不去帮忙，却旷工至此，是为了？"

　　他拆话拆得十分直接，显而易见是故意在让萧殷尴尬。

　　好在萧殷还是那个做事滴水不漏的萧殷。

　　他先顺意告罪，而后不疾不徐地解释道："自昨日叶渠先生入国学府后，就按照采沧畔的标准简单制定了一套行事流程，因为陛下还不曾为国学府制定详细法则，却先将任务分配了下来，若没有行事准则和规划，恐难执行任务，所以府中各位大人纷纷采纳了叶老的建议，并配合叶老亲自为众人进行分工。萧殷是将分配到的任务提前完成后才告假出府的。"

　　他细细说来，挑不出一点儿错处，就好像事先演练过这段对话，逻辑清晰，有条不紊。

稍一顿后，他退至侧边，抬手示意道："至于出府的目的，还请二位随萧殷入室一谈。"

卿如是心觉奇怪，他私会刑部尚书的千金，被他们当面撞破竟然丝毫不怵。想来是上回在小楼匆匆避开他们之后回去将应对突发状况的措施都认真思量过了。准备妥当，才会无所畏惧，就像他在沈庭案中的表现一般。

跟着他进入雅间，两人一眼便见到了正执杯抿茶的余姝静。她还戴着素纱帷帽，不敢摘下，隐约可以透过素纱看见她端着茶杯在轻抿，听见开门的动静后眸中顷刻间熠熠生光，饶是帷帽也不能遮住这份神采，却又在看见除萧殷外的他们二人之后惊慌地站起身，顿时手足无措。

卿如是鼓了鼓两腮，她是打算私底下凑热闹的，没想过当面给余姝静难堪。毕竟不是每位闺阁小姐都跟自己一样不在乎名声。尤其余姝静生在那般父严母悍的家庭里，被人撞破心底肯定是好一阵担惊受怕。

她涨红着脸，慌忙朝两人施礼。

"余小姐不必多礼。"月陇西看向萧殷，故作不知，"原来你是私会佳人来了？你若是早说，我们肯定不会掺和进来扰了你们二人的兴致。"

他假惺惺地说，萧殷便也假惺惺地回："世子莫要开这等玩笑，并非私会。只不过是萧殷上回无意间救了余姑娘，本以为举手之劳不必教人挂齿，便未曾留下姓名，却不慎将玉佩落在了余姑娘那里。后来萧殷两次约见余姑娘欲拿回玉佩都堪堪错过，心底过意不去，便想着请余姑娘酒楼一叙，请客赔礼。正巧余姑娘亦想着答谢萧殷，并归还玉佩，今次才这般定下了。"

"哦？"月陇西淡笑，别有深意地道，"原是这样，看来是我误会了。"

看破不说破，卿如是了然一笑。原来萧殷设了一场英雄救美的局，才引得美人想要以身相许，后来又故意留下玉佩教美人惦念，再布相思局，余姝静的心就任由他把玩掌控。若是旁人，这个局不一定会成功，但这个人是萧殷，就一定会成功。

因为他生得实在很难教人不动心。论冰肌玉骨，扈沽城恐怕无人比得上他。

一阵寒暄后，萧殷请两人上坐一同用膳，他请客做东，权当是补上贺礼。见他们三人像是相熟，余姝静的情绪稍微平复了些。她性子文静，有外人在便不喜多话，只听着他们一来一往地闲谈。

卿如是有意无意地打量余姝静，发现她的目光几乎都放在萧殷的身上，借着帷帽遮掩，看得入迷时甚至有些肆无忌惮。毫无疑问，她很喜欢萧殷。

可是，为什么呢？如果萧殷接近余姝静是为了对余府下狠手，大可另寻突破口，不必浪费时间在女人的身上，更何况……萧殷看起来并不像是对余姝静上心的样子。

因为他若是上心，就不会把他们带进房间让余姝静难堪，若是喜欢，无论如何他也会顾及余姝静的颜面。萧殷若是直言阻拦他们，他们并不会硬闯，这一点萧殷应该很清楚。可他不仅没有阻拦，甚至主动邀请他们同桌而食。

那么，余姝静有没有看出来萧殷对她并无情意呢？若是看得出来，难道就没有怀疑萧殷另有所图？

如今萧殷在余大人手底下做事，至少还要跟着余大人学三年。他是个看中利益的人，不可能为了复仇断送自己的前程。所以，他接近余姝静恐怕不是为了复仇。

刑部尚书执法掌刑，很适合萧殷这种貌似无害实则狠辣的人，他自己也该很清楚这一点，不然最后也不会答应留在余大人手底下受教。他想要在刑部往上爬，就要借助余大人的势力。

最快的方法就是……成为余大人的乘龙快婿。

卿如是看向萧殷，忽觉他这人实在真心难得。但凡被他盯上，能够拿来利用的，他多半不会顾及是否与这人相识，也不屑这人对他是否真心，他只会为自己铺垫。

真不知萧殷这种人，可分得出真心予他人？他若是有心仪之人，若到利用之时，又会否顾及心上人呢？

她沉思着，目光不经意间便落在萧殷身上，像是将他看透了，也像是看不透。须臾，萧殷的耳梢渐红，佯装寻常地提起茶壶，给几人分别倒满茶。

卿如是撑着脑袋，忽问道："你方才说官差已经收缴了一批野史杂谈什么的，如今查来有什么异常的内容吗？"

待添完茶水，放下茶壶后，萧殷才抿唇淡笑了下，说道："我核查的那批书说不上来有什么内容异常的地方，倒是叶老因为书的内容而产生的态度让我颇为奇怪。这内容你应该会感兴趣，是有关于小女帝的。"

话落时，余姝静淡淡抬眸看了卿如是一眼。方才她也随口问起萧殷被收缴的那些书，想从他的兴趣切入同他搭话，他却只说"都是些无趣的内容，说起来复杂，无甚好聊的。我们可以聊些别的，譬如上回你看中的那盒胭脂"。后来没聊几句他便出了酒楼，说是给她买胭脂，回来却多带了两人。

卿如是不曾留意到余姝静的注视，只微睁大眼追问道："什么内容？"

"我将通过核查的书交给叶老检查时，他扣押下了一本关于一个人的书。似是没有料到坊间会流传关于这人的书，一个劲儿地问我书的来处。"萧殷微顿，瞧见她紧盯着自己，听得十分专注，他抿了口茶，继续道，"这个人的名字叫作'袭檀'。"

月陇西执杯的手一顿，几乎与卿如是同时反问："袭檀？"

"正是。"萧殷微疑，"世子与夫人似是知道？"

"听过。"月陇西轻描淡写地掩饰过，"但是不知道这个人的名字在书里出现过。"

那晚窃听后，月陇西就派人去找寻了关于袭檀的书，并没有找到。

"那是一本新书，且我核查的那批书里只此一本写到了'袭檀'。应当是坊间某位年龄比较大的，当年听说过小女帝宫闱之事的说书人执笔诌来的故事，想拿小女帝的噱头哗众取宠。"萧殷叙述道，"但袭檀这个人我幼时的确有过耳闻。"

月陇西和卿如是都知道他的身世，不难想到有关小女帝的事，他应当是从他父亲那里听来的。

"你可知这人的真实身份？"卿如是追问。

萧殷颔首，又摇头道："幼时听闻并不知其身份。只我核查的那本杂谈上说，他……是小女帝的宠妃。且小女帝唯有这一位男妃，可见其受宠程度。"

"你说袭檀是小女帝的男妃？"卿如是不可置信地瞪大双眼，猛回头看向月陇西，在他眼底同样看到了讶然。这消息冲击力太强，她一时无法接受。

如果是这样的话，那袭檀如今为陛下效命，不就意味着他当时背叛了小女帝，转而投靠了如今的陛下？或者说，其实他当时就已经领了命，是蓄意接近小女帝的？

她想起那日叶渠猩红着眼眶劝诫她要珍惜眼前人，他说："这世上有太多命不好的人，遇到的都是人渣泽……"

叶渠说的人便是骗取小女帝信任后，在无间炼狱的悬崖边推了她一把，又将她的江山夺去送给别人的袭檀？

"又是一个死于情深的痴人……"卿如是低声叹道。

月陇西的神色却更为凝重一些。他似是想到了什么，迅速捕捉住了，一瞬间的恍然让他的心立时沉了下去。

几人各怀心思用完膳，月陇西和卿如是先行离开。萧殷出门去送，似乎想对卿如是说什么。然则，不等两人有接触，月陇西便把她拉走了。

待出了酒楼，月陇西的心绪回转，他盯着前路沉吟许久，决定先将袭檀的事瞒下来。这事不知道最好，知道了，稍不留神就极可能有性命之忧。

"你在想什么？"卿如是问他。

"我在想萧殷和余姝静的事。"月陇西扯开话题,"你还记不记得,上回我说要为月氏留住萧殷,于是打算过了那阵便为他在族中挑选一名女子结亲,让他彻底成为月氏的人,为月氏效力?"

卿如是回想了番,点头道:"你是想说他如今借完了你的道,便想要脱出你的掌控,为下一程铺路?"

月陇西淡然一笑,说道:"他的动作很快,恐怕是早就料到了我想要捆住他,于是在国学府的选拔还未结束之前就筹划好了下一步,也就是去主动结识余姝静,想要借此脱离我的掌控,又能在刑部搭好桥。国学府的选拔他巧妙地借了我的势,刑部的扶摇路他又想去借余大人的势。"

"他若是真的当了余大人的女婿,恐怕余大人会捆住他,不再给他借他人势的机会。"卿如是道。

"不。"月陇西摇头,"最终我们谁都捆不住他。因为他并不爱余姝静,用完之后绝对能够无情地丢掉。至于如何丢……余大人虽心狠手辣,但萧殷也不遑多让,你忘了还有复仇这一环吗?"

卿如是稍沉吟便明白了,讶然低呼:"他想要取代余大人?"

月陇西颔首:"若所料不差,他是想先娶余姝静,借助余府的势力迅速往上攀,等到合适的时机,再除掉余府的人,反给自己落个失亲丧妻的凄惨名声。你说这样一个在绝境中独活下来的人才,陛下会如何对待?"

"然则,他能否做到那步,也要看他自己的造化。"卿如是不予评判,"他这人,怕是没有真情的。没有真情,就没有弱点,他若能一直如此不受任何掣肘,扶摇而上便是迟早的事。"

月陇西斜睨她,轻笑道:"你说得对,但愿他一直把权势看得最重,扶摇而上指日可待。他之于月氏可有可无,但他之于晟朝,必定是不可或缺的存在,你可知为何?"

卿如是徐徐道:"因为,他的思想就像是活在晟朝的崇文。"稍一顿,她话锋一转,"不过,崇文并没有他这般自私自利,心狠手辣。"

月陇西的笑容稍敛,不再细谈下去。

他自然地握住卿如是的手,忽道:"我方才看见萧殷佩戴着你赠给他的玉佩。这让我想起,某人在国学府时说要赠我谢礼和歉礼,如今过了两个月,统统没有兑现,好让人伤心哪。"

"哦,我给忘了。"卿如是挠了挠后脑勺,蹙眉道,"还不是因为你当时跟我订下婚约,我满脑子都在考虑合约的可行性,哪还有脑子去记给你送礼的事。唉,反正我都嫁到你们府上了,就别搞那些花里胡哨的东西了吧。"

月陇西佯装难过道："啊，赠给萧殷就是情真意切，赠给我就是花里胡哨……"

"哎呀，好吧好吧。"卿如是瞧他那小心眼的模样，大方地说道，"你说你想要什么？我现在就给你安排。"

月陇西唇角微翘，站住脚，合眼道："我要你亲我，要你主动亲。"稍顿，他又朝她凑近了些，"快点儿的，安排吧。"

卿如是低咳了声，转头觑向别处，轻叱他："有病。"

"嗯？"月陇西睁开一只眼，"我有病，你亲我一口给治治就好了。"

卿如是不搭理他，兀自往书斋的方向走。

"唉，真是看不见的伤都在心里，划拉着刀子，出着血，愈合不了还一戳就痛。"月陇西跟在她身后，郁郁道，"说好给我安排，立马就翻脸，女人真是好生善变。我这般玲珑剔透的美人儿，白给你一亲芳泽的机会你都不要……"

卿如是站住脚，转头看他，呛道："你闹够了没有？嘚啵嘚啵地要说多久？"

"你亲了我就不说了。"月陇西凑近她，笑着道，"我准备好了，照着嘴来吧。"

卿如是推开他："龌龊。"

被推开的人睁开眼，故作失望地叹了口气，偏头一笑："我觉得身为才女的你不应该局限于'龌龊'这一个词。'卑鄙''无耻''下流''肮脏''低俗''恶劣'，这些都可以拿来形容我。"

卿如是抿唇失笑，稍抬眸瞧他，发现他也正笑吟吟地觑着自己。她耳梢微微泛红，故作沉吟道："嗯……要我亲你也可以，如果你能做到我开给你的条件的话……我就勉为其难地亲你一口。"

"什么条件？"月陇西挑眉。

"我小时候听说这世上所有的叶子都是独一无二的，绝对找不出两片一模一样的来。我一直不知真假，我就要你帮我找出两片一样的。"卿如是斜睨着他笑，"你什么时候找到，我什么时候亲你。"

月陇西低笑："你岂非故意刁难我？我可以告诉你，这世上的确没有两片一模一样的叶子。但……"

他一顿，凑近她道："但我是谁啊？我是月陇西，你是月陇西的小祖宗，小祖宗想要，月陇西就能找到。"

卿如是屏住呼吸稍往后倾，离他远了些，有些怀疑他话中真假："那我们走着瞧好了。"

"未免小祖宗耍赖，咱们击掌为誓。"月陇西伸出手，浅笑道。

卿如是抬手与他击了三次掌，最后一次被他握紧十指相扣带进了怀里。他揽住她的腰，偏头在她脸上亲了一口，在卿如是羞恼发作前先笑道："只说你不会主动亲我，却没说我不能主动亲你呀。"

卿如是摸着发烫的侧颊，哼声转头往书斋走去，月陇西赶忙跟上。

两人来到书斋，正赶上书斋进新书的时候。卿如是看见几个小童正蹲在窗边给书籍做标记和分类，便走过去询问这些新书是否能先借来看。

小童很大方地递了几本给她，又给了月陇西几本，说道："两位客人慢慢看。但不要弄脏扉页的介绍，那是我们刚按照著书者的要求添上去的，墨迹尚且半干。"

"嗯，好。多谢你了。"卿如是接过书，翻开扉页随意瞥了一眼，忽然狐疑地顿住了。扉页的介绍也可以是著书的人按照自己想写的东西添上去的，不一定是旁人帮著者述写的。

她忽然想起那次和崇文先生逛书斋……

无疑，月陇西也想到了这一点。那一日他也在。他很清楚，自己在崇文所著之书的介绍里看到了秦卿的名字。

他也很清楚地记得，当时秦卿和崇文的对话。

"咦？先生你看，你的书里竟有我的名字！前边几页是别人写的介绍吧，如今介绍你的时候，还会介绍我了！"

"秦卿，这不是什么好事。若是我出了什么差错，你当第一个受到牵连……"

卿如是的心脏仿佛蓦地停止了跳动，指尖有些僵硬，不过只是一瞬，就恢复如常。大概是自己多心了。她将这点摒除出脑海，不再去想。

却无意勾起了关于另一件事的回忆。

书斋，崇文。这两个关键词不得不让月陇西跟上她的思绪，也顺着想到了那一件事。

那件快要被遗忘在岁月里的小事。

那年他刚满十八岁，奉命肃清零散的崇文党羽，查到书斋的老板暗中与崇文勾结，是崇文的暗线之一。他带着一队官差去查封书斋，准备把人给收押了，却在路上得到消息，书斋老板刚被追债的人拖走，书斋也被人给砸了。

书斋老板负不负债月一鸣不晓得，负了什么债他更不晓得，但赶巧就在他要来押人的时候追债者把他要押的人给拖走了，这种巧合的安排，简直是不把他的脑子当人脑子看。

月一鸣蔑声轻笑了下，跟着就带人往书斋去探虚实。果然如消息所言，书斋被砸了个稀巴烂，里面陈列的书都被扫到了地上，没人会去哄抢书斋，但看热闹的人不少，不到半刻钟就把这处围得水泄不通。

他私心里当然怀疑这是崇文党为了保住书斋老板而上演的一出金蝉脱壳，毕竟书斋这条暗线委实能挖出不少东西。倘若书斋老板被捕，那么许多藏身在外的崇文党都会接连遭殃。

崇文暂且动不了，可他身边如同邪教一般迅速扩散的党羽须得先逐一肃清。书斋老板是很好的切入点。

回去之后，他费尽心机查到了那路带走老板的人马。令他意外的是，那些人竟然真的是去追债的酒肉赌徒，并非是为了保护书斋老板才带走的他。

这就很让人疑惑了。

按照他原先的想法，崇文是设下了金蝉脱壳一局，利用追债这个说法带走了书斋老板，继而保护这位隐藏的崇文党。可现在的事实是，老板真的被追债，带走他的人是些游走于黑白两道的商匪和游手好闲的赌徒。

他以为消息有误，可几个时辰后，秦卿竟然去刑部报了案，要借用刑部的势力亲自追查带走书斋老板的那路人马。

这说明崇文党并不知道什么金蝉脱壳之计，老板被追债人带走很可能真的是巧合。因为如果他们是想要用金蝉脱壳让老板避开官差的查问，又怎么敢再去报案让官兵追查老板的下落？

如此他才确定书斋老板是被匪徒带走了。

秦卿很着急，月一鸣便亲自揽下了这活，仅用了两日的时间就找到了这伙匪徒的据点，就在扈沽城外一座赌坊下边。

与此同时，秦卿也查到了匪窝，听说他要带官兵前去，便主动去找他，想跟他同往营救。

月一鸣知道她的意思，她是担心他找到老板之后会直接把人收押。为了让她放心，月一鸣就带上了她。

"我们这般带着官兵杀进去，声势过于浩大，他们肯定会拿老板当人质威胁我们，老板恐有性命之虞。"秦卿建议道，"不如就让两人进去营救，其他人都埋伏在外边，等候指示。"

月一鸣也是这个意思："我再挑个人跟我一起进。你就等在外面。"

"不，我跟你一起进去。"秦卿拧眉，"这里哪个文武比得过我？你挑他们还不如挑我。"

月一鸣用舌尖顶了下唇角，笑着劝道："里面危险。"

"别废话了，挑谁进去里面都危险。"秦卿折好鞭子，弃掉脑袋上的玉簪，撕下一截衣带高束起头发。

拗不过她，月一鸣便布置好包围圈，并吩咐所有人在外等候指示，这才带着秦卿一起潜入。

路是秦卿杀进去的，月一鸣负责跟在她身后给她鼓掌助威。她打伤一个，他笑赞一句："秦姑娘真是女中豪杰。"她再打伤一个，他再笑赞一句："巾帼不让须眉啊。"她又打伤一个，他又笑赞一句："考不考虑给我当个打手？我每月付你一百两银子。"

秦卿一鞭子反抽到他身上，他险险避开，笑道："不急，这把一心急就打空了，再来。"

"你废话怎么那么多？！"秦卿低叱他，"你是来救人的还是来看杂耍的？"

月一鸣笑："玩笑而已，缓解一下紧张的气氛。"

秦卿不搭理他，一路杀进匪窝。月一鸣全程观摩，半点儿没插手。

很久以后才得知他武艺高强的秦卿问过他，当初既然有武功为何还要故作文弱，也不晓得帮个忙。

月一鸣笑答："我看你抽人抽得很开心，便没好意思抢你的风头。"

此时两人隔桌面对着一窝匪徒，秦卿的手心捏了把汗，月一鸣几不可察地将她挡在身后，从容浅笑。

那边的匪头还算稳得住，打量他们，问："官差？"

月一鸣似是有些惊讶，这扈沽竟然有不认识他的人。他抓起盛在桌上碗里的花生，随意剥开，往口中丢了两粒，边嚼边笑道："并非。我二人擅来此地，只为向你们讨要一个人。"

那花生味道不错，他话落时又抓了一把，剥开放在掌心搓掉红皮，同时听见匪头冷声道："我这里多的是人，岂是你们说要讨便能讨得到的？小兄弟，你知道我这里是什么地方吗？"

月一鸣搓开了红皮，细碎的红皮顺着他的指缝掉下来。他转头把花生都给了秦卿，在秦卿莫名的眼神注视下又转回身笑道："一间规规矩矩的赌坊而已。那你可又知道我要的是什么人？"

"前些时日兄弟们帮人追债，带回来一个老头儿，雇我们讨债的人至今没有再露过面，也没人拿钱来赎这老头儿。我们把他关在地牢里，他早就被折磨得不成人样了，你们要的是这个人？那可是需要银子的。"匪头吩咐人给他们看座，自己先跷着腿坐下，笑道。

月一鸣也在桌前坐下，肆意一笑道："爷最不缺的就是银子，你要多少爷就有多少。但既然来到此处，也该入乡随俗。这儿的规矩兄弟略懂一二，就按照你们的规矩来，我与你们赌三局，我若赌赢了，人我便带走，如何？"

秦卿在他旁边暗自翻了个白眼。没带银子就直接说没带，装什么装。

"有意思，扈沽城里缺的就是你这种爽快之人。"匪头来了兴趣，招呼手下拿来色盅，并问道，"你若是赢了，人给你带走。那你若是输了呢？"

月一鸣张开双臂，示意他看，豪爽地说："我身上值钱的宝贝不少，你们且说要哪样，我就给你们哪样。关乎银子的事，都是小事。"他神情自得，半分不把钱放在眼里。

匪头打量着他腰间系着的古青瓷坠子，颈上挂着的血玉佩，拇指戴的羊脂玉扳指，以及绾发的簪和冠，最后却把目光落在了秦卿身上，猥琐地笑道说："你身上的东西的确价值不菲，但兄弟们走南闯北也见过不少好东西，不是那等粗俗不堪的人。唯你身边这位美人不算俗物，你若是输了，就把这位美人儿交代在这儿。"

秦卿睨着几人，不屑地别过眼。

月一鸣淡笑，学着对面几位土匪头子的做派将腿往桌上一跷，道："我不赌女人。更何况，这是我的女人。"

秦卿蹙眉，忍住了要驳斥的欲望。

他一身白衣，几片衣角随着跷腿的姿势垂下，身姿修长，劲腰细窄，语调怼睢。这般跷脚一坐，无论是样貌还是气场，都直接将对方碾压。

"你怕输？"匪头嗤笑。

月一鸣偏头笑道："我不怕输，但你看惯赌徒生死，应当很明白，能被拿来做赌注的东西，都很廉价。而我，不允许她廉价。你们若动她一根头发丝，我就要了你们的命。"

秦卿心念微动，片刻即逝，稍低眸看了他一眼。

匪头大笑三声："好！如你所愿，我不要她。但你身上的宝贝我挑不了，你若是输了，干脆就全都拿给我。"

"一言为定。"月一鸣压住色盅。

饶是那并非秦卿的钱，她也有些心疼，月一鸣这个人这么爱装，出门在外唯恐不能在细节处展示自己的富有与奢侈，定要把自己打扮成个花里胡哨的绿孔雀，他身上值钱之物加起来少说也值个千百两。她皱紧眉，心道他也是真的不心疼钱，眼都不带眨。若是真输了那千两可就这么扔出去了。

两人各摇色盅，一局二局竟都是三花聚顶，平局。

第三局时，匪头先喊了打住："若是再平，该当如何？"

"不会再平了。"月一鸣挽了挽袖子,轻描淡写道,"不必开盅我也知道,你马上就要输了。"

匪头笑了,说道:"年纪轻轻的,口气却不小。"

他话音落下,身后有手下赶过来凑到他耳边禀报了什么,他脸色一变:"人呢?!"

"已经被劫走了……"手下急道。

匪头猛地抬眼冷凝着月一鸣。

秦卿亦恍然明白过来,看向他。

月一鸣自得地笑道:"我说过,不用开盅你就输了。人我就带走了,咱们天牢里再会。"

"天牢?"匪头当即色变,吩咐手下拦截砍人。

几把刀同时朝着他们这方劈下,秦卿甩鞭卷了刀,随意丢到一边,喊道:"你们已经被包围了,还是少做挣扎得好。"

"跟他们说没用。"月一鸣笑,从背后揽住她的腰,握住她使唤鞭子的右手,带着她一鞭子朝匪头狠笞过去,"擒贼先擒王!"他轻嗅了嗅她身上的脂粉味,低声道:"要这样才有用。"

深以为他从来没有练过武功的秦卿自然觉得他那一鞭子不偏不倚地打在匪头的左眼完全是巧合,她紧跟着补了一鞭,抽在那人的右眼,飞身踩着桌子用鞭子束住匪头的脖颈:"都别动!"

众人见匪头被捕,当即不敢再轻举妄动,很快有官兵冲进来将众人拿下。

一名侍卫皱紧眉,低声朝月一鸣禀报道:"相爷,那个人……已经死了。"

月一鸣低声反问:"你说什么?书斋老板死了?怎么死的?"

秦卿亦紧蹙眉等着他回答。

侍卫却道:"我们将人救出来的时候他就已经奄奄一息,似是一直强撑着想要告诉我们什么,但只说了两个字就咽了气。"

"他说了什么?"月一鸣微眯眸,低声问。

侍卫瞥了秦卿一眼,轻道:"他喊了一个人的名字——崇文。"

月一鸣眉心微沉。

秦卿拧眉不解,自言自语道:"难道他想要见崇文先生,对他说什么吗?"她抿唇,转身就往外走,想要去找崇文先生问一问,却被月一鸣拦住。

"我觉得,你最好不要将书斋老板死了的事情告诉他,以免他伤心难过。"月一鸣随意找了个借口,又错开话题道,"这么晚了,吃完晚饭再走吧。我请你去吃御厨近日新研究出的新菜,你还可以带些回去给崇文先生也尝一尝。

怎么样？"

秦卿心底细想一番，妥协了。后来书斋换了老板，崇文先生还是经常带她去那里选书，去采沧畔逛诗会，这件事不了了之。

于是关于书斋老板死时叨念"崇文"两字这件事，她一直没有告诉崇文先生。想来当时月一鸣也察觉到一些过于隐晦的问题，才阻拦了她。

到底是什么呢？书斋老板突然被人追债，雇讨债的那个人是谁？为何在雇完讨债者后就再也没有露过面？书斋老板又是欠了谁的银子？他最后死于非命，为什么要喊崇文先生的名字呢？临着官兵来书斋逮人之前刚好被人追债拖走，真的不是巧合吗？

月陇西和卿如是的思绪合二为一，结束了这段回忆，都站在原地沉默着，久久无法回神。

窗外的阳光洒下，铺了满身，卿如是却在这片过于纯净无瑕的天光中，一阵阵地起冷汗，甚至足底发寒，凉意犹如枯草疯长，顷刻间蔓袭全身。

那种感觉，就如同攀登一座险峰时向下俯瞰了一眼，这一眼她看到的是万丈深渊，又无法确定峰下全貌。明明一切都是未知，慌乱却仍在未知的夹缝中生长。

卿如是被窗外的光晒得脑袋微微发烫，肉眼可见，顺着窗花透来的缕缕光丝中有浮尘万千，它们轻细而渺小，在热风中升腾。她来晟朝几月，而今终于有强烈的隔世之感。

她好像看清了自己原来的那个世界是如何在岁月中慢慢被湮灭，逐渐被黑夜吞噬，而如今乾坤颠倒，阴阳构建出的另一个世界，黑白是非似乎已有别的标准和界限。

"崇文先生，今日雨后现长虹，我看了许久，有一惑至今未解。世间之色如长虹般绚烂多姿便已足矣，为何还要有黑白？"

"唯有黑白纯粹至极，你再也找不出两种色彩如黑白一般泾渭分明，却又包罗万象。这大概也是上天赠予世间最美好的祝愿，他愿这世间的人事物生来纯粹，非黑即白。可是我告诉过你的，事物姑且不谈，从来没有人是非黑即白。你喜好诗酒风流，也可能杀人如麻；你喜好山水字画，或许也嗜血成性。既然俗世不分善恶，那么人便总是时而善，时而恶。"

他一顿，轻道："但那些舔刀饮血，过尽千帆之后，仍存有赤子之心的人，要更美好一些就是了。"

"会有那样的人吗？"

"有的，秦卿。"他盯着她，别有深意地说，"有天清晨，我看见一个在战场上杀人不眨眼的魔头铩羽而归，他的手沾满鲜血，背上的族旗被杀戮洗涤，佩剑之下亡魂无数。一定意义上来讲，他是个十恶不赦的人，但他悠然打马过长街，摘下一朵洁白的栀子，弯腰送给了一位小女孩。一双沾满鲜血拿刀屠戮的手，却拈住了一朵洁白的花……那一刻，我觉得身旁清风都化为了绕指柔，继而，我愈发笃定我一直深信不疑的一个道理——

"人的复杂恰是生而为人最为精彩之处，黑白分明的从来都不是人，把黑白搅和在一起，灰色的那个，才叫作人。也正因为灰色混沌且浑噩，寻常看来不足为奇，当着重彰显出纯白的那刻，才会予人以惊艳。反之，就会教人难以接受。"

如今再回首这段话，卿如是终于悟出它并非仅为教导之说，或许那时候崇文先生话外便有所指。

她不敢细想下去，也无法相信自己方才那短短一瞬间生出的一切荒谬念头，更不愿意让这些念头在思绪中发散。她及时打住，不再去想，唯愿思绪停留在前一刻，方才灵光一闪间想到的都是臆测。

月陇西牵住她的手，轻道："你的呼吸很乱。"

卿如是回过神，神情滞涩而迷惘，她望着月陇西，忽然很害怕。颠倒梦幻，不知真假，她害怕眼前的一切都是假的，只是在做一个隔世的梦，为了教她认清一些事，等醒过来之后，她仍在前世。

"我忽然想起曾经看过的一本书，一时困惑，难以自拔。"卿如是轻诉，"我不明白，何为真实。倘若我如今的认知将从前的认知一个个都推翻了，那我从前经历过的那些就不是真实的了吗？那从前面对虚假的我还是不是真实的呢？或者，从前的是真的，现在认知与从前不同的我才是假的……"

她喃喃自语，似陷入魔障。月陇西轻笑了声："你们搞思想的都这么玄吗？你想知道你自己是不是真实的，根本不必用辩证的思想让自己陷来陷去。你运气好，这个问题我以前也恰好想过，你知道我是如何想通的吗？其实是个很简单的逻辑。"

"怎么想通的？"卿如是迷茫地看他。

月陇西见她的注意力被吸引，不再放到崇文的事上面，心底轻舒了口气，进而笑道："这就要说回到方才你向我提出的刁难问题了。"

"刁难？"卿如是想了想，撇嘴道，"你说那两片一模一样的叶子？"

"嗯。"月陇西笑着颔首，稍一挑眉，"叶子我马上就能拿出来给你看，你等着我。"

卿如是疑惑地看着他转身去的方向。须臾，不知他拿了什么回来握在手里，不待人看清，他便拉着她的手往门外走。

"去哪儿啊？"卿如是皱眉，"不是要看一模一样的叶子吗？"

月陇西笑吟吟道："是啊，我给小祖宗寻个没人的地方，以免你输了不好意思亲。"

卿如是虚起眸子打量他，心底的好奇更甚。

两人来到一片幽静的树林，月陇西将她抵在一棵树下，慢悠悠地抬手，赫然是一杆细长的笔，正飞快地在他掌心和指尖打着转。

"什么啊？"卿如是狐疑地盯着他。

他勾唇，不疾不徐地用左手在自己右手掌心画了一片叶子，在她似有明了的眼神中，一边真挚地凝视着她，一边牵起她的手，与自己十指相扣，紧紧一握，将人给拽进了怀里。

卿如是低呼了声，另一只手下意识伏住他的肩，抬眸羞怯地瞪他。

"唔……"月陇西松了右手，摊开掌心，与她的手掌并排在一处，示意她看，"如何？"

只见他们两人掌心各有一片叶子，形状大小颜色皆无异，甚至因为墨汁色深，刚画的脉络都印得清清楚楚，无半点儿分别。

卿如是蹙眉羞恼道："你……你这分明是耍赖啊！"

"嗯？我看你这态度，你才是想耍赖的那个吧？"月陇西挑眉，笑道，"你只说是叶子，也没说不能是这样的啊。你可别又跟我赖，我们可是击掌为誓了的。"

卿如是面色烫红，低头嗫嚅道："可是……你自己也说，这世上本就没有一模一样的两片叶子，我不就是冲着这点才跟你击掌为誓的吗？我承认我故意刁难你，可你也是一早就想用这般刁钻的法子来对付我，我们谁也别说谁……"

月陇西轻抬起她的下颌，玩味地笑："你瞧瞧你这说的是人话吗？既然我已经明确告诉你这世上没有两片相同的叶子，那你还跟我击掌，你是不是太恶毒了些？我不管，你答应我了。"

"哎呀，可是我……"卿如是低头，面红耳赤地跟他讲道理，"我以为我稳赢的，压根儿就没做好这方面的准备……"

"一回生二回熟，你闭上眼睛亲一回，下回就不需要劳什子准备了。"月陇西单挑左眉，"再说，只是让你主动而已，咱们又不是头回了。"

卿如是咬唇，手臂还搭在他的颈边，片刻后转过头憋出几个字："我不好意思，没有经验……我……我可不可以赖掉啊？"

饶是对结果本就不抱有太大期望，月陇西仍是哀叹了一声，失落地垂下眼睫，怅然站在树下良久，又忽然无奈地笑起来，揽着她的腰轻道："你啊你，真是疼死我了，要我的命……"

他的话尚未说完，卿如是踮起脚尖，轻跳起身，在他的侧颊上倏地亲了一口。

浅浅的一声，清脆好听。一瞬如冰雪消融，春暖花开。

方才忽地迎面袭来的淡淡清香还萦绕在鼻尖，侧颊被她吻过的地方微微酥痒发烫，月陇西讷然回味着，慢吞吞地低头看向她："？"

卿如是故作自在地瞟向别处，嗫嚅道："脸上……可以。"

月陇西唇角缓缓翘起，直勾勾地盯着她，手指端起她的下颌，摩挲着她的唇瓣，俯身就要亲："那这里我来代劳……"

尚未触碰到，猛地被卿如是推开。她不满地蹙眉，用很认真的语气教育他道："你今天亲太多次了，不能再亲了，节制一点儿。"

月陇西眉心微皱，苦口婆心地道："小祖宗，求求你了，节制不是用在这方面的，我想亲你一口每天还有限制？您就别折腾我了。"

卿如是拧着不给亲，并立规矩："但是我今天还帮了你的忙，你最少应该有一个月都不会再有这方面的想法了吧？一月之内，你不能再提让我帮忙的要求，顺便也就不能再亲我。"

她深深记得，上辈子自己很不明白男人怎么会那么喜欢做这种羞耻的事，于是提议月一鸣如果有需要，那么就一年来找她一回，她可以帮他。月一鸣听后险些吐血，随即义正词严地告诉她，男人几乎都是一个月需要一次纾解，一年一回是不现实的。

虽然月一鸣那厮并没有做到一月一次，往往坚持不到十天就破了功。但一个月一回这个规律卿如是一直记到现在，料想月陇西也该是这么个规律。

他听到"一个月"三字时就很清楚地知道卿如是想到了什么，然则，前世是她先提出"一年"的限制，他当然不敢往太短的时间说，免得彼时对他根本没有好脸色的秦卿会直接拒绝，于是他才十分客气地搬出"一个月"来哄她。

如今两人的关系突飞猛进，前世根本无法相提并论。他觉得自己天天跟她来几回都有可能，让他等一月一回，还不准亲……真是信了她的邪。

"你怎么会有这种奇怪的想法？"月陇西故作从容地循循善诱，"正常的男人每天都有可能陷入欲望的挣扎之中。稍微严重些的，可能一天挣扎好几次。你要我一个正常男人活生生憋整整一个月，不觉得你自己有点儿叛逆，有点儿残忍吗？"

"你别耍嘴皮子，就这么定了。再说，再说就再也不帮你了。"卿如是微睁杏眸，正色道，"你方才要跟我解释的问题呢？我要听那个，不要听你说这些乌七八糟的东西。"

月陇西看向别处，怅惘地叹了口气，未言。

卿如是正儿八经地问他："你叹什么气？"

月陇西亦正儿八经地回她："我脑袋疼，叹口气缓解一下。"

"快点儿，我要听答案。什么是真实？你画也画了，我亲也亲了，你却还未告诉我。"卿如是果不其然还是那个一心向道的卿如是，皱着眉以一种渴求学问的态度询问道。

月陇西无可奈何地睨她一眼，再度幽幽叹了口气，盯着她瞧了好一会儿才翘起唇角，认栽了。

"很简单。"他抬手帮她拂过飘到眼前的青丝，摊开掌心，柔声说道，"这叶子虽是画的，但我拿它来哄你，不仅哄住了你，你还愿意兑现承诺亲我，是因为这片叶子本身是真实的吗？当然不是。那是因为你愿意相信它是真的，既然愿意相信，便姑且当它就是真实的吧。"

"这世间走一趟，真假从来难说，眼见的、耳听的都很难被称为真实，因为所有如今既定的事实都太容易被以后推翻，唯有自己相信的，才永远不会被推翻。今朝你可以相信这个说法，明朝你也可以相信新的说法，你所相信的事物一直在变。如此，你便一直是真实的，做不得假。"

所谓真实，就是自己愿意相信的东西。

卿如是抬手接住一片飘然落下的绿叶，轻放在自己的眼前，遮住视线，光透过叶子入眼，绿意朦胧。

一叶障目。

她微叹了口气，拿下叶子，握在手心里。

"回家吧，明天开始我得去刑部了。"月陇西蹲下身示意她上来，笑道，"你若是嫌在家里无聊的话，可以来找我。"

卿如是跳上去，用手臂环住他的脖子，紧紧抱着他，闭上眼用侧颊去蹭他的颈和下颚。

月陇西微愣，稍侧眸去瞧她，唇畔翘起一丝得意的弧度。他背着她，慢慢往家的方向走。

"月陇西……"卿如是埋着头，喃喃道，"我跟你说，以前我有好多朋友，但是他们都离开我了，我亲眼看着他们离去，等我再听到关于他们消息的时候，他们连尸体都没剩下。那时候我很难过，可是身边没有人能帮我。你不许问我这是怎么回事，我就是想告诉你，我现在把你当朋友了，你别离开我。那样我会很难过……非常难过。"

她正煽着情，月陇西却忽然笑了，语调漫不经心："唉，我也非常难过，我把你当媳妇儿，你却把我当朋友……我觉得自己好失败。现在心口跟针扎似的，不如你把手伸进去给我揉揉吧？"

卿如是拿腿踢了他一下，皱眉不满："哎呀，我跟你说正经的，你这人嬉皮笑脸的，怎么一点儿不分场合。"

"哎哟，别踢我了。"月陇西边慢吞吞地走，边慢悠悠地笑，"我把你娶到手真是惹了一身的伤。如今你还忍心在我的心口捅刀子，什么朋友不朋友的……我生怕你下一句就是'初次见面请多关照'。"

卿如是又踹了他一脚，甚轻，倒像是娇嗔："你初次与我见面时若是这副德行，我肯定是不会搭理你的。"

月陇西失笑道："我知道。"

两人有说有笑走回月府，恰逢天色骤黑，落起雨来。西阁里的嬷嬷拿着伞出来迎他们，远远瞧着两人不慌不忙的架势，又急又笑，关心道："雨淋在身上多不舒服，你们也不急。热水已经准备好了，回屋先沐浴，再喝一碗驱寒汤，免得生病。"

"嬷嬷，您准备的是一桶水，还是两桶水啊？"月陇西笑问，"若是一桶水，岂不是……"

话音刚落，卿如是就踹了他一脚，道："嬷嬷别理他。"

月陇西莞尔，撩顺嘴了随意一说，此时心底倒真浮上些旖旎的思绪。

这厢刚踏入院子，那厢便有小厮跟着来传话，说月珩请世子过去。

"嗯？"月陇西将卿如是放下，敛起笑，挑眉问道，"知道是因为什么事吗？情形可严重？我娘在不在旁边？"

"郡主娘娘在是在，但局势似乎仍是有些严重……"小厮低声道，"具体是什么事倒是不知。"

"行了，你去回话吧。就说我刚淋了雨回来，等沐浴更衣收拾齐整了就过去。"月陇西满不在乎地摆摆手。

那小厮颔首退下。

月陇西拉着卿如是进屋，打开衣橱拿了两件轻薄的素衣，说道："我带你去院子后面的温泉玩儿吧。"

"不是要去见你爹吗？"卿如是把脑袋上的珠钗玉簪都取下来，用木梳捋着微潮的发，"你知道是因为什么？"

"猜得到几分。我最近没招他没惹他，唯一做过的混账事就那么一件。"月陇西笑了笑，拉着她的胳膊往后院走，"走吧，别担心了，我这一去恐怕要掉好几层皮，倒不如在被磋磨之前享享乐。"

既然他心底有数，卿如是也就不再说，她自己也十分好奇月陇西在国学府时说起的那片温泉池子。

这处四周是封闭的，绿树掩映，只有一条幽径，直通温泉池，却被两道交错摆放，绣着牡丹芍药相映开的屏风遮挡住，屏风旁放置着那颗鲛珠似的鬼工球。对岸则摆上了一方铺好锦帛的案几，月陇西脱了外衫丢在案几上，只留下亵衣，随即抬眸笑觑她。

池水上笼罩着热意融融的白雾，卿如是蹲下身，用手拂开白雾，拨了拨水，温热的触感让她瞬间松懈下来，笑道："好像很舒服。"

"唔，脱了泡更舒服。"月陇西蹲下身，瞧见她的眉忽然就蹙起来，赶忙改口道，"但是呢，料想你肯定不愿意，所以就像我一样，留一件好了。"

卿如是点点头，正要解腰带，又防备地抬眸看向他，命令道："你转过去。"

月陇西狐疑道："反正要一起下水的，何必呢。"

"不……"她单音刚落，月陇西便抱着她齐齐滚进水中，卿如是猝不及防，以为自己要喝一大口水，却不想下一刻腰肢就被他扶住。

紧接着，他将她托了起来，抱到腿上坐好。

"吓着了？"月陇西笑吟吟地拿手指逗她的下颌，"别动了，就这么坐着。我极喜欢这样望着你。"

两人衣衫尽湿，卿如是稍微低头就能看见他颈部的曲线，一时窘迫，没注意到他的手指在帮自己解腰间的系带，等反应过来时外衫已经脱至肩下。

由于衣衫被打湿，相互粘连着，外衫被脱时便带着里面的素衫一起向下掉。月陇西稍偏头，视线落在她圆润白皙的肩膀上，又游移到她颈间的发丝上，微微挑眉。

卿如是低呼，慌忙把素衫拉回来，皱眉道："下午的时候我不是才帮你……的吗？"

月陇西避而不答，用手指钩住她素衫的系绳，挽起唇角扫了她一眼，继而盯着她腰间快被自己解下的系绳，怅惘问道："我们什么时候可以圆房呢？你不会真打算按照一月一回跟我耗着吧？"

"嗯？耗着？"卿如是讷然，"可是，我们成亲之前不是说好……是假的吗？"

"那你嫁给我这几日感觉如何？"不等她回答，月陇西挑起她的下颌，让她注视自己，"嫁给我之后你还有想法去嫁给别人吗？嗯？"

他忽然正经起来，倒让卿如是不知所措。但他说得很对，嫁给他之后，不要说她没心思嫁给别人，她都没心思去想崇文遗作的事了，整日只想跟他闹。

"老实告诉我，"月陇西用唇触碰她的鼻尖，顺着向下，绕到她的唇畔，有意无意地摩挲着她的唇角和下颚，却不去吻她，轻问道，"回来之前你说让我不要离开你……难道不是打算跟我一直过下去的意思吗？"

卿如是屏住呼吸，感受到氤氲的热气在四周升腾着，而他的气息也似有若无地在她嘴唇和鼻子之间拂过。他的唇恰如蜻蜓点水般轻细地摩挲着，挠得她浑身发痒。

他一定是故意的，故意这样勾她，让她被吊得难受，忽然好想他用力地吻下来……忽然很羞耻地渴望他吻下来……

耳畔有嗡鸣声，随着他的问题一起送入脑中，搅得她神志不清。

她回来前说了什么？说要和月陇西当好朋友，让他不能离开自己。但是他们怎么可能只是朋友呢？既然不是朋友，那自己为什么要说叫他不许离开的话？

"怦怦，你现在心跳很快……你知道为什么吗？"在卿如是不察间，月陇西已伸手攀上她细嫩的颈，一手捧着她的脸侧，一手想要去触碰她颈后的绳子，一边上攀，一边低声哄着她，"因为你已经不想跟我和离了，你觉得我很好，你想要和我一直在一起……"

卿如是纠结地皱紧眉，指尖攥紧了他的肩，双手下意识抱紧他的颈子，羞怯地咬住下唇，很认真地跟他探讨："但是……"

她忽然出声，吓了月陇西一跳，状若无事地挑眉"嗯"了一声，示意她继续说下去，手却僵硬地停在她的肩上。

缓会儿，方才的节奏很稳，绝对不能被她给发现了。

"但是，我们说好的只是合作。"卿如是咬唇，低声道，"就算我如今觉得你很好，那是不是也要隔段时间，等我确定你这个人的好不是装出来的，免得我被欺骗了感情……"

"哈？"月陇西眉心一皱，喉结滑了滑，"欺……欺骗感情？"

他话没说完，卿如是又认真道："因为你这人不正经啊，尤其在公务上边，你为了一己私利可以罔顾人命，我且以为你是个狗官，反正有时候我会觉得你很不可靠。我……我又是第一次跟男人这么好的，所以害怕被骗怎么了？"

月陇西："……"

卿如是抿了抿唇，以为自己说错话惹他不高兴了，嗫嚅问："怎么了？"

月陇西耷拉着眼皮，硬是挤出个笑来，叹道："没怎么，您好慎重啊。"

他默然片刻，给她把衣衫掩了掩，斟酌道："你是对的，但本狗官不才，有一事想要请教……我欺不欺骗你先不谈，若是你反过来欺骗了我的感情怎么办？"

"嗯？"卿如是微睁大双眼，"我？我欺骗你的感情？"

月陇西径直点头，说道："你故意接近我，愣是吊着我对你掏心掏肺地好，又不给我尝甜头，我若想要亲近你，要使出千方百计才可以得逞那么一丁点儿。你说你是不是在欺骗我的感情？想要把我玩弄够了就弃如敝履？"

"我没有啊……"卿如是莫名。

"那你就是承认不会弃我了？"月陇西眸底闪过一丝不易察觉的得逞的笑意，继而钩起她肩膀前一缕发，轻声道，"也就是说，我刚刚问的问题，你已经间接回答了……你打算跟我一直过下去，所以才让我不要离开你。既然如此，我们的合约就算不得数，进而推知，我们就是真夫妻了，是不是？"

终于绕回来了。月陇西心底淌过一丝欢欣，他抬手毫不犹豫地扯下卿如是颈间的系带，衣衫往下落了些，却还不足以窥见什么。

他仰头望着被自己一通说辞搅晕了的她，哑声道："既然是真夫妻，那是不是可以把圆房的事挑个时辰先给落实了……"边说，他的唇边滑到她的颈间，轻轻吻着。

异样的感觉瞬间遍袭全身，卿如是紧抓住他的肩，身体好像已经妥协了？自己为什么不反抗呢？

她垂眸迷惘地凝视着月陇西。他抬手拈住衣衫边沿，想要往下拉，但动作之前仍是先看向她，一边试探着下拉，一边注意她的反应。

月陇西的心跳越来越快，他脑子发慌，手也有些抖，掌心的水不知是因紧张而出的汗，还是沾了温泉的水，总之浑身都烫得灼人。

想必卿如是也察觉到了他的异样，竟毫无动作。

她的素衣还外敞着半耷拉在她的胳膊上。他顾不得先扯外衣，微微眯眸，径直拽下里衣，丢到一边去，愣是不给她想反悔的机会。

入目之景，如银莹圆月。

他毫不犹豫地与夜月共情，卿如是蹙眉，他便抬头凝视着她，慵懒笑道："今夜皎月明明，我……"

鬼话刚说了半句，似有脚步声临近，卿如是先低呼了声，抱住月陇西掩饰自己。

月陇西眉一蹙，捞起素衫将她裹了，便听得小厮隔着林子和屏风低唤："世子，将军等候您多时了，刚刚听说您居然还在泡温泉，就发怒掀了桌子，说您不把他这个爹放在眼里，让您赶紧去正堂见他……"

月陇西："……"

卿如是慢吞吞地把脑袋从他颈间抬起来："……"哦，我就说他好像起兴了就忘了什么事。

月陇西怅然一叹，眼神瞬间就空洞起来，手还揽在她不盈一握的腰肢上不舍得放开。被卿如是拿贝齿轻咬了咬肩膀，才回神道："知道了，马上就去。你先下去吧。"

他吩咐完小厮，稍抬眸看向卿如是，后者红着脸，嘟囔道："你快走吧，刚刚我差一点点就着了你的道了……你好会勾引人的，太险了，吓死我了。"

月陇西：明摆着的，我才是着了你的道，我不仅着你的道，我还信你的邪。

他将她抱开，踩着水走到对岸拿起搁置在案几上的衣衫，随意交叠披好，尚未系腰带，便从岸上走回到了卿如是这头，心有不甘地蹲下身攫住她的下颔，在她额间狠狠亲了口，然后放话："等我回来再收拾你！"

卿如是知道他被扰了兴致真有些生气了，咬唇觉得好笑。她一手捂着胸口，一手去捡浮在水面的肚兜，嘴里催促他快走。

待月陇西走之后，她才站起身重新将肚兜和外衫按照顺序穿好。她发现这件外衫是月陇西的，上面留有他身上的味道，此刻穿在自己身上宽松极了，能把她给从头包到脚。

自己凫水玩了会儿，月陇西还没回来，却等来了院子里伺候她的嬷嬷。

"夫人，世子让老奴给你送干净的衣裳来。"嬷嬷将干爽整洁的肚兜和外衣捧上。

月陇西来的时候只为他们各自带了一件薄薄的衣衫，多半是怕她凉着，特意吩咐嬷嬷再来送衣裳。卿如是心底暖融融的，便问道："世子人呢？"

"世子被老爷罚跪祠堂，去之前吩咐老奴告诉夫人，晚上不必等他睡觉了。"嬷嬷答完，又低声道，"老奴听了一耳朵，好像是因为夫人你的事，说什么世子拿歪点子算计老爷，老爷被气得不轻，险些拿鞭子打人。郡主好容易拦住了，但老爷气大，还是罚世子去跪了祠堂。"

卿如是微蹙眉，稍思忖一番便明白过来。好吧，他们婚前并没有发生任何关系的事情到底还是被晓得了，多半是被那位验喜的嬷嬷或者郡主娘娘不小心说漏了嘴。

既然月陇西不来，卿如是就觉得自己泡着没意思了，赶忙起身换了衣裳回房间。

前几日有月陇西在身边闹腾，她盼着能自己睡个安稳觉，如今没了月陇西闹腾，她躺下后心底又惦记着月陇西。辗转反侧睡不着，想着他一个人在祠堂跪着也太惨了……过去得那般匆忙，也不知有没有穿够衣裳。

这几日晚上凉，他若是生病了……

会过病气给她的。

嗯，卿如是勉强认为自己是为着这个原因才重新披了外衣，去给他拿银狐氅送过去。

穿好素靴，卿如是抱着银狐氅，寻了个机灵的小厮带路，往祠堂的方向去。夜深，秋声渐起，衬得四下愈发静谧，祠堂通明，烛火煌煌。

祠堂门口有两名侍卫把守，再隔得远些还有几名小厮，见到她纷纷行礼。没有人拦着？想必是郡主私下吩咐的，方便人来送饭菜。

卿如是快步走进去，月陇西早听见她的脚步声和门外施礼的声音，勾着唇角稍侧头等她走近。还剩下两三步就到跟前时，卿如是见他竟还未回头，一时有些犹豫。她凑过去，张口欲唤，却不想下一刻他突然转过身来，十指成爪：「哈！」

猛被骇到，卿如是张口要叫，被月陇西迅速捂住嘴扑倒在地，一指抵住唇畔：「嘘嘘嘘……别叫别叫，让爹娘听到影响多不好。」

卿如是惊魂未定，皱紧眉打他，低叱道：「你烦死了，幼不幼稚啊？！」

「哈哈哈。」月陇西用舌尖抵了下唇角，笑得明朗又肆意，垂眸瞥了眼她手中的银狐氅，挑眉问，「嗯？这么刺激啊，背着你夫君来这里私会我，还要我穿他的衣服？被人发现了怎么办？」

卿如是：兄弟，你进入情夫这个角色进得有点儿快啊。

「那你穿是不穿？」卿如是钩着他的脖子陪他玩。

两人斜躺在地上，姿势暧昧。月陇西用额头抵住她，道：「你咬我一口我就穿。」

卿如是匪夷所思：「？？？」这人怕不是有受虐成瘾的毛病。

「最喜欢卿卿咬我了。」月陇西低笑。

卿如是狐疑：「为什么？」

月陇西用鼻尖摩挲她的额，慵懒一笑道：「卿卿咬我不是在咬我，是在同我亲近。"

"咬你是在同你亲近，那亲你又是什么？"卿如是睁大眼好奇地问。

"是在勾引我。"月陇西一顿，在她唇角轻啄了一口。她顺势偏头咬在他的下颚。

他莞尔，直起身捞起她怀里的银狐氅披在身上，说道："你送完衣服就回去吧，免得你夫君知道了饶不了我们。"

卿如是拖了一个圆垫子过来跟他并肩跪坐着。"你管我走不走……"她低声说着，无意一瞥，竟瞧见他跪着的垫子前边有一根细长的木棍，木棍下写了几个字。

"卿卿""卿卿笑""卿卿哭""卿卿生气"……旁边还画了个小脑袋，简单几笔描了哭笑和皱眉生气的表情。然后在"哭"和"生气"旁边又加了句"卿卿不许哭""卿卿别生气"，最后又在旁边写"我心疼""但又想笑"。

卿如是耳梢发烫，指着那几个字和图故意说他："你好无聊啊，幼稚！"

月陇西丝毫没有被撞破幼稚的尴尬感，甚至勾唇笑着，拂了拂袖口的灰尘，道："我就是无聊才写的。你知道我要在这跪多久吗？"

"不知道。"卿如是伸手捡起那根细棍，在地上画着，也写下几个字。

月陇西哀叹道："我要跪三个晚上，白日里还不得耽误上朝和公务。你说这气不气人？我真跟你耍了流氓他要生气，没耍流氓他还要生气，你说他一天到晚气怎么那么多？你说他要是知道我们洞房夜没圆房是不是还得再气一回？那我们是不是应该……"

卿如是跪趴着，边用木棍写写画画，边打断他的话："应该好生跪着。"

月陇西低笑，瞧见她躬着身子的模样，忍不住凑过去看她写什么，却被卿如是反应极快地用手臂圈起来蒙住。

月陇西笑了笑，一只手抱住她的腰，把她整个人端起来放到另一边的垫子上跪好，然后伸长脖子去看地上的字。卿如是爬过他的腿伸手想要挡住不让他看，却被他用另一只手轻轻松松地按死了脑袋。

她的整颗头都被他按在腹部，抱在手臂下，月陇西一边看一边笑："这句'月陇西笑'和'月陇西生气'是抄我的就罢了，'月陇西不许笑''月陇西不会生气'……谁跟你说我不会生气？"他低头瞟了眼被自己用银狐氅掩住半个身子抱在怀里的卿如是。

"你放开我的头！"卿如是闷闷的声音从银狐氅里传出来，她羞愤地喊道，"我要生气了！你的手压疼我的脑袋了！"

"天天生气，你生了倒是吐口仙气出来给我看看哪？"月陇西笑吟吟地道,"我生气的时候你看不出来吗?你别动,你的脑袋硌着我的手了……哎哟,哎哟,别钻了,你长了犀牛角啊,往我肚子钻?我告诉你,你再钻?再钻?……再钻我也要生气了!"

卿如是只是摇了摇脑袋想挣脱他的禁锢,却被他笑话成是在钻他的肚子,一时羞愤欲绝,伸手在他腿侧掐了一把,喊道:"放开我!"

"你们干什么?!祠堂是神圣之地,你们大晚上吵吵闹闹的成何体统?!"隔着一道院门两人就听见了月珩的怒吼声和脚步声。

月陇西把卿如是捞起来跪好,不慌不忙地伸手用袖子把地上的字都给拂去。

顾不得跟他计较,卿如是立马埋着头不敢吭声了,只是脸还红彤彤的,甚是羞恼。

月珩跨进祠堂就是一顿训:"臭小子我让你跪在这里做什么的?!你们俩在做什么?!"

卿如是侧眸看了月陇西一眼,后者摇头一笑,示意她不必出声。

"笑?你还笑得出来?我看你们真是……真是不知廉耻!祠堂也是你们能嬉闹的地方吗?!"月珩咬牙切齿地握紧了拳,思及这里是祠堂,愣是把火憋了下来。他指着卿如是,又想着她是女孩子,随即降了些火气,只轻叱道:"谁让你来给他送衣服的?"

月陇西低声道:"父亲,是孩儿吩咐嬷嬷让她来的。这就叫她回去。"

"不许走!"月珩呵斥道,"喜欢跟着跪,你们就都给我跪!跪个够!"

说完他哼声出门,吩咐外面的侍卫:"把他俩看好,谁敢跑回去睡觉立刻来禀报!"

侍卫应声之后他才拂袖离去。

卿如是从直背的姿势变为跪坐,松了口气,皱眉怨他:"都怪你。"

月陇西却仰头笑起来,侧眸去看她:"我觉得挺好的……十分难得。"

"难得什么?"卿如是嘟囔着。

"难得……"月陇西怅然一叹,扶着她的腰肢让她卧倒在自己腿上,仰躺着,用银狐氅给她裹好了,才低头凝视着她,笑道,"难得你愿意跟我同甘共苦。"

不等她说话,月陇西抱紧了她的身子,以免她往另一边倒,并轻声道:"睡吧,我明早上朝之前把你抱回去。"

卿如是由下往上看着他的眼睛。他的眼睛被祠堂里连绵不断的烛火映亮,似有浩瀚星辰。她摇了摇头,就像是在蹭他,忽而合上眼抱住他的腰,侧身寻了个舒服的姿势，把自己的脸埋在他的腹部，轻声道："月陇西好像永远不会跟我生气……"

"嗯？"月陇西垂眸，一挽唇，"你说什么？我没听见。"

他本想逗她，气恼她，谁知卿如是攀着他的腰凑上来，在他唇畔啄了下，说道："我说，我……我好像有点儿喜欢你……就是有一点点……刚好允许你跟我圆房的那么一点点……"

卿如是双颊羞红，见他不可置信地看过来，立即抱住他的腰把自己的脸埋住，闷声道："假的！我说错了！"

月陇西缓缓翘起唇角，垂眸凝视着她被烧红的侧颊和耳朵，俯身在她脸上亲了一口，凑到她的耳畔哑声说："我也喜欢你……很多，足以跟你圆房很多很多次的那么多……还要多。我是真的。"

卿卿，我上辈子呢，在廊桥遇见一位姑娘，好生钟意。而今她都在我心底藏了两辈子了。

我等了这么多年，才敢亲口告诉你，我有多钟意你。

你真是让我好等。

卿如是觉得是自己听过的情话太少，才根本听不得情话，总是会在他温柔的撩拨后面红耳赤，还得要屏住呼吸装死。

幸而月陇西并没有强扭着让她给予回应，说完就直起背，若无其事地把温暖的手掌放在她的脑袋上，轻轻捋着她的头发，像是在给猫顺毛。她稍疑惑地"唔"了声，月陇西就轻拍几下她的脑袋，催道："快睡。"

卿如是就势睡了过去。待到晨起再睁眼时，入目是帐顶，她的人已经回到了房间，外衣也被脱去，只剩下单薄的一件亵衣。身旁空荡荡的，月陇西应该是去上朝了。

她望着帐顶，回想昨晚自己脱口告诉月陇西的话，和主动去吻他唇角的行为……怎么感觉自己变相地在告诉他，关于圆房这件事，他可以不用客气了？

胡思乱想间，皎皎进来催促她起床收拾，说是郡主那边有嬷嬷过来唤她。卿如是一个激灵翻身爬起，穿衣梳洗，只用了一刻钟的工夫，来不及绾发和上妆，她赶着先见了嬷嬷。

"夫人不必着急，何时收拾好了何时再去见郡主即可。郡主说，不过是想跟夫人共用早膳，随意与夫人聊聊罢了。"嬷嬷示意一旁的丫鬟给卿如是好生收拾。

饶是嬷嬷这么说，卿如是仍是不敢怠慢。今次是她嫁来后郡主头回找她用膳，多半是不满她这几日过于清闲了，昨晚还和月陇西在祠堂嬉闹。她心里想着，惶惶不安地在梳妆台前坐下。

须臾，收拾齐整后，她跟着嬷嬷往郡主的院子去。

第十九章 婆母教导

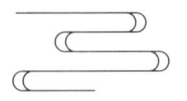

郡主坐在院子里边看书边等卿如是，她手抵着的白玉桌上摆放着丰盛的早膳，此时抬眸看了眼，正好与卿如是的视线相衔接。卿如是心底咯噔一声，上前去施礼请安，郡主竟然直接站起来，拉着她的手一同在桌边坐下了。

"你不必拘束，这月府是你的家，在家里还用客气吗？"郡主淡笑着，"我只是一个人大清早的，太闲了，想找你聊聊天罢了。你嫁来这么几日，除了敬茶那天，咱们都没见着面。我也不愿扰你们俩新婚的日子，今日陇西上朝去了，正合适做个伴。"

卿如是心底松了口气，回道："原是这般，那以后陇西要早朝的日子，如是都早起来陪娘用早膳。"

"好啊。"郡主笑着招呼她尝糕点，趁她吃着，又说道，"如是，你还记得在国学府的时候我就跟你说，待你嫁人之后我可以教你些为妇之道？"

卿如是嘴里叼着的煎饺落到了碗里，她睁大眼看向郡主，稍一颔首，暗自揣度她话中深意。

"你别担心，我要跟你讲的东西，都是不绕弯子的。"郡主见她喜欢吃煎饺，便抬手又给她夹了一个，说道，"昨晚你去给陇西送衣服，结果一起罚跪的事我已经听说了。你觉得当时那种情况，夫君他非要罚你一个刚嫁入府里的小女子是为什么？"

"这件事是如是不对，在祠堂嬉闹在先，被父亲责罚也是应该的。"卿如是说完，恍然反应过来，追问道，"娘的意思是说，父亲他罚我并不只是因为……"

"你是刚过门的儿媳妇，岂有让你跟着跪一整夜的规矩？传出去多不好听。"郡主执杯浅抿了口茶，淡笑道，"他毫不犹豫地罚了你，是因为除却陇西的关系，夫君他对你完全没有好感，甚至可以说是陌生。你信不信，今晚他能叫你去接着跪？"

听来像是玩笑，卿如是却笑不出来。祠堂那么冷，她可不想再到那里去睡一晚，当然也不想月陇西再抱着她吹一夜冷风。

"对我没有好感，是因为父亲知道我是崇文党，不待见我吗？"卿如是思忖道，"不然也不可能在听闻陇西跟我合伙骗他之后就罚陇西去跪祠堂。"

郡主笑着轻摇头："原因我不知道，或许是因为这个吧。但那不重要，因为这已经是无可更改的事实，你读过崇文的书，思想已是如此。难道他还能请位先生来逼着你重新接纳他们月家的东西不成？我重点要说的是，你该学会如何补救。

"孝敬公婆不仅是为了传出去时你落个贤惠的名声好听，也是为了你自己。除非陇西征得夫君的同意另立门户，不然你就还要与我们相处几十年，这几十年里，若你只顾着跟陇西过日子，与我们的关系不和睦，那你在这个家里想要立足实在太难了。陇西他倒是能一直护着你，可你也不想全靠他吧？那样的话，他会很累的。"

卿如是领悟到了她的意思，赶忙道："这是自然。"

郡主点头道："所以，你如今要先做好的，是多想想办法与公婆熟悉起来。不光是夫君，还有我。我现在帮着你，对你好，并不代表以后我会一直帮着你。或许正因为你的懈怠和忽视，我某日就突然不喜欢你了，认为你轻慢了我。这是要告诉你，若你自己不维系好咱俩这段婆媳关系，那没有道理我就要永远对你一成不变地好，你说是吗？"

"是。娘说得对，如是都明白了。"卿如是很清楚，郡主的确是掏心窝子地在教她，没有半点儿绕弯子要给她下马威的意思。

"最关键的是……"郡主忽然压低了声音，肃然道，"月氏和寻常人家不同，伴君如伴虎，若是谁威胁到了月家的权力和利益，或者不小心让月家陷入危险境地，那么这个人极有可能被月家推出去，月家不会保的，哪怕是陇西。更何况你的身份这般敏感，若是不讨好家主，真到了那种时候，夫君本就看不惯你，还不直接把你推出去一了百了？"

前边都当作教导来听，这一段是正儿八经的忠告。卿如是正襟危坐，沉吟着道："娘说得是，多谢娘费心说教，这番话如是都好好记下了。今儿个回去就认真琢磨琢磨，保证在将军回来之前先拿出十足的诚意。"

郡主这才笑开了。

两人不再谈事，聊着闲话用完早膳，嬷嬷将卿如是送回西阁。

"讨好啊……"卿如是进了房间，坐在床边苦思冥想，"怎么讨好？"她活这么大讨好别人的次数一双手都数得过来，还都是只对月一鸣一个人。

要讨好见惯了世面的长辈，送礼自然已经无甚意趣了，还是心意为重。

正想着，门忽地被推开，卿如是抬眸看去，竟看见月陇西跨门而入，她惊奇地"啊"了声。

"你'啊'什么？"月陇西好笑地打量着她，朝她走近，最后坐定在她的身旁，撩起她一缕发嗅了嗅，迫不及待地开始解腰带，凑近她哑声道，"这么主动啊，昨晚刚说圆房，今儿个就在床上等我回来……"

卿如是拽回头发，连害羞的时间都没有，蹙眉起身绕过他，让他亲了个空。她坐到桌边，说道："你别玩了，帮我想想要怎么讨好你爹娘吧，免得今晚我还得跟你去跪祠堂。如果我表现好了，说不定我们俩都不用去……对了，你不是要去刑部吗？回来做什么？"

月陇西脱掉外衫，丢开腰带，敞着衣服走过去，从背后一把抱起她，让她坐到自己腿上，才望着她笑道："说来你可能不相信，我是专门回来跟你圆房的。什么讨好的法子，等圆了房再说吧……"

末尾几字，嗓音暗哑。他喉结一滑，手已经伸进了她的衣襟里。

卿如是却皱起眉"哎呀"了一声，把他的手拿出来，教育道："你这人怎么回事，让你别闹了。你快帮我想想，该要如何体现心意？"

"我没跟你闹啊，我说真的呢。"月陇西微蹙了蹙眉，不知她怎么态度忽然就跟昨晚不同了，他匪夷所思道，"我真是专门回来想跟你圆房的，今晚我还得跪祠堂，哪有这时间。至于讨好爹娘，那等你怀了我的骨肉，自然就好了。"

他说得跟没事人一般，卿如是皱眉盯着他，带着点儿凶相。

月陇西无奈地一叹："不就是心意吗，你亲手做道菜呈上去给他们尝，既简单，又体现了心意。如何？"

他随口说来，让卿如是恍然大悟，点着头称道："我怎么没想到……"

月陇西勾勾唇，边给她解腰带，边微喘着气道："现在可以圆房了吧？"

"不行！"卿如是一把捏住自己的腰带，"我现在要去厨房做菜，刚刚答应了娘要在你爹回来之前拿出点儿东西来的。我哪日讨好了你爹，让他不罚你跪祠堂了，哪日再跟你圆房。"

月陇西："……"

卿如是起身，转头看见他还扶着额叹气，神色间似有郁闷，便指使道："反正你都回来了，坐在这里好无聊的，跟我一起去厨房帮我尝尝菜吧。"说完自顾自地踏出门，也没给他拒绝并重新提议的机会。

厨房呢，卿如是没怎么进过。前世在雅庐誊抄书籍的那一年里整日都是煮面，她也就会放东西进锅里煮来吃而已。

她叫了名厨子带她，刚在厨子的指点下选定好要做的菜，月陇西就进来了。

月陇西已经穿戴整齐，唯有衣襟还有些松散，但他随意惯了，也没在意，双手环胸斜靠在灶台边，盯着她的锅，与她闲聊道："今日我上朝的时候，听闻国学府里乱了套。月世德病愈之后和叶渠撞上了，不知道怎么起的争端，两边手下的子弟都是不服输的，当场打了起来，把在场的学士骇得不轻，随即上报了陛下。紧接着陛下就颁布了国学府的规章制度，果不其然是按照采沧畔的……"

他话未说完，卿如是就颇有撒娇意味地"哎呀""哎呀"叫唤了两声。她的手在不停地翻炒锅里的油菜，只好紧盯着他腰后的那盆水，抱怨道："你别挡着我，你倚在那里把我准备的水都给挡住了，我菜都忘记洗了。"

月陇西的目光不着痕迹地滑过她的锅："……"

"算了，热了之后应该就不脏了吧？"卿如是自言自语地说着。

"我下朝之后被一位分管国学府部分事务的官员拦住。"月陇西翘着唇角，继续跟她闲扯，"你猜猜我知道了什么？上回被萧殷找出来交给叶渠的那本有关袭檀的书已经被烧掉了。叶渠竟然私自销毁了那本书，还被月世德给知道了，但月世德并不清楚袭檀和陛下的关系，跟着就让那位官员帮忙上禀了陛下，结果陛下让那位官员带了一些治风寒的药给月世德。教他自行养病莫要多管闲事的意思再明显不过……"

他话音落下须臾，卿如是都没有搭理他，只绕过他把那盆水端了过去，然后开始洗番茄，清洗完一个之后才想起回他："啊，你说什么？"

月陇西："……"没什么，我闭嘴了。

月陇西抄着手无奈地摇头叹气，随即又盯着她认真的样子，挽起唇角温柔地笑。

紧接着，他以笑容逐渐消失的表情，目睹了一口油锅从辉煌到灭亡的全过程。

从食材可以看出，她应该是想要做番茄炒蛋这道家常菜。

饶是月陇西这等连面条都没下过的人，都知道炒过上一道菜的锅须得洗干净之后再炒下一道，且应等油热了之后再放食材，沾了水的番茄下锅前得多晾会儿，蛋最好敲在碗里搅好了再倒。

放盐是最狠的，几个回合的抖腕下来，小半罐子就没了。

厨子站在一旁手都来不及插，眼睁睁瞧着她煳了锅。

很荣幸的是，月陇西成为这道菜的第一位试吃者。

他措了措辞，斟酌着笑道："都是瞧着做的，做得怎么样大家心底都有数，你直接重来多好，何必还要难为你夫君这般如花似玉的人遭这趟罪呢？"

卿如是恶劣地笑："说好你来试吃的，张嘴！吃了告诉我哪里差了，我好改进。"

月陇西舔了下唇角，无奈地张嘴接下她亲自喂到唇边的一口，嚼了两口之后便不敢再多嚼，径直咽了下去。

"如何？"卿如是还满眼期待地望着他。

"只是盐多了些。"月陇西拿出锦帕，不疾不徐地凑到唇边，吐出细碎的蛋壳，然后缓缓笑道，"水少了些，炒煳了些。葱花是不是有点儿多了啊，我的仙女？还有，我有点儿好奇，你是如何做到在蛋煳的同时，番茄还是生的？很厉害。"

在卿如是羞赧的神色中，月陇西慢条斯理地抬手把锦帕支给她看，笑道："以及，下次蛋壳就别往里面放了。你说你炒得这么完美的一道菜，放了蛋壳多败味啊。"

细碎的蛋壳还粘着煳了的蛋，卿如是抬手包裹住锦帕，丢到一边去，羞赧地道："知道了，重来就是。"

月陇西眉目含笑，戏谑之色显而易见。他双手撑在身后倚着的灶台上，闲闲盯着她转身的动作，轻说道："我的小仙女从未下过厨房，头一回做菜能煮熟已经很了不得了。"

分明是调侃她的，听到卿如是耳中倒像是情话。她挽唇自得道："既然你这么看得起我，那一会儿把我做出来的菜都试吃一遍，直到它味道正好方停。"

月陇西盯着她正握着番茄的那双纤细的手，白皙的肤色和番茄的鲜红相互映衬，更显清致匀净。他想起昨日她也是用这双手帮自己的，莞尔道："乐意至极。"

吸取初次失败的教训，卿如是重做第二遍就顺手多了。月陇西用足尖钩了个板凳过来，坐在灶台后面，拿起火钳，亲自帮她把控着火候，不至于再让自己吃顿煳的。

经由厨子的指点，卿如是放盐也谨慎了许多，出锅时再撒上一小把葱花，翠倒是翠了，就是红黄不够鲜艳，整体暗淡且浑浊，卖相仍不太好看。

月陇西自觉起身，毫不犹豫地拿起筷子尝了一口，偏头看着她笑道："了不得了不得，小仙女进步神速。"

"那是自然，我又不笨。"卿如是顺势拿走他手里的筷子，自己尝了尝，也觉得有进步，但终究勾不起食欲。

正想着再重来一次，月陇西按住她的手，笑吟吟道："你做三道菜的工夫，一上午就过去了。你的办法未免太慢，须知好坏都是要比较出来的。想要我爹感受到你的诚意，只需要有个对比起来毫无诚意的人。你且等着。"

卿如是停住，站到一边去。只见月陇西就着那口油锅，丢下半个尚未切成丁的番茄，又随意打了两个鸡蛋进去，并吩咐小厮添柴加火，直至火盛。

他不过是在胡玩乱搞，垂眸时从容慵懒的神情仍是教人挪不开眼。生得俊美，做起菜来也格外赏心悦目。卿如是心底不自觉想要亲近，遂坐在灶台边撑着下巴瞧他。以前怎么就没发现，月陇西这人真是越瞧越好看，越看越心动。

月陇西的余光瞟见她的神情，不禁翘起嘴角笑了笑，心猿意马间，人已经俯身凑过去，在她眉心亲了口，蜻蜓点水的一下，不待她害羞，他自己的耳梢却先莫名烫了起来。可算晓得他的小仙女为何那么爱脸红了。

他的心思根本就不在做菜上，且本就是抱着要把菜给做煳的心思动的手，不消片刻，一道惨不忍睹的菜出了锅。

他随意将锅铲丢到锅里，唇角一挽，指示小厮道："去，把这两道菜都摆上桌，再添些美酒佳肴，菜冷之前跑个腿将父亲请回来，让二老都来西阁里用午膳。"

小厮得令，端着菜出了门。

"可以了吧……"待厨房的人散尽，月陇西转过身抱着她，噙着笑轻问道，"折腾够了，咱们可以回去圆房了吧？"

卿如是神色凝重地思考了会儿，道："我不，说好要等你爹松口，不再罚我们跪祠堂才行。何况这青天白日的，你不嫌害臊啊。"

"我不嫌啊，"月陇西捏着她的手指头，凑到唇畔浅啄了口，满眸的春意，"唉，咱们又不是不关门……"

"那也不行。"她怨怼地念叨了句，便挣脱开他的束缚，红着脸往门外去了，边走边自言自语地碎碎念，"谁知道你爹娘什么时候突然就过来了，多丢人呢。这般白日宣淫的德行怎么跟月一鸣似的……"

月陇西跟在她身后，笑盯着她，抬手揉了揉她的脑袋，叹道："啊，卿卿啊，你别总走那么快，现在要等着我了。我追你追得很辛苦的，啧。"

两人回到房间，边看书边等了小半个时辰就有人来递消息，说是老爷和郡主都到了，现在已在膳厅。

月、卿二人赶忙过去，撩起膳厅的珠帘，先看见的是脸色沉沉的月珩。旁边坐着拿着筷子夹菜的郡主，见他们两人走过来，也只盯着卿如是瞧，眸中笑意满满。

卿如是回了个笑，随即跟着月陇西给二老见礼，这才被招呼着入座。

刚坐下，月珩便拍桌一声怒吼："这菜谁做的？！"吓得卿如是险些又站起来。

月陇西瞧了眼，恭顺地回道："爹，这道菜是孩儿做的。旁边那道，是卿卿做的。"

月珩一愣，似是完全没有料到，他脸上过于狰狞的怒意瞬间消失殆尽，随即又扭曲着眉毛匪夷所思道："你们做的？好端端的你们进厨房做什么？"

"父亲息怒。"月陇西唤了句，随即交代道，"这是卿卿的主意。卿卿跟孩儿说她嫁进府中后尚未和父亲有过交流，唯恐父亲认为她失了孝道，思来想去，二老什么都不缺，便只好凭着心意亲自下厨，诚心为父亲母亲献一道菜，还望爹娘不嫌弃她拙劣的厨艺……至于孩儿，孩儿昨晚带着她在祠堂嬉闹，她静思己过之后，也说了孩儿一顿，硬要孩儿也跟着做一道菜聊表孝心，不求能为昨晚的事将功补过，只求父亲看到我俩认错的诚意，别再生气，免得气坏了身子。"

卿如是瞧了他一眼，心道胡诌得还挺像是那么回事。她赶忙点头应和："昨晚如是与夫君在祠堂反省之后，心存愧疚，不知该如何表达歉意，只好出此下策。只是如是和夫君都不是擅长厨艺之人，想要做好这道菜实在不易，已尽心尽力为之，还请爹娘体谅一二。"

本也没打算多为难他们，听他们服了软，月珩心底的气消了一半，但瞧着那菜实在难以下咽，他搁下筷子叱道："你尽心尽力我倒还信，却不必为这小子开脱，他若非敷衍了事，怎会将如此简单一道家常菜做成这般模样？！"

"父亲英明，一眼就瞧出来了。但您可莫要怪罪卿卿，这事如何能说是卿卿为孩儿开脱呢？都是孩儿的错，卿卿不过是担心父亲因着这茬儿会继续罚孩儿的跪，这才为孩儿遮掩。"月陇西笑，"父亲别跟孩儿一般见识，不如先尝一尝卿卿的手艺？"

说着，月陇西站起身给月珩夹了一筷子菜，那不太鲜艳的红黄翠三色与旁边黑煳的颜色相对比，瞬间就成了美味佳肴。月珩的脸色稍微好看了些，抬眸睨了月陇西一眼，哼声冷笑道："你小子倒是挺能护短。"

月陇西顺势也给郡主夹了一筷子，继而笑道："孩儿这不是自小瞧着父亲便是如此对待母亲，耳濡目染的吗？"

好会说话啊，月狗腿子！卿如是看向他，眸中隐有笑意。他三两句就将月珩一开始的气焰压了下去，不费吹灰之力地把话题引到"诚意"二字上，最后又避重就轻，绕回到品尝她做的菜上边。于月珩来看，整个引导过程毫无痕迹。

然则，天时地利为卿如是铺垫得妥妥的，人和这方面终究是差了些。

只见月珩毫不犹豫地将菜夹进嘴里，然后毫不迟疑地又吐了出来。时间仿佛静止了片刻，整整七个弹指，他都未发一言，没有一个动作，神情间满是一言难尽。

对于吃惯了山珍海味的月珩来说，这道菜给他的感觉过于另类。总结一下就是色香味样样都缺，很缺。

他拿筷子的手微握紧，沉了口气，抬眼别有深意看向卿如是，然后又看向月陇西。

郡主倒没觉得有他那般难以下咽，拿手绢掩唇轻拭唇角，轻声道："如是第一次下厨，我觉得能做到这个程度，已经很难得了。总比某人敷衍了事的强，夫君觉得呢？"

月陇西舔着嘴角，嬉皮笑脸的。

"嗯。"在月陇西过于欠揍的神情映衬下，月珩到底还是给了卿如是的面子，肯定了她的心意。

"既然如此，那父亲可要多吃点儿。"月陇西说着又站起身给月珩夹了一大筷子，笑说道，"倘若吃不完，不就浪费了卿卿的一片孝心吗？"

月珩抬眸，动也不动地瞪着他，半响才咬牙低叱道："你皮痒了是吧？"

"咳。"月陇西握拳抵住唇畔，低笑了声才坐回去。

卿如是唇角微抿出一个弧度。

"菜我是吃了，心我也领了，但这些总归都算不到你的头上。所以……"月珩盯着月陇西，冷声道，"你今晚接着给我跪祠堂，自己穿厚点儿，别指望着谁再来给你送衣服。"

卿如是微挑眉，这话的言外之意，岂不就是她可以不用跪了？

"多谢父亲免罚。"卿如是乖巧道。

月陇西故作怅惘，唇角却漾着笑，道："那我就多谢父亲责罚了。"

若不是郡主眼疾手快地拦住了，月珩险些又要发作。这顿饭吃得不算愉快，但还挺热闹，总归没有卿如是想象中的沉闷。

膳毕后，月珩又要出府办事，月陇西也因着要去刑部不能久留，临着跨出府门时，他朝卿如是笑着眨了下左眼，随即转身而去。

那一眼里，净是得逞后的欣然与从容。他知道她很喜欢。

卿如是鼓了鼓脸，红着脸转回头往西阁走。皎皎就跟在她的身后与她闲聊，在快要回到院子时，瞧见了走廊那头有一道熟悉的倩影。皎皎一愣，下意识便笑着喊了出来："巧云？"

卿如是疑惑地抬眸看过去，果然是巧云。恰好巧云听到声音转头看过来，堪堪与卿如是的视线衔接，一瞬的视线触碰，她又匆忙低下头躲闪，隔着走廊远远地给卿如是施了一礼，紧接着就迅速拐过走廊，往避开她们的方向跑了。

"嗯？"卿如是微蹙眉，稍一思忖后问，"她躲我做什么？话说，怎么这两日也不见她来给我梳妆了？"

皎皎挠了挠后脑勺，摇头称不知，然后道："奴婢只晓得，她前几日被世子调到后院去洒扫了，说是让她不必再在前院伺候，但工钱可以照着前院的丫鬟标准拿。"

"月陇西调的？"卿如是眉头皱得更紧了些，"他们俩不是认识，而且很熟的吗？后院的活哪有前院的好，为什么要把她调到后院去？月陇西舍得啊？"

皎皎亦狐疑地偏头，反问道："世子跟巧云认识吗？好像不认识吧……奴婢没听巧云说过啊。"

卿如是有些惶惑，继而不明所以地沉思起来。

不认识？是月陇西为了保护巧云，不让她私底下被旁人嫉妒，才没有把他们俩的关系告诉旁人吗？或是别的什么原因？

她自顾自地掂量了会儿，思忖着要不要把巧云唤来问问清楚，最终又觉得女孩子的脸皮薄，刚才都躲成什么样了，还是等月陇西回来之后直接问他比较好。

卿如是盯着走廊拐角看，直看得心里生出难以排遣的失落之感，才进了屋子。她坐在窗边撑着下巴眺望发呆。

不是，她不是怀疑月陇西对自己的喜欢作假，她是觉得好像有别的女人在跟自己对半分他的好。

或许月陇西对巧云已经不再是喜欢，但幼时的情谊那么珍贵，或许他存有眷恋和同情呢？

再往惆怅些的方向想想，如果月陇西因为这份难以割舍的情谊纳巧云为妾呢？？

"夫人？夫人？"皎皎唤了她好几声都没有回应，走过去一看，发现她满面愁容，看似望着窗外的花，其实心思不知飞到哪儿去了。

皎皎坐到她旁边去，双手捧腮盯着她，直看得卿如是回过神才问道："夫人，你是不是在想世子和巧云的事啊？"

卿如是瞟了她一眼，斟酌片刻后问她："你觉得，月陇西以后有没有可能会纳妾？倘若他以后没有那么喜欢我了，跑去喜欢别人，就比如巧云……"

话没有说完，皎皎就大摇其头，缓缓地说道："夫人不了解巧云，她人很好的，不会去勾引姑爷。"

卿如是匪夷所思，道："我没说她勾引啊，我是说月陇西先弃我，再去喜欢别人。"

"那不可能啊，因为世子不会不喜欢夫人的。"皎皎掰着手指头道，"如果夫人要起这个头，就绝对不成立了。但按照奴婢刚刚说的那样，巧云若是去蓄意勾引，下那些劳什子药，或许还有一点点的可能吧。若从世子的角度，奴婢想都不用想，就知道不可能的。"

卿如是盯着她，陷入了沉思。皎皎这个笨脑袋都能这么想，自己却患得患失的。这不寻常，显得她一下子变得很弱智。

但不知怎的，饶是觉得弱智，她仍然很在意地追问道："为什么？"

"嗯？"皎皎抿了口茶，想了想，故作高深地说，"因为，世子看夫人的眼神很好奇，很期待，满心满眼地期待。好像不管夫人说出什么，在世子看来都很新奇有趣似的。因为总保持着新奇有趣，所以肯定不会腻的。世上几个男人像世子这般，喜欢一个人是这样式的，不自觉地把夫人的一切都当有趣之处，看什么都觉得可爱，自己就很愿意跟夫人一直保持新鲜感，如此怎么会腻，会不喜欢了呢？"

卿如是捧着脸颊，皎皎已经说得很熨帖了，可她还是忧心忡忡。

"唉，说白了，夫人这般患得患失，还不是因为世子对你太好了，你害怕失去这份好。换句话说……"皎皎喝完一杯茶，站起身来准备继续打扫，"夫人已经很喜欢很喜欢世子了，离不开世子，所以不能失去，也不容别人分享。"

皎皎一副看穿一切的神情，拍了拍她的肩膀，叹道："哎呀，夫人总算开了情窍，奴婢欣慰得很。"

说完，她就哼着小调走开了。

卿如是惆怅地叹了一声，依旧挂心着巧云和月陇西之间非比寻常的关系，没能释怀。她的脑子已经为两人曾经发生过的事构建了一系列不可言说的美妙画面。跟看戏本子似的，越看心底越为他们两人久别重逢的戏码泛酸。

她搬了把椅子坐到院子里去，一边漫不经心地翻着书，一边频频盯着门口，打算等月陇西一回到家就把这事问个清楚。

然而傍晚时分，听闻月珩去扈沽山办事的都回来了，月陇西这个就在扈沽城刑部上工的竟还没回来。

祠堂没人跪，月珩遣人来西阁问了好几次。连月珩都不知道月陇西去了哪里，卿如是蓦地有点儿慌，随即唤小厮跑腿去刑部瞧瞧。

待到夜幕降临，天色完全黑透，仍是没有任何消息传来，跑腿的小厮也不知上哪儿去了。卿如是都顾不得吃醋，自己换了身便装打算去找他。

街道上人影寥落，未至深夜，街市却因风雨逐渐呼啸而散尽。豆大的雨点敲在屋檐，砸到身上，秋意萧条，惹得卿如是原本就慌乱的心愈发忐忑。

骑马赶到刑部时，雨水已将她淋透。她没来得及拴马，跳下去几步跑到门口，拿出令信示意门口侍卫，问："世子在里面吗？我找他。"

"稍等。"侍卫看到令信后竟没有第一时间放她进去。卿如是有些疑惑，但也没时间多问。

不知等了多久，她那被雨水淋湿的头发和衣衫相互粘连着，紧贴身体曲线，随着她细微的动作来回搓滑，极其不适，让她滋生出烦躁感，且漫长的等待又让这种烦躁无计可消。

正戴着斗笠在庭院收拾整理的小厮路过，瞧见了她，问了句："夫人找谁？"

听到询问，卿如是稍抬眸，蹙眉低声道："我找月陇西……"

"世子呀？"小厮疑惑地道，"世子早就出门了啊。我瞧着是往对面那家客栈去的，已经离开有两个时辰了。"

两个时辰？那就是傍晚刚下工那时候离开的。卿如是微睁大双眼，转身看向街道对面的客栈，指着招牌问道："你说那家？他……他为什么去住客栈？怎么不回家呢？"

小厮摇头笑，回道："这我可就不知道了。"

"今日刑部发生了什么特别的事吗？"卿如是的目光紧盯着客栈的招牌，未曾移开，稍一顿又问，"起先你可有看到一名家丁来这里找他？"

"据我所知，刑部没发生什么事。至于家丁，好像是有一个，被侍卫邀着去里面坐了许久了。"小厮回答完毕，压了压斗笠，低头继续收拾起来。

卿如是眉头轻蹙，用湿漉漉的袖子抹了一把脸上不断滴落的雨水，望着客栈的招牌久久没有动作。

无可否认，她的心里因他没有回家，且没有念着给她递个话好教她放心的举动，产生了一种莫名的失落与无措。

但她仍是径直往对面那家客栈跑了过去。

不等她先询问出声，客栈老板先问道："这位夫人可是来找人的？"

卿如是颔首道："我找月府的世子，他住的哪间？我……我是他的……"她犹豫片刻，也没说出口。她生气了，不想承认是他的妻。

好在客栈老板也没有追问，十分爽快地唤了一名小二带她去。

卿如是走一步落一步的水，拖得走廊地板都湿滑起来。她抬手抹掉下颌的水珠，轻叹了声气。

小二并未将她送到房间，只在拐角处停住，指了一间房，笑说道："世子就住在天字号，夫人自行过去就是。"语毕，他转身下了楼。

就算小二不为她指路，卿如是也能一眼看见那扇门。概因这周围的房间全都房门大开，并没有人住。

她走到天字号门口，迟疑了须臾才敲响了门。

几乎没有任何间隔，就在她敲响的刹那，房门就打开了。她微一怔，抬眸看到就在门后笑吟吟觑着她的月陇西。

"我刚刚还以为你不打算敲了呢。"月陇西挑眉笑道。

没看见她担心他的安危，冒着雨来找他，全身都被打湿了吗？他不仅没事，还跟她嬉皮笑脸。卿如是眉尖皱得更紧，转身就走。

"哎……"月陇西眼疾手快地拉住她的手腕，偏头凝视她气鼓鼓的样子，失笑道，"我还什么都没解释你就要走了？热水给小祖宗备好了，先沐浴完再听我好好说，行不行？"

卿如是眉心一动。给她备好了热水是什么意思？他知道她要冒着雨来？

"你……"卿如是转过身，狐疑地打量着他，似悟非悟。

月陇西先将她给拉进屋子，关上房门，以免她跑了。而后趁她深思时不备，一把抱起来，绕过屏风，将人放在浴桶前的小矮凳上，让她刚好与自己齐平。

卿如是迷惘地看着他。

他却一言不发，只是温柔地笑了笑，眸中隐有情欲，如一簇蠢蠢欲动的火苗，在夜色中撩动星辰。他默然低头，为她宽衣解带，青色的系带在他指尖翻覆，不消多时，卿如是觉得肩膀一凉，衣衫滑落。

窗外，风月静美如斯。

月陇西垂眸肆意浏览，又挑眉看了眼窗外被风雨洗练着的景色，轻叹道："我骗你出来，让你担心，还害你淋雨，是我的不对。就罚我……供你差遣使唤一晚，如何？"

"你……"卿如是咬住下唇，脸色歘地通红，不自觉地低下头啜嚅道，"你怎么……怎么这样啊……"

月陇西轻笑了下，伸出一根手指，钩住她腰间上系着的细绳，缓缓地将蝶形结扯开，说道："我若不骗你，你愿意出来吗？若非将你骗至如此境地，你不知要借害羞之故将我们俩的事一拖再拖到何时。我等不及了，小祖宗。"

"不是……不是叫我先沐浴吗？"卿如是的手撑在身后的桶沿上，死抠着浴桶的边，脚趾头也彼此摩挲来摩挲去。她的目光不安地停留在他的双手上，就这么看着那修长的手指将她衣服上的细绳逐一解开，然后钩着边沿往下褪。

月陇西爱死她这般手足无措的模样，他轻抿唇笑着凑过去，吻她的下颌，挡住她看自己动作的视线。待一吻罢，她身上流光裙也被他褪下。雷声电光骤起，一瞬骇然。

卿如是被惊得低呼了声，月陇西便去吻她的唇，顺势把手绕到她的脖颈后，扯开了最后一根系带。

"是啊，你先沐浴……"月陇西拖长了语调，解开自己的发绳后才坦然回道，"我等着，就在一边听候差遣使唤，好伺候你啊。"

背后是暗含着迷迭花香的氤氲热气，眼前是他勾心撩人的多情眉眼，窗外湿闷的温热的风卷起暗青色的纱帘，屏风旁落的香炉上萦绕着一缕缕香丝，如同旖旎神女的魂魄，悄无声息地在室内蔓延。

夜色流转，一瞬的羞怯让卿如是迅速钩住他的脖子抱住他，不要他看。

月陇西唇角微翘，轻笑了声，那气息就喷洒在她的耳梢上，惹得它愈发红艳可人。他垂眸瞧见了，就张口轻抿住她的耳尖，热意传递到他温凉的唇舌，霎时勾动心火。

"月陇西……"卿如是趴在他肩膀上轻声呢喃着，说不清是想跟他求证什么，还是只想跟他撒个娇，"你走之后我遇到巧云了，她生得好好看……"

"嗯？有你生得好看吗？我觉得你生得好看，真好看。"月陇西一手揽着她的腰肢，一手抚着她的背脊，轻捋她垂于后背的青丝，"再不进去水就凉了……有这么害羞吗？"他刻意在她耳畔说话，气息都拂在耳梢鬓间。

"她就是你的故人……你跟她认识好久，跟我没有认识那么久。"卿如是轻蹙眉尖，"你为什么要把她调到后院去？"

饶是此时温香软玉在怀，他浑身似被热气簇拥萦绕，仍是极有耐心地哄着她："因为不想要你吃太多醋生气，只想要你知道，比起旁的任何人，哪怕是再有意义的人，也没有你来得重要。"

卿如是抿唇浅笑，用唇边轻碰了下他的耳梢，嗅他身上的味道，稍顿，又不满道："可是你给我的信中里里外外都透着一股子故人情谊很重要的意思，你还说你因为她跟别的男子相处，心底不舒服。她岂非是你心头星火，随时可以燎原的那种……"

"兴许吧。故人是星火，没准儿可以燎原……"月陇西眼角流溢出慵懒的意味，故作一顿。

听及此，卿如是酸哼了声，松开抱他的手，正待要蹲身捡起衣服走人，月陇西却顺势将她打横一抱送到浴桶里去了。

热意侵袭，柔水漫身，卿如是猝不及防，皱眉惊呼了声，转头却见他自己也步步走上矮梯。

他一边褪去衣衫，踩着木梯朝她而来，一边用发涩的嗓音低笑了声，接着方才的话道："故人是一点星火，可你是我的整片星河。你占据我的心太久了，别的星火早就无原可燎。"

话落，满室流光皆被他熄灭，他挥手将什么东西丢到一边去，毫不犹豫地抱住卿如是顺势将她捞起来，抱到自己腿上坐稳。

他伸手轻捏住她的下颔，笑道："这样的话，我的星星满意了吗？"

卿如是压着嘴角的笑意，故作自在地抬眸看向别处："勉勉强强吧。"

"那，星星现在可以认真办正事了吗？"不等她回答，月陇西已仰头轻轻触碰到她的耳垂，温柔地呢喃道，"无论接下来如何……都要记得告诉我。"

"接下来如何？"卿如是反问。

月陇西极其认真地说："也指……接下来我们共同携手要走的路，我们的路还很长，兴许会有喜悦，有挫败，祈愿与你一同将喜怒哀乐尝遍。所以无论如何，你都一定要告诉我你的感受。"

她不是什么都不懂的天真少女，却总被他无意简单的话语撩动心弦。从未有过的感觉吧？

至少，此刻月陇西给她的感觉像是从未有过。

仅仅像这样被或轻或重地亲吻与拥抱，内心就会生出一股懵懂的悸动感，她不是没有悸动过，是因着对对方身体的好奇和渴望，让她觉得此刻的悸动是崭新的、陌生的。

心口像是有只乱撞的小鹿，拼命想要冲破一层情网的束缚，撞啊撞，半晌未得，让人暗暗着急，挠心抓肺似的想要催它快些，但它分明已用尽全力撞得她心怦怦地跳个不停，整个人软似一摊春水，可犄鹿就是冲不破那层红绡似的雾。不仅冲不破，还要与那红雾缠绵悱恻，缱绻难分。

心怦怦地越跳越快，她的渴望被逐步加深，在那只犄鹿的乱撞之下，她的心和身都萌生出痒意。她希望这只心头的犄鹿用力撞破情网，教她得些酣畅，也希望它稍微轻缓些，不要让她的心再跳得那么厉害了。

纠结摇摆，她无措地抱紧月陇西，低声喃喃："……你别再……我快要喘不过气了。"

"嗯?"月陇西颇觉神奇,她从前可是很难撩动的,往往都是他铺垫得自己都快生出毛病了,她仍是不为所动。今次竟这么爱他。

他低笑了声,握住她的手,与她十指相扣,然后凑到唇边轻吻。原本藏在眸底克制许久的东西明显浮了上来,愈渐迷离朦胧,他凑到她的耳畔轻声细语地征求了句:"……"

满室朦胧,他的声音太轻,只惊扰到了她耳边细碎的星辰光影。

"嗯……"她好像有点儿病了,说话像是在撒娇,这娇滴滴的软音根本不像是她自己会发出来的。但顾不得那么多了。

她柔媚娇气的样子月陇西还真少见,坐怀已经很乱了,她还要无意诱他。

月陇西微勾起唇,吻住她的下颌,顺着下颚线细密地吻至唇畔。与此同时,他的手顺势轻抚她的发丝,像是在帮她安抚那只莽撞的小鹿,一边安慰,一边笑着逗她道:"卿卿,倘或到了这份上,我才告诉你,我是真在欺骗你的感情的话,你当要如何?"

他的话未说完,卿如是从迷离中回过神,一把按住他的肩膀,推开他的亲吻,皱眉叱道:"你试试看我当要如何,反正我鞭子还搁那儿的。"

方才他煞费苦心与她携手构建起来的旖旎与迷离氛围瞬间被打破。

月陇西:"……"

她不喜欢他插科打诨,月陇西一直知道,只好笑着赔罪:"我说笑的。嗯,遵命了,我的星星。"他一把将她打横抱起来,一步一步,稳稳地走下木梯,绕过屏风,走到床边。

他直接抱着她一起倒下去,如同共赴生死。

月陇西已经很热了,企图摸着她冰凉的湿漉漉的头发来缓解。他将青丝放在掌中肆意翻覆绞弄。她就沉浸在气息交织的美妙乐声之中,也会感受窗外风吹渐嚣,檐角幡动愈狂,甚至地面越来越放肆的雨落,这些生命之音纯粹又震撼,此刻尽数入耳,竟不及她的心跳。

他的手拂过起了涟漪般灵动的一切,最后环住她的腰肢,有意无意地抱紧,听见她呼吸愈发不稳。月陇西低笑,沙哑低沉的声音微有磁意:"听说今晚会下一整夜的暴雨,你害怕吗?"

说时,窗外雷声震耳,闪电隐隐浮显在夜空中,已蓄势待发。

闪电划破长空的侵袭意味已经十足。月陇西的眼神却含着脉脉柔情,故作从容地等待她的回答。

卿如是便也跟着放松了些,半合着眼,咬了咬鲜艳欲滴的唇,喃喃回道:"暴雨有什么好怕……"

他温柔地勾唇笑道:"是吗?"她此时分神且放松了警惕。

窗外闪电猛地劈下,将堆积的云层撕开了一条口。噼啪声响彻云霄的那一瞬间,月陇西的眼神也在顷刻间变得异常锋利。

雷电想要侵略夜空,将夜色骤然击穿。闪电劈裂夜幕的那一下亦没有任何征兆,一瞬打破了专属于夜晚的柔情。

正与他闲聊的卿如是自然觉得十分猝不及防。上一刻还醉在他的温柔里,下一刻就被猝然而至的电闪雷鸣骇得神魂分离。

"今夜有惊雷,有闪电,有狂风,还有骤雨……"月陇西深深凝视她,随着动作哑声呢喃着,似有笑意,"震撼的是猝然来临的惊雷,谁也没想到,伴随雷鸣的闪电会突然撕裂夜幕,划出一个口子,一个足以让骤雨倾泻而出的口子。最讨厌的是风,非要用粗鲁狂乱的方式安抚一切,殊不知,这样的方式会让雨下得更大……你说是不是?反正,我是感觉到了。"

卿如是听着他的鬼话,拧紧了细眉。她都来不及细想这种鬼话连篇的熟悉操作,只低声叱他:"你闭嘴,不许说话……"

她眉心轻颤,忍受着犊鹿撞破情网后在心尖的肆意奔驰。那种酥痒和悸动都从心口逃逸,流窜于四肢百骸。她忍受不了这种想要宣泄情意的痛苦,好想要吻他。

月陇西好像很懂她的感受,或许是自己也控制不住,低头猛地亲吻她的唇,用力亲吻着,辗转着,侵占她的唇口。

"卿卿……"似是感觉到她喘息跟不上,月陇西松开唇,拧着眉凝视她,"疼不疼?"

卿如是抱紧他,手在他坚实的手臂上乱挠乱抓,无意识地回道:"你觉得被闪电劈了疼不疼……"

月陇西哑然失笑。

"但是……"她别扭地把脑袋埋在他的怀里,闷声道,"我觉得,还是蛮喜欢的。"

原来和喜欢的人心意相通后再交付身体,是这么个滋味。

卿如是从不知道。以前她是被迫承受,并未有过心的悸动,如今她却很想要就这样和他紧紧相拥,地老天荒。

地老天荒啊,月陇西。

"我的星星在发光……一直在发光。怎么就那么吸引我呢,想和你地老天荒……"月陇西回想着与她经历的一切,一直追溯到最初,一切开始的地方。

廊桥，毽子，清风，和那少女的青皮书。

他忽然哽咽了下，道："星星，今夜你别想好眠了。"

云消雨歇，天色渐明。

月陇西一手支起下颔，斜撑着脑袋让已经睡熟的卿如是蜷缩在他的怀里，另一只手撩着她的青丝在指间把玩，一会儿把一缕缕的青丝挑到她的脸前遮掩住，透过缝隙凝视她的睡颜，一会儿又把青丝挑开，凑过去亲吻她的眉心。

翻来覆去，乐此不疲。

看来昨晚她是真的累得狠了，被如此摆弄了一个时辰也不见醒。

月陇西抿唇浅笑，兀自回味着昨夜如何与她翻云覆雨，又如何骗她跟自己来了一次又一次，最后她是怎么累到睡过去，还有她甜甜的娇嗔和婉转的吟哦，以及口中流溢出的"夫君"二字。

他发现她一如既往地喜欢咬人，咬喉结和肩膀。他喜欢极了她这个癖好，就喜欢给她咬。

正想着，怀里的人轻"唔"了声，像是要转醒。月陇西低头，趁她睁眼前吻她。

卿如是微蹙了蹙眉尖，尚未睁眼便觉得眉心有凉意，轻柔似羽毛般的触感。她缓缓推开这个男人，迟钝地眨巴了下眼睛，出口便是"不要了……"，嗓音略哑。

月陇西失笑，把她搂在怀里："嗯。天快亮了，我要去上朝，得先把你送回去。可以允许你再睡半个时辰。"

缓了缓劲儿，卿如是慢慢反应他说的话，回过神来。她把脑袋抵在月陇西的胸口，抱住他，小手在他的后背乱摸，摸到鞭伤和自己昨晚抓挠的痕迹，她就低声"唔唔"地不知在说什么。反正也没回答他要不要再睡半时辰的觉。

月陇西弯腰细听她说什么，须臾才听清，蓦然怔愣住了。

她说："我不想睡，想跟你撒娇说说话……"

沉默。

良久，月陇西都没有回应，只是收紧手臂，用力地拥住她，把头埋在她的颈窝。

前世她醒来后，他是多么地想要跟她好好说说话，渴望她跟自己撒撒娇，可惜她那时满心满眼在意的是赶紧要喝下的避子汤，下了床就吩咐人去买药，生怕留下孩子。

月陇西在她颈间深吸了一口气，闷声道："好，我们说说话。你想跟我聊什么？"

"我想跟你说……"卿如是凑到他的耳畔低声喃喃着，跟他说悄悄话，语气还颇为委屈。

"第二次的时候还觉得疼？"月陇西稍退了些，卿如是便不满地哼唧了声要他继续抱着，他赶忙抱紧，挑眉问她，"我记得，你说很舒服的。"

"嗯。"卿如是乖巧地点了点头，"第一次疼，第二次就没那么疼了……但是又像是都不疼，因为我觉得，你很照顾我，很温柔。"

月陇西勾唇笑了笑："是吗？今晚继续照顾你。"

"不了……"卿如是嗫嚅道，"那是我说错了，其实还是很疼的。我们暂休一个月好不好？"

"多久？？？"月陇西以为自己听错了数，愣了片刻，低头凝视着她的眉眼。

卿如是望着他，眨巴了下眼，吐字清晰："一个月。"

她这般望着他，昨晚他在她脖颈上留下的痕迹一清二楚，再往下也可以看见锁骨下面的指痕。月陇西喉结轻滑，手便覆了上去，哑声道："我看你是没睡醒……一个月哪个忍得？我帮你清醒清醒。"

他说着，手下便施了力道。

卿如是打开他的手，皱起眉，搂住他往他的脖颈处钻，低声撒娇道："抱着我！"

"好好好……"月陇西翘起唇角，边无奈地笑，边抱紧了她，心里已经笃定她没有睡醒。睡醒的卿卿并不会这么黏人。但是，这样的、那样的，他都好喜欢。

"我问你啊。"卿如是拿脑袋蹭他的脖颈，又张口去咬他的喉结，就着那突突的圆亲了会儿，留下她的小痕迹后才继续用软糯的声音问道，"你觉得，我们是生一个男娃娃好，还是生一个女娃娃好啊？"

这样真的不是在勾引他吗？月陇西翻身把她骑在身下，哑声道："我觉得我们再来一次更好。"

卿如是不满地扭来动去，月陇西覆身吻下来的时候她径直推开了，转而掉了个圈，骑到他的腰间，然后趴在他胸口，听着他强有力的心跳，低声说道："问你话呢，你喜欢儿子还是闺女啊？"

"无法取舍。"月陇西饶有兴致地逗她，"不能都生吗？我都想要可怎么办？我就是这么贪心的一个人。"

卿如是摇头："只能选一个。"

月陇西挑起左眉，复杂地思考了下，郑重道："其实，我觉得都可以……只要是你愿意生的。你愿意和我有个孩子，我就觉得……像是在做梦一样。"末尾几字，几近无声。

卿如是晕乎乎的，没听得太清，只晓得他说都可以。她等了片刻，发现月陇西不再说了，才兀自说道："我也都想要……如果生儿子，就可以教他舞刀弄剑，舞文弄墨，打小就可以是扈沽城里的小霸王，别家的小闺秀都喜欢他。"

月陇西的眉眼浮上笑意，他用舌尖抵了抵唇角，说道："那不就跟我小时候一样嘛。"

"唔……你小时候是这样？"卿如是狐疑地问道。

月陇西"嗯"了一声，眸底隐约浮现几分许久不曾见、兴许早被岁月磨去的桀骜："我幼时顽劣不堪，且自命不凡，跟人打架喜欢把人家踩在脚底下。少年时拿剑拿枪，纵马闹市，跟崇文弟子发生口角，戳伤了他们，甩了一袋银子便走了。反正什么混账事都做过，偏偏身份尊贵，旁人没几个敢说我，所以愁人得很。后来有幸去闯过天南地北，一些朋友在旅途中死去，又经历了一些事，便沉稳些了。不过，骨子里的东西，有时候会不经意地显露出来。"

谁都不知道，向来自命不凡的他因少年时闯祸太多，被月氏狠心送入军营磨砺。那年他才十二岁，虽说是文韬武略，可战场上向来不长眼，稍不留神就会送命。身边的军官士卒都知道他是月氏着重栽培的苗子，对他多有照拂。

可后来有回军队吃了败仗，恰好那场他也跟着去了，亲眼见证了那次到底死了有多少人，其中就有平日里对他多有照拂的士卒，末了也是为了护住他这个小少主才送了性命。

他眼睁睁看着那些人倒下，脑海里回荡的竟然是幼时纵马闹市的景象，他明白世上无人不凡，既生于世，便是凡人。那时候他才忽然意识到人力是多么渺小，而自己曾经的顽劣又是多么幼稚。世人都为了自己愿意守护的东西拼尽全力去做好这个凡人，他却想要轻轻松松地做个不凡之人。可笑至极。

再后来他静心在军营待了两年，十四岁的时候被老军师调去身边观学。

有场仗老军师忽发心疾，他只好临时上阵担任军师之职。白念谷和圆月城同时被敌军偷袭，派出去的人都没有回来，后来消息传回，说是两队人马双双被困，必须立即派人前去营救。

远水救不了近火，手里临近那两地且可以调用的军队只有一支，要么去白念谷营救那队人马，要么去圆月城抵御袭击。白念谷那队人马的领头军官被困多时，一直强撑着守在那处，为了不让敌军绕路袭击军营。可另一边圆月城正是天火交战，御敌亦是刻不容缓。

再简单不过的选择。且千钧一发，他犹豫不得，果断舍弃了白念谷那队人马。最后，仗打赢了，城也守住了，但那位平日与他一边煨酒唱河山一边称兄道弟的军官和他带的那队士卒，全都死在了白念谷。

他知道于大局而言，自己的选择是正确的。可他也知道，于自己而言，这个选择再错不过。

在此之后又是一场仗，月氏来了信，承诺他这场仗若是打赢了，就可跟着军队回城。

这次若赢了仗，也就差不多安稳了。胜仗之后他没有急着回去，脱离军队，自己骑马绕路，游山玩水，看遍天南地北的风景，最后在扈沽城外跟着刚给一批崇文党行刑的月家军会合，一同进城。

都以为他是带着月氏族旗一路疾驰回城，只有他自己知道，他在外边游荡了多久。

他十六岁回扈沽城后，就再也没有时间去拜访那些在沙场上为了保护他这位尊贵的月氏子弟而死去的故友。回城那一刻，他的心性也已经不同了。

收敛了外露的张扬与桀骜，在外人看来，他活得是愈发沉稳谦逊，丝毫不见幼时猖狂。但骨子里的东西，总是不经意间就会显露出来，顽劣、桀骜、肆意又张扬。

他骨子里太多东西都露给了怀里这个小女人，从前她都不稀罕。而她死后，这些鲜活的东西他自己也不再稀罕了。她不在的那些年他太累，好多东西都被磨没了。

如今这小女人竟然跟他说以后就要生个像他幼时那般模样的混小子。那样也好，倘或以后真能有这样一个孩子，处处都有着他年少时的影子，真好。

月陇西搂紧她，轻笑道："你继续说，我很喜欢听。若是生个闺女呢？"

"如果生闺女，就可以给她编可爱的辫子，戴上珊瑚珠串，穿绣着春杏的裙子。她若是摔跤了，就会哭喊着要你抱；她若是想要什么东西，就会跟你撒娇，说话奶唧唧的，白软得像个汤圆……"卿如是顿了顿，轻声道，"就像我跟你撒娇一样……"

"那好啊，生个闺女。我肯定对你们娘俩毫无抵抗力，被你们拿捏得死死的。"月陇西笑，似是在回忆，"因为我幼时没有遇见你，所以一直觉得很可惜。若我们是青梅竹马，你就能打小被我宠着长大。而且，倘若我早点儿认识你，也不至于……"追那么久才到手。

他未说完的话被卿如是抢着截断，像是非常想要立即告诉他的事："但是！但是你可能不知道……我从前不喜欢小孩子的，一点儿都不喜欢。"

"嗯？"月陇西挑眉，"那为什么现在喜欢了？"

卿如是抠着他锁骨那里鞭笞留下的痂，低声道："还不是因为喜欢你……西爷啊，因为是你，所以卿卿就很想跟你有小孩子。"

月陇西一顿，滑了滑喉结："我觉得我们可以趁着天没全亮再来一次。"

卿如是不满地嘤咛了一声，皱起眉推他："不要……"

她不要，月陇西也不敢再强求。这会儿倒是能趁着她神志不清跟她来，待会儿若是迷糊够了清醒过来，还不得算上昨晚受的罪弄死他。

"好好好……"月陇西轻笑了声，搂着她继续睡。

第二十章　别来无恙

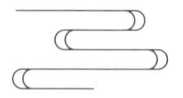

窗外鸟雀啼声婉转，卿如是又熟睡过去，待天光尽明时才睁眼，人已经回到西阁。她迷迷糊糊地揉了揉眼，转头看向身旁的位置，发着愣，回忆昨晚至天快明时发生的事。

想了会儿她就红了脸。她一直有睡不醒就犯蠢的毛病，但这回未免也太蠢了，跟他这罪魁祸首聊什么生儿育女……好吧，她承认昨晚被推倒的一瞬心里已经忍不住在构建未来一家几口的日子了。

她呜咽一声，拽起被子捂住脸。不知道月陇西听到耳朵里是个什么感受。

随着日头渐起，卿如是的脑子也逐渐清醒了几分，回想起今晨月陇西说过的话，忽然狐疑地蹙起眉。

她若是没有记错，月陇西似乎向她说起了他自己幼时顽劣的事，又说他后来有幸去闯荡天南地北，性子才有所收敛。

可是，月陇西身为世子，如何能有机会离开扈沽城去见识天南地北的风景？

还说他少年时持剑拿枪纵马时跟崇文子弟发生口角，但是……他在国学府的时候不是还在看崇文的遗作吗？他也承认他自己是崇文党。且郡主也常看崇文书籍，对崇文多有尊崇，按道理来说月陇西自小耳濡目染的应该多是崇文的思想，为何会在市井戳伤崇文子弟，还丢下银两一走了之？

卿如是缓缓从床榻上坐起，脸颊的红霞逐渐散去，她不解地蹙起眉，仔细回想着这段对话。是自己的记忆出了差错，还是月陇西的话出了纰漏？

不排除是她脑子犯晕，记错了他说的话。毕竟往常她醒后脑子卡了壳就记不得发生的事，这回能清醒地记起来也是第一次。

卿如是唤来丫鬟嬷嬷倒水伺候梳洗，趁着绾发的时候重新捋了一遍早晨发生的事，确认自己的记忆没有问题。她从镜中看向嬷嬷，思忖一瞬后开口问道："嬷嬷，你可曾听闻世子前些年离开扈沽城的事？为何要离开，可有什么具体原因？"

嬷嬷正用银篦子沾了玫瑰露，帮她绾发，听及此失笑了声，径直回道："哎哟，世子哪里会离开扈沽城呢？月将军被赐封襄国公之后便闲了许多，一直与郡主在家悉心教导世子，哪里来的时间给世子出城游玩？要说历练也大可不必，扈沽城的百姓皆知，陛下素来喜爱世子，说一句当皇子王孙般养着也不为过，那会儿谁都知道世子以后走的肯定是仕途，以案牍公务磨砺还说得过去，出城周游历练实在说不过去。都看得紧着呢。"

她越说，卿如是的眉便皱得越紧。这种随口闲说的事，月陇西没有必要骗她，那他究竟为何会说起自己年少时周游四方的经历呢？

卿如是的脑海里闪过一丝缥缈的线索，转瞬即逝，快得难以捕捉。但也正因为那一瞬线索的迅速入侵，让她浑身都泛起一种莫名的酸涩感和焦灼感。

她的潜意识告诉她，她很想知道这件事的答案，很在乎真相。

可人往往是越想知道什么，寻找什么，就越是不得。她苦思冥想许久，并没有再抓到这条线索，只好暂且放下不再去想。

她稍作一顿，又接着问道："那世子少年时是什么样的人？我听人说他幼时顽劣，给月府惹了不少祸，让郡主和将军都头疼不已。"她克制住自己的迫切，问得风轻云淡。

嬷嬷也就当自己是在跟她闲聊，边为她插簪，边笑回道："哪有，夫人莫要听别人浑说。世子被看顾得紧，幼时便是一副端方稳重的模样。老奴在跟着郡主的时候，常常看见年幼的世子自己抱着书去荷塘边捧读，天没亮就跟着院子里的嬷嬷小厮一道醒了，也不赖觉，老奴每回经过荷塘都能听到书声朗朗。世子自觉得不得了，从不叫郡主操心，又怎么会称得上顽劣？"

她话音落，卿如是手中握着的茶杯无意识地掉落，滚下梳妆台，温热的茶水溅到了裙摆上。她被惊得回过神，低头看向湿热的裙子，却迟迟没有动作。

倒是身旁站着的嬷嬷被骇了一跳，急忙问她这茶水烫不烫，有没有伤着，并催促她去换一身衣裙。

卿如是抓着她的手腕，追问道："然后呢？还有什么？"

被她突然抓住手腕，嬷嬷一愣，继而唉声道："哪还有什么？夫人你若是被茶水烫着受了伤，世子回来之后定然饶不了老奴。夫人是世子的宝，若夫人觉得世子有时顽劣不堪，没个正形的，那也是世子为了逗夫人开心。平日里世子沉稳着呢，只有在夫人面前才跟个孩子似的。哪个在乱嚼舌根？夫人告诉老奴，老奴去收拾了那人。"

卿如是没有回话，一时间思绪有些混乱。

嬷嬷的话，似乎跟着时光回溯，回到许多许多年前，跟正夫人的某些话相互重合了。两者的话在她脑海中来回切换，教她心神恍惚。

从前正夫人无数次告诉她，相爷为人稳重谦和，并非她口中顽劣风流的模样，像她所说那般孩子气更是不可能。月一鸣既端着相爷的架子，又哪里会露出幼稚的举动招惹旁人笑话。朝中为官，一人之下万人之上，如何能呢？

身为秦卿时她未曾细想，成为卿如是后才慢慢悟了月一鸣对她独特的爱意。如今有另一人也如当年月一鸣那般，外人面前自持矜贵，在她面前却肆意玩闹，从不避讳。

如何不让人自然将他们想到一块去？

卿如是心乱如麻，跳得极快。她坐在床畔，任由嬷嬷摆弄检查，自己却努力地回忆着与月陇西相遇相识发生过的一切。

许多被忽略的细节都因着她的刻意回忆而被放大，挑拣提炼出重要的信息，支离破碎的片段在脑海迅速闪过，企图拼凑出完整的真相。

就在此时，嬷嬷忽地"呀"了一声。卿如是回过神，抬眸看向她，见她神色讶然，眸底还浮着笑意，忽然升起一种不好的预感。迅速低头看去，果然就见自己的衣裳已被嬷嬷扒光，只留下一件堪堪遮羞的肚兜……令人郁卒的是，昨晚被月陇西亲吻过的地方已沉淀为暗红色痕迹，极其明显，且到处都是。

她顾不得再想正事，咬唇扯过一旁的被褥挡住，羞臊得别过眼嗫嚅道："嬷嬷……"别看了，您别看了。可以了，已经很臊人了。

昨晚没有察觉，月陇西竟然在她身上留下了这么多痕迹，可怜她被盯着瞧了半晌还无知无觉。她现在连找个地缝钻进去闷死自己的心都有了。

嬷嬷笑说："哎呀，有什么好害羞的，夫妻之间嘛。老奴年纪大了，这些事都明白的。却不知昨晚夫人出府彻夜未归，今晨被世子抱回来原是这么个情况，亏得老奴担忧了一整个晚上，生怕您出什么意外呢。"

被她一调侃，卿如是的脸愈发红艳，埋头低声道："让您担心了。"

嬷嬷笑着说了几句，赶紧把干净的衣裳给她换上了，说道："世子这会儿也该下朝了，晌午多半又要回来陪夫人用膳。夫人早些收拾好，等着世子回府，世子肯定高兴。"

卿如是示意性地笑了下，没再搭话。因她忽地想起了走廊那方被月陇西上了锁的房间。

那时月陇西只解释说房间里只收藏了些古玩字画，神情间尽是隐瞒之色。但她心底晓得，若是古玩字画，他没有必要掩藏。那里面存放的，是一些不容许他人触碰的秘密。

不知为何，此时卿如是的内心莫名有一种强烈的直觉，直觉那间房里有亟待她一窥究竟的东西正在召唤她。

饶是她清楚地知道那间房上了锁，就算去了也无用，身体仍是不由自主地踏出房门，往那间房走去。

方出门，远远瞧见一名女子，双手捧着水盆，趿拉着鞋，踩在走廊上发出轻响。那女子身姿婀娜，极易辨认。她站定在那间房的门口，蹲身放下水盆，从腰间摸出一把钥匙来。

巧云？

卿如是狐疑地走过去，问："巧云，你怎么在这里？……这间房，你有钥匙？"

巧云瞧见她，竟也不躲，施礼颔首道："夫人安好。奴婢奉世子之命来此清扫房间，这把钥匙也是世子交给奴婢的。"

"月陇西允许你进去？"不对，卿如是蹙紧眉，稍思考一瞬，换了句话问，"他走时还跟你交代了什么？"

"世子还说，这间房清扫干净后便无须再上锁，别的就没有交代了。"巧云回道。

西阁掌权的唯有他和自己二人，月陇西吩咐说无须上锁……那便是要将此屋中的秘密与她坦诚。

卿如是沉吟不语，须臾，盯着巧云手里的钥匙，目光又转向房门，说道："开门，我要进去。"

雕花木门吱嘎一声开启。卿如是踌躇片刻，跨过门槛。巧云端着水盆紧跟上。

入目所见，思君秋水。

满墙的字画，落笔泼墨都只为一个人。

卿如是的脚步微顿，心底蓦地升起一股久违的热血沸腾。那是一个在卿如是的心中已经死去多年的故人。

那人心高气傲，快意恩仇，为悖世的信仰挥毫万字，一饮千盅；她不屑风月，举手投足却尽是风月。三杯两盏淡酒，往来云烟过客，浮华褪尽，只余笔墨。

那个女子活成了她十年西阁里最渴望与怀念的模样，也是她如今回不去的模样。

秦卿，是秦卿。

崇文先生说，她的名字简洁明净，干干脆脆，咬在口中又婉转生趣，最好不过。

这满室的字画，都是秦卿。

踏入门槛的那一刹那，她仿佛再次走入了阔别多年的秦卿的世界。

那书桌上根本就没有落尘，有的只是一摞摞用草书和簪花小楷两种字迹写了满篇"秦卿吾爱，至死不渝"的澄心纸，纸张角落印着孤傲的青竹。这是专门为她做的纸，只配属于曾经那个秦卿的东西。

桌边展着一幅画，是在叶渠的书房里见过的百年廊桥。她还记得头次看到这幅画时的心境：无花无草，无人无鸟，万物都枯萎，生灵皆死去，大地忽而苍茫，晴空骤然失色。

画卷上那句潦草的题字，让卿如是倏地捂住唇轻泣出声。她能想象月一鸣彼时用如何绝望死心的语气坐在床前喃喃地念。他念：

夜深忽梦卿，惊坐起，不知今夕何夕。我看清风是卿，我看月影是卿，捕风风不停，捉影影不应，惊坐起，不知今夕何夕。唯恐卿卿不入梦，推窗请风进，熄灯把影留。

他的秦卿再也不应他，他的清风月影也不应他。

她想起月陇西说……不，不，或许此时该唤他月一鸣！

卿如是的手紧抓在纸上，纸面被她的指尖揉皱，她咬牙低唤："月一鸣……"像是从牙缝中挤出来的字。

他说，有一晚他梦魇了，坐起来就拿刀子扎透了手。那时候他已经接近疯魔了。何时能死，何时能去找她都是他每日苦思冥想的问题。

她道这幅画的题字为何如此潦草，失了他那一手狂放草书的精髓，原是他在画这幅画之前右手就再也不能握笔，可他却执拗地用右手题字，写下了无生意的念她句。

白墙上挂着数幅佳作，一片沉闷死寂。卿如是记得自己这世醒来后，翻找过现存于世的秦卿画像，发现几乎都出自月一鸣之手，画中的她从来没有笑容。彼时以为是月一鸣为了抹黑她才这般为之，如今……他不怎么常见她对他笑啊。自她死后，想必也再画不出她的笑，心境苍凉，如何作画。

"偕老共卿卿。"

"夜深，频梦卿。"

"莫将闲事恼卿卿。"

"有时醉里唤卿卿，却被傍人笑问。"

书架上陈列的书籍中，随意翻来便有写满如此字句的纸笺滑出，几片上落着泪滴干后留存的痕迹。或有她生前最喜爱的几种花的花瓣做书签，顺着书签翻开，上边是月一鸣生前的手记。

"奇怪，卿卿为何就瞧不上我呢？"日期是她入府的那天，"倘或她一直不动心，我便要永远等着她，情愿如此。"

"卿卿病了。整日坐在屋里看书，能不病吗？想知道她写的什么。书中的颜如玉有我半分好看无？为她的暴殄天物感到痛心疾首。"

卿如是失笑，泪水却被这一笑骇得洒出来了些。

"想跟卿卿要个孩子。她陪着孩子跑跳，就不病了。想跟她有个家。"

"风和日丽，无事可做。就去逗卿卿。"

"廊桥拿回来的毽子，好像有些脏了。可怜我一个大男人也不知该如何清理这些东西。"

"想知道她口中的崇文先生究竟想了些什么。整得跟邪教似的，卿卿觉都不睡了。"

"听闻半月后新庙有灯会，我想带卿卿去玩，苦心筹备多时，命人买来灯笼挂满扈沽城。料她定被我感动。满心期待，最后她却不愿跟我去。失算，失算。下回问问采沧畔何时能不办斗文会。不是我说，他们这文会是否办得频繁了些？都快赶上我跟卿卿行房的次数了。整日里为些死物而醋，我也十分无奈。"

"翻了几日崇文的书，竟觉他的思想与我幼时杂七杂八想的那些东西差不离。虽不能完全通透，但于我而言很好理解。我觉得，我也能跟卿卿做知己。"

"卿卿去雅庐抄书，竟整日里只煮面条来吃。瞧着心疼。"

这一年所记少之又少。

"兴许是反骨作祟，我近期瞧着惠帝愈发不顺眼。"时间是秦卿被废双手的前几日。

这之后很长一段时间他都没有再继续写。日头跳跃了几年，他写道："谋反，可行。卿卿，等我。"

在这之后，又是很长的一段空白期。

"卿卿……真的不要我了。"日期停留在她下葬的那一天。

此后，月一鸣再未续笔。年少的情思彻底被尘封，化为深情，只字不言。

卿如是无意抬手抹了抹眼，摸到满手的泪。

她哽咽着，喉头酸涩，忽察觉到余光里站着一个人。

月陇西就伫立在门边，天光乍泄，倾覆在他身后。他就那般凝视着她，眼角猩红。须臾，他忽然抿唇轻笑了声，哽咽道："秦卿，别来无恙啊。"

话音落的一瞬间，卿如是跑过去紧紧搂住了他。

顷刻天光覆身，卿如是有种在时空中徒步跋涉，终于回到前世的晕眩感。她目光盈盈，颤声唤道："月一鸣……"几个字咬得百转千回。那是一种过尽千山万水后与子重逢的荡气回肠。

月陇西的眸色愈渐幽深，岁月的沉淀让他对这个名字感到些许陌生，风华已如流水逝，如今的他再不配这桀骜恣意的三个字，鲜活明媚的一生。再没有任何一个男人能配得上这三个字，包括如今的自己。

这三个字是他痴心妄想的过去，自她死后，被尘封多年，末日余晖为其上了锁，朝阳添了三分色，便沉入海底，再翻不起风浪，但还好，他很喜欢听她用这般语气唤他。

月陇西笑了笑，他捧起她的脸，凝视着她，哑声道："再唤几声。"

"月一鸣……"卿如是咬紧唇，哭道，"月一鸣……月一鸣啊……"

月陇西偏头失笑，一滴滚烫的泪自眼角滑落。他嗓音微嘶，偏执地为前世耿耿于怀的事做一问。他问："那，现在给亲了吗？"

那年花烛夜时，他挑起她的下颌，满怀期待地想着，假如吻下去，定要给予她最大的温柔。可她猛将他推开，不稀罕且嫌恶他的亲吻。这一推，就是一辈子。难以忘记她彼时倔强又决绝的眼神。

倘或面前的是月一鸣，给亲了吗？

卿如是紧紧抱住他，踮脚主动与他拥吻。她心底有个声音在指使自己，永远不要再推开他，要紧紧抱住这个为你遍体鳞伤的男人。

卿如是的唇顺着他的下颌滑下，埋在他的颈间，泪水沾在上边。她哭得口齿不清，呜咽着不知在说些什么。月陇西却听得清，他明白，他都知道。

她说："对不起……月一鸣，秦卿她对你的喜欢来得很迟很迟……"说完，她又紧攥着月陇西的衣襟，固执地踮脚吻他。

要和他地老天荒，要和他像月一鸣从前希望的那样地老天荒。

要那月，要那廊桥，要那世间万物统统给他们作见证。

月陇西双手捧起她的脸，热烈地回应着她的吻，撬开她的唇齿攻城掠池。

他如此爱她，卿如是有些受不住，下意识缩了缩下巴，两人接吻的姿势便不顺当了。月陇西停下来，微微喘气，退了些，伸手抬了抬她的下颌，意乱情迷中还不忘低哑着嗓子教她："望着我，下巴抬起来，记得呼吸，不要憋气。"语毕，又覆唇而上稳住了她。

一吻作罢，卿如是已泣不成声，却不想放开他，眷恋地钩住他的脖子，凝望着他道："还要……"

月陇西没有片刻犹豫，打横把她抱起来，朝卧房走去，放到榻上，覆身上去温柔地亲吻她的眼睛。

"月一鸣……"卿如是稍缓下的情绪再度被燃起，她哭着、颤抖着低声唤，"月一鸣啊……"似乎下一刻就要忍不住号啕，却被喉口的酸涩瞬间封住了声音，不敢惊扰此刻的温情。

"嗯。"月陇西拂开她额边的青丝，哽咽地问，"喜欢了吗？"

"喜欢……月一鸣，秦卿很喜欢你。"

"那一会儿开始之后要好好吻我，还要唤我的名字，还要喊夫君。"月陇西几近无声地问她，"好不好？"

卿如是笃定点头："好。"

月陇西稍顿，却没有动作。须臾，他握住她的手抵在自己的唇边，任由眼泪滑过侧颊，又滴落在她的指间。他用商量的语气笑说："月一鸣他……对不住你的地方太多了，或许，我还是喜欢你唤我月陇西。"

闻言，卿如是陡然崩溃，哭着要他亲吻："月一鸣……"

这世间之事，难说行之对错，唯有值得不值得。

"但若是你唤，我还是要应一声。"月陇西轻吻她的手背，合上眼回道，"欸，卿卿，月一鸣一直都在。"

再度相合，两人的心境也有所不同。巫山云雨，一番酣畅淋漓后，月陇西还将她圈在怀里，支着脑袋垂眸凝视着她，跟她随意闲聊。

卿如是望着他，仔细瞧他的眉眼，低声道："其实细看下来，样貌似乎有一些相像……现在回想，你以前也生得蛮俊的。"

"你现在才晓得，知道自己从前有多暴殄天物了吗？"月陇西钩起她的下颌，挑眉笑道，"多少闺秀眼巴巴地要嫁给我，我上个街能把我从城南一路追到城北。你倒好，圈在家里给你看你都不看。"

卿如是哼声道："那你不也给夫人看了吗？"

"哈？吃醋了？"月陇西得意地笑了笑，随即哄她道，"我娶她的时候心底惦记的都是你，新婚夜都没掀盖头，往后还哪有时间给她看啊。你还记不记得，有晚你被崇文推上台为你们党派的新人传教，驳斥惠帝新颁布的严苛律法？"

卿如是稍微回忆了一番，微睁大眼，问道："当时救我们的人是你？"

她记得那晚发生了暴乱，月氏子弟带着侍卫打着惠帝的幌子对包括她在内的崇文弟子一行人以及惊慌的百姓进行镇压,后来却有另一队人马反过来镇压那些侍卫,又控制住了暴乱的百姓。可闹得这么大,从头到尾都没有出现过一个制止她讲演的官兵。

"你道为何连个制住你们的官兵都没有?说来你们这讲演发动得也太突然了些,你们开始了好一会儿我才收到的消息。料到你们会被袭击,就派了人去镇压,可是后来心底仍是放心不下,又亲自来了。"月陇西稍一顿,吹了吹她的眼睛,笑道,"那晚刚好就是我新婚的日子。得到消息的时候我还在拜堂,婚服都来不及脱就逃宴来看你。那晚你们那边似乎有个灯会,人多,我穿着红衣太显眼,未免被人认出,便戴上了一顶红色的狐狸面具。你在台上被推搡落下来的时候,刚好接住你的那个人就是我……其实哪有什么刚好,我一直盯着你罢了。"

"原来是你……"卿如是心神一瞬恍惚,"我就说,为何那人对我笑眯眯的。我瞧着那双眼睛,还以为是个流氓,贪图我的美色才笑成那样。若不是因为你救了我,我就要抽鞭子打人了。"

月陇西微一滞涩,扎心片刻后慢吞吞道:"你见过把一双桃花眼生得那么好看的流氓?"

卿如是抿嘴笑,瞥向别处,道:"谁知道。也差不离了,难道不是贪图我的美色吗?"

月陇西也笑。"好好好……"他一顿,接着叙述道,"我回去之后先安顿好了宾客,然后去婚房跟她谈了一宿的话,与她坦白说了我的去处和往后如何与她共处的种种想法。并告诉她,我早知道她心底的人是谁,杏花初绽那日她跟那名男子的相逢及合奏我都看在眼里,我承诺会帮她。也就是那时候,她就知道了你。"

"所以……你早笼络了人心,教夫人跟你站在同一条船上。"卿如是低声叹道,"夫人一直对我很好很好,她能得偿所愿我也很开心。上回你带我去看的墓是夫人和她的情郎的对吗?他们如何离世的?"

"想来应是寿终正寝。我带你看的那墓是空的。"月陇西轻声道,"夫人产子之后月氏有人生疑,闹出了些事来,逼得他们险些走上殉情的路子。我顺势让他们诈死,给了盘缠和侍卫,教他们私奔了。后将两人信物合葬于扈沽山那处,就是你看到的两座墓。上面的字是她的情郎亲手题的。走前,他们两人给我磕了个头,你知道他们对我说了什么吗?"

卿如是把玩他肩膀上垂着的绑头发的碧玺珠子,问:"什么?"

"夫人说:'我们要去的地方倚着一座姻缘山,此山深处有座寺庙,听说若有人寻到那座庙，就能祈愿一段好的姻缘，百试百灵。今后半生，我必寻到此庙，每日为相爷与秦姑娘祈福来生再遇，以报今日相爷成全之恩。'"

"你知道，我原本不信鬼神之说的。可当我再醒过来的那刻，我想起了她的话，心底升起一股极强烈的预感，我预感会再遇到你。"月陇西浅笑道，"你或许不明白我的意思。我并非因为得以重活，忽然就尽信了命数与鬼神，而是因为她的这段话，让我重活之后没有立刻再自尽。"

他和她的再生并不一定是夫人的祈祷所致，他甚至不知道夫人是否真的找到了那座隐在深山中的寺庙。可是因为有这段话的存在，他成为月陇西之后，便抱着一线希望活了下去。若非有这段话，他定会自尽，若是自尽，他与她便没有今日。

卿如是明白。她用食指的指尖戳月陇西的喉结，鼻尖微酸，问道："郡主的生辰宴上你就找到我了？"那时候她还不曾对他投以关注，根本无知无觉。

"嗯。"月陇西迟疑道，"见你的第一面，心底就隐隐觉得有些不寻常。但我害怕弄错，辜负了你，所以一直小心试探。可见，是你的话，我便不会弄错。"

"那般早就知道了……那你还管我叫小祖宗，不觉得亏啊？"卿如是嗫嚅道，似是对他的戏弄有些不满，心里又甜得冒泡。

月陇西偏头，伸手在自己颈间轻摸了把，低笑着随意道："在喜欢的人面前吃些亏有什么的。你不是喜欢听嘛，我愿意吃这亏。再说了，你可不就是我的小祖宗，我护着你宠着你敬着你，教你被我爱得有恃无恐。你说是吧，小祖宗？"

卿如是抿唇浅笑，稍抬眸瞧见他一直在摸颈后，便敛住笑，好奇地问："你怎么？"

"咳……"月陇西假意皱了皱眉，眸中含笑地问，"小祖宗，咱们是不是每回在行房之前都先抽个空把您好看的指甲给剪一剪？我背上都被挠成什么样子了。"

"嗯？"卿如是伸出十指瞧了瞧，干净整齐，长度正好，她道，"不长呀，我出嫁那日才修了的。"

"那就是你下手太狠了。"想了想月陇西又笑，似乎是自己发狠在先，他低声道，"以后我弄疼你了你咬我都好，别挖我了，我的鞭伤才好透，正落痂呢。等落完痂，你想怎么挖就怎么挖。"

卿如是扒着他的肩膀往后瞧："给我看看，严重吗？"

月陇西埋头给她瞧，莞尔道："不严重，疼得挺舒服。"

听着他别有深意的"舒服",卿如是咬唇羞愤地握拳敲了他一下:"起来了,吃饭,吃完饭快去刑部吧。"

"不去了,今日在家里陪你。"月陇西坐起来,先穿上衣衫去唤人准备热水,然后抱着她去沐浴。

"你还是去吧,我歇息歇息想去国学府看叶老。"卿如是伸手钩住他的脖子,顺势又看了眼他后背,"你先去找一些药来,我帮你擦擦吧。瞧着……"

月陇西笑着接茬:"瞧着心疼?"

卿如是噘嘴继续说:"瞧着难看。"

月陇西:"???"

卿如是抿唇笑了下,抱紧他的脖子在他颈后挠痕上亲了口,嘀咕道:"好吧,瞧着是有一丁点儿心疼。"

月陇西笑着把她抱到浴桶里,自己则去另一边的柜子里拿了一小罐涂抹外伤的药膏,然后才进浴桶里,把她抱到怀里,让她刚好可以朝着自己的背部,将药膏递给她:"喏,擦吧。"

卿如是接过药,月陇西就趴在桶沿上。她在他的背上一点点给他抹药,问道:"你上回说叶老和月世德起了冲突,现在如何了?"

"陛下颁布管理制度之后自然相安无事,只能暗自较劲。"月陇西抿了抿唇,思忖道,"如今国学府存在的问题倒不是崇文党子弟和月氏子弟之间的斗争,反而是有关于销毁书籍的事。昨日又筛查出一些有关于袭檀的书,月世德有心要揭开袭檀的秘密,将书揽了去,叶渠紧着去要了几次都没要到,不知该如何处理。"

"你不是说上回月世德将叶老私自销毁那本书的事告上去,结果陛下赐了他些风寒药,要他别多管闲事吗?"卿如是狐疑道,"为什么他还要去触碰雷区?"

按道理来说,叶渠将书揽过去就是为了防止袭檀的事让别人知道,月世德也应该一清二楚,且经过被赐药之后他应该更忌惮触碰有关袭檀的事,如今……

月陇西笑道:"好奇心作怪罢了。月世德就是那等惹是生非之辈。叶渠有心救他,他自己要往死坑里跳,谁也帮他不了。"

听他的语气,倒像是知道些什么。卿如是手上的动作一顿,微微蹙眉问:"你……是不是知道些什么?为什么感觉你已经摸清了其中原委?你不是没有在看过的书中找到袭檀的名字吗?到底怎么回事,快告诉我。"

月陇西捉住她的手,放在自己的肩膀上,道:"这里也疼,你且继续,我说给你听。"

"你快说嘛，快嘛快嘛快嘛。"卿如是不满地皱眉，在水里扑腾了几下，水花溅了他一脸。

"好好好……"月陇西笑着抹了把脸，随即又敛了笑，低声道，"袭檀，就是当今圣上。"

"什么？！"卿如是下意识捂住嘴，她以为自己听错，细看月陇西的神情才确定自己没有听错，就是如此令人骇然的事实。她压低声音追问道，"你如何敢确定？"

还没开始享受呢，她就没心思抹药了。月陇西无奈地直起身，把她掌心的小陶瓷罐放到浴桶边的木桌上，然后拿起布箩里的剪子，轻握起她的手指头，给她剪指甲。

边剪，他边解释道："我一开始只觉这名字熟悉，还以为是在哪本书上见过忘了，但回来遍查书籍无果。那日听萧殷说他核查书籍给叶渠上交了一本编排袭檀的话本，他还说过袭檀曾经的身份是小女帝的男妃，我忽然就想起了自己究竟是在哪里看到过这两字。是我进宫面圣的时候，于御书房中看见陛下正在把玩一块刻有'袭檀'字样的玉佩，神情莫测，我匆匆一瞥他便收起来了。若只是这样，不足以让我确定玉佩是他的。"

"那是如何确定？"卿如是问。

月陇西抿了抿唇，低声道："他把玉佩收进了怀里，贴近心口的位置。且桌上还有一些简单的工具，是用以雕玉和结绳的。无疑，他彼时是在亲自修复那块玉佩。玉佩的样式我在为大女帝做事的时候见过，后宫男妃们皆持有一块。我猜那块玉佩是当年他待在小女帝的后宫时，小女帝赠予他的。"

"这也就解释了为何余大人会知道当年我创的那些残酷刑法。"月陇西蹙眉，"不过，令我失望的是，大女帝没有听取我的劝告，而是选择将那些酷刑保留了下来。小女帝那会儿倒是不再沿用，只是留住了那本书，后来辗转到了陛下手中，又赐给了余大人。"

卿如是垂眸盯着自己被他捏在手中的指头，指尖沾了滴水正好弹下，在水面泛起小小一圈涟漪。她沉默须臾，轻叹道："何必呢。明明为了权力欺骗了人家的感情，得到权力之后又要满怀情意地去悼念人家。小女帝可怜，如今的皇后娘娘也可怜。"

月陇西却忽地笑了，说道："怎的这般感慨？其实叶老说得没错，这世上更多的人遇到的都是人渣滓。有些女子遇到了也就遇到了，过去了就好，但有些女子遇到了这种人，就搭进去一生，再也过不去了。可天家的事哪里容许旁人说道，再不好，也是秘辛，我们无意晓得了就晓得了，最好不予评说。我原本是想要瞒着你的，但既然刚刚问到，我也就直说了，你听一听便过吧。"

"知道了，你放心吧。"卿如是跟他保证不会外传，继而伏在桶边思索，"所以，陛下是学到了大小女帝从政时的手段，如今拿来复刻女帝王朝，想要看崇文党和月氏抵死相斗，发挥两者最大的才干。与此同时，也想学女帝那般将二者都收服，为争执不休的思想开太平。其实……从这角度来看，他会是个好皇帝。但……"

但于她而言，受崇文思想熏陶至深后，就会认为这世上不该出现"皇帝"这样集权的字眼。倘或皇帝真的做到了将崇文党都收拢在手中，那她也无话可说。毕竟而今的崇文党，早就不是曾经的模样了。

沧海桑田，世事变迁，身处如今的局势之下，她还能为崇文党做的，也就只剩下将真正的遗作拿出来，贡献给崇文子弟，然后自己好好活着了。

两人清理了身子，换好衣裳后卿如是仍是催着月陇西去刑部："自那日看到叶老那里的盒子之后我就一直惦念着，想再去看看，顺便问些东西。"

"盒子？"月陇西微挑眉，思虑一番后方停，他几度欲言，最后仍是将要说的话忍了回去，只轻点了下头，"我送你过去吧。"

卿如是颔首，两人一道出了府。

两马并辔而行，马尾摇来摇去，有意无意地撞在一起，缠两下，而后又迅速分开。月陇西似乎发现了这个乐趣，便着意开始往她那方靠去，卿如是以为他又要使坏，打马跑到前头去了。

他们路过廊桥时，桥上有小贩在摆摊。居高临下的角度正好教卿如是瞧见小摊上摆着的各式小玩意儿，她长"吁"一声，将马停在摊贩前，随即翻身下马，低头挑选起来。

看惯精致的珠宝首饰，卿如是反倒对这些小玩意儿感兴趣。她看中的是挂在横杠上的红色编绳，每根编绳都坠了一颗圆润的玉髓珠子，不贵，但瞧着好看。

"这位姑娘，喜欢什么随便看！"小贩笑着招呼道。

他称呼自己为姑娘，卿如是微诧，随即反应过来自己出门时嫌累得慌，没有绾发，只随意绕了半个髻用簪子束了，此时另一半披散在肩后，让人误以为自己是没有出阁的姑娘家。

她侧眸瞟了眼紧跟着翻身下马朝自己走来的月陇西，眼珠子滴溜一转，随手抓起一支玉簪，在指间捻转着，上边的流苏随着她手指的转动叮玲作响。待月陇西走近，她方娇滴滴地道："爷，平日里夫人把您看得严，您不给奴家花钱也就罢了，而今好容易背着夫人跟奴家出来了，你给奴家买一支簪花嘛。"

周围来往的平民百姓甚多，闻言便往他们这方多看了两眼。

月陇西猝不及防，嘴角噙着笑挑眉用眼神反问。卿如是抬眸觑他一眼，矫揉造作地用指尖绕起自己一缕披散的发。他明了后便笑着配合道："爷的银子都交给夫人管着呢，你不是知道吗？今儿个爷身上可一个子儿都没带。"

"不嘛，爷想想办法，人家就要嘛。"卿如是咬了咬唇，泪眼婆娑地道，"人家心甘情愿地跟了你，什么甜头都没尝到，还得被别人指指点点的，若是教我爹爹晓得我一个大家闺秀给人做情妇，还不得把人家的腿给打断，爷舍得啊？"

月陇西拿折扇挑起她的下颌，挑眉笑道："不舍得不舍得，我的心肝儿如花似玉的，哭得爷心都碎了。但你要说什么甜头都没尝到可就冤死爷了……甜头没尝到，那昨晚你尝的什么？"

他还真是什么骚话都敢乱说，卿如是睁大眼，咬牙握拳捶了他一下，惹得月陇西没忍住笑出声，用舌尖顶了顶唇角，接着道："爷身上就挂了一只香囊，里面装着安神香，还是夫人送的，不若你问问这位小贩小哥要不要，爷把它抵押出去给你换簪子？"

小贩看了一出富贵人家里的大戏，方回神，瞧了那做工精致的香囊一眼，又见面前两人衣着不凡，忙笑说："可以、可以……"

卿如是却一脚踩在月陇西的靴背上，皱眉叱道："你敢！"那是他死乞白赖地说什么要做噩梦才从她的身上薅去的！

月陇西闷哼一声，闭上左眼倒吸了一口气，痛心地笑道："你这么凶啊？饶是你跟夫人一母同胞，也不至于为她维护至此吧？嗯，我的小姨子？"

"人家就是不要姐姐的东西换，人家要你的东西。"卿如是扭身佯装生气，"哼，当年还说要娶我，结果却娶了姐姐，你个不讲信用的负心汉。"

"那时候不是太年轻了嘛。"月陇西笑了笑，从袖中摸出荷包来，丢了一锭银子给小贩，随手在摊子上画了个圈，"这些爷全要了，给爷的小姨子消消气。"

小贩瞪大双眼，接住银子咬了一口，生怕他们反悔，当即将银子揣进怀里，开始打包摊子上的东西。

"怎么样，小姨子心里舒坦了没有？"月陇西揽住她的腰肢，不顾旁人注视，将她带进怀里，轻问道，"今晚你姐不在，要不要来我家跟我睡？从后门进。"

卿如是抿唇笑:"行吧。"

"虽说爷为你破费是心甘情愿,但此时此刻,你是不是该亲爷一下作为报答?"月陇西笑吟吟地把脸凑过去,抖扇遮住。

卿如是踮脚,趁势在他扇底赏了他一个颊吻。抬眸瞧见他唇畔扬起的弧度,她侧颊微红,轻推开他。

眼看小贩就要打包收拾完,卿如是赶忙止住了小贩的动作,并指着横杠问道:"你还有做挂在这上边的编绳的珠子和红线吗?"

从小贩手里拿走玉髓珠和红线,卿如是把它们用锦帕包好揣在怀里,在月陇西狐疑的凝视下转头翻身骑上马,继续往国学府去。

月陇西紧跟上去,问:"你要那个做什么?"

"不告诉你。"卿如是瞟了他一眼,自得道,"晚上早些回来,把你的头发剪一缕拿给我。"

"嗯?"月陇西想了半天无果,心知又是女儿家的玩意儿,便不再多问。

将人给送到国学府,月陇西眼看着她进了府才离去。

来过一回,卿如是记得叶渠的院子,直奔那处。院门处竟无人把守,她疑惑了一瞬,径直走进去,临近正厅的门时,听到房间里传来了另一人的声音。

这声音她在皇宫跪在那人脚下的时候听过,是皇帝,也是袭檀。

想必过不久就会有侍卫来将此处包围,卿如是心觉赶紧离开为妙,正待要转身,却被人猛地拉到了拐角,从身后捂住嘴压在了墙上。她屏住呼吸,生怕背后那人对她使迷药,但脑子一转,又觉得不对。自己的警惕性不差,若是有人从院门处走来靠近她,她一定会立即发现,没有发现,说明背后压制她的人必然早就在这里。

这人在窃听屋内谈话!

卿如是这才慢慢呼吸,察觉周遭没有迷药的味道,反倒有一股子较熟悉的男人气息。她思忖片刻,微睁大眼——萧殷!

他的胸膛就抵在自己背部,饶是他并非习武之人,男女身体的硬度仍是有差异,他胸膛的坚实硌得她背后的两块骨头生疼。

不知萧殷有没有被她的骨头硌到……为何现在还不放开她?卿如是狐疑地蹙眉:"唔……"

她想稍出声提醒,萧殷却将唇凑到她的耳畔,在她耳尖处轻吐气:

"嘘……"嘴唇微张时，无意碰到了她的耳梢。

卿如是：:"！！！"

卿如是的耳朵敏感得不行，自被月陇西发现后常常用这招撩拨她。此时被另一个男人这般钳制后用这招，她耳梢蓦地一红，下意识挣扎起来。

萧殷的力气不算大，但钳制她的姿势极占优势。她背后不好施力，又不敢让动静太大，怕扰到屋内的人，因此挣扎了片刻并未挣扎得开，却听见他在自己耳边继续无意吐气说道："卿姑娘，是我，你别动了。有官兵来了。"

卿如是蓦地明白他方才为何突然将自己拉到拐角，原来是在救她。

不是，但你倒是先放开我啊？

身后的人似乎才意识到这样不妥，手劲稍微松了些。只一瞬，又猛地将她稳稳压住了，踌躇片刻后他轻声解释，微有滞涩："得罪了……但是，恐怕不能放开。"他的声音很轻，竟带着些眷恋和无奈。

卿如是不明所以，心底为他近似于轻薄的行为暗自生气。

官兵的脚步声她没有听见，但听见了不远处风过竹林的沙沙声。想必这行人不消多时就会到，要往院外走是不明智的。

卿如是一边苦思着办法，一边留意着屋内的动静。

屋内传来两人平静的对话声。

"若我当初没有劝她将你接入宫中，而是识破你欲擒故纵的诡计，放任你继续游荡江湖，也就不会造成后来的惨局。说到底我也有责任，无法将覆灭的骂名都压在她一人身上。"叶渠轻叹着，"你那日走后，我想了许多，渐渐明白当初小女帝逼迫我活下去的意义究竟何在。"

不知谁手中的茶盖磕碰到了杯沿，发出一声清脆的轻响，卿如是再度屏住了呼吸。

紧接着，叶渠继续说道："我永远忘不了她最后唤我那声'叶老'，忘不了她对我说：'我辜负了您的信任，也辜负了天后的信任，万死不足以谢罪，但请您一定活下去，采沧畔的后生就交给您了。'我一直想不明白为何她说的是'采沧畔的后生'，而非'采沧畔'一处，直到你找我去国学府，想让我把采沧畔的崇文党都领入你的麾下，我终于明白，她要我活下去，其实也是想要我继续辅佐你，让你实现她和你共同的抱负，要把崇文党和月氏二者皆收拢在帝王手中。她到死想的也是你。"

说到此处，他不再多言。与此同时，官兵整齐有序的脚步声逐渐逼近，萧殷放开她，一把拽着她的手臂往屋后的小竹林藏。然而错身与窗过时，窗门忽被人一把推开，伫立在窗后的人看到他们时亦是震惊得瞪大了双眼。

原来屋内除了皇帝和叶渠之外，还有月珩！

卿如是与月珩四目相对，谁也没有先出声。无疑，方才他们在屋内的谈话内容是宫闱秘辛，听到耳朵里就是死路一条。想必月珩刚听到他们的动静，才想要开窗一探究竟。

如今发现是她，不知会做何处理。她还记得郡主那日清晨对她说的话：若是谁威胁到了月家的权力和利益，或者不小心让月家陷入危险境地，那么这个人极有可能被月家推出去，月家不会保的。

更莫说月珩对她一直心存芥蒂，会包庇她吗？

气氛蓦地有些紧张。卿如是的手心出了些汗，直愣愣地盯着月珩，一动也不敢动。他高大的身躯挡住了屋内另外两人的视线，也阻隔了她的视线，越过月珩所站的位置，只能看见屋里白墙上的两道虚影。

萧殷就站在她身侧，贴近墙壁的位置，尽量减少被院外侍卫发现的可能性。

须臾，月珩的喉结微微一动，蹙眉时眸底浮起些许厌色。

卿如是狐疑地偏头。

就在卿如是以为他会把自己给推出去的时候，他竟镇定地对屋内坐于另一侧的两人说道："守院的侍卫已到，臣这就去部署。"语毕，他给卿如是打了个眼色，示意她躲到屋后去，随即关上了窗，彻底阻断屋内人向外看的可能。

卿如是微讶一瞬，没有犹豫，反把萧殷一拽，迅速摸进了后边的小竹林，紧接着蹲身潜在一丛竹子后。

月珩走出门，来回踱了几步，便集齐侍卫，整理了队形，并未进行站位排布，而是往屋内走去。也不知道在里面说了些什么，不消多时就见皇帝和叶渠都从屋内走出来。

卿如是猜到月珩有心要帮自己支开他们。果不其然，皇帝走在前边，带着叶渠、月珩等人离开了院落，一群侍卫浩浩荡荡紧跟其后，直让卿如是蹲到腿都酸麻了才尽数离去。

萧殷先起身绕过房屋察看情况，确定没有人之后又走了回来，蹲身在卿如是面前，道："卿姑娘，可以走了。"

卿如是颔首，自己撑着竹子缓缓站起，见萧殷要伸手扶，她摇头拒绝："无事，只是脚有些麻了，能起。"

话音刚落，她脚下一栽，径直向萧殷倒去，萧殷赶忙将她接了满怀。"卿姑娘……还是我扶你吧。"他说这话的同时耳梢已悄然红透，指尖也有些发烫。

这回卿如是没有拒绝。

"如今就算离开了国学府你这模样也不好骑马离去,不如就在我的院子里休息,待缓过来了再走?"萧殷边扶着她朝自己的房间走,边试探地问道。

卿如是想着一会儿还得再去找叶渠询问盒子的事,的确不急着立即离开,也就点了头。萧殷被月世德赏识,又是月陇西推荐的人,而今更是跟着余大人在刑部学习,国学府对他予以重视,给他单独配了一方小院子,不算大,但他一人住绰绰有余。卿如是就坐在庭院的石凳上,萧殷坐在她身旁。

两人沉默,竟都不知道说些什么来缓解尴尬。

自她婚后,这还是头回单独与萧殷相处。

"卿姑娘,在下托给世子赠你的新婚贺礼,你收到了吗?"仍是萧殷先打破了沉默,抬眸凝视着她,轻声问道。

"啊?"卿如是心说有这回事吗?月陇西那厮压根儿连提都没提过。她挑起眉兀自思忖了会儿,解释道:"兴许是月陇西近期太忙,给忙忘了吧。我回头问问他。"

就见话落时,萧殷眸中的神采黯去一半。他轻颔首,低声道:"是一支玉箫。上边的花纹是我刻的,刻完之后用殷红色的漆描了线。刻得不好,卿姑娘别嫌弃。"

"哦,不会的。"卿如是想了想,又有些好奇,"那你送给月陇西的贺礼是什么?既然有我的,那也该有他的?"

萧殷几不可察地顿了顿,点头道:"听闻世子喜弹古琴,便送了古琴去。正好也合了卿姑娘……夫人收到的玉箫。"他这才发现自己的称谓有冒犯之处,赶忙改口。

卿如是倒没有在意这些,听萧殷说起月陇西喜弹古琴,她倒是想到了坊间流传着的月一鸣少年时一身白衣在玉楼花廊上弹琴,招惹各家闺秀和各路名伶探看的风流韵事,一时陷入沉思。

玉楼?花廊?招惹?风流韵事?为什么她忽然好在意这几个字眼。那会儿他该是十六岁的年纪,已经回了扈沽城,弹琴是在遇到她之后吧?看给他得意的,还跑到玉楼去弹琴?

卿如是敛起心绪,谢过萧殷后小坐了半个时辰,刚好喝完一盏茶。国学府划给萧殷办事跑腿的小厮传来消息,说皇帝已经离开国学府。她估摸着叶渠也应该差不多回去了,遂跟萧殷道别,称自己找叶渠还有事,不便久留。

走了几步,卿如是又停下来,转身隔着石桌看向身后的男子,发现他也正好看着她,两相注视了几个弹指的时间,最终彼此什么也没说。

不知萧殷盯着她是何想法，卿如是方才只是忽然想到，他得知了皇帝的身份是袭檀之后，是否也猜到了陛下想要复刻女帝王朝？他会如何投陛下之好采取行动呢？可卿如是终究没有问出口。

一是，问他这样聪明的人这种问题毫无意义；二是，他们两人观念不同，实难相容，不必再关注他更多了。

卿如是见到叶渠是在一刻钟以后。她在正厅里喝茶等了一小会儿，叶渠从外边回来，手里还拿着陛下给他的赏赐。

听她说了来意之后，叶渠很大方地将盒子拿出来递给她，说道："就知道你念念不忘，你拿去吧。"

卿如是接过手，下意识去摩挲盒角的灼烧痕迹和上面的花纹，然后问："叶老，你再好好想想，那谄臣身上就没有别的什么令你印象深刻的东西了吗？比如他的眼睛特征？也比如女帝将这盒子丢给你的时候他的神情？或者……"

她没说完，被叶渠摆手打断道："那么久了谁记得他什么眼睛，你是什么眼睛我都搞不清。真不是有意瞒你，实在太久的事，真记不得了。上回能想起来的我都告诉你了，后来女帝也没再提这盒子。我不知你要探究这盒子的事做什么，但我晓得，你若觉得盒子有别样的古怪，就说明这东西跟你自己有关，你应从自己身边的人事物开始回想，而非从我这里下手。我这已经走到死胡同，真没别的线索了。"

"我自己身边的……"卿如是微皱眉，她的确一直围绕着盒子展开回想，忽略了自己的角度。但从自己身边回想范围未免太广，一时半会儿如何想得出？

"我教你个法子。"叶渠坐下来喝了口茶，"听世子说你擅长破案，尤其擅长整理线索。你不如将此事当成案子来解，提取你所知道的一切关键词，然后自己天马行空地构想整个案情，当盒子再度出现在你构想的画面时，兴许就有答案了。"

卿如是微挑眉，"构想案情"是个极好的办法。她将盒子拿上，谢过了叶渠，自行骑马回府。

路上，她因思绪发散，一时不察，驭马如风，脑中一幅幅画面犹如走马灯般迅速重现。

挥之不去的青色衣角。将那人烧得面目全非的大火。有灼烧痕迹的盒子。"辅佐"大女帝的崇文党。惠帝下令缉拿崇文党并将其残忍杀害的旨意。这人不是在扈沽城内被行刑，因为死在扈沽的崇文党中并没有人是被用了火刑。

还有……女帝那些令人匪夷所思的话。

这一切都由一根看不见的暗线穿连在一起，彼此间有着什么联系。只消晓得这根线具体是什么，就能解开盒子的谜底。

假如暗线就是这位谙臣自己，盒子是他一直以来的随身携带物，那么事情可能是这样的：他是喜穿青衣的崇文党，在惠帝下了追捕崇文党的旨意后，崇文为了保住他，迫使他离开扈沽，但后来官兵仍是找到了他，刑官用火烧的方式企图结束他的生命，但他死里逃生活了下来。之后隐姓埋名，等到女帝登基，他找到女帝供述自己辅政的想法，得到采纳，进而成为幕后谙臣。

可盒子，还是没有出现在画面里。

卿如是勒马停下，抬眸正好看见月府的门匾。她翻身下马，正待要进门时，余光一瞥，瞧见不远处街道边贩卖珠钗簪花的小贩。一名女子站在摊子面前选好了首饰，小贩将那簪花放进了一个方形盒子里。

盒子不大，也正是她怀里那方盒子的尺寸。

一时间，她的后背和头顶都似被蚂蚁啃噬一般麻痒。

寒意阵阵中，她掏出怀里的盒子，讷然紧盯了须臾。她的拇指下意识摩挲上面的花纹，久久不能言语。

记忆，瞬间就被拉扯回了和月一鸣一起送别那人的那天清晨。

清晨的寒风吹过他青色的衣角，他手里捧着两本书和一方小匣子，即将乘船远去他乡求学。

他将做过细致批注的两本书都送给了自己，说是当作念想，手中一直抱着的方形匣子却因为月一鸣在的缘故没敢送出手。

那个人，是常轲。

她早该想到的。常轲是崇文身边最亲近的弟子之一，怎么可能不被惠帝列入追杀名单之中？他离开扈沽的时间，也就在惠帝颁布第二道处死令之后，崇文一定是为了保住他才让他以最快的速度离开。这也就是为何她和月一鸣那时会觉得常轲走得仓促的原因。所谓的游历求学，不过是借口。

顺势推知，当时保住小命的常轲在惠帝后面颁布的一道追杀令下被官兵截杀，处以火刑，因缘巧合下活了下来，一直藏身在外不敢回到扈沽。

可他遭遇如此大劫，浑身溃烂，完全可以隐姓埋名，后来又执着地回到扈沽，去辅佐大女帝成为叶渠口中的谙臣是为什么呢？

卿如是想不通。她不认为人在遭遇这等劫难后还有勇气主动去接触他人，何况这个他人是大女帝。

她蹙眉隐下疑惑，再停下时人已经到了西阁。

或许她应该试着把大女帝对常轲说的话，以及常轲对大女帝说的话都记下来，以线索的形式反推这一切。

卿如是回到房间，铺开一张白纸，一边研墨一边慢慢回忆叶渠交代的一切。待到墨研好，她的思绪也收拢了来。提笔写下第一句：

"你若被欲望和权力吞噬，忘掉了初心，那就不该再坐这个位置。你辜负了他的教导。"这是常轲对大女帝说的话。

初心？大女帝推翻惠帝的初心是什么？这个"他"又是谁？

卿如是写下疑问，接着回忆叶渠口中大女帝的回答：

"原本他心目中的既定人选也不是朕。谁都会被权力吞噬，包括原来那个人，那个让他亲自选的人。那人只是没有机会接触到这样的权力罢了。这么多年，你不也变了吗？除却样貌，还有心。你的心已不再纯粹，你变得肮脏，你的信仰也已经走向极端，不该留存于世了。"

这个"他"原本亲自选来做皇帝的人不是大女帝，那会是谁？

所谓的常轲也"变了"倒是很好理解。为了推崇悖世的思想而付出那般惨烈的代价，常轲的确无法再为了当时根本不存在的公平而纯粹地教化他人了。

遭受过火刑的他已经对崇文所说的一切产生了怀疑。但在怀疑的同时，他还要努力告诉自己相信这一切，并迫使女帝跟着他的思路走，因此越来越极端，越来越肮脏。

说完这句之后，大女帝就将盒子赐给了叶渠，并说："这是某人曾经的信念，叶爱卿可要替朕保管好了。"

"某人"无疑是常轲，他曾将未对她送出手的盒子当作信念。卿如是想，这并不一定是常轲对她的男女之情，或许他是将自己曾经的纯粹都寄托在了那方簪盒上。而在受以火刑时，只有那簪盒还带在身边，成为唤醒他的东西，也成为他活下去的信念。

后来也成为让他认清自己已然改变的利器。

第二十一章 偶遭绑架

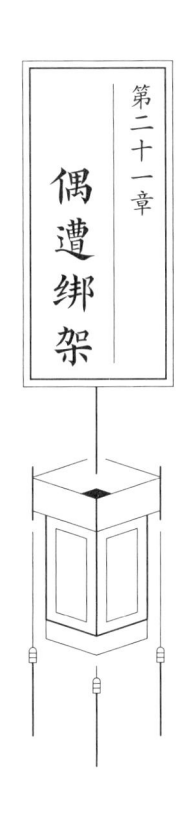

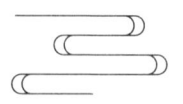

卿如是静坐在书桌后，不知想了多久，直到外面的天色逐渐暗下来，也没有想明白每句话旁的疑问，或许某一瞬想到了，潜意识却又立即将其排除在外，反反复复，仍是没个结果。

她搁下笔，撑着下颚望向窗外，正巧看见月陇西提着一方笼子往屋内走。

她抿唇笑了笑，拉开抽屉，从里面的针线箩里拿出一把剪子来。这书桌原本是月陇西的，用来放置些笔墨纸砚什么的，自她嫁进来之后，什么杂物都往他的抽屉里放。

针线箩还是她前些时候在家里练女红做肚兜的时候用的，之后就跟着嫁妆带来了，随手放到书桌抽屉中，就没碰过。肚兜是不可能做的，永远也不可能做的。

卿如是从怀里摸出自小贩那里买来的红绳和玉髓珠，放到针线箩里以免被碰掉，之后拿剪刀剪下自己的一缕头发，用纤细的红线缠了一圈。

刚巧，月陇西走进屋，她把玩着剪子问："你手里拿的是什么？"

月陇西将笼子放在桌上，掀起罩子给她看说道："喏……是刑部一名下属送我们的，说前些时候他家里才添的，正好送来，当作贺喜了。也不知你喜不喜欢，从前没见你养过。"

卿如是偏头去看笼子，罩子下面，白茸毛先露出来，紧接着露出的是粉嘟嘟的三瓣儿嘴和猩红的眼睛。

"兔子？"卿如是低呼，随即笑意浮上，伸出手指逗弄了两下，抬眸看他，"好可爱。"

"没有你可爱。"月陇西笑倚着书桌，低眸扫了眼她的针线箩，"你在做什么？"

卿如是一手逗着兔子，一手把剪子拿给他，说："把你的头发剪一缕下来给我。"

"嗯？"月陇西挑眉，一边疑惑一边照做不误，随意拈了一缕肩后的发，剪下来递到她眼前，"这么多够吗？"

"够了够了。"卿如是笑盈盈地接过手，又低头看了眼笼里的兔子，挑起眉自得地问他，"你说到贺喜，我倒是想起一桩事……今日我在国学府遇着萧殷了，他也跟我说他前几日送了我们新婚贺礼，是一支玉箫和一架古琴。这都好几天了，怎么不见你拿给我啊？"

月陇西垂眸用食指翻弄着针线箩里的玉髓珠子，一边拿舌尖顶着嘴角笑，一边绕过书桌走到她那方……

忽地，他揽住她的腰，哈她的痒。卿如是被他一招弄得措手不及，笑着躲闪，月陇西咬着牙笑说道："你说为什么？我一直吃他的醋你瞧不出来？你还问我？"

"吃……吃的什么醋？我不是跟他清清白白吗？不像你……你说！你当年遇见我之后，还打扮那么好看去玉楼弹琴招惹别的姑娘是做什么？"卿如是低头咬他的手臂，不轻不重的一下，让他停下了动作。

月陇西狐疑地回忆："有这事？"

"你别想抵赖，大街小巷但凡看过月相爷风流史的老百姓都知道这茬儿，饶是那些野史杂书存在无中生有的成分，但这么个事着实没必要杜撰，还拿来广为流传吧？况且，我以前也是有听你府里的丫鬟们嚼舌说过的，你休想哄我。"卿如是挑高眉毛盯着他。

月陇西轻蹙眉尖，一手揽着她的腰肢，将她抱离座位，自己坐下后才将她带到怀里，想了半天终于回忆起有这么回事。

他失笑，摩挲着卿如是的侧腰，低声道："我若说大致的原因是因为你，你信不信？"

"你招惹别的姑娘，跟我有什么关系？"卿如是把玩着他的头发，给他编着小辫子。

月陇西莞尔道："是我招惹的不假，可我那是无意招惹。回扈沽城的那天晚上我去逛花楼……"他话说到这顿了顿，赶忙笑着补充道，"那时候还没遇见你，为了家中一桩应酬才去的。没嫖姑娘，毕竟……"

卿如是以为他要说"毕竟都没你好看"什么的情话讨她欢心。

谁晓得他话头一折，就道："毕竟都没我自己好看。"

卿如是脸上即将绽开的笑意就收敛了回去。

月陇西瞧着她轻笑了声，接着道："花楼那种地方你知道的，坐场的都是些纨绔子弟，他们起哄要姑娘伺候我，我拒绝了。你晓得那时候我年少轻狂，拒绝之后必定还要多说几句以彰显自己很了不得，便夸口说扈沽城里的庸脂俗粉我没一个瞧得上眼。他们跟我打赌，说我若栽在扈沽城的姑娘手里，就要来这花楼里做一日清倌，弹一整日的曲子为花楼招揽客人。我这不是没隔几天就栽在你身上了吗？"

稍作一顿，他低诉道："报应来得很快，但我甘之如饴。"

卿如是这才把方才收敛回去的那个笑展开了。她侧眸扫了他一眼，轻"嗯"了声，然后转了转眼珠，低头在他唇上亲了一口，低声道："这也是你甘之如饴的报应。"

"不够，报应太浅了。"月陇西低"唔"着，按住她的后脑勺，覆唇加深了方才的吻。

卿如是也没拒绝，任由呼吸和津沫交互相融。吻到激烈处时，他的手下意识钻进卿如是的衣襟里摩挲，方按揉了一下，卿如是便猛地推开他，皱眉道："做什么？亲就亲，不许想别的！"

月陇西用拇指的指腹轻抹过唇角的唾液，抬眸时笑问："那晚上来？"

"不要。你自己数数，昨晚上到今晌午，都依你多少回了……"卿如是低声拒绝，转过身去，背对着他，自顾自地拿起针线箩里的几样东西。先将他和自己的头发交缠在一起，编成一股小细辫，然后拿起红线，以辫子为中心，围绕它开始编织手绳。

月陇西侧头专注地看着她的动作，喃喃问道："结发？"

卿如是垂眸扫他一眼。"嗯。"微顿了下，她有些别扭地解释道，"我又……不喜欢萧殷……他跟我不合适。我就不会亲自编手绳这种东西送给他，嗯……也不会送给别的男人，就送你一个还不成吗……"

月陇西将下颔抵在她的颈窝处，侧眸觑她一眼，笑道："不成，今晚跟我来才成……或者就现在，在这里。"

他眼看着卿如是眉尖一皱偏头过来就要发作，赶忙改口笑道："成成成，您编，您好好编。我说笑的。"

他的目光在她的指间游移了一番，不经意挪到了一旁写满黑字的纸张上，待看清内容后，他脸上的笑意收敛起来。

卿如是无疑是个不到黄河心不死的人，她决定弄清的事，定是要追究到底才会罢休。更莫说这件事关乎她一直以来的信仰，她用尽半生，甚至为之付出性命，而今却发现，事情根本不是她原来相信的那般。想要她放弃追究，是不可能的。

但月陇西内心希望她迟一些知道真相。有些东西，不论最后能否承受，只要成为伤害，那就是一生的痛。更何况，这件事的真相对她来说实在太过残酷。

他不愿自比为她的救赎，可事实的确如此。他也庆幸，自己当年踏上那座廊桥遇见了她。只差一步，就差那一步，自己曾经承担的那些东西就都是她该承担的。

月陇西缓缓搂紧她，埋在她的颈窝处，深嗅她身上的味道，低声问道："你在查的事，有什么眉目了吗？"

卿如是手中的动作一顿，瞥了眼桌上写满字的纸张，又垂眸继续编绳，问："辅佐女帝的那位谄臣是常轲，你早知道了？"

"猜到了一些。我想，在我暗中辅佐大女帝的时候，常轲就已经来到了她的身边，而我死去后，常轲才渐渐展露头角。"月陇西伸手拿起那页纸，仔细浏览一遍，翻过面来倒扣在桌上，"事实上，你这上面写的问题，我都已经知道了。"

"你不愿意告诉我，我知道。"卿如是蹙眉，"你还记得你以前带我去郊外的赌坊，要救书斋老板的事吗？那天我们去选书的时候，我忆起此事，倒有些明白你当时为何不让我把书斋老板临死前念了崇文先生的名字这件事告诉他了。或许……先生对老板用了极端的手段？你觉得让我看清先生的真面目会寒心，所以才不愿意告诉我？"

月陇西无声轻叹，低垂着眼睫："……算是吧。事实证明，书斋老板的死的确和崇文脱不开关系。我觉得，是崇文自己以债主的身份雇佣了赌坊里的那群人去书斋要债，在我到达书斋前转移了书斋老板。之后他再没有在赌坊那些人面前出现，赌坊那些下九流之辈在见不到雇主后，定然不知如何处置书斋老板，只好把人关在他们的地牢里，折磨取乐。

"你也知道，书斋于崇文和崇文党来说是重要枢纽，老板知道太多秘密，彼时若真落到朝廷手里，后果不堪设想。崇文舍弃了他一人，也就换来了崇文党其他更多人的暂时安全……你愿意相信我说的这些吗？"

卿如是沉吟，神情有些恍惚与落寞："我相信。人无完人，崇文先生也会做违背道义的事。可是，纵然他是为了保住崇文党，我现在的感觉依旧不好受。我想，就跟常轲当年被处以火刑后的心境差不多。我无法再纯粹地相信崇文先生口中的平等，因为他这个发言人自己就不把别人的命当作命，他可以随意决定一人的生死……他成了主宰别人的那个人。那他和惠帝有什么区别？"

"所以，我希望你不要再深究下去了。相信曾经你愿意相信的一切。我就非常相信你，我相信你相信的那些东西都是对的。哪怕这世上本无对错，我偏就觉得你是对的。"月陇西将那张纸撕成碎片，丢到墨池中，淡黄色的薄纸顷刻被染上墨汁，上面的字迹变得模糊不清，他继续道，"缓一缓，过我们自己的日子，你觉得如何？"

卿如是稍抬眸，看向墨池中慢慢被浸染的纸屑，一直看到它们被淹没在墨池中，彻底成了黑色，才移开眸子。

她没有回答如何，只慢慢编织指间的红线。无法肯定地答应，但她愿意试试不去追究。

雕花窗镂空处露出缕缕夕光，为她蒙上一层灿黄的金光，也为前世蒙上神秘的面纱，连人的情绪也跟着朦胧淡化了。

她安静地坐在余晖中，心无旁骛地编织手里的东西。月陇西微翘起唇角，帮她把侧颊一缕青丝拂到耳后。

一根极其简单的手绳编成了。隐约可以从红线的镂空处看见被锁在里面的一股黑色小辫儿，交缠的颜色略有不同，一看就出自两个人的发。手绳上边还挂着一颗月白色的玉髓珠子，裂冰似的痕迹，冰凉的触感。

"喏，手伸出来。"卿如是稍转身，拉直手绳作势要帮他戴。

月陇西挑眉笑问："男人戴这个，真的不娘吗？"饶是他这般问，手却依旧乖乖地伸出来。

卿如是滞住动作，似乎也在思考这个问题，狐疑地蹙起眉沉吟许久，由衷问道："那……不如给你戴脚腕上吧？"

月陇西尴尬而不失礼貌地笑了下，径直道："那我觉得还是戴手腕吧，辛苦卿卿了。"

"这小玩意儿就是要教旁人瞧见了才好，都知道你是有妇之夫，不能招惹的。"卿如是鼓着脸，兀自嘀咕道，"你这会儿怕什么娘不娘的，从前问我那些瓶瓶罐罐，一副很感兴趣的样子就不怕被人说娘了？反正你就得戴着，若教我发现你把手绳弄丢了，我……我会胡思乱想的……到时候拿你是问。"

她像是自言自语，又像是在对他出言警告。月陇西这角度正好瞧着她低头时侧颊留着的婴儿肥，肉嘟嘟的，粉嫩的小嘴也一动一动的，就跟一旁吧唧着嘴啃菜叶的兔子差不离。手上却还在仔细地给他拴那系绳。

他低笑了声，稍直起身，凑过去轻碰她的脸颊和耳朵，说道："知道了，卿卿为我吃醋的样子也比兔子可爱。你说我好不容易把你追到手，费了那么多的劲，怎么可能去招惹别的女人，又怎么可能被别的女人招惹到呢。我疼你都来不及。再说了，这可是我等了好几十年才等来的，你主动送我的第一件礼，我怕是沐浴睡觉也得戴着，不舍得取下了。"

卿如是抿住唇笑，眨巴了下眼睛说："系好了。"

月陇西抬起手，逆着花窗漏进来的夕光仔细瞧了许久，郑重地道："结发为夫妻……嗯，喜欢。"

卿如是撑着下颚笑，不去看他得意的样子。窗外的夕阳有些刺眼，她被刺得目光稍一偏，不自觉地将视线落到墨池中。

她想，月陇西方才刻意将话题引到她追查的事上，就是为了告诉她不要再深究下去吧。他的那声轻叹，她听见了。这件事背后的一切，远比她目前所能承受的还要深。

仿佛再继续往前奋力奔跑，就会一脚踏入万丈深渊。能否再爬起来是一回事，踏入的那一刻会否萌生出绝望与无力又是另一回事。

她移开目光，不再多想，亦尝试着不去主动追查真相，每日只静默遗作，侍奉郡主，等待月陇西回家。

自打卿如是从国学府回来后，一整月里，月珩都没有找过她。有时和月陇西一起去郡主的院子用膳回话，或是自行去陪郡主用早膳，都会撞见月珩，可他像是没有发生过国学府撞破她偷听之事一般，不找她谈话试探，也没有警告她不可将袭檀之事外泄。

起初她是匪夷所思的，后来将此事原委悉数告知了月陇西。他笑说："父亲既然选择了帮你，那便是不把你当外人了。不当外人就是信任的意思，他知道你有分寸，也承认你的聪明，觉得无须多谈罢了。且他若是单独面见你，也怕弄得你胆战心惊，弄得他也心底窝火，彼此都不愉快。"

原是如此。卿如是这才不再纠结此事，但当天晚上就跟着小厨房的师傅学熬了银耳羹，差遣嬷嬷将成品送到郡主的院子，算是答谢。这事就这么揭过。

"比起父亲那边，更让我好奇的反倒是萧殷的态度。"夜晚，月陇西坐在床上，搂她在怀，跟她闲说道，"他这人聪明，既知道了袭檀这一桩秘事，便能猜到陛下如今要做的是复刻女帝王朝。他应该有所作为的，可这一月来却毫无动静……"

"我与你所想无差，那日跟他分开时我也想到了这一点，以为他会采取什么行动。事实是，他依旧安安分分来往于国学府和刑部。唯一的进展，恐怕就是下在余姝静身上的工夫。"卿如是跟他聊着自己前些日从郡主那儿听来的闲话，"你知不知道，余姝静的母亲，那位余夫人？你见过的。她有个儿子在花楼里狎妓被当日监察的官兵给抓了，却被萧殷给救出来；另一个儿子学别的纨绔子弟放印子钱，眼看着要打板子，又被萧殷给救下。余夫人已经把萧殷当准女婿看待了。"

"我前日也听说了。"月陇西笑道，"布局引那两位少爷上钩，又救下二人，或许是有要借他们之手才能完成的事吧。"

卿如是点头,道:"兴许吧,不得而知,左右跟我们没关系。我好奇的是,余大人为何不帮自己那两个儿子呢?怎么就轮得到萧殷来管?"

月陇西扶住她的腰肢,还说着话呢就把人给抱到了腿上,视线放在她胸前的青色肚兜上,目光逐渐幽深,嘴上还正经回道:"陛下前些时候下了旨,将监察那些清点出来的野史杂书焚毁的权力交给了余大人。他正为把那么多书运送出国学府的事忙着,自然就教萧殷钻了空子。"

"监察权?"卿如是思忖一番,"就像雅庐焚书那一遭,你掌握着监察权一样?"

月陇西颔首,伸手为她解衣。

"这权力很大?还是说讨得了好?"卿如是追问道。

"与权力无关,办好了差事就能得陛下欢心。关键是,这差事简单,不怎么费劳力,基本是看着把书烧完就成,烧个书能出什么岔子?"月陇西把她的腰带随意往床下丢,"除非像我那样自己使诈,否则一般来说不会出岔子。办好了得赏,办不好的概率又小,是个美差。"

卿如是恍然,低头瞥了眼他不规矩的手,拍开了,自己一合衣衫,兀自爬到床内躺下,打了个哈欠道:"困着呢,我睡了。"

月陇西惋惜地蹙了蹙眉,边跟着她睡下,边道:"哪有这么容易困?这才多早你就又困了?这么几日总说困……你该不会在躲我,不想要我跟你亲密吧?"

卿如是眼皮子打架,没搭理他,揽着被褥翻过身,顺手垫了垫枕头,不经意间就睡去了。

月陇西还等着她的回话,谁晓得再凑过去看时,发现她竟真的睡熟了去。他错愕地将她看了好一会儿,随即起身去沐浴,忍下一身燥意才敢躺回来,环住她的腰,合眼,皱眉,思索卿如是最近几天究竟什么意思。

不至于新婚一个多月就厌倦他了吧?

苦思无果,天至放明。

醒来辰时已过,卿如是一般不会这么晚起,这几日接连如此,睡得头昏脑涨,直接旷掉了跟郡主一同用早膳的时间。且不知怎么就养成了午睡的习惯,一睡就是一整个时辰。

郡主询问她是否病了,有无大夫看过,她自己把话听得云里雾里的,竟点头说看过了,没什么事。事后回想起来才惊觉自己脑子已经混沌到顺口乱答的地步了。

可卿如是自认没什么毛病，只经过郡主这般提醒后，她才找来大夫看诊。大夫也找不出原因，只得让她自己多散心走动，多吃素食果食两物，说许是天气湿闷，心情郁结之故。找不出病症，自然不敢随意开药，怕她吃坏了。

卿如是私以为是在月府生活过于滋润，养了了身子，才舒服出郁病来的。既然如此，她也就没有放在心上。

而今国学府已清点出即将要销毁的杂书，意味着陛下修复遗作笼络崇文党的计划不日便要开启。卿如是上赶着把默出来的文章亲自送到国学府交给叶渠，顺便听无时无刻不在收拾房间的叶渠说了会儿闲话。

"叶老，我听说月世德前段时间总是来烦您，非要将您挑出来的有关于袭檀的书都揽了去，想弄明白袭檀的事？"卿如是帮他擦柜子，随口问道，"如今怎么样了？"

叶渠只认为是月陇西的消息灵通，有什么事肯定都告诉了她，于是听她提起也就不足为奇，只淡然一笑道："月世德啊，操着他那个年纪已经不该再操的心。如今能怎么样，他非要揽过去那就给他呗。我也不想再费那劲去问他要了。好奇心害死猫，他年纪也大了，我看啊，是活不长咯。"

稍作一顿，他又摇头笑道："他手底下的弟子总与我们崇文党针锋相对，而今哪个崇文党不憎恶他，当两方的分歧大到无法共容的地步之后，陛下总要舍弃一方的……"

卿如是没吭声，低头洗干净帕子，拉开书桌下刚被叶渠开了锁准备擦拭的抽屉，却一眼瞧见抽屉最内的一方匣子。这匣子的花纹和材质都与西阁书房里月陇西常用的那些匣子如出一辙，是月府之物。

她好奇地挑起眉，没有拿，而是先询问过叶渠："叶老，这匣子是月陇西给您的吧？"

叶渠瞟了一眼，丝毫没有避讳地坦言道："是啊，装的是颗夜明珠。"

"夜明珠？！"卿如是低呼一声，顷刻明白过来，心道原来如此。难怪瞧这匣子如此眼熟，可不就是当初跟月陇西相看之后，他奉上的随礼吗？后来被他拿回去，原是要交给叶渠。

"你打开瞧瞧不妨事，别弄丢弄坏就成。"叶渠示意她可以打开，而后解释道，"这是当年大女帝随身携带的东西，留给小女帝，却在小女帝死时不知去向，世子替我寻回来的。"

随身携带……卿如是微蹙眉，忽而一瞬灵光闪过，出奇地快。她没来得及捕捉就消逝在脑海。但她可以确信，这个讯息是足以令她毛骨悚然的东西。

因为只这一瞬灵光，已然搅乱了她的心湖，掀起叠浪来。她有些心神不宁，总觉得自己过滤掉了一句自己曾说过的、过于重要的话。

强迫去想是想不起的。她沉了一口气，打开匣子，幽光霎时从匣中溢出，覆盖在她的指尖。这百年之物，不曾被世事玷污，光泽依旧。可有些人，已不如当年纯粹了。

她合上匣盖，不再多看。拿起抹布将盒子擦拭一遍，又去擦拭抽屉。她擦得很仔细，仿佛是在抹去心间的尘埃，唯愿她的这颗夜明珠永不蒙尘。

离开国学府，卿如是不急着回家，漫步在街头，悠然思索那句被丢在记忆角落的话。

她所在的那条街道上，不远处一群人簇拥成团，似是在玩骰子。他们将掷骰子的桌板围成圈，一个讨饭的小男孩手里捧着碗，也往圈子里挤。

她望了几眼，待收眼时，堪堪瞧见自分岔路口斜穿过来的白衣女子。那纤细单薄的身姿以及帷帽下隐约可见的轮廓异常熟悉。走近时她终于可以确定，那白衣女子是余姝静。

又是来约见萧殷的？再一再二不再三，卿如是这回没兴趣再跟踪，正待要挪开视线，余光却觑见旁边那个讨饭的小男孩被玩骰子的男人们一把推出包围圈，径直撞到了余姝静的身上。

余姝静身形柔弱，险些被撞倒，还好机敏地退了两小步，将小男孩稳妥接住。小男孩仿佛受了天大的委屈，忍不住低声啜泣起来。

"别哭了。"余姝静蹲下身，柔声安抚着，有些无措，稍一顿，反应过来什么，低头将自己腰间的一枚玉佩解下来塞到小男孩的手里，抚摸着他的脑袋，轻声说道，"拿着吧。这玉佩应该值不少钱，你可以拿去当了换点儿吃的，或者……拿着它到前边正街上的刑部府门去，就说是余家小姐给的，问问他们愿不愿意招你去打个杂递个水之类的。这样，可以不哭了吧？"

随着余姝静的话音落下，卿如是目眦欲裂，心神剧震。

这段话实在太过熟悉。

"这颗珠子倒是值些钱，熬不过去的时候就把它变卖了。若不愿卖，拿着它去郊外雅庐找崇文先生，就说秦卿给的，看他愿不愿意接济你一段时间。"

曾几何时，她也拿着那颗夜明珠，对彼时还是少女的大女帝说过这般相似的话。

方才在国学府脑子里遗漏的那一线灵光被捡起。她的头皮忽然绷紧，如被千万根细针同时刺入头骨，仿佛每一根头发丝都在发麻。手臂上汗毛倒立，后背冷汗直流。

就是这句话。

这句极为重要的话！

要么抵押给当铺换钱，要么拿着夜明珠去找崇文先生！

倘若……倘若大女帝当年遵照她给出的两条路做出了选择，而她登基之后却依旧随身携带着这颗夜明珠，那说明这颗夜明珠她很可能一直都带在身上，当初没有当掉！

既然没有当掉，无疑，她是选择了另一条路——拿着夜明珠去雅庐见崇文先生。

可是崇文先生从来没跟自己说他接济了大女帝，也不曾说认识她，甚至都没有提起过。

为什么？

卿如是忽然想起自己一月前写在纸上的，常轲对大女帝说的那句话："你若被欲望和权力吞噬，忘掉了初心，那就不该再坐这个位置。你辜负了他的教导。"

他？他的教导？！

崇文先生暗地里教导那名少女，甚至将她推上那个位置？可是他认识大女帝不过一年就身受千刀万剐之刑，如何能呢？！如何能确保将她推上那个位置？！

卿如是紧皱眉尖，蓦地眼眶猩红，喃喃自语："月……月一鸣？"

要如何掌控月一鸣，让他心甘情愿进入圈套，去成全他们的计划？

是秦卿。

此时她的心情就仿佛天光照破阴霾，她拨开了重重迷雾，顺着开辟的路径向深处走去，却发现前路都是锥心刺骨的荆棘。

兴许是天光太过刺眼，让卿如是生出晕眩感，她有些站不住脚。

到底这一切是怎么回事？真如她所想的这般吗？

卿如是不自觉地抬眸，看向那个握紧玉佩的小男孩，他抹了把眼泪，谢过余姝静后就朝着正街跑去。他选择了去刑部，获得长久的供应。一如当年的少女，选择朝雅庐跑去，谁会知道就那么一个简单的选择，改变了她一生的轨迹！

她的目光落在那一处，久久不能移开。余姝静似乎注意到了她，一瞬讶然过后，以为她又要跟踪，便疾步转身，企图朝人多的包围圈走去，将她甩掉。

卿如是回过神，压住惶惶不安的心绪，咬紧下唇，跟着也往刑部的方向去。她要问问月陇西，当年他究竟如何跟大女帝相识的？为何就在秦卿被囚西阁的时候他生出了谋反的心思？真的没有人拿秦卿做诱饵？没有人利用他对秦卿的感情诱他加入那个早已为他敞开的阵营？！

她的心跳得很快，迫切地想要知道这一切。可刚走两步，腹部传来的轻微疼痛让她不得不慢下脚步。这一慢，就使她亲眼瞧见了被人群撞出包围圈的余姝静。一双手从圈后的巷道伸出来，其中一只紧捂住她的嘴，另一只环住她的腰把她拖进了无人的小巷！

这一就只在一眨眼间，卿如是甚至都没来得及看清究竟是否发生了变故。但地面上余姝静双脚挣扎留下的尘土又显而易见地证明了自己所看到的。

卿如是下意识往巷子那方追了两步，随即顿住脚，拉来一个街上跑的小孩，掏出一锭银子给他，快速说道："你跑快些，帮姐姐去刑部报个案好不好？就说刑部尚书家的千金在这条街的巷道里被人截住，不知去向，请官兵迅速封锁搜查。姐姐肚子疼，走得慢，随后才能来，到时候会再给你一锭银子。"

有两锭银子赚，小孩很乐意帮她跑腿，当即拍着胸脯保证，一溜烟就不见了。

卿如是松了口气，往巷道里瞧了好几眼，竟没有瞧见人。她起身准备朝刑部走去，却迟迟没有迈出脚。

她想，平常这条街道不会这般拥堵，那些人布置了如此混乱的场景，出手的人速度极快，想来是一早就密谋好的。他们知道余姝静的身份，却依旧冲着她来，这不是简单的劫人劫财。

或许，是冲着余大人去的？最近余大人身上有什么变动吗？

监察权？可这跟劫人有何关系？威胁也不是这么个威胁办法啊。况且，再如何是美差，也不至于冒这么大的风险吧？

卿如是没有轻举妄动，迈开步子往刑部走，刚走过巷道，身后便有一双手迅速制住了她，和方才制住余姝静的手法几乎相同。唯一不同的是，这些人一定是看见她腰间的长鞭，知道她会武，所以在她下意识想要反抗之前便照着她的后脑勺敲了一闷棍。

意识逐渐模糊，卿如是再无挣扎之力，闭上眼晕过去前隐约听见身旁有人说："这是世子夫人，谁让你敲的？不想活啦？！"

"敲都敲了……"

绑匪遣了人去追报案的小孩，仅慢了一步，眼睁睁地瞧着他跑进刑部，只得啧声没入人群中，加紧出城，与另外几人会合。

刑部守门的侍卫眼见是个小孩报案，本怀疑会是恶趣味，但一听事关余大人的千金，且听他描述，交给他银子的那位姑娘又似是世子夫人，随即不敢怠慢，领着小孩进门去找月陇西。

小孩将自己从卿如是手中拿到银子的经过原原本本地给月陇西叙述了一遍。

月陇西锁眉沉吟片刻，单手抱起小孩儿，带上斟隐和一队官兵往外走，口中还吩咐着手下将扈沽城按区域划分，封锁盘查。

临着要走出府门的时候，月陇西忽道："立即去国学府通知余大人，还有萧殷。"

听见萧殷的名字，身旁的官兵微讶一瞬，又不敢耽误，当即赶忙照办。

小孩给月陇西指路，原路返回。月陇西心以为可以在返回的路上跟卿如是重遇，却不想带着一队人都走到头了也没见着她。

月陇西微握紧拳，将小孩放下，盯着狭窄的巷道，眼神逐渐幽深："卿卿……"他听到消息的时候就有种不妙的预感，每往这边走一步心就紧一些。果真如他所担忧的那般。

身后的官兵冲进巷道检查现场，先是在地上找到一些挣扎踢蹬后留下的小弧形，是一名女子挣扎过的痕迹。只有一人挣扎过，说明这群人并没有给另一人挣扎的机会。

连个拖拽的痕迹都没有，想必是扣住人之后直接施了轻功扛走的。

月陇西紧皱眉头，强自冷静下来，吩咐官差道："封锁此处，刚刚聚众围赌的人都给我抓起来挨个审问。回刑部调人，从现在开始，沿着这条街挨家挨户地搜查，若有可疑人物，先扣押了再说。还有，派个人送这小孩儿回家，再给他一锭银子。"

语毕，他转身往月府的方向走去。斟隐紧跟着他问道："世子，咱们去哪儿？"

"我去调月家军。"月陇西一边疾步走，一边看了他一眼，指示道，"你不必跟着我，速去城门通报守城的官兵，不得让任何车或马出城。如有违令者，当即拿下。"

斟隐领首动身。

月家军的效率比普通官兵高出不知多少倍，在得到消息并上报陛下获得首肯后的半个时辰内就将扈沽城给包围了，一队人马负责一条街的搜查。若非月氏乃是百年忠君世家，众人一度以为他们是想要造反。

安排好搜查路线后，月陇西才得空去卿府通知二老，安抚过后又急忙离开，前往刑部与余大人、萧殷等人会合。

搜城不是小事，更何况要挨家挨户地仔细搜查。当搜查完主干街道及其分支小巷，天色已黑。寥寥几颗星子点缀在夜幕之上，反倒是扈沽城内各户人家因要接受搜查，灯火通明，军队举着火把，照亮了整条街道。

而另一边，卿如是睁开眼看到的只是一片漆黑。她摸了摸有些酸胀的后脑勺，不禁皱紧眉，低呼了声痛。也就是这声轻吟，惊动了身旁的人。卿如是只觉原本触在她小腿肚上的锦缎所制物倏地往一边缩了缩，并伴随着一名女子的低呼。

卿如是抿了抿干涩的唇，试探性地轻声反问道："余姑娘？"

一旁的人停下了远离她的动作，窸窸窣窣的响动也停了。似是迟疑了一番，才轻"嗯"了一声，随即又警惕地反问道："你是谁？"

卿如是心底松了口气，低声说道："我是卿如是，你见过的。下午在街上你以为我要跟踪你。后来我看见你被人弄进巷子里，便跟了几步，谁知他们还有后手，就把我也弄来了。"

"卿姑娘……不，世子夫人……我们现在怎么办？"余姝静摸索着挪动，朝她坐得近了些，声音有几分焦急，但还不至于镇静全无。

卿如是没急着回答，冷静地分析着如今的形势，须臾后才开口道："你放心，我着人报了官，很快就会有人来救我们的。"

"绑我们的人不会杀我们吗？"余姝静急声问。

"应当不会。若是想要杀我们，就不必绕这么大的弯子绑我们来。我晕过去之前听到了他们的两句对话，他们知道我们的身份，想必不会轻易动我们的。"卿如是试着动了动被束缚的双腿，分析道，"双腿没有绑得太紧，说明这些人对我们的身份有所忌惮，不敢太放肆。他们只是有所图，且多半是冲着你爹去的，只想得到他们图谋的东西，不想害我们性命。"

余姝静听她说后才稍微放心，稍一思忖，又迫切地问道："既然他们不敢动我们，那我们要不要高声呼救？"

卿如是摇头道："省点儿力气吧。我们既没有被绑住双手，也没有被封住口，说明那些人很放心这地方不会被人找到。我们再怎么喊都是没用的。"

"可是……"余姝静急得双眸通红，"就这么干等着……我……我害怕。我被药迷晕之后再醒来，都不知已独自坐了多少个时辰了。我们会不会已经被送出城了？这里若是荒郊野外，倒是真的不会有人被引来……"

卿如是轻叹口气，细想了会儿，果断地说道："不是，我们肯定没有被送出城。我们出事的地方到城门也有些距离，用马车以不引人注目的寻常速度送出城至少需要一个时辰，而从刑部骑马去通知守城官兵严格排查只需要两刻钟的时间。我相信月陇西知道我不见之后一定会先派人去城门通知官兵，再调月家军挨家挨户地搜查。因此，绑架我们的人没有时间转移我们，就只能藏在城内。"

余姝静默然片刻，虽已对月陇西无意，但一想到自己和月陇西相看后被赠随礼，后来去卿府那遭又被世子有意难堪，而今从卿如是嘴里听到世子为了救她会去调动月家军，如此信任。比起卿如是和月陇西之间的默契，自己根本就不确定萧殷会不会来救她。

想到这里，她的语气无意识地就有那么点儿酸，嗫嚅道："你是在跟我炫耀吗？"

卿如是稍一顿，不与她计较，低声说道："我敢打赌，萧殷也会来救你的。"

余姝静微怔，问道："为何如此肯定？"

你可是他的凌云梯啊，姑娘！能不来救你嘛！卿如是笑了下，道："直觉。我跟萧殷认识有段时间了，还算了解。你是他唯一主动接近的姑娘。"

余姝静抿紧唇浅浅一笑："真的？"

"真的。但是……"卿如是垂眸，摸到缠绕在双足上的铁链，顺着铁链摸到铁锁眼，随手在头上拿了一根发簪，试着去戳那锁眼，"你最好不要这么早就陷得太深。知人知心，识人识清，待知心识清之后再决定要不要真的托付终身比较好。"

她把话点到为止，不再多说，以免招惹是非。余姝静却觉得她诚心待人，同她亲近了几分，说道："其实你和世子跟来酒楼那次，我们坐在一起用饭的时候，我以为萧殷他……对你有意思的。你想知道为什么吗？我愿意告诉你。"

"不用了，我不想听，我有些困了。"卿如是懒洋洋地打了个哈欠，往后面的稻草上一躺，侧身合眼，"我对听男女之情这档子事没什么兴趣，一听就犯困。不过你别担心，他肯定是对我无意的。"

"你说无意就无意吧，我巴不得。"她不愿意听，余姝静也不再多说，只随着她一道躺下，随后拧起眉觉得不对，"你……不是刚醒过来吗？怎么又困了？我醒得比你早，如今也还十分清醒。且这种环境你如何睡得着？"

余姝静的声音轻柔，卿如是听在耳朵里更困了几分。她翻过身，把稻草往自己的脑袋后面垫了垫，真做出几分要睡过去的样子，说："这几日都是这样的，兴许是天气的缘故，也可能是太闲了，常常困。"

"哦。"余姝静从侧身改为脸朝上的姿势，盯着黑漆漆的天花板，慢吞吞道，"嗜睡，也可能是怀孕了吧。我娘说的。"

"哦……"一顿，卿如是猛地睁眼坐起来，带起了一身的稻草根，"嗯？？？"

这回换作余姝静镇静了。她眨巴着眼，身子都懒得挪，淡定地说："算一算，你嫁进月府也快两个月了。我觉得很有可能。"

卿如是蹙起眉，仔细回想自己跟月陇西圆房的时间，惊觉那也是一月前的事情了。可是，哪里有那么快的？她不敢相信，亦觉得羞窘，咬了咬唇道："我今日还请大夫来把脉看病的，可没说我有身孕……"

余姝静想了想，脸也红了些，轻声说道："兴许不是大婚圆房那回，如果你们一个多月前有那么一回……反正，怀孕不到两个月一般是摸不出脉的。"

姐妹，我活了两辈子都没你懂得多。卿如是咬住下唇，只觉在外人面前说这些实在羞耻至极，她故作淡定地躺下来，翻过身，固执地轻驳道："我……我才不信有那么快的……"

身后的人不再回答，估计也是羞着了。

卿如是心底掀起滔天巨浪，默然瞪着眼前黑漆漆的一点，再无睡意。她倍感奇妙地低唔一声，手却缓缓囤了囤身前的稻草，堆积在自己小腹，轻轻捂住了。

满室寂静。两人各怀心思，一个惦记着肚子里是否真有孩子，另一个惦记着萧殷是否真会来救自己。

如此翻来覆去许久，两人急躁得都有些无聊了。

余姝静在卿如是的身后怅惘地叹了声气，百无聊赖地摸到自己的头发，捋纠缠在一堆的辫子，怯声问："你说我们现在究竟在什么地方？为何就没有人听得到我们说话呢？"

卿如是下意识摇头，想了想她看不见自己摇头，便说道："不知道。"

她将鼻子贴伏在稻草上细细闻，思忖了会儿，试着分析道："这是新草的味道，说明不是一直堆积在此，只是为了关你才买来铺在这里的，怕砖地太硬硌着你，也怕屋子太潮，你这千金之躯会受湿气入体。屋子里的味道也很潮，有点儿难闻。想必是灰尘在这里头窝得久了，就生出了些……好似沼气一般的东西，这里很久没有打扫过了。许是废弃的地方。

"但据常识可知，被废弃的房间窗门残破，一般不会如此潮湿，更莫说能隔绝我们说话的声音。我猜，这里是个类似于地窖或者密室的地方，才会窝着湿气，无法流通。

"周围还有一股子淡淡的香烛味儿，想来以前是囤放香烛用的。可若说此处是库房，也不见得。哪个商铺会把香烛这等需要点燃的东西存放在这么潮湿的库房里，致使客人嫌弃卖不出去呢？除却香烛铺子要存放香烛，便是寺庙和灵堂两处用香烛最多。也不排除其他可能性，只是这两处最有嫌疑罢了。"

余姝静低呼一声，惊叹于她缜密的分析："还有呢？"

卿如是默然沉吟片刻，继续道："还有，废弃的寺庙是独立成座的，房间少，更容易被搜查到密室和地窖。但灵堂一般只会设在家宅中，房间多，废弃后灰尘堆积，搜查起机关来较为不易。更何况，扈沽城内，荒废的寺庙几乎没有，废弃的宅院倒是挺多。我们更有可能是被送到了某户废宅。"

稍一顿，她又沉了口气，蹙眉摇头道："都是我凭空猜测的，你听听便过了吧。"

余姝静眼珠微转，仔细想了想卿如是说的话，摇头道："我觉得你猜得很有道理……"语毕，她低垂着眉眼，回想起那日晌午，卿如是跟世子走了之后，她问萧殷约自己出来是否因为对自己有意的事。

彼时她怎么都想不明白，萧殷的回答究竟是何意。如今倒似是懂了，兴许自己的直觉没有错。

还记得他沉默了须臾，并没有回答是与不是，只说了句："我喜欢聪明的。"

余姝静团起她的头发捂在心口，老气横秋地一叹，跟她坦白道："你知不知道，萧殷就喜欢聪明的女子。"

卿如是正想说她还挺能自夸，反应一瞬才明白过来，随即把要出口的话咽了回去，改口道："因为他自己聪明，所以喜欢聪明的女子也不足为奇。他愿意告诉你，没准儿在他看来，余姑娘你就十分聪明。若你真喜欢他，不妨就在不把自己搭进去的前提下，感动他。或者，在察觉他要做错事之前将他给拽回来。更或者……你最好提防提防他这个聪明人。"

她再一次点到为止。余姝静不是很明白她的意思，只轻"嗯"了声，算是回应，却细细思索她话中意，想得入了迷。

"把我们困在这地窖里不是长久之计。"卿如是想到了什么，忽然开口道。

余姝静回过神，急忙问道："为什么？"

卿如是坐起来说："你想，假如我刚刚猜测的都是对的，那么这间地窖要通风，多半设置有气孔的，但是气孔开得太多难免不隔音，所以他们肯定关闭了许多孔。我们若是在此处待得太久，兴许会闭过气去。他们就近把我们藏在此处，时间一长却不敢冒险，肯定会想办法转移我们。"

余姝静恍然，低声道："难怪我觉得在此坐得久了有些闷……我们现在就这么等着吗？"

"嗯。"卿如是撩了撩锁链，"我刚刚试着用簪杆戳了戳锁眼，没办法。"

余姝静咬紧下唇，抱住膝盖把自己缩成一团，发出一连串疑问："为什么要冲着我爹去？图什么呢？你说这些绑匪会怎么拿我们做威胁？"

"不是我们，只有你。"卿如是蹙眉，"我是因为目睹了你被人绑走的过程，才被顺道一起绑来的。其实绑不绑我都没什么多大关系，他们是害怕我回去后报了官，他们没办法出城。"

"那你说的帮我们去报案的小孩会不会……"余姝静微睁大眼。

卿如是摇头道："不会。你看现在这地窖里，不是只有我们俩人吗？"

余姝静稍微反应了下才明白她是何意：既然卿如是被抓之后绑匪都毫不顾忌地把她们两人关在一起，那个小孩若是被抓，也应当是跟她们关在一起。如今地窖只有她们，说明绑匪并没有追上那小孩。

"至于你问这些绑匪会如何拿你做威胁，我暂时想不到。"卿如是随手拈了几根稻草，用编手绳的方式编着玩，"反正不是为了银子。他们若是先勒索了银子，那这件事，反倒就更复杂了……"

余姝静听不懂，默默点了点头轻"嗯"了声，假装很赞同的样子。

这边刚将局势分析完，刑部那边就收到了绑匪的来信。

刑部各房灯火通明。几位领头的大人都没走，谁也不敢先走。勒索信是插在飞镖上，被人从窗外射到堂内匾额上的。能在侍卫和月家军把守之处来去自如，使飞镖的这人肯定是位高手。

小卒将飞镖取下，一同呈上。月陇西快余大人一步接过去，一边吩咐手下的人去追使飞镖那人，一边拆开信认真读过每个字，确信自己没有遗漏信息后才蹙起眉道："要余大人准备三千两银票封在匣子里，抛进扈沽河上游，他们会安排人在下游取。待银钱到手，他们再考虑要不要放人。他们是要勒索银子？"

"怎么会是为了银子呢？"一位官差皱眉，"按照几位大人的分析，这绑匪冒这么大的风险，不可能是为了钱啊。"

"如此一来，这件事的情况就复杂得多了。"月陇西看向余大人，虽说情况更为复杂了，但他心底着实松了口气。这说明，的确都是冲着余家来的，绑匪有自己的计划，也在按照计划行事，他们不会节外生枝。那么卿如是就绝对安全。

余大人显然也想到了这一点。因为这些绑匪绝大可能不是为了钱，那么他们先勒索钱就十分不对劲。他们想要兜一个大圈子，等把他们都耗得找不着方向的时候，再摊开真实目的。

　　思忖须臾，余大人沉声道："备银子，设伏。"

　　手下人立即应是。月陇西却微蹙眉，目光不着痕迹地滑向萧殷。

　　但见余大人也抬手止住手下人的动作，看向一直坐在位置上不曾言语的萧殷，问道："萧殷，你有何看法？"

　　萧殷起身，拱手先朝余大人施了一礼，恭敬地回道："萧殷拙见。绑匪必能猜到诸位大人会在下游取银处设伏，况且对他们来说，这银子不是必要勒索之物，只是一个用来兜圈的幌子，他们不取也罢，自然不会上钩。在下料他们不会去取银，所以这埋伏不如不设，银子也不必真给。人虽在他们手中，他们却不会在露出真实目的之前就随意伤人。而今扈沽城都由官兵和月家军控制，我们要做的，应该是化被动为主动。"

　　他话音刚落，就有不同的声音出现，有的是为拍余大人的马屁，说这样将世子夫人和余姑娘的生命置之不顾实在太危险，有的也是真觉得绑匪不走寻常路，不敢冒险。

　　不同的声音都被余大人压了下去，他示意萧殷继续说。

　　萧殷朝周围众人颔首致意，然后面向月陇西，问道："世子可否将此信交给在下一观？"

　　月陇西盯着他的双眸，似是自双眸看进了他的心底。

　　稍一顿，月陇西将信递给他，在他开口前先说道："虽是普通浆纸，但在指间摩挲起来，会发现纸浆里有明显的颗粒物，属最下乘。自前段时间陛下规整文坛后，连着文房四宝也一并规范了，扈沽城很少有地方产这等劣质的纸。且这一张，边沿处没有染灰，是崭新的，应该刚产不久。是个切入口。"

　　"正是。"萧殷颔首，又仔细察看并摩挲了会儿，抬手将纸放在侧颊上，微一贴即分开，他补充道，"纸晕墨严重，贴面亦有微潮感，想来是那产纸处就临着扈沽河，湿意重。"

　　余大人抿紧唇，侧眸看向身后的侍卫，用眼神示意。侍卫得令，颔首抱拳后便出门集结官兵查探去了。

　　站在一边的月陇西反倒不急了。他不紧不慢地坐下，眉尖微蹙，指尖在桌沿处轻敲着。

　　旁人不敢扰他，余大人亦坐下来。许久后，月陇西吩咐道："通知月家军，分几队人马，先从偏僻废旧的宅院搜查起。"他一顿，扫视了一遍房间内神色疲倦的小卒们，再道，"留下值守的人，其余的都不必跟着忙了，回家吧。"

余大人看了他一眼，没有反驳。众人如蒙大赦，皆收拾起来，只有萧殷还坐在位置上，低头翻阅卷宗。

余大人抬眸瞟过他，道："萧殷，你也回吧。我记得你今日无须值守，早些休息，明日早点儿过来便是。"

月陇西低眸，唇角几不可见地挽起一个弧度，不明深意。

养虎为患，余大人还无知无觉。萧殷从未在余大人面前露出过他的狼子野心，待露出之时必是一击即中。

月陇西稍抬眸，看向正起身收拾整理东西准备回国学府的萧殷。他将那封勒索信放在桌上，用书本压住，向他和余大人告辞后才走出了门。

月陇西唤来一名寻常较为亲近的下属，低声吩咐了句。那下属微讶，随即领命应是。

余大人看向他，投以疑惑的目光，他只是淡笑了声，说："无事，处理一些私事罢了。"

他身兼两职，论品级不比自己低，他不愿意说，余大人也就不再多问。

过了丑时三刻，正是夜深人静之际。

如卿如是所料，绑匪并不打算将她们久困在此，甚至不打算让她们在此过夜。地窖中，卿如是和余姝静两人的神志都有些模糊了，前者到底是撑不住睡了过去，仅留着两分清醒，睡前交代余姝静务必在她熟睡的这段时间里注意着外间的动静，等她醒后两人再轮换。然则，后者显然也没能撑住，只是放纵自己打了个盹儿就睡了过去。

直到上方传来一声钝响，尚残留着几分神志的两个人猛地醒来，几乎同时从稻草铺中坐起来，铁链在幽暗静谧的地窖中发出清脆的响声。与此同时，漆黑的地窖里，自上而下，漏下了缕缕昏黄的光。

光从上方来，证实了卿如是的猜测。这的确是个地窖。

卿如是微蹙眉，反手握紧藏在袖中的簪子，满目警觉地提防地盯着从上边下来的人。

余姝静往她身边躲了躲，有点儿害怕地缩起身子，眸中亦是戒备。

下来的有两人，一前一后，瞧不清样貌，只依稀可以借助他们手中握着的烛台看到他们披着一身粗布麻衣，似乎……蒙着面。

卿如是没有出声，并不狭窄的空间里就只有余姝静怕到轻泣的声音和那两人不轻不重的脚步声。

随着这两人走近，卿如是屏住了呼吸。她担心会有迷药。

谁知她的担忧刚浮上心头，倚着她的余姝静就低呼了声头晕，径直倒了下去。卿如是亦跟着假意晕倒。

她听见其中一人说："成了。药效只有一个时辰，得快些。"

另一人"嗯"了声，就将她一把扛了起来。

卿如是憋着一口气，缓缓地吐，一直等到身体感知到外界与地窖不同的凉意，才敢呼吸。她微睁开眼，虚着眸子打量周围。

入目尽是白色的蜡烛，并没有被点燃，她只能靠着方才那盏微薄的烛灯看见这些景象。扛着她的绑匪稍移动了些，卿如是便瞧见屋檐上挂着的白色灯笼，上面赫然写着一个黑色的"薛"字。

薛家？也就是说，这个地方真的是废宅灵堂？

卿如是想了一圈，并没有在记忆中找到有关于薛姓的人。

她暂且压下疑惑不想，眸子微抬，倒立的视角让她清楚地瞧见地面落着淡黄色的四四方方的纸块，大约有巴掌大小，似是平常写字用的，只是被折成那般。

或许跟这些绑匪通信往来有关。

卿如是思忖着要如何不动声色地将那纸块捡起来。想了一圈无果，却看见绑匪将余姝静放在地上，用麻绳绑了双手双脚，然后抬起来放进槛外一口棺材中。

这些人是想要用棺材把她们转移出去？！

阴时出殡，官兵只问来去，一般不会揭盖检查。

可……今天不一定吧？

卿如是正想着这些人要靠什么做遮掩，就见绑匪搬来了两块厚实的木板，搬棺材的人脸上抹了灰白之物，显得凄惨枯槁。

卿如是明白了。他们是要在棺材中间打个隔板，下面是余姝静，上面是伪装成真尸体的人。隔板现做是不可能的，应该是一早就想好了这办法，打造了这种能搁置隔板的棺材。虽说是烂俗低劣的法子，但不得不承认想出这办法的人心思玲珑。

紧接着，她也被放在了地上，恰好手边便是纸。卿如是暗道好机会，趁着几名绑匪忙着整理绳子以及搬"尸体"进那边的棺材时，迅速攥紧纸块，而在被人抬起手时松开四指，纸块顺势进了袖中，无人察觉。

她的手被绑住，人被抬进棺材。

绑匪一阵忙活，却不急着走。不知过了多久，卿如是隐约听到棺材外面传来两人说话的声音。

隔着厚实的木板，卿如是无法分辨音色，只听清有人说了这么一句话："明日先把她放了。"

她？

卿如是抿唇，不难想到，这人应当是在说她。毕竟这次绑架就是冲着余姝静去的。抓她只是为防止她当时迅速报官，可现在官已经报了，着实没有留着她得罪月家的必要。

这个人的思路十分清晰，且能事先做好这两口棺材，那就是将突发事件也算在了计划中，且这人并不想横生枝节，目标极其明确。

卿如是躺在棺材中，发现棺材边留了几个孔给她出气。她动了动手腕，绑得不是很紧，这名绑匪似乎很照顾她们。

她本想一会儿出了薛宅就撞响棺材，让街道上的官兵注意到，可在听到这人的话后，她改了主意。既然明日自会放她，那索性留下来交代余姝静一些事，若能的话，探清她们即将要去的地方，以便离开后能快些将余姝静救出来。

这么想着，她的眼皮又开始打架，强撑了会儿实在坚持不住，又睡了过去。

再次清醒过来，仍是因为周遭的响动。

棺材盖被打开了，隔板上的人也爬了出来。卿如是留意着余姝静那方的动静。清楚地听得那边传来一声女子的呜咽，想必是醒了过来。卿如是也跟着睁开眼，上面的隔板被拿开的一瞬间，她被人用一团白布迅速蒙住了嘴。

"世子夫人，得罪得罪……"蒙她那人边碎碎念，边把她从棺材里弄了出来。

两人再次被关进一间暗房中，这回不同的是，两人的嘴被堵着，手脚都被麻绳绑住。桌上有一盏烛台，灯火幽微。

房间门陡一关上，余姝静包在眼眶里许久的眼泪就落下来了。

卿如是蹙眉看她，沉了口气，朝她眨眼，并抬了抬被束在背后的手臂，示意她。

余姝静看明白她是在打暗语，但看不明白她在打什么暗语，只疑惑不解地盯着她。

"唔……"卿如是看了眼她背在身后的手，费劲地挪过去，与她背靠背，稍微弯下腰，让自己的手能从她一双手的下方钻到袖子里去。这动作做完，她又握住余姝静的手，往自己的袖子里塞。

余姝静大概明白她的意思了，试着用手把她被麻绳绑住的窄袖拽出来，然后往她的袖子里钻。卿如是"嗯嗯"地点了点头。余姝静摸了一会儿，在窄袖下的袖兜里摸到了一个纸团。

余姝静以为自己拿错了。她开始认为卿如是在袖中藏了可以割断绳子的东西，却不想是一张纸。她失望地把纸团拿了出来，这回无须卿如是指点，她挪动身子到她前面来，背对着她，然后打开了纸团。

卿如是借着幽微的光去看纸上的内容，发现余姝静拿反了。她只好挪动身体斜着脖子去看。刚扭了脖子，还没待看清一个字，房门吱嘎一声，再次被打开。余姝静的反应算快，赶忙将纸团在掌心坐直身子。

进来两人，蒙着面，穿着粗布麻衣，端着两个碗，似是送水的。

他们蹲身在两人面前，压低声音道："不许说话，就给你们喝水。若你们谁敢吆喝，我就把你们的舌头都割下来！"

余姝静被吓着了，连忙点头。

卿如是自然知道他们说的是假的，但此时叫唤了不一定有用，饶是绑匪为防万一将她们的嘴堵上了，他们选的地方也一定是较为偏僻的。况且这些人又不会伤害她们，今天她就能被放出去，不必如此冒险。于是她也点了头。

绑匪先拿开余姝静口中的布团，给她喂了水又给堵上了，动作有些粗鲁。再轮到卿如是的时候，动作明显轻柔了许多。

两个绑匪关门离去，木门一阵响动，是落了锁。

卿如是蹙眉凝视着那扇门，忽然想到一个问题：既然要放她离去，那为何还要多此一举，把她给带到这个地方来呢？昨晚直接放人，对他们来说不是更轻松吗？

她百思不得其解，隐约觉得自己进了一个圈套。但一时想不明白，只好作罢。她示意余姝静转过来，继续方才的动作。

余姝静挪动身子，打开那张揉皱的纸。拿反了，字在背面。

卿如是眉头一皱，正打算提醒，却被纸上隐约浸透的墨色吸引住了目光。

力透纸背。是将满腔无处发泄的情绪都落在了笔间。

字迹清瘦，笔锋遒劲。

落笔最重的是右边起首三字：鹊桥仙。

紧接着是——

云幕幽暗，鹅黄独明。马蹄嗒声更静。若为今夜赋歌吹，斩下月光一段音。

一灯未眠，满室空寂。笔墨落处动情。明知清风休去惹，不晓何时误慕卿。

　　不晓何时误慕卿。
　　卿如是心口蓦地一震，下意识屏住了呼吸。被绑缚在背后的手微微蜷曲，她皱紧眉，不可置信地低头盯着字眼，以为是自己看错了，再三确认之后自己的心却吊得更高更紧。
　　慕卿？卿？？
　　这是萧殷的字迹没有错，上阕是她那夜亲口填的也没错。
　　这算什么？！萧殷觊觎她个有夫之妇？或者……这其实是他设下的什么圈套？卿如是更宁愿是后者。可思来想去，让她得知这个消息实在没有什么值得利用的地方啊。
　　萧殷应该能明白吧，她就是莫名其妙存在一种"谁敢喜欢她，她就远离谁"的心理。
　　既然不是利用……那就是真的？！
　　卿如是回忆起萧殷每回看见自己都面红耳赤的神情，以前还觉得是他见到姑娘家的自然反应，如今总算懂了。她有点儿烦躁。
　　但这种烦躁的情绪又被另一种思绪占满——
　　在薛家废宅的灵堂找到了萧殷落下的纸块，无疑证明了一个不可辩驳的事实。萧殷跟这起绑架有关。
　　且很有可能，这起绑架从头到尾根本就是他一手策划的。
　　可目的是什么呢？
　　卿如是将目光放在还佝偻着背的余姝静身上，后者似乎察觉到了目光，直起身子转过来，示意卿如是将纸块拿着，她也要看。
　　卿如是从她手中捏住纸块，然后揉成一团，弄回自己的袖子里，并转过来冲她摇头。这件事，她还不想告诉余姝静，所以也就不必给她看了。倒没有别的原因，只是单纯地不知道怎么跟她解释这事。
　　男女之间的情情爱爱本就稀里糊涂的，要她一个被萧殷倾慕的人去跟倾慕萧殷的人说清楚这种事，未免太奇怪了，跟炫耀似的。
　　余姝静皱着眉不可思议地瞪着她，仿佛是在说：为了让你看个劳什子纸块，我给你举了那么久，换作我想看你就嫌累了？？
　　卿如是心虚地转过视线，不再与她做眼神交流。就在这一瞬，她想到萧殷曾经在余姝静身上使过的英雄救美的伎俩。他已经将余姝静的心抓得牢牢的了，何必还要故技重施？

他绝不是为了讨得余姝静的欢心。

这件事还得从余大人的身上找线索。除此之外，她还须得想通为何萧殷会着意安排她也来这间房屋走一遭。以及那间荒废的薛宅，她敢肯定，一定和萧殷有关。

零零碎碎的片段在她脑中乱成一团。她寻不到最关键的那一点，不免有些焦灼。

余姝静似乎被她方才拒绝一同品读纸块的举动给伤到了，惆怅地倚着墙发呆。两人就这般任由气氛僵硬，谁也不再碰谁。

时间很快到了晌午，日头正盛。房屋的门缝有强烈的光透进来，且越划拉越大。推门的吱嘎声适时响起。

这回只有一名身着黑色劲装的蒙面人，他手中拿着一根黑色的布条，径直朝卿如是走去。

"世子夫人，得罪了。我们这就放您出去。"黑衣人低声说着，用布条蒙住了她的眼睛，"委屈您一下，很快将您送到正街上。"

卿如是没有反抗，任由那人扛着走出门。她听见身后余姝静"唔唔"的急切叫声，带着哭腔。

无法给她传递信息，卿如是只好充耳不闻。

送她离开此处的是马车。扈沽城里都是官兵，严查的就是马车，他们竟还敢用这方式？

卿如是坐在马车上，狐疑地皱紧眉，"唔唔"地示意，等了会儿，马车传来双辕滚走的声音，身旁依旧无人回应。

这辆马车里面只有她？

她用左手按在右手的脉搏上，默默数着脉搏跳动的次数。约莫三刻钟，马车停下，她被人抱出来，放在地上，解开了她脚腕上的绳子。

开始蒙她眼睛的人在她耳边低声说道："前面就是街道，夫人自行过去。我就不便再奉陪了。"

卿如是皱紧眉，一直等着他给自己松手腕，没能等来。一阵风过，她发现自己眼前的黑布被松开了。

卿如是从地上爬起来，没急着走，回头看去。背后是林荫小道，有三条分岔路，这几日未曾下过雨，因此路上没有明显的马车行驶过的痕迹。

如今有两种可能，第一种是这歹徒兴许将她完全换了个方向放下车，企图让她误以为马车的来路是这三条分岔路。

第二种可能便是，来路的确是这三条岔路。

不过，既然是萧殷布局……

她心底有了个大概，转头朝正道走去。这条街道一个人都没有。卿如是走了好一会儿才遇到一队搜查房屋的月家军，吊尾的那人一眼瞧见她，她亦朝那队人马跑过去。

月家军虽不一定都认识她，但此时能被绑成她这样子的除了卿如是也不做他想。

"夫人？！"吊尾的人高呼一声，惹得身旁几人纷纷转过头来看。

卿如是松了口气，连忙点头。一队人谁也不敢怠慢，连忙帮她松绑。

"夫人，可算找着您了！！世子他……"

卿如是嘴里的布团被拽出来，她没空寒暄，立即吩咐道："快！你们分成几组人，两人一组，迅速搜查这附近来往的马车，只要发现是马车就立即拦截！后面那三条岔路就不必看了。"

领头的人不敢耽搁，照着她说的迅速组织安排，很快，一队人就只留下他一个，道："夫人，属下这就送您回去！您骑属下的马吧！"

卿如是下意识捂了捂小腹，蹙眉道："去找辆马车。慢一些不妨事。路上若是碰见别的官兵，吩咐他们先去报信就好。"

领头的得令，迅速在附近马坊租了马车，卿如是刚抬起脚要往上爬，忽然一阵头晕目眩，竟然直接往后栽倒，晕了过去。领头的人反应还算机敏，趁她倒地前扶住了，大喊："夫人？！"

卿如是迷迷糊糊的，顾不得回答，刺眼的阳光使她又是一阵天旋地转，眼皮子沉沉地合上，彻底昏睡过去。

第二十二章 当年真相

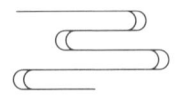

迷蒙间，卿如是听见月陇西低沉的声音："去熬些糜粥来，煮得烂一些。药煎好之后搁在这儿就出去吧……去把上回夫人爱吃的糖拿些过来。"

鼻尖萦绕的是月陇西身上惯常带着的冷梅香，混合着香炉中熏腾的安神香。手指触碰的也是他的手掌，还有温热柔软的巾帕。她似乎还听见了郡主温柔的声音。

可等她再次睁开眼的时候，周遭又异常安静，只有床角的烟丝是缥缈洁白的，在眼前不停地绕。

她蹙起眉，转头往床外侧看去，正巧有一个身形模糊的人进入视线，她用力眨了眨眼才看清。他穿着的衣服上有流云纹，左手还拿着一本卷起的书。

见她睁开眼，那人似是低笑了声："怎么啦，才一天不见，就把失忆给我安排得明明白白了？不认识你夫君了？"

卿如是眉头皱得更紧。这个人怎么跟皎皎说的那些话本子里的公子哥不大一样，女主人公醒来之后惯能听到的情话呢？

笑，就知道笑。

她抿了抿干涩的唇，不跟他计较，说道："我想喝水。"

月陇西"嗯"了声，把书随意搁在她的床头，然后转身去拿桌上的水杯，一手翻了一个杯子出来，双双倒满之后都拿过来。他坐在床边，先递给她一杯。

卿如是一口气灌进去，都没尝到是什么茶叶的味道，又接过他另一只手递过来的杯子，依旧是一口灌了。

"两杯够了吗？"月陇西挑眉问道。

"嗯。"卿如是缓了缓气，就着躺在床榻上的姿势凝望他。月陇西也这般低头凝视她，眸中的担忧逐渐驱散，淡淡的笑意在眼角流溢。

他总是无言的温柔。

那个秘密在肚子里打着转，卿如是在想，到底要不要现在跟他说呢。按照余姝静的说法，刚怀了一个月的孩子无法靠把脉把出来，那她说了之后又没证据。万一再过一个月把脉说不是，岂不是白让他高兴了？

卿如是走了神，月陇西就端着她的下颔，笑吟吟地问："看我还能看走神，我这张脸吸引不了你了是吧？"

"别闹。"卿如是转头别开他的手，决定先说另一件较为惊悚的事，"我跟你讲个正经事……不过你得记住，我对你的情意如今也是天地可鉴的。"

她说得很认真，逗笑了月陇西。

"那你及不上我，天地都鉴不了我对你的情意，天地都是外人，掺和我俩的事做什么，我不要它们鉴，我自己心底知道得门儿清。"月陇西似笑非笑地说。

卿如是蹙眉"啧"了一声，道："别闹，我现在要说的是正经事。"

"那您先请。"月陇西轻笑了下，转头把桌边的糜粥端起来，拿起勺子搅了搅，舀起一勺放在唇边试了试温度，然后喂到她嘴边，等她吃。

卿如是张嘴一口包住，边吃边含糊不清地说："我在我被绑架的地方捡到一张纸，你知道那上面写着……"她一顿，低头看了眼自己被换下来的衣裳，狐疑地问，"你是不是已经看过了？"

月陇西又舀了一勺喂到她嘴边，噙着笑跟她道："看过了，我觉得他跟你的人间正道比起来，根本连个情敌都算不上。采沧畔都排他前头，再后头一个是崇文党。"

卿如是："……"

"逗你玩的。"月陇西失笑，"你可知，比起这个消息来说，我这半日在他身上看到的戏有多精彩？"

"戏？"卿如是稍一思忖，微睁大眼问道，"你知道是萧殷？"

"想听吗？"月陇西又喂了她一口，"乖乖吃完就讲给你听。"

卿如是吃得有些反胃，蹙了蹙眉，退后了些避开勺子，心思一转，就道："你若给我讲，我就告诉你一个……不，半个好消息。"

"半个？"月陇西蹙眉，轻笑道，"好就是好，坏就是坏，何来半个？"

卿如是抿嘴一笑，自得道："你先说。"

月陇西实在好奇，便不再推托，直接切入方才的话题："昨夜，刑部收到了一封勒索信，是由一位能避开各处把守的高手用飞镖带进来的。信上所提别的我就不赘述了，只说目的，他们想要勒索钱财，跟余大人要三千两银子，并让他将银子沉入扈沽河。你说奇怪不奇怪？"

"换作昨晚的话，我的确觉得奇怪。但如今知道这事跟萧殷脱不开关系，也就不那么奇怪了。寄信的高手是江湖中人，萧殷惯爱接触些三教九流的人物。"卿如是跟着他所说的揣测，"要银子只是个幌子。"

"没错。紧接着，萧殷想从我手中要去信纸察看，我料他是打算通过信纸材质上的纰漏寻找蛛丝马迹。结果的确如此。"月陇西想再让她吃一勺,却被她嫌恶地避开了,他狐疑地皱了皱眉,只好放下碗,接着道,"信纸劣质,扈沽没几处还产这等劣质的纸。但是……"

卿如是恍然道:"但是,萧殷如何能在尚未摸到信纸的时候就想到要从纸质这一点切入?分明扈沽已不怎么产低劣的纸,纸质普遍统一,他主动从这方面入手就十分可疑。他是早算好要通过劣质的信纸引导众人跟着他布下的线索走。余大人没有察觉?"

"没有,因为我帮了萧殷。我在他开口之前先把纸质这一点纰漏给说了出来,帮他遮掩了过去。"月陇西边说,边清洗巾帕给她擦汗。

"为什么帮他?"卿如是不屑地唾弃道,"狗官。"

月陇西一把将巾帕捂在她脸上,蒙住她整张脸,给她擦拭,在她的挣扎中笑着解释道:"你的人都还在他手上,那么早拆穿他没好处。万一他破釜沉舟,置你于不顾……你让我余生怎么办?更何况,你不想看看他究竟想要做什么吗?我知道你肯定会好奇,所以就留着让他跟余大人斗吧,我们看戏就成。"

"听你的意思,彼时你还有闲空想这么多跟我一起看戏的事,你是压根儿没把营救我放在心上是不是?"卿如是不满地捉住他的手,连着巾帕一起从自己脸上拽下来,瞪着他问。

"嗯?"月陇西笑,顺势用那张巾帕给自己也擦了擦汗湿的后颈,"我这不正是救他一命,让他感谢我,才会这么快把你送回来吗?或者说,我帮他,亦是在警告他,告诉他我已经猜到了主谋是他。都是聪明人,他没理由不领情。且后来我派了一名侍卫去跟踪他。那名侍卫昨晚就见到了你。"

卿如是讶然低呼:"在薛宅?!你昨晚就知道我在薛宅?那后来呢?我后来被转移了,你可知道他们把我和余姝静转移到什么地方去了?"

月陇西摇头,低声道:"到薛宅后,萧殷就发现了那名侍卫,紧接着派了高手反跟踪他。两人交手,侍卫不敌,不得已,只好来月府跟我禀报。"

"难怪……"卿如是回想,"昨晚我被装进棺材里,那棺材并没有立刻出发。可我仍是觉得不对劲,你说他为何不在昨夜就将我放了呢?"

月陇西稍一沉吟,猜测道:"或许,因为他算好了时辰,马车行迹能恰好避开搜查的官兵吧。月家军的搜查路线在刑部是公开的,他知道哪个时间段里,哪条路段恰好没有官兵,将路线分成几段,对照时间,就能规划出完整的避查路段。"

卿如是摇头,笃定道:"不全对,不仅仅是这个原因。他不一定非要用马车送我回来啊。找个高手把我扛回来不是更简单？他是故意用马车送我的，他就是想让我知道些什么。可我尚未想明白。"

"那就别想了，你回来之后，这事便与我们无关了，只等着瞧下去就是。"月陇西边说边端起碗，自己舀了一勺尝了口，眉尖微蹙，"不好吃吗？为什么不吃呢？我觉得挺不错的。"

卿如是瞧了眼粥里的鸡肉糜，不免露出嫌恶的神情，说："不好吃。"她掩住口鼻，才勉强止住呕吐的感觉。

月陇西拿开勺子，用掌心端着碗，漫不经心地打量，思索这里头究竟是放了哪样东西犯了她的禁忌："你方才，要跟我说的半个好消息是什么？"

卿如是一愣，扭过身子，团了团被褥，嗫嚅道："我还有问题没问完，等我问完再告诉你。"

"行，那您请。"月陇西无奈地笑了下，低头闻了闻粥，里面加了当归、党参之类的药材，特意煮成糜，闻着挺香的。从前也没见得她挑什么食啊。

卿如是瞧见他低头闻的动作，想象出药材的味道，顿觉胃里直泛酸水，问道："我回来的时候吩咐了一队人去追查送我那辆马车的去向，有消息了吗？"

"找到了那辆马车，就停在不远处。驾马的马夫已经不见踪迹。"月陇西神色微凝，"我听他们说，你吩咐他们不必搜查那三条林荫道？"

"嗯。"卿如是回道，"我被人抱出马车后站的位置身后才是那三条林荫道，当时我特意往回看了一眼，这些时日未曾下过雨，因此周围没有任何地方留下车辙。但是我想，萧殷这个人向来狡诈，兴许是故意掩人耳目，想要误导我。"

月陇西稍思忖，想通了关键："你是说，方向？"

卿如是颔首道："没错。我被蒙着眼，当睁开眼的时候自然会误以为身后就是我的来路，但其实这个误导的方法十分简单，只需要在抱我下马车的时候稍微调换我的位置，让我背朝着林荫道即可。所以我敢断定，马车并非是自林荫道来的，反而是从正街的街道上来的。这也刚好符合你刚才说萧殷算好了躲避街道搜查的路线这一推论。"

"果真如此。"月陇西恍然轻喃，似乎想起什么，忽地抿起唇角浅浅一笑，笑意虽浅，却蔓延至眉梢眼角，洋溢着说不清的温柔，"不聊这些了。你谈到那条林荫道，我却忽然想起一些事，很久很久之前的事了。"

"那年你刚满十六，尚未过府。有天晚上，曾经一起混过军营的一位友人途经扈沽，带着妻儿来探望我。他有一双儿女，前后出生，姐弟俩凑成一个

'好'字，都生得极标致，性情也乖巧，姐姐十岁，弟弟不过四岁。来我府上后姐弟俩乖巧坐着不哭不闹的，唯有看见雪片糖时缠着要了几块。我瞧着很是欢喜，便给他们一人封了百两银票当作补发的压岁钱。当晚喝了些酒，醺着了，送他们走的时候深一脚浅一脚的，不知为什么就跟着他们一块走到了一条林荫小道。

"夜幕沉沉，月明星稀。我记得很清楚，那条小道种满了桃树，结了许多许多桃子。友人左手抱着四岁的小男孩，右手牵着他的妻子，而他的妻子又牵着他们十岁的小闺女。

"红灯笼绕满了桃枝，映亮前路，而我就站在他们身后目送他们离去，闻到桃树和甜酒的芬芳，看着小姑娘拿手指戳了戳朝她握着的小扇扑来的萤火虫，然后你猜如何？那小男孩竟然从他爹的怀抱里爬出来，翻到他爹的背上，还妄图骑到肩膀上去。

"我听着他们一家四口渐行渐远的笑声。友人回头时冲我笑了笑，用一种能流溢出笑意的声音对我说：'我走啦，你要珍重啊。'当晚我就抗着醉意去找你了，可得知你去了采沧畔……我不太清楚如何进去寻到你，只能顶着风在外面站了一夜，其实也不算是在等你，说不清是在等什么，或许是在等灯火燃尽，路边老人手提的皮影戏里那两个小孩能从遮布后面蹦出来，陪我玩耍。我想，彼时孑然一身的我，该要如何珍重呢。"

他的声音很轻。卿如是也不得不放轻声音，问道："你很喜欢小孩子吗？"

"是啊。"月陇西笑了下，回忆道，"小时候在扈沽山，养育我的祖母就很喜欢小孩子，她精神不太好，有点儿痴呆，但每日都记得给我们这群小孩发糖吃，过年也会给我们包压岁钱，不知道是不是因为我被族里着意栽培的缘故，拿到的压岁钱总是格外多些。后来祖母去世，每日给那些小孩子发糖就成了我的任务。过年的时候，我也会给他们包压岁钱，再给自己包一个最厚的，存着，自己也不用，就拿来买糖发给小孩子。只是没几年就被送到了扈沽城，月府里清静，没什么小孩子了。

"我无数次怀念在扈沽山的光景，也怀念来到扈沽城，走在廊桥遇见你的情形。可也深知，你与旧岁不可兼得。从前一直期望你能为我添个一儿半女，就像我那位友人一样，能喝得微醺后牵手走在林荫小道上，闻着桃树香气，看尽万家灯火，皮影戏里还有像我们儿女一般可爱的红绿小童……"

卿如是抿唇，心底涌起一股热潮，她轻挽了挽耳发，低声说："会有的……很快就会有了。"

话音刚落，她忽觉胃部一阵翻江倒海，直漫到胸腔，促使她迅速趴到床畔，埋头干呕起来。

月陇西见她俯身，下意识就从她背后环住她的腰肢，怕她摔下去，待把人稳稳接在怀里，才察觉她是在干呕，心一紧，蹙眉恼道："怎么忽然……那些人给你吃了什么东西？"边说，边用手给她拍背舒缓。

卿如是空腹一整日，只在方才吃了一口鸡糜粥，什么都吐不出来。一阵阵地呕酸水，不一会儿人就虚脱了，趴在他腿上喘气，说："什么都没给我吃，就喝了点儿水啊……"她微一愣，忽然反应过来什么，沉吟了下，不期然地，两颊染上几分红晕。

这是不是意味着……半个好消息已经可以确定是一个完整的好消息了？

卿如是咬了咬下唇，刚想开口跟月陇西说话，他已经站起来吩咐院里的小厮去喊月府养的大夫了。

待他坐回来，重新把她扶到靠枕上倚着，卿如是忽然又有些羞怯，不知如何开口，只低头抠着指甲，嗫嚅道："其实……应该不是他们给我喂的水有问题吧。"

月陇西凝视着她，狐疑道："为什么？"

"我刚刚就想跟你说来着。就……那半个好消息……我本不是很确定，现在大概确定了。"卿如是抓了抓有些毛糙的头发，换了种表述，"就是，嗯……要不然，你明儿个先买几斤糖囤着……明年开始慢慢发？"

月陇西疑惑地端详着她，反应了好片刻，逐渐睁大双眼，喉头一滑，哑然道："什……什么？"

"什么什么？"他的反应让卿如是有些不满，她蹙眉抬眸，拉起他的手放到自己小腹上，直白道，"我说，我可能怀孕了，我肚子里有你的孩子了。听清楚了吗？就……就大概这么大的？"

卿如是伸出拇指和食指，比画了一尾小鲤鱼的大小，又低声说："咳，也许没那么大吧，我也不太清楚。反正，最近搅得我浑身都不舒服。余姝静说，我这几日嗜睡可能就是这个缘故……"

月陇西的喉结滑动好几下，不可置信地低头看向她的小腹，抚在上方的手掌微微颤抖，他都不敢把手直接搁在上边，怕压坏了。不消多时，热意就在掌心聚拢，促使掌心逐渐发热，转瞬间就浸出细密的汗珠子。不知是不是错觉，他似乎能感受到一条小生命就在自己的掌心间游弋。分明还不会动的，但就是很神奇。

月陇西低头笑了下，是从喉咙里溢出来的一声轻笑。紧接着，又低笑了声，这声笑像是被淹没在岁月里，无端喑哑。

卿如是看得很清楚，男人的眼角红了。

月陇西抿了下干涩的唇，不可思议地凝视着卿如是，笑了声，敛起神色，细细回味方才她跟自己说的话，随即微握拳抵住唇畔又笑了声，忽而哑声笑道："你……重新说。重新告诉我，告诉月一鸣。他刚刚，还没有听见。"

卿如是从前不太懂何为喜极而泣，还以为是真的太过高兴了，欣喜的眼泪就不自觉被逼仄的眼眶挤出来一两滴，不会很多。而今知道，那些喜极而泣的事，哪一件不是过尽千帆，蹚风踏雪后于枯野拾荒，终爬过一场场辛酸，与新梁燕子，再归来。

卿如是低头，凝视着他的手背，仿佛透过那些纹路能看见曾经伤痕累累世事交错的岁月。她郑重地道："月一鸣，我要告诉你一个好消息，我肚子里有你的孩子了。或许我该种一棵桃树，酿几坛子烈酒埋在树下，等到枝繁叶茂，再挂满红灯笼，摘下成熟的桃子，一边啃，一边去看皮影戏，看那皮影戏里的小少年小姑娘，就像我们的孩子一样……"

她抬眸，看着月陇西："月一鸣听见了吗？"

"听见了。"月陇西忍不住又笑了声，眼泪竟那么笑着落下来，像是在天上闪啊闪的星子，猛地坠入凡尘，他便也成了俗人一个，抚摸着她的肚子开始喋喋不休起来，"你说得对，我明日就要去买一棵桃树苗，种在庭院里，旁边再栽些花草，用零落凋敝的花养出肥沃的土。还要着人去酿些酒，就埋在树下，贴上红封，记录下日期和时辰。还要买好多小玩意儿，就摆在不知是囡囡还是团团的小床上……说起床，明日咱们就着人收拾一间屋子出来开始布置床柜桌椅吧？但好像小孩子应该要跟着奶嬷睡的……你说，我们要不要请位师傅算一算咱们西阁哪处的房间风水更好？还有……名字是咱们取，还是让大师算一个？"

卿如是的眉头皱得越来越紧，终于听不下去了："你没毛病吧？这刚一个月，是刚怀了一个月，不是生下来一个月。"

"我有毛病。"月陇西拉着她的手放在自己心口，正儿八经地说，"卿卿，我真觉得自己有毛病了，心跳快得不正常。"一顿，又将她的手放在自己额间，"头脑发热。"拉到脸侧，"两颊发烫。"最后与自己十指相握，轻贴着她的小腹，自我怀疑道，"我就要做父亲了？不是梦？我以前，也没梦到过自己能当爹的情形……被你欺负的，想都不敢在梦里想。"

他的声音很轻，却能听出话里的喜色。话落时传唤的大夫敲响了门，月陇西立马兴奋地起身，也不知他怎么走的，就那么几步路，腿还撞到了隔架上。卿如是听着都疼，他却没事人一样去开门。

"世子。"大夫给他行礼，却被他一把抓住手腕往里带，"世……世子？"

"夫人近日嗜睡，吃不下东西，心烦气躁，方才喂给她的鸡糜粥她只吃一口便觉得恶心，分明一整日未曾用过膳，却吐了好半天的酸水……"月陇西抢在卿如是前头把症状一口气说完，最后低笑着总结道，"你说，这是有喜了吧？"

卿如是倚着靠枕，被他一段话羞得脸颊红透。

大夫尚未缓过劲，愣了下，示意卿如是把手伸出来。他细细把过脉，谨慎地道："世子所说症状的确是孕者早期之症，但脉象上看并无征兆，想来是胎儿不足两月。所以，至少得要一月后，方能确定。"

"以我所述之症，可以确定几成？"月陇西心底和卿如是想得差不多，都知道自己一个月前做过什么，其实已然有八成把握。

"这……"大夫似是有些为难，这种大事岂敢下定论，只解释道，"近期天气潮湿闷热，亦会有上述症状。"他抬眸见月陇西眉尖微蹙，赶忙又补充道，"不过，老夫斗胆请问夫人，过去一月里……日子可还准？"

卿如是回想了番，倒还真没来。月陇西再次抢答："不准，这月不曾有。是不是就可以确定了？"

大夫摇头笑说："最好还是一月后再把脉诊断一回。世子莫要心急，夫人身体康健，生子孕女不是难事。"

月陇西根本不管那么多，听大夫的意思就是不敢给他准信，他自己却在心底又偷摸加了一成可能，九成的可能，那就当是十成了。他迫不及待地追问："怀胎十月间可有何忌讳？你列个单子出来，给我绞尽脑汁地想，不能漏掉任何事项。最好再把各类补品也列出来……罢了，补品你就不必列了，待我明日着人招个专程做药膳的厨子回来，再招个经验十足的嬷嬷……"

他自言自语一阵，不待大夫插上话，又立即吩咐道："你快回去写，过会儿我让人去你住处取。"

大夫就这么被打发了，本着尽职尽责，与对月陇西这等年轻气盛的毛头小子的不信任，走前仍是多说了句："世子，老夫还有一事叮嘱……"

他面露难色，似乎是碍于卿如是在。月陇西意会后借着送他出门的几步路，与他单独谈话。

"夫人若真有喜，世子就不得在夫人怀孕的头三月与尾四月期间行那夫妻之事。"低声说完，大夫便作揖告退了。

独留下月陇西一人站在原处，蹙眉思索。想了会儿，他又立时关上门回到床畔，打量着卿如是，打量片刻，竟又低声笑了。他心想：好吧，划得来。

卿如是觉得他真是病得不轻，问道："你笑什么？"

"我方才没想到，怀孕后不得行夫妻之事。大夫说孕期四五六月时倒是可以，但我害怕……不到万不得已，咱们还是别了吧。"月陇西在她身旁坐下，握着她的手，别有深意地捏着，轻声说道，"所以，辛苦你了。"

还以为他那句"别了吧"之后紧跟着会是"我忍忍就过了"，卿如是猛抽回手，转过头不跟他说话。

"这么小气啊。"月陇西边笑说，边俯身轻贴在她的小腹上，"什么时候能听见宝宝踢肚子呢？"

"还早得很。"卿如是垂眸凝视着他，沉吟道，"你说，我们要不要现在就把消息告诉我们爹娘？或者，等一个月之后确定了再说？"

月陇西抬眸瞧她，笑道："说啊，大夫不清楚，你我之间一月前做了什么好事心底还不清楚吗？我已经确定了。现在恨不得广发喜帖让所有人都知道……你提醒了我，一会儿我就要搬个小桌子到床上来，跟你一起写喜帖，封红包。我要逢人就说，不管熟不熟，只要向我贺喜，我就给他们发红包。"

卿如是忍不住笑道："有病。"

"我现在就告诉爹娘去，再唤个可靠的小厮跑腿，让那小厮带上皎皎，去卿府告诉岳父岳母。"月陇西执行力之强，话音落下，人就站起来，径直朝外头走。

卿如是也没拦他，目送他出门，然后躺在床上望着帐顶笑。

这个消息，她也有非常想要告诉的人。告诉岁月里故作稳重实则顽劣不羁的月一鸣，告诉曾用一生追求平等，为女人争权的秦卿，告诉秦卿那一双历经白发人送黑发人的父母，告诉像姐姐一样温柔和蔼的夫人，告诉亦师亦友的崇文先生……

"崇文先生……"她忽地想到什么，渐渐敛起了笑。

被绑架之前，她想到的一切令自己内心波涛汹涌的问题如潮水般顷刻袭来，眨眼就淹没了她的喜悦。

她是要向月陇西问清楚的。

她默然盯着床帐，用手轻轻抚摸着小腹，不知过了多久，门猛地被推开，吓了她一跳，就见月陇西跟个初出茅庐的毛头少年似的，风风火火地跑回来，低笑道："娘刚说要来看你，我说你还歇着的，让她明日再来。热水我吩咐他们在烧了，咱俩再聊会儿就沐浴睡觉。明日我就跟刑部那边说你受到惊吓，我要告假在家陪你。"

"这样好吗？你跟我成亲以来，隔三岔五就不去刑部，不会惹得陛下不高兴？惹得刑部上司对你有意见？"卿如是微睁大眼问道。

月陇西用舌尖顶了下脸颊内，坐到床畔，随手脱去外衫，笑道："不碍事，谁让皇帝是我姨父来着，就是可以为所欲为……我见你方才躺着出神，在想什么？有心事？"

他先提了，卿如是就忍不住想一股脑问出来，否则憋在心底难受。她斟酌了一番措辞："嗯，我好像，有点儿想明白当年的事情了，但还有太多的问题需要你为我解答。这回，我希望你把真实的故事都讲给我听。"稍一顿，她挑了个起头的问题，"比如，你是如何跟大女帝认识的？"

听她将字句从口中缓缓吐出，月陇西微怔了怔。

猜到她饶是跟自己约好尽量不去想前世的事，也仍是会固执地追寻真相，但没有料到会这么快就又问到了他的头上。

所谓真相，于她来说不就是杀人诛心的怪物吗？那个人，就是两面三刀的怪物。

月陇西晓得，卿如是打定主意要从头问起，那就不可能再放弃。今日不说，她必会耿耿于怀，食不下咽。与其让她被蒙在鼓里为真相猜度来猜度去，陷入未知的惶恐中，倒不如跟她说清楚来龙去脉，让她接受现实。没有人比他更了解卿如是了。

月陇西轻叹一声，垂睫低问："你先告诉我，你为何想要得到一个隔世的真相？"

"与你当初去弄清真相的心态一样，是不甘心，不甘心被命运玩弄于股掌，做尽好事，还一无所知。"卿如是笃定地道，"你说吧。你我历经风雨，还有什么会是我承受不了的？"

"不甘心？"月陇西轻摇了摇头，凝视着她道，"我从未不甘心。当初我窥破事实的一角后执意去揭开真相，不是因为我不甘心，而是因为我心疼你，我替你不甘心。就如同你现在所想的一样，你的确不甘心了。我做的一切是为你……为你又何来不甘心？可你不同，你做的一切，是为了你的信仰。然而你的信仰……"

他稍一顿，不再说下去。

卿如是定眼看着他。

良久，他才捡起她方才的问题，徐徐道："我跟大女帝相识于你被囚西阁的第三年，湖间画舫上。那时我与友人正商议如何逼迫惠帝变法，因为我意识到，各家各派思想无法共存，很大原因是由于惠帝将禁区划定得太狭隘，但凡稍有想法靠近崇文思想，惠帝便会滥杀。其实只要让崇文党所阐述的思想控制在一个能与君共存的适宜的度内，变法后就能最大限度容忍崇文党的存在。就如后来大女帝所统治的王朝那般。

"彼时我跟友人聊的便是这个。后来停下休息，我同友人说起你的事，扬言要天地万物见证我们白头偕老，被女帝听见了。事实上，她早就将我们的所有谈话听进耳中，只不过在我说到你的时候才借机插话进来，主动与我们攀谈。我们见她豪爽，便请她喝酒共聊。临着酒劲上头，快要各自回家时，她终于将话题带回到了我和友人所说的变法。"

说至此处，月陇西的眸色逐渐幽深，继续道："她借着酒意感慨惠帝喜怒无常，变法难于登天，与其逼迫惠帝变法，不如另寻一位皇帝。此言荒唐，当灭九族。可她敢说出来，其实是一早就笃定我不仅不会处置她，还会考虑她话中的可能性。因为她找上我时，已经盯了我很久，她了解我的境况，也知道我与你之间发生的所有事。如她所料，我只不过告诫她几句，笑说她醉了，便不再说。但谋反的种子，也在我的心底埋下了。"

卿如是蹙眉，喃喃自语："她果真是蓄意接近你，引你进入他们的阵营。"

"没错。"月陇西垂眸，回忆道，"我也是后来才明白。自那夜之后，我与她有了些交际往来。她常在信中同我说惠帝昏庸，治国无道，又有意无意地问到你被废双手后的情况……分明只是感慨叹惋，可久而久之，我愈渐觉得她所提之法可行。谋反是难，可要谋反的是百年月氏，被篡位的是气数将近的昏庸帝王，情况就大有不同了。我认真考虑了半个月的时间，设想过千万遍，终于下了决心——谋反。

"我决定之后，也将此事告诉了她。因为那时我已想明白她的目的，且我在她的身上看到了你的影子，或者说，我看到了过于崇尚崇文思想的影子。我觉得，这场变法必然少不了她这样的崇文党帮助。果不其然，在我跟她说了谋反的想法后，她也同我说了她与她的同伴们的想法——既然男人称帝维护不了女权，也不舍得让天下平等，那不如由女人来做主。

"我就是这么一步一步，被她拉入阵营，带领月氏心腹，勾结朝中重臣，以月氏掌权人的身份融入她麾下崭新的崇文党，去颠覆一个暴君的。"月陇西抬眸紧紧凝视着她，握紧她的手，缓缓说道，"而这一切，都在崇文的计划之中。"

卿如是的指尖微微蜷曲，睫毛似是被浮尘惊吓，轻闪动了下。她紧蹙眉尖，抬眸盯着他，提醒道："那时候崇文已经死了。"

月陇西颔首。"他是死了。可他死前布下了很大一盘棋，你、我，还有女帝、常轲，皆是棋子。你以为大女帝对常轲说的那位'原本被他选中的人'会是谁?"他稍一顿,紧盯着她,轻道,"卿卿,是你。崇文原本选中的那个为女权出头的人……或者说是为女权牺牲的人,其实是你。"

心底早有些猜测,但此时仍是觉得胸闷得难受,像被绑上巨石沉了湖,不能挣扎,且喘不过气。卿如是垂眸,不知在忍着什么情绪,她固执地道:"可崇文先生从来没有对我说过。他对大女帝说过,所以大女帝才能在崇文死后主动找上你,不是吗?为何崇文不跟我说?"

"因为你和大女帝前后所要牺牲的东西并不相同。"月陇西皱眉,深吸了一口气,眉梢带着丝丝怒意,"你记得从前那些在扉页介绍写下你名字的书吗?你认识我之前,他就在背地里把你推出去了。若没有他的示意,作为崇文党枢纽的书斋怎么会公然卖出有你的名字的书?

"那时候他应是还没有颠覆王朝这样荒唐的想法,他也不觉得身边谁有这个能力帮他推翻惠帝,他只是觉得在构建平等和维护女权上,须得有更多的女人站出来反抗。所以他彼时选中你,是要你做女子里的领头人,最好能像他那样,昭昭然死在刑场,激起女子的愤怒,燃烧她们的麻木,勾动她们的心火。

"你是他一手栽培出来的,以他为信仰,对他的思想深信不疑。让你跟他一样死在刑场,最合适不过。所以他无时无刻不在引导你激怒惠帝,采沧畔挥毫万字大言不惭,视察官差前口出狂言,书斋各文集扉页都是你的名字……他一直,在等着你死。"

最后几字,落地无声。

听进卿如是的耳中,亦是良久的沉默。她垂着头也不知自己究竟在想什么,只一股窝在心底绞成乱麻的情绪疯狂滋生,仅片刻就让她眼角猩红,喉头发紧,问:"那……是大女帝又如何?为何后来放弃用我,转用大女帝?心软了吗?"

月陇西未言,先起身去给她倒了杯茶,让她喝下。

卿如是无意识握住杯子,等他的答案。

他轻摇头道:"因为他万万没有想到,途中会突然出现一个我。我回扈沽城,遇见你,护了你,最后把你纳入月府。我把书斋有关于你的一切都销毁了,在惠帝面前保下你,又屡次护住了崇文党的行为。便是这屡护崇文党,让他盯上了我。准确说来,自我回扈沽起,他一直在暗中观察我,直到发现我与你有牵扯,他便起了另一种心思。

"无法再利用你的死,但可以通过你来利用我。我猜你进入月府后,他就结识了大女帝,想将大女帝培养成另一个你,可一年后的局势等不得他慢慢再培育一个你出来，他须得先赴死助其他崇文党脱局。所以只能立马转变策略。这个策略就是谋反。与其让一个能代表女子的人赴死，不如让能代表女子的人翻身做主。促使他有谋反这个想法的人，依旧是我，是背叛了月氏，屡次护住崇文党的月一鸣。"

不是心软，而是有了更好的物尽其用的法子。卿如是低眸抿了口茶，咽下满心涩然。茶水微苦，她喝进去润不了心脾，只觉得如火燎烧，瞬间点燃了方才积攒了满腔的委屈。

有什么滚烫的东西从眼眶落出来，弹到手背上，顷刻破碎成渣。好像是她的信仰。

"他死前，其实见了三个至关重要的人。"月陇西抬手，温柔地为她拭去眼角的泪，那样肮脏的信仰，不要也罢，"前两个是在入狱之前见的。一是大女帝，二是常轲。他先为大女帝布局，让她与当年许多因书斋老板之死而被保下的崇文党会合，潜伏在外，等待时机，寻找合适的机会结识我，蓄意引我入局，借助我来拉拢整个月氏进行谋反。

"后又为常轲布局，他必须在大女帝登基之后才能启用，所以那时只能先布好局，能否启用尚未可知。他的作用就是去控制定会被权力噬心，忘记登基初衷的大女帝。如崇文所料，后来的大女帝身处高位，被权力吞噬，不仅背叛崇文党，还妄图将崇文党收归麾下。

"崇文早料到这点，所以他让常轲离开了扈沽，杜绝与大女帝见面，如此去保护常轲那纯粹的信仰不受权力蛊惑与侵蚀。崇文将死前才告知常轲他的任务，为防大女帝不信任常轲的亲信身份，崇文将夜明珠给了常轲，作为信物。这也是为何我从不知大女帝身上还有夜明珠这回事，那时候夜明珠在常轲身上。

"但崇文也有料不到的东西。比如，常轲仍是被惠帝找了出来，火刑后，他的信仰也不再纯粹。"

终于说到这儿，月陇西沉了口气："最后一个见的，就是你。在狱中，我就在隔壁，将你们的对话听得清清楚楚。他给大女帝的任务是推翻旧政，给常轲的任务是控制大女帝，给你的任务则是前两项任务的基石，保住他的遗作。

"或者说，这个任务，是他借你之手交给我的。以你之力无法保住遗作，因为你早被惠帝盯死了，但他知道我会帮你。利用情爱纵然可耻，但我甘愿入局又有什么办法……结果也的确如此。"

随着他声音落下，窗外风声渐次喧嚣。卿如是再也按不住心底那根颤动的弦。

她陡然崩溃，哭声渐惨。

月陇西环住她，眼角猩红，他叹了声，无奈地哑声道："不是你错了，只是弦断了。"

她举目所见从来都是青天艳阳，如今撕开一角，看到的却是无尽黑暗。

不是她信错了，而是随着信仰而动的那根弦断了。人之信仰，好比一把琴，行为弦，情为面，思为山，拨弦则随心而行，拂面则抒情，敲山则思跃。世事万物与你我皆是抚琴人。青天艳阳之下可奏钧天广乐，暗黑深渊之中亦可奏靡靡之音。

可若是从来都活在白日，感受纯粹，未曾见过信仰的黑暗，那么心弦是承受不住这样一场颠覆的浩劫的。卿如是便是如此。

她并非信错了一生追求，只是她所信的从来只有一个完整的信仰中白的那一面。现今翻过面，展现的全都是黑色，她的心再无法承受。

而教导她的那个人为何总是泰然自若地看待他的思想呢？因为他早就清楚地认识到了有关于黑白的道理，他明白他所有的纯粹都留在了要传承给后代的那些书籍上。那一张张纸上写的，都是他所希望所憧憬的最纯粹美好的东西。而他要将这些东西传承下去，就注定自身无法再纯粹。他必须肮脏不堪，才能与更肮脏的世事抗衡。

至于常轲，他并非弦断，他的纯粹毁于世事放的那把火。饶是知道自己身处黑白之间，他也一直坚信自己的所作所为是对的，他能够承受黑白共存的信仰，但承受不了自己明明在做对的事情，却一而再再而三地被自己拼尽全力帮助的世人打压。

惠帝那把火烧尽了他的信仰，他想不明白，为什么自己要坚守一个屡次伤害自己的信仰，难道这个信仰不是为了让世间更美好更纯粹？他再无法与崇文所教导的思想共情，因为他屡屡温柔抚摸的琴面已经被大火烧毁。

大女帝同样身处于黑白之间，琴弦未断，亦不受烈火烹心，琴面犹在。只是她那把琴的岳山被权力侵蚀，变得腐朽且荒芜。她所思所想已违背了崇文党的初衷，从忠于崇文党，愿为天下大同鞠躬尽瘁，到后来设法收服崇文党，唯我独尊。

信仰如琴，行为弦，情为面，思为山。果真如此。卿如是、常轲、大女帝，他们都在信仰之战中输得一塌糊涂，唯一的赢家，是那个明明奏响了靡靡之音，却将钧天广乐流芳千古的崇文先生。

孤月独明，万家灯火歇。可见乌云如烟，亦可见青山千重，既纯粹，又凄冷。此一战，便是如此。

"人的复杂恰是生而为人最为精彩之处,黑白分明的从来都不是人,把黑白搅和在一起,灰色的那个,才叫作人。也正因为灰色暗淡不明,寻常看来不足为奇,当彰显出纯白的那刻,才会予人以惊艳。反之,就会教人难以接受。"

的确,彰显出黑暗的时候,就教人难以接受了。

卿如是想起崇文曾经的教导,一瞬就将她的眼泪封在了眼眶里,她讷然地盯着被面上的玉兰花,随着窗外的清辉一同披在她身上的,还有更改不了现实真相的无奈与颓然,她能感受到自己的心正落着泪,可一种好似蚕茧的沉闷紧紧包裹住了她。就像是被困在泥潭中的野兽,困兽犹斗,泥潭表面却已平静无痕。

月陇西一边轻拍着她的后背,一边徐徐回忆道:"那年你与我同去赌坊救书斋老板的时候,我就有所觉察,但因为你的关系,一直没去调查过。来到晟朝后,我才着意去寻找当年的真相。我多次询问过叶渠有关于大女帝以前的事,得到不少令我匪夷所思的细节。比如,大女帝总是给叶渠讲述她幼时被人欺辱的往事,可我与大女帝相识十多载,只知她是崇文党,且一直追随崇文手下。

"我一直无法将我知道的线索串起来,直到我们从叶渠那里问出了谄臣常轲,以及前些时候去书斋,得知书籍扉页可由书作者编写,还有在叶渠手中的那个被火燎烧过的盒子,我才终于将事情从头到尾都衔接在一起。"

他语气平静,已将真相往事当流水,任其东去。

卿如是仍然讷讷地盯着锦被,一开口,嗓音有些沙哑:"你当初为崇文党做了那么多,知道真相的时候,不后悔吗?"

"你如今后悔了吗?"月陇西低头凝视着她。

卿如是摇头,垂眸微凝噎道:"我不知。不知后悔应该要如何个后悔法,就算再重来一次,我也无力改变自己的信仰。因为自始至终,哪怕现在,我都不认为崇文先生的思想和他的追求是错的。我依旧觉得他所描述的景象十分美好。只是我错把崇文先生这个人当作了信仰,纯粹的只是他留在纸上的东西罢了。可你应该后悔的……你做了冤枉事,何必为崇文党保下遗作,又何必苦练我的簪花小楷,何必因为废掉我的手而心怀愧疚,也去废自己的右手,更不必为留存遗作修建密室,不必夺得月氏族权扳倒惠帝……"

她说到此处,声音再次哽咽。

月陇西竟然笑了,他起身又去给她添满了茶,递到她手里时顺势将她的手连着杯子一起握住,说道:"方才我讲的,是有关于你的信仰的真相。如今我来给你讲一讲，我的信仰。我若是后悔，就该期望自己当年不要走上那座廊桥，不要遇见你了。"

卿如是眉尖轻蹙了下，眸中终于有了些神采，她抬眼看向月陇西，示意他继续说。

"我为崇文党保下遗作，为留存遗作建造密室，都只是因为你想要保下它们罢了。我承认自己憧憬过崇文所描述的平权和大同，可那也只是因为我当年被族里逼迫娶了我不想要的女子为妻，那时候我觉得，只有平权才有追求所爱的权利。而我午夜梦回时用刀子废掉右手，也并不单是因为废掉了你的右手，害你不能执笔追求你所要的东西而愧疚，我更多的是因为……我想陪着你一起，想体会你的痛苦。至于苦练你的簪花小楷，其实最开始只是因为……"月陇西声色微顿，低声说道，"你走后，我很想念你。"

他轻笑了声，像是为她眼眶中陡然蓄满的泪水失笑，趁着她的眼泪没有落下来，他抬手用袖子为她拂干，徐徐道："我做的这一切，都跟崇文党没关系。崇文党不曾诱过我去做愚不可及的事，诱我的只有你。你才是我的信仰。既然如此，我怎么可能后悔呢？我不后悔的，卿卿。"

卿如是咬紧牙，不想让自己的号啕声从口中溢出来。她体会到蚕茧被别人剥开的痛苦，闷在茧壳里的痛苦尚未褪去，就逼得她面对新一轮的能够触及灵魂的痛楚。她的眼泪流了下来，如被猎人用捕网从泥沼中捞出来的野兽。

人总是要死的。如果很久很久以后，月陇西先去，她也不想独活，就像秦卿死的时候，月一鸣不愿意独活那样。

"如果你不甘心这场信仰之战最终赢的人是崇文，你可以改变结局。"月陇西垂眸看向她，用手轻抚她的小腹。今日她情绪波动太大，他害怕她动了胎气。

卿如是的脸上还挂着泪珠，她疑惑地抬起头望向月陇西："改变……结局？如何改变？"她的声音已近嘶哑。

月陇西皱眉，没有先回答，而是端起她手中的茶杯，喂到她的唇畔："乖乖地喝点儿水，喝了我再慢慢告诉你。"

卿如是吸了吸鼻子，低下头将茶水饮尽，随即望向月陇西，等待他的回答。

"其实很简单。崇文要的，无非就是遗作得以传承，能启迪新一代的人继续为他的思想做贡献，继续下完他布的棋。"月陇西微抿唇，认真地说道，"崇文他再厉害，千算万算，也还是算漏了一件事。不，两件。"

卿如是惶惑地望着他。

"他算不到你我死而复生，更算不到我们来到了百年之后。若是回到百年前，一切尚未可知，但我们在百年后，那么他想要的结局是否真能延续，是由我们来决定的。"月陇西捧着她的脸，悉心为她拭掉眼泪，几乎无声地说，"卿卿，你还记得我搁置在密室里的崇文遗作吗？不如……我们毁了它吧。"

他话音方落，卿如是便一把紧捏住了他的手腕，不可置信地紧盯着他，拧起眉颤声反问："……你说什么？"

月陇西以为她仍旧不愿意动遗作分毫，只好解释道："只要销毁掉那些遗作，你也不再为遗作提笔，崇文的棋局便无法继续。或者，你还是更希望他的思想得以流传？可那样的话，你的心结永远无法解开。"他偏过头，垂下长睫，喃喃道，"但是，无论你做什么决定，我……"

话未说完，他只觉手腕被卿如是掐得更紧。

她的神情颇为委屈，唇齿轻颤。

那是一种不愿意扭转既定事实，却又十分想要扭转的辛酸与无奈。

"可是……那是月一鸣啊……"她用额头抵住他的胸膛，留下这匪夷所思的一句话，默默流着泪。

不知过了多久，她哑声哭道："那是……是月一鸣……倾尽余生所有，留给我的东西……"

她竟然……

月陇西沉了一口气，眉梢微微一动，轻笑了声，听着却又似是无奈的低叹。

她竟然不是为了她骨子里的大义和曾经的信仰。这回，她先想到的是月一鸣。

"难得……"月陇西几近无声地呢喃了两字，随后又坦然笑说，"我真希望那个少年的灵魂能踏风御物，自云端归来，以耀眼的姿态再回到你身边，亲耳听到这些话。我猜他如何都料不到，未来的某一日，自己会比卿卿心目中永远第一位的崇文党来得更重要。"

他说的话娓娓动听，语调轻扬，像极了月一鸣从前说话的调调。两人的声音截然不同，此刻听在卿如是的耳中，莫名重叠。

"其实他也经常托梦给我，跟我讲月一鸣和秦卿的曾经，叮嘱我照顾好现在的你，在照顾现在的你之余还要看顾好你视若珍宝的崇文遗作。"月陇西挑眉，肆意揉着她的脸颊，笑叹道，"但是，他也在得知前世真相后对我说过，若有一日不得不毁掉那些遗作来安抚好你，那便毫不犹豫地毁掉吧。反正大义于他、于我，都无甚干系。与其留着遗作惦念他，不如毁掉遗作来治愈你。

除非……比起安抚自己，你其实更不愿意毁了它们。如此，那就又是另一种结局了。"

卿如是似乎又平静下来了。此时双眸空洞，无声地流泪，手臂却缓缓收紧，锢着他，不肯松手。

满室寂静，凉夜渐深。月陇西抱着卿如是去沐浴更衣，又着人给她煮了些易消化的饭食来盯着她吃了，才搂着她睡觉。

床边留了一盏烛灯，房间里很暗。卿如是半闭着眼睛，眼神涣散，不知在想什么，脸上不显一丝情绪。月陇西就垂眸看着她，眉尖愈渐蹙拢。

第二十三章 郁郁寡欢

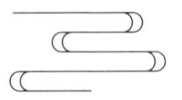

次日月陇西果真没去刑部，留在家中陪卿如是。卿如是一夜未眠，天边微亮时才逐渐睡过去，唇色都泛着白。月陇西跟着她一夜未眠，小寐了会儿就起身去郡主的院子，让郡主午后再去探望。

听闻卿如是精神不振，郡主关怀地询问了几句，才吩咐道："怀了身孕便是这样，敏感多思，情绪不定。也兴许是想家了。你赶紧让管家备些礼，在卿夫人上门前先去请她来府上，莫要失了礼数，让她们娘俩谈谈心，如是或许就能开怀些。"

虽知道卿如是并非因为怀孕如此，但让卿母前来探望终究是好的。月陇西即刻安排人去办了。

待月陇西回到房间，卿如是已醒过来，蜷缩着身子坐在床角，神情郁郁，正盯着锦被发呆，仿佛床榻那一隅就是她的所有天地，身后是铜墙铁壁，周遭无人理睬，只她一人被抛弃后放逐在外。

当年的崇文党那么多人，崇文独独将她放逐在真相之外，独独抛弃她，让她去赴死。

或许她难过的不仅是信仰在一瞬的崩塌，还有回忆起来的当年无畏前行时一个人的寂寞。

月陇西觉得，她大概是在想当年烧毁雅庐的那场大火吧。平日里称兄道弟的崇文党死的死，逃的逃，畏缩的畏缩，身边无人肯伸出援手也就罢了，背后还有一只无形的手将她推进大火。

她看起来有些无措，坐在那里一动也不动。

月陇西走过去坐在床畔，故意将身子凑到她的天地里去，问道："不睡了吗？要不要起来用早膳？梳洗一番，过会儿娘要过来。她好不容易来一趟看你，见你这个样子的话会担心的。"

卿如是回过神，滞缓地望向月陇西，默然凝视着他，看了好一会儿才几近无声地说道："我没什么。"

稍一顿，她眉心一动，将自己的双腿锢得更紧了些，她盯着空中一点，呢喃道："我忽然想到了余姝静……你不去刑部的话，就带些人，跟我一起去薛宅找找线索好不好？我很想救她。我觉得，她现在应该很孤独，很绝望，很想身边有人能伸出援手。她是个单纯的姑娘，若等她知道这一切都是她最信任的那个人布下的局，等她知道，在她绝望的时候，其实有很多人都晓得她的所在处，想必她会很难过。"

月陇西紧盯着她，眉眼间满是心疼。他明白卿如是在说什么。而今的余姝静，就好比曾经的她。她不希望余姝静像她当年那样绝望，更不希望余姝静最后像她现在一样。

"好。"月陇西没有犹豫，果断答应了她，"但是你得先梳洗吃饭，见过咱娘之后，我们才能出府。在这段时间里，我会派人留意刑部的情况，也会着重注意萧殷的动向。如何？"

卿如是颔首。

她没什么胃口，只想着肚子里刚孕育的小生命，灌了些粥米，吃了点儿醋熘白菜。用完膳就坐在窗边等卿母，口中含着一颗酸梅糖。

卿母来得很快，月陇西去府门迎进来，送入西阁后自己就退出门外。

月陇西只与卿母说了卿如是有身孕以及食欲不振这两件事。卿母闻喜讯赶来，进门后却见卿如是神色委顿，她顷刻间没了笑意，叫道："如是？"

她的声音柔缓，语调中又带着些许嗔怪和心疼，嗔怪卿如是怎么把自己照顾成这般模样，心疼她怎么才离家两个月就又是被绑架又是郁郁寡欢。

这声音让卿如是很是眷恋，唤的两个字都唤到了她的心尖上。眼眶一红，卿如是立即起身扑了过去，满腔委屈翻涌而上，她低唤道："娘……"尾音发颤。

真是受了委屈，才会这么大了还跟母亲撒娇。

"怎么了？你跟娘说，娘帮你做主。"卿母拍着她的背，轻声哄道，稍顿，又皱眉问她，"该不会是月陇西那小子对你不好？！他要纳妾？还是他欺负你，厌弃你了？"

卿如是摇头，哑声道："他对我特别好。前世今生，没有谁比他对我更好了。我只是最近常常做噩梦，又恰逢怀有身孕，被人绑去后受到了惊吓……"

"那，如何这般委屈？"卿母松开她，狐疑地问道，"是因为做的噩梦吗？你梦见了什么，要不要跟娘说一说？其实，不管你做了什么噩梦，你都须得记住那是假的，不必心挂于心。或者，是因为那些绑匪欺负了你，你才委屈？放心，自有娘帮你出恶气，你爹官大，你夫君、你公公，还有你婆婆，官都大得不得了。你嫁给陇西，那陛下也就是你的姨父了，身为皇亲国戚，咱们什么都不用怕！"

卿如是捏着她的衣角，垂下眼睫，先轻笑了声，然后默然片刻，忽地用双手捂住脸低泣起来。她哽咽道:"娘……若我上辈子就能遇见你们,该有多好……"

前世唯一为她做主的那个人最后也万劫不复。没有旁的人为她做主,家境不算好,自己的亲爹娘人微言轻,公婆从未照过面,她甚至不晓得月一鸣究竟有无爹娘,惠帝亦不是亲戚,不仅不亲,还随时随地想要她的命。这辈子太好,她也恍惚觉得是一场梦。

她大概能明白,月陇西害怕从梦中惊醒的那种恐慌了。

卿如是忽地失笑,便又笑了许久。笑时竟又觉得脸上的泪痕在一瞬间都变得滑稽。她不知道自己在得知真相后的短短几个时辰内究竟是怎么了。

唯恐大梦一场,睁眼醒来后看见的人不是月一鸣,也不是夫人,而是崇文党,是失火的雅庐,是西阁的残阳……

她自以为过尽千帆,历经风雨,不会再畏惧任何真相,也早该承受得住真相的残酷。却不想,最后的真相告诉她,她当初历经的所有风雨,都是别人算计好的陷阱。

她现在怕了那个真相,也怕了那段过去,更怕真相会继续祸害她,让她腹中胎儿也间接因此受到伤害。

卿母拉着她坐下,边给她擦拭眼泪,边温柔地说道:"傻孩子,什么上辈子下辈子,你且过好这辈子,旁的什么都不必想。就算真有前世来生,那娘也一定还是你娘,生生世世护着你。难过的东西都是梦里的,高兴的东西才是现实里的。你现在已经不是一个人了,你腹中还有一个生命,这般消沉下去,娘真怕你……算了算了,你哭吧。娘在这儿呢。"

卿如是止住了夹杂着眼泪的笑声,像失了生气的木偶,趴在卿母的腿上。

她忽然很安静地望着窗外的风景,徐徐道:"兴许人真的有上辈子呢。我许是忘过奈何桥,忘喝孟婆汤,所以还记得上辈子的事。我见过那时的高山流水,见过清风明月,那里也有廊桥,还有采沧畔的墨客风流。后来我看见一场大火烧了所有的景色,只留下一方花窗……就这么丁点儿大的一方花窗,里面装着夕阳……我以为那是最后的风景。但我近期做了个噩梦,梦里才是最后的景色。娘,你猜是什么?"

卿母一手抚着她的头发,一手捧着她的脸,问:"是什么?"

卿如是忽然低声笑起来,把脸埋在卿母的腿上,泪湿襟裳:"……不知道。一片黑色的……娘,我觉得我又要死了。"

"胡说。"卿母抚摸她的长发,听到这里眉心微皱,拍了下她的脑袋,轻叱道,"什么死啊活的?此生尚且未走到尽头,如何就成了'又'?哭吧,哭一场就都当是过去了。"

卿母稍作一顿，低叹道："人啊，悲伤的时候就愿意把自己停在现在，欢喜的时候就把自己放到未来。"

人总是喜欢在开心时畅想未来的美好，而不注重看顾现下的局势；总是不喜欢在难过时想一想未来终会踏过如今的坎，只注重而今所经受的痛苦。生而为人，多是如此。无可奈何。

卿母一直陪着她，直到傍晚用完膳才离去。卿如是收拾了番心情，跟月陇西一起乘马车将卿母送回卿府。

回来的时候卿如是的心情仍旧异常沉郁，月陇西未免她继续沉浸在情绪里头，便故意引开话题："原本我们不是说好等娘走后带兵去薛宅找线索的吗？结果，下午的时候刑部就有人前来禀报……"

他先起了个头，卿如是尚且怔愣着，反应片刻方回神看向他，低声问："如何了？"她的嗓子都哭哑了，稍微抬高声音就觉得疼，只得压着声说话。

月陇西为她轻叹一口气，从袖中拿出一张折好的纸单递给她："我来说，你听着就好，能不用嗓子尽量别用。这张纸上详细记录了今天下午发生的一切。还记得我跟你说的绑匪寄来的那封信吗？晌午时分，萧殷带人找到了信纸的出处，原本并没有根据售出记录查到可疑之人，但后来萧殷特意派遣官差在周边搜寻，十分'巧合'地搜到了一座荒废的宅子。"

卿如是迅速浏览着纸上简明扼要所记录之事，还未看完，又抬眸听他细说。

"那片区域几乎可以说是扈沽的废地，不怎么受上边管辖，有人在那一带贩卖私盐，也有违规商户于树林中搭棚自产货物，给摆摊的货郎提供劣质品，牟取私利。因此，找到宅子的时候官差意识到了这片地是他们刑部搜寻两日的盲区，赶忙上报萧殷说明。萧殷没有丝毫犹豫，带领一干官兵进宅搜查。那座宅子，就是你和余姝静被困的第一个地方，薛宅。"月陇西盯着她轻笑，笑意中略有讥讽，"倒是省去了我们去薛宅探寻的时间……"

卿如是眉头紧蹙。萧殷这罪魁祸首，竟然敢堂而皇之带着刑部的人先她一步去了薛宅？

她心情越是沉郁，脑子越是清明，想问题时就更能冷静。

能让她平静下来想些别的事再好不过。月陇西凝视着她，接着说道："更巧合的是，萧殷一行人竟然就在薛宅里，找到了被关于柴房的余姝静。"

这一点卿如是万万料想不到，她微睁大双眼，吃惊地望着月陇西，说道："不可能……"她和余姝静分明被转移到了别处。

月陇西颔首道："我亦觉得惊讶，这与你昨日跟我说过的事实衔接不上。我想，或许就在你被放回来的这期间，他们做了些别的动作。"

卿如是笃定地摇头："你所说的别的动作，难道是指把余姝静又从我们被关之处带回到薛宅？我认为没有这个必要。既然萧殷那么快就带人去到薛宅，那说明他本来也没打算让余姝静在他手里待得太久。既然很快会去救她，又何必把人转移来转移去地浪费时间呢？"

她稍一顿，垂眸看向纸上的文字，说道："或许，不是我被放回来的期间他们的行动被我们漏掉了，而是一开始……他们就根本没有任何动作。"

"你的意思是？"月陇西恍然，挑眉问道，"当晚，你和余姝静压根儿就没有被转移？"

卿如是点头，微眯起眸子回想前晚的情形，眸底掠过一丝恍然。正待要开口说话的时候，月陇西止住了她："先听我说完后来的事，你且捋一捋思路，兴许能想通更多东西，等回家再一句句写下来告诉我。嗓子都不晓得疼的吗？"最后一句话带着些许无奈的笑意。

他瞧见卿如是埋下脑袋，不知为何就轻叹了声气。她像只淋雨后蹲在屋檐下观望雨帘的惆怅的猫，极其惹人怜爱。月陇西抬手摸了摸她的头，小指的指尾不小心触到了她发髻上的玉簪。

那是一支用透亮莹白的玉石雕刻的镂空弯月簪。弯月被银丝缠绕出的流云一圈一圈环绕着。月与云痴缠悱恻，最后于月勾处系结，以一颗珍珠镶嵌，遮挡住结线。

月陇西微翘起唇角低笑道："我想到了……"他用手拔出玉簪，拿在指间细细打量，再抬眸凝视着卿如是，轻问，"倘若我们生了个闺女，就唤她'月绾'，你说好不好？"

卿如是一愣。此番局面下，他竟是在为孩子斟酌起名？她抿住嘴角，难得地浅笑了下，无声问："……哪个'绾'？作何解？"

"'绾'啊……自然是有系结、盘绕、挂念之意的'绾'。"月陇西随手转着发簪，笑道，"愿为绾心人，与卿卿纠缠生世，如这月与云般系一处，随时牵挂想念，永不离分。"

卿如是耷拉眼皮无语地盯了他片刻，低头错开视线，轻声道："在闺女面前能不能矜持点儿。人家就不配拥有个代表父母寄望或者祝福寓意的名字吗？"

她竟然搭话同他玩笑了，月陇西凑过去挨着她坐得更近了些，说："我不管，我就喜欢这个名字。是我们生下来的，代表我们夫妻恩爱有什么不对吗？像是在说玉湖廊桥上的那弯月亮一样，多好听。"

卿如是其实还挺喜欢的。她没有反驳，偏头倚在车壁上，想了会儿，好奇地问道："若是生个男孩呢？"

月陇西失笑："怎么，忽然比我还心急了？我才取好女孩的，你便要问男孩的。卿卿你是刚怀上一个月，不是刚生下来一个月。"

卿如是斜眼睨着他，这句话是她昨日说月陇西心急的时候拿来怼他的。

"逗你的……"月陇西随意搓玩玉簪的动作一顿，赶忙坐直身子拉住她的手，又将她倚在车壁上的脑袋搬起来搁在自己肩膀上，才笑说道，"我说你有夫君不用，非去靠那车壁做什么？"

他幽幽叹了口气，稍一顿，沉吟道："男孩子的名字嘛，暂时还没想好。我相信名字这样的东西，也讲究一些缘分的，可遇不可求。"他边说边搓着簪杆，凝视上面绾结在一起的月与云，清浅一笑。

的确是可遇不可求。他给她取的乳名，每一个都有特别的意义，属于不同的场景，总要承载着些与众不同的情感，方是独一无二。卿如是的眸中衍出些潋滟的光泽，她垂下眼睫安静小睡，不再跟他搭话。

两人回到西阁，见郡主就站在院内的花圃里，亲自帮他们的花浇水，似已等候多时。

"你们可算回来了。"郡主放下花洒，从身旁嬷嬷那里接过巾帕，擦拭双手后方朝他们走过去，先示意月陇西回避，而后拉住卿如是，"我听陇西说你喜欢吃糯米鸡，就命厨房给你做了些。因着你这些天口淡，特意让厨子在腌鸡肉和泡糯米的时候掺了些酸汁儿进去，你尝一尝。"

卿如是跟着她到石桌前，本没什么胃口，但不想辜负郡主好心，仍是执筷吃了点儿，淡笑道："好吃。"

郡主别有深意地笑道："酸的，当然好吃了。"稍顿，她伸手拍了拍卿如是的手背说，"这两日怎么了，跟娘说一说吧。食欲不振和郁结在心的区别，我还是瞧得出的。"

卿如是垂着的眸子里有光点轻轻一动，她抬起头，怔愣了瞬，低声道："我不知从何讲起，这件事，不太好说。"

郡主温柔地凝视着她，并不作声。

须臾，卿如是斟酌着措辞，挑拣了个问题："娘读过许多崇文先生的书籍，可有难与之共通、困惑不解的时候？"

"只要是读书，便没有谁敢说自己未有不解之处的，哪怕是作者自己也不一定全都明白。因为我始终相信，人在每一刻的心境都是截然不同的。书作者在写下那些字句时的心境，定然也与后来回看那些字句时的心境不同。既然心境不同，便不会与之全然共通。"郡主认真道，"崇文先生亦是如此。我常常会想，他记录在书本上的惊世思想，是否只是他生命中的昙花。"

"昙花？"卿如是喃喃自语，琢磨着其中深意。

"没错，执意只在黑夜中绽放一瞬的昙花。"郡主目露向往，转瞬又成了鄙夷，"那些惊世思想，或许只在他写在纸上的那刻最圣洁最高贵，而后的每一刻，他的思想都再不复那刻纯粹，甚至很有可能因为挣扎在黑夜而不得不舍去道心，致使他不仅不再纯粹，还肮脏不堪。所以，他才会拼了命地想将著作留存下去，证明他纯粹过，也希望后世有人能继承他的纯粹，为他所坚持的盛世努力吧。"

卿如是看郡主的眼神略有些不可思议，凝视须臾，忽地哑然失笑，那笑意有些苦，她轻声道："连百年后的人都能看明白……"自己却被蒙蔽这么久。

枉被后世称说是最能理解崇文思想的人。

"你这般问，可是因为近期有与书籍中所述难以共通之处？"郡主帮她扶正一支歪斜的玉簪。

卿如是摇头道："并非书中文字让我困惑。我困惑的是，为什么像人这样有是有非的黑白之物，还能写出那么纯粹圣洁的文字？你也说了，崇文的思想是他生命中的昙花，他本人做不到如他所述那般，却又凭什么写下这些去教导别人？或许我是觉得他这么做，本身就有些可笑。亦或许，我是觉得依照人黑白并存的秉性来说，就算后世都看懂了他那些圣洁思想，也没有用。因为根本做不到。"

郡主微一愣，低头失笑，在卿如是疑惑的目光下，抬眸，温柔地摇头道："我差点儿就被你绕进去给说服了。你不必将其中原委放得太大，其实这再正常不过了。"

卿如是拧眉凝视她。

她道："你不妨类比一件小事来看。就像我教你孕期不要动怒动气，这肯定是为你好。可焉知我怀孕的时候没有动怒动气？焉知你后来有没有听我的话不要动怒动气？若我再怀孕，焉知我会不会动怒动气？人不都是这样，说起来容易，做到难；明白得很快，践行得很慢。

"文字和话语都可以由人自己掌控，可人掌控不了自己的是非曲直呀。人性如此，喜怒哀乐皆是随心，黑白兼而有之，脱口的话和写出的字能再三斟酌，考虑周全后再教别人知道，曲直行为却总受他人他物影响。好时千般万般地好，逼急了也能荤话连篇……这就是为何我们明白许多道理，仍旧过不好一生的原因。

"我之所以说崇文写在纸上的字是昙花，也有说他清灵通透的意思。他对天下人好，才能写出这样的文字，但他这人肯定不全是这样的，或许他对他自己身边的人并不好。然则，我们何必纠结他为人如何，值不值得教导我们，教导我们过后我们又能否明白。通透的字只是拿来警醒世人，不是拿来让我们消遣非议写字的人，亦不是拿来奉为圣书非得要我们顶礼膜拜。

"若要把过往里被奉为先哲的人都拿出来评判一番，你会发现，他们也就那么回事儿。吃五谷杂粮，有七情六欲，幼时没准儿还爬树打架尿裤子，后来杀人纵火被通缉。届时整个学海都会充斥着可笑。所以，用写书人的秉性来评判书的价值和这人思想的深度是很没有意思的，如是。"

卿如是似是明白，又似是困惑不解。这种道理她该比谁都通透，但偏偏落到自己身上，仍是解不开某个系死了的结。因为她就是被崇文放逐在价值中定义的傀儡，是崇文没有坦诚对待的身边人。她无法不在意，无法不对崇文失望。

"至于你说'就算后世看明白他的圣洁思想，也没有用，因为做不到'，"郡主稍侧身，指向隐在夕阳中的城楼，"多站在那种高的地方看一看，你就知道有没有用了。如今的晟朝，不是比百年前好太多了吗？明明人们依旧愚顽不堪，可偏生就是好太多了。很奇怪，是不是？有时候自以为想通了一些道理，于是觉得别人可笑，那就该沉下心向上多爬几层楼，再回头看这道理，你会发现……他们固然很可笑，自己也不外如是。"

"如是啊。"郡主浅笑着拍了拍她的手背，柔声道，"谁都做过龌龊事，别自认清高，因为自己没做过别人那件龌龊事，就瞧不起别人做的龌龊事，这样你就会舒坦得多了。我跟你讲个人吧，月家祖上那位叱咤风云的相爷，他也就是瞧着风光，背地里的龌龊事也没少干，不仅自创百十种酷刑，让成千上万的人遭此毒手，还当街聚赌，砍断别人两根手指头，恶劣就恶劣在，他偏砍的是别人的食指和无名指，也曾误入歧途，赚过人命钱，更甚者……幼时还当众扒过人小姑娘家的裙子。"

话音落，尚且沉浸在惶惑中的卿如是忽然就回过神，皱起了眉："扒……扒小姑娘家的裙子？？？"

"这些都是月家津津乐道的秘史，你公爹跟我讲的。"郡主轻舒气，"我说这些，也不知能否开导你一二。我只希望你好好吃饭，好好睡觉，别让身边的人担忧。你昨夜没睡吧？"

卿如是一怔，轻点头，低声问："娘怎么知道？"她后来补了觉，脸上该不是太明显吧。

"陇西说的。"郡主见她郁郁地点头，便又摇头笑道，"他就算不说，我也能从他的脸上看得出来。因为你不睡，他也一夜未睡，就那么守着你。同样一夜未睡，你清晨补觉时，他却早起来找了我，请求我不要那么早去看望你，免得扰你休息；你下午补觉时，他也来找了我，请求我为你开解一二，又问了我一些有关于孕期的事，还嘱咐我快点儿选几个有经验的嬷嬷和擅长药膳的厨娘到西阁去服侍你……"

"如是，好好照顾自己吧。你不高兴，陇西就不高兴，他来烦我我也不高兴，到时候你公爹也……"郡主笑道，"你可真是我们家娶进门的小祖宗了。不管有什么暂且解不开的郁结，都要记得吃饭睡觉……也要记得抱他，对他笑。他对你太好，我这个当娘的都有些嫉妒了。"

卿如是失笑，稍一顿，郑重地点头："嗯。娘，我知道了。"

"那快进去吧。"郡主示意身后的嬷嬷跟上，"我也回去了。"

目送郡主走出西阁，卿如是才转身朝屋内去。

月陇西就站在门边，倚着墙，见她进来就一把给她打横抱起，笑道："我娘让你抱我，谁知道你面上答应得好好的，背地里究竟会不会抱，所以还是我来代劳吧。我月家娶进门的小祖宗，还不赶紧给爷笑一个？"

"你偷听我们说话？！"卿如是皱眉，指尖戳在他的胸口，"那你还好意思跟我嬉皮笑脸的？没听到自己做过的什么事刚刚从娘的口中败露了吗？！"

"什么事？"月陇西莞尔道，"守了你一整夜？找娘开解你？还是……"

"是你扒姑娘家的裙子！"卿如是用胳膊肘不轻不重地撞了他的心口一下，嗫嚅道，"你怎么……从小就不要脸呢你。"

月陇西随便回想了番，笑道："好像是有这么回事吧，我都快忘了。"

"为什么扒人家裙子？"卿如是稍微想了下，顷刻间柳眉倒竖，"看上人家了？"

月陇西笑得愈发肆意，抬眸看了看天花板，眨巴着眼点头叹道："嗯啊，那你看我遇到你的时候扒你裙子了吗？我就该扒了你的裙子，让你从那时候起就打定主意这辈子都忘不了我，看到我还得上赶着追我跑。"

"点头又反问……究竟是不是啊？"卿如是蹙眉，捧着他的脸捏，"你赶快说，别插科打诨，显得心虚似的。"

月陇西"哎哟哎哟"地叫唤了两声疼，抱着人走到桌边坐下，一手搂着她的腰，一手倒了杯茶。卿如是正待要接茶的时候，就见他把茶水凑到了自个儿唇边浅抿了一口，然后跟她笑道："见你捏我脸捏得正开心不是，觉得您已经没有空喝茶了呢。"

卿如是："……"

月陇西一笑，抬手把茶杯喂到她嘴边："喝吧，我错了。再待会儿该我跪下来求你喝了。"

见她低头凑到茶杯边喝起来，月陇西才认真回想了番，说道："倘若我记得不差，应是为了救她，她罗裙上的香料惹了毒虫，旁人口传不过片面。我那时好像才十岁，看那姑娘的个头好歹也有十六七了吧。模样我都记不得了，怎么可能看上她呢。"

"再者说……"他把茶杯从她唇边拖走，捏着她的下颌声情并茂地说，"秦姑娘，我是遇见您才情窦初开的，不是说过很多遍了吗？您是不懂什么叫作'初'开吗？"

卿如是抿唇浅浅一笑，凑过去在他唇上啄了下，摇头晃脑道："不是不懂，是甜言蜜语听不腻啊，月相爷！"

月陇西亦笑，道："看在小的方才给您倒茶的份儿上，请秦姑娘凑过来再赐一个吧。"

卿如是没有拒绝，又凑过去亲了口。她不过是蜻蜓点水，而后竟又被月陇西搂着后脑勺多要了一个深吻。

"我想到了……"月陇西松开她的唇，轻喘着气，神色迷离地道，"若是生了男孩，就唤'月朝'吧，朝阳的'朝'。"

这种情景还停下来想名字，卿如是都不知说什么好。她细想了番这名字，眸中隐有微光，问："是希望他像朝阳一样明亮而富有生息吗？"

月陇西笑，理所当然地挑眉，说道："不是。月即夜，朝即晨，是愿我俩暮暮朝朝。"

卿如是握拳捶了他一下，咬唇失笑道："你能不能正经点儿了？站在当爹的角度好好取，重新取！"

两人打闹够了，卿如是也想起他们在马车上说的正事。她的嗓子不宜再说多，月陇西给她递上纸笔，站一旁给她研墨。

就见卿如是落笔，头句便写道："我想，转移一事，是萧殷明知我彼时是清醒的状态，故意为之，为了让我和余姝静都十分肯定地误以为自己被转移了。这么做的目的是为他的下一步棋做铺垫。"

被转移之后卿如是就一直想不通，明明萧殷打算好了当天放过她，却为何非要先将她转移，再从第二个地点释放。直到跟月陇西从卿府回来的途中，她终于想明白了。

那所谓的第二个地点，根本不存在。

只是要想什么都不做，光靠下药，骗过余姝静倒是很容易，骗过她卿如是就难得多了。

萧殷早就料到，在地窖中绑匪用迷药的时候她会有所防备，能保持清醒的状态，所以故意准备好棺材，演这么一出戏，为的就是让她也深信自己被转移了。

因为他的下一步棋中，一定需要她和余姝静两个证人向所有人证明除开薛宅之外，绑匪还有一个藏身之所。

可他千算万算没有料到，自己会不小心落下那张填过《鹊桥仙》词的纸，让卿如是得知这一切都是他的计划，也没有料到自己会被月陇西发现端倪，着人跟踪。

卿如是想到此处，稍一顿，疑惑地蹙起眉，继续写道："但萧殷似乎并不担心自己的行动计划被我们察觉。你着人跟踪他后，他虽将我放走了，却没有立即将余姝静放走。而是继续他的计划，主动带人到薛宅以营救的方式放出余姝静。绕来绕去他还是想引出薛宅这个地方，且似乎并不担心你会揭发他绑架一事。"

"因为绑架案到这里已经结束了。他的重头戏在后面。"月陇西解释道，"既然已经教我知道了薛宅这个地点，那他的计划也就暴露无遗，担心是没有用的，倒不如尽快推动计划进程，达到他的真实目的。至于我究竟会不会插手揭发他，就看他会如何讨好我、讨好月家了。你分析得很对，他的确是想要在余大人面前引出'薛宅'这个地方。"

卿如是微讶，写道："为何你知道我被困在薛宅后，就对他的计划一清二楚了？那里还有什么别的秘密吗？"

月陇西莞尔，道："这个秘密他应是对你说起过的，只不过聪明地选择了保留一二……而我知道这个秘密，是因为他当时为了获得我的帮助，甘愿说出此事，让其沦为把柄，若他做了任何对月家不利的事，我可以随时检举揭发。现在他是想借助此事销毁这个把柄，同时得到余大人的信任，或许后面还有更精彩的……"

话音未落，房门被敲响，传来嬷嬷恭敬的声音："世子、夫人，方才斟隐大人从刑部回来，传了余大人口信，说夫人方便的话，请现在立即去刑部一趟。余姝静小姐也在，似是为了帮辅萧公子完成笔录。"

"笔录？"月陇西失笑，抬眸看向卿如是，一副果然如此的神情，"他的动作的确快得令人咋舌，不过是一晚上的工夫，连案子都快结了。卿卿想要去吗?"

卿如是稍一思忖,颔首同意。

月陇西这才跟外头的嬷嬷说道:"斟隐呢?让他过来回话。"

嬷嬷应是,不消多时斟隐赶到,请安道:"世子。"

"可知道刑部那边如今是何进展了?"月陇西拿了一块巾帕擦拭指尖的墨汁,准备陪卿如是一道过去。

"萧殷公子将薛宅包围,抓到了绑匪,他亲自审问过后绑匪便将绑架的缘由一并招认。但这缘由似乎有些不可告人,萧殷公子并未透露,只说要夫人和余姑娘一道去刑部,就当着余大人的面揭晓真相。其次,也需要夫人和余姑娘为此案做个人证。"斟隐道。

月陇西回头看了眼卿如是,后者点头,他这才打开门,说道:"走吧。"

去刑部的路上卿如是还想再问清楚他方才未在房中说完的有关薛宅的那个秘密,月陇西笑着说她待会儿就能知道。

卿如是心中好奇,却不再多问。

接连几日刑部都是彻夜灯火通明。他们被请去一间茶室,其他人早就等在那处。余姝静看见卿如是,下意识就起身迎了过去,想说什么,又碍于余大人这位严父在,没有说出口。只将视线落在她的小腹,抬眸用关切的眼光询问。

卿如是冲她稍一颔首致意,算是谢过她的关怀。

几人逐一见过礼后,萧殷径直跪下,双手奉上笔录,平静地道:"余大人、世子,这是半个时辰前属下在牢中审问犯人后记下的笔录。现在由属下先将此事始末进行口述。"

余大人接过笔录,边垂眸迅速浏览,边颔首示意他讲。

萧殷的眸子扫过卿如是和余姝静,讲道:"绑匪分为两派,一派是专门靠着绑架盗窃的勾当营生的江湖人士;另一派虽也是三教九流,其绑架性质却根本不止勒索钱财那么简单。这一派的主使是一位扈沽人,姓'薛'。"

他说到此处,不知是否有意,稍作一顿。可以明显看见,余大人低垂的眸微微抬起,看向萧殷。而后者亦有所感,径直看向余大人,稍颔了颔首,似是在致意什么。

卿如是不动声色地将两人的神情收归眼里,一言不发地听下去。

萧殷继续说道:"他是这派的主使,也是这场绑架案的主谋。他先预谋了这场绑架,又寻了另一派的三教九流前来帮忙,答应会分给他们大量的银钱,所以才有了第一次飞镖传信勒索钱财一事,但传信后的那晚江湖人那派又通过特殊途径，得知刑部根本就不打算准备钱财，于是两派人起了内讧。结果就是，一群江湖混混儿当晚趁着薛姓一方不备，将月夫人和余姑娘从薛宅双双转移，打算按照自己的方法勒索到钱财，并且将银钱独吞。"

余姝静急忙点头，说道："没错。父亲，那晚女儿和世子夫人被迷药迷晕了过去，醒来之后就到了另外一个地方。我们的的确确是被转移了。"

余大人眉心微沉，将视线落在卿如是的身上，眼神中透着询问。

卿如是并不犹豫，轻"嗯"了一声。左右与她无关，纯粹当作看个乐子。

萧殷的眸子微垂，有些黯然地默了一瞬，接着低声道："但薛姓一派有自己的目的，并不打算真的勒索钱财，也不敢牵扯到月家人节外生枝，于是和江湖人商议各退一步，先将世子夫人给送了回去。再后来，江湖人认为他们寻找的地方终究没有薛宅安全，为免夫人回去后带着月家军搜寻到他们所在之处，就又把余姑娘送回了薛宅。他们料不到自己会仅凭信纸暴露行踪，让属下找到了薛宅。"

"你前面说他们通过'特殊途径'得知刑部根本不打算准备钱财的意思是？"余大人微眯眸凝视着他，声音微沉。

萧殷颔首，回答："没错，属下以为，刑部有他们的内应。当晚属下提出不必准备银钱这个想法的时候，许多人都在场，且都极力反对。属下觉得，内应很有可能就是他们其中的一个。"

"内应……"余大人冷笑了声，像是不屑，他抬眸看向月陇西，"世子有何看法？"

月陇西低头轻笑，那笑意转瞬即逝，再抬头时他只是挑着眉，别有深意地道："我亦有所感。萧殷的推测，向来都准得很。刑部官吏为赚取钱财与盗匪相互勾结的事情多了去了，的确极有可能。我疑惑的是，萧殷，你口中所言的薛家一派的目的，究竟是什么呢？他们若不是为财，那是为何？"

萧殷冲他拜礼，恭敬道："根据薛姓主谋在牢中失控时的谩骂可以推测，他绑架余姑娘纯粹是因为……和余大人有过血海深仇，说是也想让余大人尝一尝失去至亲的滋味。"

卿如是心念微动，抬眸凝视着萧殷，似有所顿悟。

"哦？"月陇西故作不知，讶然道，"有意思……余大人为官清正耿介，何来血海深仇之人？"

萧殷淡然道："具体是何意，属下并没有问出来。他说，余大人您应该不会忘记十多年前被您亲手用酷刑残害的那一家人和那名年幼的小童。"

话音落下，余大人的神色果然愈发沉郁，他握在桌角的手用力收紧，最后又轻轻松开，不知在想什么。

萧殷却似是忽然想起什么，恭顺施礼，轻道："属下忘了说，被审的这名主谋，名叫薛婴，今年二十出头，常年混迹于市井街坊、赌坊勾栏，纯属下九流之人。面部无任何奇异特征，唯有心口处，有一块经年未褪的旧疤，似是受过牢狱之灾，被烙铁烫伤，印下了一个'贱'字，如今随着年岁渐长，字迹已然模糊。余大人，可要属下着人去翻阅案宗，将此人的来历查清？"

卿如是双眸倏地睁大，心神微震。她紧紧盯着萧殷那张毫无表情的脸。他的双眸一丝一毫的波澜都没有，淡定得出奇，仿佛方才一席话真的只是在讲别人，而不是他自己！

难怪月陇西说萧殷布此局的其中一个目的是想要销毁这个把柄。薛婴——萧殷，他竟然利用了自己曾经的身份，把这个身份给了另一个人。从今以后，当年被余大人放过的小童就成了如今被困在牢中的"薛婴"，而并非审问了"薛婴"的萧殷！

可是，他才是被余大人用尽酷刑灭了满门的薛婴啊！

他怎么能……怎么能毫不在意呢？！

萧殷觉察到身后灼烈的目光，喉结一滑，并未转过身看她。

笔录很快自余大人手中传到了月陇西那里，他将笔录展开拿过去给卿如是看，正巧，后者也迫不及待地将脑袋凑了过来。

她难以相信余大人在知道"薛婴"回来复仇之后的反应仅仅是一怒后立即平息。好歹也该有几分慌张吧。他就不担心自己私自放走逃犯的事被陛下知道，陛下治罪于他吗？或者，他好心留下薛婴的性命，薛婴却恩将仇报，他不该怒火攻心吗？

余大人的态度有些出乎她的意料。

卿如是细细读过笔录，通篇看完，终于恍然大悟。笔录上从头至尾根本就没有提到过"薛婴"二字！这意味着萧殷明明白白地帮余大人遮掩了这件事，同时也意味着，只要余大人立即下令将"薛婴"处死，那么刚刚自萧殷口中说出来的事实，在座听进耳中的人都再也没有证据证明他说的是真的。

帮了余大人的同时，也帮了萧殷自己。从此以后再也没有薛婴这个人，余大人当年已经将他给处死了，当年的案宗里记录的就是事实。

如此还能讨得余大人的欢心，让余大人明明白白地知道是他萧殷帮了他，何乐而不为呢？

性命攸关的大事，余大人再如何刚正耿介，这个奉承也是奉到了他的心坎里。

卿如是抬眸看向萧殷，神情愈发恍惚。这世间所有工于算计之人，都可怕至极。倘或说崇文的算计都是为了留住他心中的纯粹，那么萧殷算计那么多，又是因为什么？仅仅是想要得到权力？

"既然大家都认为咱们刑部出了叛徒，那么当务之急就是将这名内应找出来。牢中几名江湖人士可以利用一二。至于那个叫薛婴的，绑架朝廷官员的家眷，罪无可赦，让他画押认罪，择日行刑。"余大人看向月陇西，"世子，夫人她遭此一劫，必然受到惊吓，近几日，您无须操心内应之事。"

月陇西本就巴不得留在家里陪卿卿，自是欣然应承。他心里清楚，余大人是怕他追究此事因果，故意支开他。殊不知他早已知晓因果，亦是故意看戏罢了。月陇西低头轻笑一声，合上笔录，随手丢在桌上。

"萧殷，找出内应一事就交给你来办，可能胜任？"余大人凝神看向萧殷。

后者眸中先是露出些许讶然与惶恐，紧接着立即颔首施礼，应道："必定不负大人期望。"

何必做出这般神情呢？卿如是微拧着眉，心底说不清什么滋味。萧殷分明早就知道自己能从余大人手中得到找出内应的权力，还将神情细节把握得毫厘不差。他得到了找到内应的权力，必然又会有一番动作。环环相扣，萧殷到底想要做什么呢？

卿如是轻叹了口气。忽而想起那晚与萧殷在街上相逢，他为哄她开心，抛出铜板作诗，却被铜板砸到鼻梁的事。那时候的他是真心诚意，还是故作窘态？

余大人携着余姝静离去，走时余姝静转头依依不舍地看向萧殷，盼着他能跟自己说一两句话，萧殷却只是恭敬地对她施了施礼。或许是因为在余大人面前不敢放肆胡来，也或许是本就与她无甚好说，唯利用尔。

卿如是将一切看在眼里，敛了神色跟他道别，拉着月陇西也准备离去。刚要踏出门槛，萧殷忽然猛地喊住她："卿……月夫人！"

卿如是眉尖微蹙，转过身看向他，眸中凝着疑惑。

萧殷垂着头，黯然道："想跟你道谢，因为方才没有……"

"实在不必。"月陇西先打断他的话，淡笑道，"不揭穿你，是因为你要做什么与我们无关罢了。从前欣赏你的才能，往后也会继续欣赏，你且往上走，我们道不同，终究是过客。"

"……多谢世子教诲。"萧殷默然须臾，低声询问，"可否允在下再与夫人说两句话？在下有急事，半刻钟即可。"

月陇西拧眉，看向卿如是，后者点头，他才无奈地道："我在门外等你。"

待他走出门，卿如是方正视萧殷，问道："说什么？"这倒是头回在得知萧殷的心意之后与他独处谈话，她心觉别扭，方才答应得太顺嘴，尚未意识到他对自己是有别的意思的，现今反应过来就有些后悔了。

"你心情不好？"萧殷抬眸觑她一眼，又在与她对视时迅速低头，任由耳梢红透。

"因为别的事。"卿如是随口回，一顿，又问他，"你有什么事吗？"

萧殷不答，只慢吞吞地抬起一只手，掌心朝上，五指并拢微弯。

卿如是瞧着他低垂眉眼的模样，又瞧着他那只白皙修长的手，一时恍惚，仿佛回到了在照渠楼中相识不久那时候。他恭敬地抬手给她倒茶，低眉顺眼，剔透如玉。她的眉头皱了皱，莫名觉得可惜。极淡的情绪，却充斥着她的四肢百骸，如绵绵细雨，缓缓浸透田埂般。凉意丝丝入扣。

"可否……"萧殷开了口，声低气轻，却瞬间将卿如是拉回神。

卿如是狐疑。

窗外风声入室，兜得烛火人影轻跃。萧殷再将手抬得高了些，淡声道："可否……将那张填好词的纸还给在下？"

卿如是一怔，微一愣神间，又听他用极其淡然的语气说道："那是一张很重要的纸，上面写的字句，是在下为数不多地敬上过真心诚意的东西了。若是卿姑娘还留着，就请还给在下吧。"

他很准确地用了"卿姑娘"三字，而非"月夫人"。不知是真的没有意识到，还是别的什么原因。

卿如是一时有些手足无措，她不擅长与人交流感情上面的事，更不会应付别人捧上来的情意，憋了好一会儿才憋出一句："不……不在我身上……那日捡到之后换了衣裳，兴许是被夫君收起来了，回头我问问他，要不然让他找到了派个小厮给你送到国学府去吧。"

说完她就后悔了，自己怕不是个傻子。月陇西收那东西做什么，多半早就撕掉扔了。

于是卿如是又立即补充道："你最好不要抱太大希望……最好直接忘了那纸条吧。待你平步青云之后，有些东西也就不重要了。夫君说得对，你我道不同，终究是过客而已。"

说罢，她朝萧殷稍颔首致意，转身往门外走，只听见萧殷在她身后低声说："我还想跟你解释……那日将你打晕一并带去地窖，不是我的意思。等我知道的时候，他们已经把你捆起来了。还有，那晚跟你走在大街上所言所行，皆是真心诚意。我从未想过要得到，因为于我而言，我从来拼尽气力、用尽手段、费尽心思去求的，都是肮脏的东西。所以，我从未想过要得到……"

话未尽，卿如是却已经离开了房间。

灯火煌煌，他默然须臾，涩然吐出最后一字："你。"一字落，他似是释怀不少。这两日翻来覆去，他也仅仅是想跟她解释清楚罢了。

情爱于他而言，并不重要；但卿姑娘于他而言，称得上重要。如此而已。

卿如是走得很快，月陇西就站在马车旁等她。见到她疾步走来，便挽着嘴角笑："我真喜欢你避情爱如避蛇蝎的模样。换作以前我是不敢说这句话的，毕竟你避我也避了十多年，但现在可以为所欲为地说了。"

卿如是爬上马车，跟他一道坐稳了才回道："人家才没跟我说你曾经说过的那些不要脸的勾搭我的话，他只是跟我解释了一番绑架的事。还有向我要那张纸……我想你多半也扔了，就让他别抱太大希望。"

"扔了怎么行，自然要烧干净了才行。我怎么可能让他身上留着卿卿作的词，拿给他睹物相思不成？"月陇西抱着她，让她的脑袋倚在自己腿上，边揉着她的脑袋，边笑道，"卿卿表现得不错，夫君一会儿给你买糖吃。"

卿如是仰躺在他腿上，抱着他的手臂玩他的手指头，心思飘忽，问道："你说，萧殷无缘无故牵扯出一个'内应'是想要做什么呢？"

"等着瞧吧，不出三日，你就能知道得一清二楚。"月陇西垂眸仔细瞧着她跟自己握在一处的手，"你忘了握在余大人手中的监察权了吗？萧殷是个很会把握时机的人。他这场弯子绕那么大，最终要得到的，无非就是监察权而已。至于为何要得到监察权，咱们依旧可以期待一下。"

"监察权……监察焚毁杂书的那个？"卿如是想起月陇西问自己要不要把密室中的遗作销毁一事，不禁陷入沉思。

月陇西知道她联想到了什么，安抚道："不急，距离那些杂书被焚毁还有小半个月。你慢慢想，若赶上了趟，就遣人把遗作运到焚书窟去一起烧，若赶不上趟，咱们就寻片地自己烧。若不想烧，就留在那儿。怎么都行。"

卿如是眼神空洞地盯着他的手指，片刻后，转过身来抱住他的腰，闷声道："月一鸣，我不高兴，我要你哄我。"

"拿什么哄你？"月陇西低笑了声，埋头凑到她的耳边，"我空有一身的本事，却要整整十个月都哄不成你。我也不高兴，你拿出点儿本事哄我行不行？"

卿如是抱紧他的腰，呜咽了声表示不满。

月陇西笑，抚着她的青丝，并未多说，耐心地哄她入睡。等到了月府，人果然已经睡着了。抱着她下马车回到房间，轻放到床上，帮她褪去衣衫鞋袜，掖好被角。

待一切妥当之后，月陇西走出门，将此时守在院外的斟隐唤了进来，吩咐道："明日好生盯着刑部的动向，不必插手，发生什么立刻回来跟我禀报即可。只要我作壁上观，他就能顺利拿到监察权，届时将要欠我一个更大的人情，他该还了。怕他不知如何还才合我的意，你就告诉他，月世德的仇我还记着的。"

斟隐颔首应道："世子是想要借刀杀人？"

"是时候了。"月陇西从容道，"原本陛下放任月世德在国学府作威作福，就是想要他激起崇文党之怒，等到合适的时机将他杀掉，以此笼络崇文党的心。合适的时机一直不到，他也就一直在陛下的庇佑之中。可前段时间，他竟然敢去窥视'袭檀'的秘密，惹怒了陛下，现在想要杀他，容易得多。还能合了陛下的心意。萧殷费尽心力想要拿到监察权，也不过是想在陛下面前立功，崭露头角。如今陛下心底也萌生出杀掉月世德的意思，但苦于没有理由，暂不能下手。若是萧殷想办法替陛下杀了月世德，陛下必然看重于他。我这可就又送了萧殷一个人情。"

斟隐恍然道："世子高明，属下知道该怎么做了。"随即狐疑地蹙起眉，问道："世子方才的意思是……您明日又不去刑部？"

"不够明显吗？"月陇西随意一瞥，稍顿，他轻声道，"我还有正事要做。"

斟隐默然颔首。

"明晚顺便去一趟国学府，告诉叶渠，修复遗作的事我这边要暂且缓一缓，让他自个儿先琢磨着。"月陇西稍抬下颔，"你去吧。"

斟隐抱拳行礼，而后消失于夜色中。

更深露重，月陇西站在风口吹了会儿冷风。想到卿如是在马车上因为说起遗作的事，抱着他对他说不高兴，他也觉得很难过，沉了口气，转身到隔壁沐了浴，除了湿气和凉意才钻进被窝里搂着卿如是睡去。

第二十四章 灵雁岁岁来

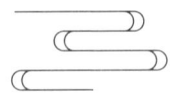

天气渐渐湿冷，卿如是裹着锦被睡得很沉，醒来已是晌午。月陇西不在，卿如是梳洗一番后蹲在花圃里浇花喂兔子。忽然感觉颈后有毛茸茸的东西，下意识缩起脖子用手去摸，反被人钳制住手腕。她转过头去看，月陇西正叼着一根狗尾巴草，一手握着她的手，一手的指尖挑着一袋银子转。

"做什么？"卿如是望着他，不解其意。

"哄你啊。"月陇西不由分说，一把将人抱起来就往外走，半掫咬着草根，笑道，"我带你去个地方。"

"去哪儿？"卿如是偏头，"很近吗？你要抱着我走过去？"

月陇西"嗯"了一声，停在月府门口，把她给放下来，走下两级台阶，撩起袍角蹲身笑道："上来。"

卿如是盯着他笔挺的背脊，撇嘴一笑，趴上去环住他，顺势抽出他嘴里的稗子草，打量着已然枯黄的草色，问："到底去什么地方啊？"

"那晚不是让我先买几斤糖囤着，等孩子生下来之后慢慢发嘛。"月陇西慢悠悠地往集市的方向走，语调懒散，却透着笑意，"我要带你去买糖啊。孩子姑且尝不着，想先给你发几颗。甜甜的东西，拿来哄姑娘家最好不过了。"

"给我发糖？"卿如是惊奇地睁大眼，鼻尖萦绕着他身上淡淡的寒梅香气，她抿唇浅笑了下，很赏脸地夸他，"西爷费尽心思哄卿卿开心的样子，就已经很甜了。"

"哟……这么会说话呢。"月陇西笑得粲然，把她掂了掂，"那你同我亲昵些行不行，趴到我肩膀上来。快点儿。"

卿如是如他所愿，趴在他颈窝处，偏头凝视着他的侧颜，忽然反应过来他方才的话，又直起背拧眉质问道："你没有给别的姑娘买过糖，怎么知道拿甜甜的东西哄姑娘家最好不过了？说来我就觉得奇怪，你说你见我那时候是情窦初开，那又如何懂得那么多连拐带骗的招数，从前你整日里撩着我跑的模样像是没有经验？你在谁身上实践过？"

月陇西拿舌尖顶着嘴角笑，幽幽一叹道："有的人啊，没开情窍的时候是一根筋，开了情窍就是一根筋的醋精。还不都是小祖宗您老人家太难追，我通过反复不懈的尝试，自个儿摸索出来的嘛。要说我跟谁学，在军营的时候倒是跟哥几个学了不少荤话，你看我用你身上了吗？我每每跟你耍流氓的时候已经算是文明得不行了。"

"哧，骗谁呢。"卿如是拿稗子草边挠他侧颜的轮廓，边低声啐他道，"不管哪回耍流氓分明都是荤话连篇。"

"是吗？我怎么不记得了。"月陇西笑，"还是你记性好，那你跟我讲讲，我都说了些什么啊？"

卿如是一巴掌拍在他的背上："大街上呢！月陇西，我警告你少跟我耍嘴皮子！"

"哎哟……疼死我了。"月陇西象征性地唤了两声疼，却笑吟吟的，加快了脚步。

前面不远处就有家卖糖和饼的老字号，卿如是摇着腿，先看到牌匾，紧接着又瞧见斜巷里慢悠悠踱出来一人，抱着糖葫芦垛子，高声吆喝。她用腿碰了下月陇西腰侧，指着红彤彤的糖葫芦，道："我要吃那个！"

"好。"月陇西朝那人走过去，侧头问卿如是，"你要几串？"

"两串！"卿如是伸手在他怀里摸银子，最后掏出两个铜板交给小贩，接过两串糖葫芦，一手拿一串，先自己啃了一口，然后伸手喂到月陇西嘴边，"喏。"

月陇西不太喜欢吃糖葫芦这种酸甜的东西，只配合卿如是咬了一口便不再吃。卿如是极其自然地把他吃掉一半的那颗果子咬下来含在嘴里嚼。

他们来得不算早，糖饼铺子里的人却不多。听老板说是有个富贵人家的少爷过生辰，宴请许多商户去吃酒，所以许多店铺都闭门未开，也就没什么人上街赶集。

老板提到生辰，才让卿如是猛地想起了月陇西的生辰。他前段时间不是老把自己快过生辰，要她送礼的事挂在嘴边吗？怎么最近没再提起过？

她讷讷地咬下一颗果子，心底暗忖着是不是因为自己一直没打算送他生辰礼，他有些难过，也就不提了？还是因为她前段时间嗜睡不与他亲近，近期又因为崇文的事闹情绪，他为了迁就自己，所以不再说？

可是，他的生辰是什么时候呢？似乎他只告诉了她是在成亲后不久，没有跟她说过具体时日。

卿如是忽然发现自己对月陇西几乎一无所知。不知道他的生辰，不知他的喜好，甚至因为他总是对自己展颜，所以自己从不知道他何时心情极佳，何时又沉郁烦闷。

然则，他连她的小日子都记得住。昨夜马车上自己无意说一句要他哄的话，他便能旷了刑部的职给她买糖，说是哄她。凡此种种，细致入微。

郡主说得不错，月陇西只求跟她好好的，要她好好吃饭睡觉，莫要伤了身体。可她连好好的都做不到，还要害的他费心费神倒过来哄她。

背上的人蓦地沉默，月陇西侧头去看："卿卿？问你呢，想要什么糖？"

卿如是回过神，低头瞧了眼柜子里陈列的糖罐，认真挑选了几罐，又指着下面一排，说道："蜜糖糕和玉带糕也想要，还有马蹄酥和豌豆黄。听说这里卖的，味道和家里做出来的不大一样，我想尝尝。"

"胃口忽然这么好了？"月陇西低笑了声，对老板道，"方才我们要的糕点全都来两份，各式糖封两罐，送到襄国公府。"

老板接过银子，笑着应是，亲自将他们送出门。

卿如是吃完糖葫芦，从月陇西怀里掏出一张巾帕来擦拭嘴角的糖渍，道："我们不回家吗？还没用午膳，我有点儿饿了。"实则她心底惦记着月陇西的生辰，想要快些回府问问郡主究竟是什么时候。

"带你去酒楼里吃，今日小楼里请了说书的来。"月陇西背着她往一早等在榕树下的马车走去。待坐上马车，月陇西才发现卿如是神情恍惚，不知在想什么，他试探地问："不想在外面吃？"

卿如是摇头道："不是。我想起一件事……想先问你别的几个问题。"

"问吧。"月陇西挨近她，捏着她的手指头玩。

"你最喜欢吃的是什么？最喜欢玩的是什么？平日里拿什么打发时间？喜欢什么颜色？什么花？……把你的喜好同我讲一讲吧，我似乎对你一无所知。"卿如是有些沮丧，低着头用手指拨弄他的手背，"很抱歉我从来只顾自己，喜欢你喜欢得很晚，所以并不知道要如何喜欢才能让你心底也舒坦。我不想你那么累，或者，我想跟你一样累。"

话落，却无人应答。卿如是蹙蹙眉尖，抬眸看他，他一只手正朝着她的额间贴过来，刚好挡住她的视线，手背几番试探后方收回，卿如是这才看清他不可置信的神情。

过了几个弹指，月陇西认真凝视着她，用舌尖抿了下唇，回答道："我觉得，你愿意喜欢我，就很让我舒坦了。倘或你觉得这个回答很是敷衍，那你便记着每日清晨醒来对我说上几遍喜欢。因为我很久不去想自己喜欢什么了，好像喜欢你就已足够，所以没时间想别的。"

卿如是眉头皱得更紧，边脸红边古怪地盯着他道："我方才那些话像是在求你哄我吗？这时候你不必再说情话、说好听话逗我开心了，我是真想知道你的喜好。"

月陇西眨巴了下眼睛，失笑一瞬，余光瞧见她神情格外认真，又即刻敛住笑意，郑重道："我不是在说情话给你听。我若是说情话与你，你这时候应该已经躺在我身下了，我不是要流氓的时候才荤话连篇吗？平日里我对你说的都不是要哄你，是真的打心眼里要说的。兴许是因为太过喜欢，所以，每句发自内心带着情意的话说与你听时，都像极了情话。"

神仙，月陇西这张嘴啊。卿如是自认就是再修炼一世也及不上他，分明是想向他表明心意，却被他一通话说得心热脸热。自己上辈子究竟怎么回事，是不是取向有问题才看他不上。若不是这男人两辈子追着她跑，她都不晓得自己错过了什么。

月陇西见她发愣，伸手把她捞进怀里抱着，外面阳光正盛，从车壁的遮帘缝里漏进来，映在他的脸上，刚好是眉梢眼角的位置，那亮斑惹得卿如是低头痴迷地瞧。

他抬手用指腹揉着她的脸颊，轻笑道："不过，小祖宗主动问我喜好的举动，我就十分喜欢。"

卿如是没有回答他，只盯着他眼尾的光斑。那光一点点照进他的眼眸，顷刻就将他微眯了眯的眸子照得明澈动人。

她的记忆穿梭回自牢中赤足奔向雅庐的那天，风动火起，书墨香气湮在灰烬里，她要冲进去时，月一鸣拉住她，泼了她两桶清水。

之后呢？之后她只看见官排兵列抬眸尽是冷眼，却未曾看见他站在哪里，又是个什么神情。他那时必然就站在一旁，像如今这样认真地瞧着她，只怕她真的深陷火海万劫不复。

她不发一言，月陇西便也不说话，把玩她的手指和头发，偶尔抬起眸瞧她一眼，察觉她仍用过于深情的眼神怔怔地凝视着自己，便轻笑一声低下头去继续玩她的手，此时还要喃喃一句："瞧得我都不好意思了……"

小楼到了。远远看到马车金贵，小二迎上来，接客进堂。月陇西选的是二楼靠着走廊的位置，正对着看台，方落座，说书人恰巧上场。

堂内掌声雷鸣，说书人惊堂木一拍，笑着道："闻说近日国学府奉圣令重修崇文遗作，国学府中是人才云集，济济彬彬。咱们圣上英明，此举必将名垂千古，人人称颂。反观百年前，惠帝下令于雅庐焚书，烧毁七七四十九本手抄，九九八十一卷拓书，其罪可谓罄竹难书。今日，咱们就接着跟大家伙说一说这雅庐焚书的故事……"

看台上的人讲着那段家喻户晓的历史，座下听评人依旧喝彩捧场。月陇西收回视线，抬眸正想问卿如是要不要换一个听，却见卿如是将放在他身上许久的目光挪到了说书人那方。

菜上齐了，卿如是仍入神地听着。说书人是上了年纪的老先生，用他饱经沧桑的声音将故事说得跌宕起伏，兴起时眉飞色舞，一拍惊堂木，赚了满堂彩。

那种被岁月磋磨到极致的苍老枯涩的音色，又因说书人刻意蓄力而犹如洪钟震响，厚积薄发，慢慢浸透骨髓，侵入心肺。就像当年义无反顾冲进火场救书的秦卿，分明满目绝望，形如枯槁，却又在绝望中萌生出一种坚韧无畏的力量。

彼时宁愿搭上性命也要救下遗作的秦卿，后来不惜违抗皇令也要保住遗作的月一鸣。那是牺牲在信仰与道义中的人啊。

她卿如是何德何能，凭什么去销毁秦卿不顾一切追求的正道？

又凭什么，去销毁月一鸣耗尽心血要留给秦卿的东西？那是月一鸣口中的一堆破书，也是为了让他的卿卿对他展颜一笑的一堆破书。

"要留下……"卿如是轻喃道。

月陇西似是没听清："嗯？"

"那堆破书……"卿如是夹了一筷子鲜嫩的青菜，放到月陇西的碗里，抬眸坚定地对他说，"要留下。"

月陇西动作微滞，垂眸凝视着她握紧长筷的手，继而看向自己碗中的菜，许久才低问出声："不是不喜欢吗？"

"我不喜欢，但是秦卿喜欢。有了那些书，秦卿就不会整日里闷闷不乐。"卿如是收回手，用力扒了一口饭，滞涩的声音被伪饰得有些模糊不清，"月一鸣也喜欢。有了那些书，秦卿就能对他笑。秦卿也没做过什么对他好的事情，我希望可以帮她做一次。"

月陇西夹起她放到自己碗里的菜，细细品尝后才答道："嗯。那就留下……帮她完成心愿，也帮她讨好一次月一鸣。"

她与他一样，还是放不下已经死去的那两个人。他们终究是留在了曾经那个朝代，永远活着，也值得她和他这个后世之人敬以最诚挚的一切。

敲定了不销遗作，月陇西知道卿如是就会翻来覆去地惦念着崇文的是非黑白，想必心里不好受。天色渐黑，他带她去后街的深巷里看皮影戏。看的人多，他们坐在最后面。

昏黄的灯幕下，随着铜锣声起，一群穿着花袄子的红绿小童被支着关节在相互追逐打闹。他们头上总顶着两个角，弯着笑眯眯的眼，活泼可人。

卿如是躺在月陇西的怀里，安静地看着幕布上的小孩子。她的左手还拿着一块糖饼，正小口小口地咬，右手轻轻摸着小腹，恰听见旁边一双三四岁的青梅竹马打闹跑过。她抬起头望向月陇西，发现他正抿着一壶小酒。小厮送的。

他仰着头，颈线与下颚线都是恰到好处的弧度，喉结微滚了两下，一滴酒从他的下颔流下来，酒渍被他用指尖随意抹去，滑落的一点却滴在她的嘴角边。

她怔怔地瞧了会儿，心念一动，不自觉地伸出舌尖抿了抿那滴酒，似乎有淡淡的甜意。她拽了拽他的衣摆，低声问："什么酒？我也想喝。"

月陇西垂眸，抚摸着她的脸，又看了看那壶酒，说道："桃花酿。你有身孕，只可以给你抿一小口。"

"嗯。"卿如是格外乖巧地眨了下眼，表示赞同。

他却轻笑，捏着酒壶不动，转动墨瞳凝视着她，眸中微澜："那先告诉我，下午在马车上的时候，本想问我的问题是什么？"

"你还记着？"卿如是呢喃反问，随即又垂下眸郁郁地说，"果然如此，你总是什么都记得……"

月陇西狐疑地蹙起眉，耐心等她回答。

就见卿如是慢吞吞地伸出手，将缓缓放大的巴掌蹭到他的脸旁，他配合地稍俯了些身，让她能肆意抚摸他。

卿如是就着仰躺的姿势，用手摩挲他的脸，又用指尖去画他的眉毛和鼻梁，最后落到他的唇上，好一阵轻抚后，才喃喃道："我是今日才想起，你许久之前跟我说的话。你说你就要过生辰了，希望我为你准备生辰礼……可是我一直没有准备。我想知道你何时过生辰，想好好准备。"

她今日给他的惊喜太多。月陇西心神微荡，一时不知如何接话，只觉得她忽然认真对待感情的模样可爱极了。

心神荡着荡着，他蓦地失笑，温柔抚摸着她的脸颊，却用疏懒的语调笑说："这个呀……生辰已经过了有一个月了你才想起？"

卿如是皱紧眉，捏紧他的衣角，惋惜地道："过了吗？可是……府里怎么没有给你办生辰宴？为什么郡主也不告诉我？我想给你送生辰礼的……"

"因为那是月一鸣的生辰，不是月陇西的。"他钩着她的发丝，压低声音道，"况且，一个月前我生辰的那天，我们都不在府中啊。你已经送过我生辰礼了，卿卿。"

卿如是惶惑不解："一个月前……"稍迟疑一瞬，她又恍然大悟，顿时羞臊得满面通红，抬眸紧盯着他，用眼神反问求证。

"在客栈，和我的卿卿。"月陇西用拇指摩挲她的唇角，"我喜欢极了这个生辰礼，这也是我收到过的生辰礼中最好的。无可取代，独一无二。"

他的指腹被她柔嫩的唇弄得有些酥痒，他的眸底泛起动人心魄的光泽，继而哑声道："若想要再送我别的，就等月陇西的生辰到了再说吧。"

语毕，举起酒壶浅抿了一口，月陇西俯身埋头去吻住她的唇。卿如是眼看着他朝着自己亲下来，青丝倾泻，她睁大眼拒绝："在外边！前面有……有人……唔。"被渡了一小口桃花酿。甘甜冰凉的桃酿沁人心脾，渡进口中，霎时唇齿留香。

极尽缠绵的一吻，卿如是已然瘫软在他怀中，像只慵懒的猫，微眯着眸子，暗自回味着桃花酿的甘甜，心底暗戳戳地想，月陇西也是当真不害臊，大庭广众之下，方才不知被多少人看去了……

将卿如是亲得五迷三道，月陇西也没好到哪儿去。他气息略有些急促，调整了会儿方恢复，放下酒壶，他拿过卿如是咬了一半不想吃的糖饼吃掉。"该回家了。"说罢，他顺势将她打横抱起来，往马车那边走。

斟隐抱着剑，正倚在马车旁等他们，眼见两人走过来，赶忙唤："世子、夫人。"

"嗯。"两人坐进马车，月陇西示意斟隐驾车，双辕起走后，他问道，"成了吗？"

"成了。"斟隐笃定地回了一声便不再说。

卿如是依旧仰躺着，问道："什么成了？"

"十多年前的案子被挖出来，到底还是惊动了陛下。"月陇西解释道，"刑部根本就没有萧殷所谓的'内应'，但他既然费尽心思从余大人的手中拿到了抓捕内应的权力，就一定别有所图。内应不存在，可对余大人不满的人却很多。我料萧殷是准备拿这些人开刀，将'内应'的名头嫁祸到一人头上。"

"如何嫁祸？"卿如是眉心一动。

坐在马车外的斟隐适时道："回夫人，余姝静小姐身上有一枚玉佩，乃是萧殷赠送，此番被绑匪劫去再送回，玉佩不知所终。萧殷在刑部一名官吏家中柴房搜到了玉佩。余小姐指认说那间柴房似乎就是她被转移后关押她的地方。"

卿如是明白了。难怪萧殷非要引出除开薛宅外的第二个地方，原来是为了让余姝静莫名其妙当个人证。那官吏家中柴房怎么可能是关押她们的地方，她们根本就没有被转移，是余姝静以为自己被转移过，而在事先笃定玉佩落在了官吏手中后，便会先入为主地认定他家的柴房就是关押自己的地方。

到底还是被萧殷的障眼法给糊弄过去了。余姝静恐怕已经根本不管自己当时是不是被蒙着眼罩绑着手脚了吧。

　　既有余姝静这个人证，又有玉佩这个物证，以余大人想要迅速结案以杀掉薛婴躲避当年过失的迫切心理，官吏如何都洗不清了。就算是清白的，余大人也宁愿他早点儿画押顶罪。

　　"然后呢？"她追问。

　　"然后，自然由萧殷去进行挑拨了。"月陇西淡笑道，"绕这么大的弯子把'薛婴'案牵扯进来，你以为他真的只是想让'薛婴'这个人消失，然后得到余大人的赏识就够了吗？他想让陛下知道，余大人当年违背圣令放走了前朝旧臣之后薛婴。可这件事不能由他来说，因为他刚凭借'薛婴'在余大人那里得到了赏识，这么快就让余大人看穿他的野心是不明智的。以后有很长的路还要靠余大人抬举，所以他选择了那名官吏。

　　"一番挑拨后，告诉官吏余大人当年放走薛婴一事。被指认为内应的官吏必死无疑，心底定然想着要殊死一搏，买通狱卒传消息出去，将余大人也给拉下来。当然，薛婴一案不足以让为官多年的余大人下台，但绝对能让他被停职几月，监察权自然旁落。

　　"唯一不确信的因素便是监察权会不会落到他萧殷的身上，所以前面他讨好余大人，以及前面借我的力进国学府讨好各位学士就显得尤为重要。

　　"余大人被停职，一定会向陛下推举萧殷。在他看来，我是月家人，并不能成为他的心腹，在他停职这段时间里，我说不定还会夺他的权，占他的好处。所以他更愿意将权力暂时交给聪明又顺他意的萧殷。与此同时，萧殷在国学府讨好过的那些学士高官也会认同这次推举。自然而然的，监察权便也随着推举落到了萧殷的手中。他埋下的所有伏笔暗线，全都活泛了起来。

　　"只有我。我这个彻头彻尾知道他的身份和小动作的人，他无法蒙骗过去。所以，他只能祈求我不要拆穿他。如此，他欠了我一个极大的人情。"

　　卿如是将他的话在脑中过了一遍，只暗叹萧殷当真是心思缜密，八面玲珑。听到最后一句，她又蹙起眉道："你要他如何还这个人情？"

　　"很简单，明日早朝，他拿到监察权后，便要替我动手杀了月世德。"

　　月世德近期低调了不少，许是也瞧出陛下对他的态度逐渐疏远冷淡，心里到底还是担忧。人越是到了一只脚迈进棺材的坎，就越是担忧会无故身亡，不得善终。

　　但他活到这般岁数还不死，月陇西瞧在眼里就糟心至极，只是念及卿如是腹中怀着孩子，自己布局，手沾鲜血，难免不吉利。能重活一世，命数与因果上总要讲究些。

所幸萧殷是个上道的人，无须自己多嘱咐，只消将月世德名字报给他，等着便是。

他会用什么法子让月世德死得无声无息，月陇西不想去探究，他要的只是月世德死这个结果。他相信以萧殷的计策，监察权已经被收入囊中。果不其然，次日发生的一切就十分顺理成章。因此，朝罢后，萧殷给他寄了一封信，信中为他要的结果许下了一个承诺：半月之内。

半月，刚好是焚书之日。想必是想要利用监察权……月陇西烧掉信纸，不再关注此事。

这期间，卿如是嗜睡厌食得愈发厉害，心情也愈渐烦躁。无法静心看进去书，也写不进去字，只好坐在花圃中撑着下颌思考问题，尝试自己去解开心结。但效果不佳，为了不让人担忧，也为了腹中孩子，她已十分努力地吃东西，但都吐了出来。长此以往，折腾得身子疲乏。

小半月后，卿如是再次吐了一餐滋补生血的药膳，仿佛回到当年坐在西阁里整日郁郁寡欢，药石罔医之时。只是这回她自己有强烈意愿想养好身子，偏就是养不好。

临着焚书前一日，月陇西让大夫给她把脉看诊。

半月的难耐煎熬，没把出病来已是可喜可贺，愣是没想到这次一把还教大夫准确地把出了喜脉。大夫堆着褶子的脸欣然舒展，贺道："恭喜世子，恭喜夫人，脉象滑如走珠，已然可以确诊。"

卿如是倚着靠枕，抬眸看向大夫，说道："我这半月折腾成这模样，要说没有怀孕我才惊讶。可你半月前不是说要再过一个月方能确诊？"

大夫却摇头拈须，笑道："谨慎说来，的确是要腹胎足期两个月方能确定。但既然今日已有明显脉象，便不需要了。夫人近期食欲不振反胃恶心再寻常不过，莫要有负担，这并非心病导致，夫人若执意如此认为，只会愈发严重。夫人只需调养好心情，就算郁结难解，亦不妨碍出门走动走动，赏花采风均可。"

语毕，他转身示意房里的嬷嬷跟着去抓安胎药。

"明日就要销毁杂书了，左右无事，我下朝后带你去瞧个热闹。"月陇西坐在她床畔，"你半月不曾出门，的确该出去转转。那里有远眺廊，距离远，且刚好背着风，烟气不会入鼻。"

卿如是点头，摸了摸小腹，偏头道："听说经验老到些的大夫能靠把脉在妇人怀胎多月时验出腹中胎儿男女，你说这是真的吗？"

"兴许吧。"月陇西笑，"我不在乎这个，男女都好。"

"可是你爹娘……"卿如是有点儿担忧，抬眸瞟了他一眼，"月家守旧已不是一两天了。娘或许没那么苛刻，爹就不一定了。反正诞下闺女的话，我是挺喜欢的，就害怕你家里会不高兴。"

月陇西微讶："你竟是在担忧这个？有些难得。"他失笑，随即又道，"其实我还是希望你不要为我家考虑那么多，你最近忧思过度了。放心吧，爹除了在崇文党这事上迂腐顽固，别的方面都是刀子嘴豆腐心，算得上通情达理。娘更不用说了，她已经在准备孩子的小衣裳了。我去瞧过，男孩女孩都有备的。况且，我们又不是只生这一回……你说是吧？"

他挑眉说笑，卿如是脸一阵热，垂眸点点头。居然默认了……月陇西笑得更肆意了些。

正打算再逗逗她，门外却传来了斟隐的声音。是夜，月陇西没让他进门，自己出去了一趟，再回来时便是一副忧喜难料的神情。

"怎么了？"卿如是以为发生了什么不好的事，迫切问道。

月陇西轻笑了下，说道："斟隐收到国学府传来的消息，说月世德不见了。"

卿如是轻唔了声，蹙起眉静听他继续说。

"没人清楚他出府做什么，也不清楚是谁约的他。"月陇西意味深长地淡笑道，"不过，半月之期已到，是谁我们还不清楚吗？父亲多半已经遣出月家军去寻了，咱们就装作什么都不知道吧。想来待会儿我还得去见父亲一趟，你先睡，不必等我。"

卿如是点头，慢慢躺下来。如他所料，不消多时，她都还没睡着，前院就有小厮来唤月陇西去一趟，说是发生了大事。

这件事惊动了陛下，不过也仅仅是惊动罢了，皇帝并没有打算耗费大量心力去找。月珩心底有数，最近月世德做了些什么，没人比他更清楚。

陛下不动声色，月家人却不能坐视不理。他们派出官兵搜寻，一夜之间再次把扈沽城搞得鸡飞狗跳，仍是没能找到。

次日早朝后，月陇西回家接卿如是去往焚书窟的路上还讨论起了这件事。

"萧殷能把人给藏在哪儿呢？这回连薛宅那一带废地都找了，愣是没见着人。"卿如是疑惑地拧着眉，"莫非已经被分尸处理了？"

月陇西被她这个想法吓了一跳，笑了笑道："不愧是刑部里摸爬滚打过来的，说起这些面不改色。不过，极有可能。"

小半月的时间，于萧殷来说，什么东西不能谋划。

国学府亦用小半月的时间将要销毁的第一批书籍尽数搬到了焚书窟。

他们赶到的时候那处已堆满了人。

有的是闲人，上赶着瞧热闹。有的是写书人，不顾官兵阻拦扑向焚窟一阵哭天抢地。卿如是远远瞧着，像是看到了少女秦卿。周遭事不关己的看客对他们指指点点，议论如潮。

火尚未燃起来，焚书窟里泼满了酒和油，堆着柴。书籍全都被掩在柴堆里，高高隆起，却因是窟窿中，被压得黑黢黢的，看不分明。

萧殷早就到场，一直指挥官兵疏散人群，将那些哭天抢地的写书人拖拽下去，并派遣官兵负责看守那些人，以免一个不慎他们又冲进包围圈，扰乱秩序。

正午时分，他才退到包围圈外，吩咐点火。

干枯的柴堆和烈酒浓油让十几个火把瞬间被湮没在火海之中，猝然火起，如张开了血盆大口的野兽，伸出火舌舔舐过窟窿口，成千上百本书顷刻间就被吞没。

卿如是眉心微动，紧盯着眼前一幕，却穿透这一幕看到过去的一幕幕。少女不顾衣衫浸湿，狼狈地冲进庐房，抱着一本本书无措地坐在火海中哭号。那个奋不顾身的少女，确定是找不回来了吗？可为何想起被烧毁的手抄，她的心还是会很难受？

她尝试着用找寻秦卿残破的灵魂的法子去解开心底的结，未果，怔然出神了许久。

直到周遭的声音愈发嘈杂，她才回神。目之所及，让她蓦地捂住嘴惊呼了一声，满脸骇然。随着声浪一阵宕起，月陇西适时将她搂紧，遮挡在她身前，边抚着她的背，边压低声道："别看。"

倘若她方才匆匆一瞥没有看错，那窟窿里是被埋了个人？！

她倒不是害怕，以前在刑部也并非没有见过焦尸，但气息全无的比不了正被活烧的，她仍是被骇了一跳，紧接着就平复下来。捏住月陇西的手腕，冲他摇头示意没事，并凝了凝眸子，用眼神反问："那个人是？"

月陇西略微一颔首，不再多言。

卿如是示意他退开，自己则隔着走廊低栏眺望那处。包围圈里的官兵尽数慌了神，原本只是窟窿里的书忽然动了起来，大家都以为是火势太大，下面的书被烧成灰烬才使得铺在上层的书移位，却不想多烧了一会儿，书堆中竟然伸出一只手来！

那只手的衣袖连着皮肉都有火在燃，隐约渗出些血，书堆和柴堆下还有人的闷声呜咽，过于轻细，恐怕只有站在窟窿旁边的官兵听得见，其余尽数被淹没在人声与烧柴声中。此时艳阳烈日，火势难消。

似乎是在静观其变，萧殷等了一会儿，在下边那人没有动静之后才急声吩咐周围的官兵救人。但他没有让官兵灭火，而是选择了让官兵用长枪将人给捞上来。理由是远水救不了近火，等水来了那人早就死了。

卿如是很明白萧殷这样做的意图：没有水，就算把人给捞上来了，也只能干看着他被火烧，等捞完人反应过来要去调水的时候，已经浪费了许多救人时间。而这些处于惊慌之中的官兵当然想不到这一点，只想着先遵命把人给救出火坑再说。

原来萧殷把月世德弄到了焚书窟！难怪翻遍扈沽城也找不到！

还以为他会默不作声地将月世德处理掉，却仍是小瞧了他。他真是个极会利用机会的人。陛下因为"袭檀"的身份被月世德有意无意地窥探，正愁找不着理由处死他，萧殷却帮了陛下的忙⋯⋯

若此番月世德顺利死在焚书窟，作为监察官的萧殷没将人给救回来，陛下能猜到他是有意为之。再加上近期他被各学士高官推举，陛下必然会重用他。

可萧殷是如何知道陛下想要杀月世德的呢？

卿如是心思微转，猛地反应过来：陛下是"袭檀"这件事被窃听的时候，萧殷也在。而后在国学府，他亲眼看着月世德不断窥探书中"袭檀"的秘密，自然能料到陛下会起杀心。

"走吧。"月陇西自然也想到了，然则，他只是弯了弯唇，牵起卿如是的手，"不关咱们的事，咱们该回家了。"

不关咱们的事。

隔世后，她可以永远置身事外，不必再置身事中。可以罢手遗作，不必再担起修复遗作的责任，只要她想，甚至可以将遗作原本一烧了之。她拥有前所未有的轻松，却也有前所未有的负罪感。

这一切都归根于真相的揭露。她的身体与神识里，是否已经完全失去秦卿那残破的灵魂了？她一点儿都不用去承担秦卿未尽的责任吗？

回府后，她就在月陇西收藏秦卿物什的那间房里待了三日。三餐照吃，觉也睡足，会听月陇西讲一讲身边发生的事。

比如，在萧殷的看顾下，月世德果然就没能活过来，众目睽睽之下被大火烧死，次日就被月氏族里的人抬回扈沽山，筹办出殡了。又如，陛下明着没说，甚至假惺惺地表现了一番对月世德去世的惋惜，心底却爱惨了上道的萧殷，恨不得未满国学府三年试用期就直接给他升官。再如，萧殷主动承担监察失职导致月世德丧命的责任，说要帮助彻查长老莫名出现在焚书窟一事，被陛下允准并暗许后顺势以为借口在刑部站稳脚跟，却不急着揽权，只顾着帮暂被停职的余大人树威……

不急着扶摇而上，沉得住气。陛下对他更看重了。

卿如是听到这些依旧会笑，会跟着讨论萧殷接下来的路，没别的异常。因为那些东西是真的事不关己。其余的时间，她还是更喜欢坐在小板凳上望着秦卿的画像与遗迹发呆。那是真的关己。

从前她多用簪花小楷，如今依旧，可真正的秦卿未入月府前，更喜欢在采沧畔用草书。墙上挂着的只有她的小楷。

她给自己磨了墨，提笔想用草书写些什么，却发现落笔时仍是不自觉地转用了小楷。她写道：秦卿，你后悔吗？现在你那里，崇文先生已经死去了吗？

停腕须臾，卿如是又在后面跟着写了一句：你可还会再想念他？那样一个不堪的人，未曾真正与你推心置腹的师友。

还会。

她在心底回答。觉得不够，又低声回道："还会想念的，所以很痛苦。"

"叩叩"两声门响，卿如是搁笔，抬手用指背拭去眼角的晶莹，开门一看，是月陇西。

"叶老听说你有喜，带了礼上门来探望。这会儿方与父亲聊过，独自在茶亭吃茶呢。"月陇西示意她出门，"去见一见，看看他给你带的什么礼吧。"

卿如是颔首，与他身后的嬷嬷一道去了。月陇西思忖片刻，抬腿进到屋子里，缓缓走到桌边，目光落至桌面，拾起那张写下自语的纸。他看了须臾，将纸折好揣进了怀里，赶着往茶亭去。

兴许是国学府的伙食好，叶渠瞧起来精神矍铄，远比他在采沧畔的时候有神采得多。两人见过礼，待月陇西也到场，卿如是就笑说道："世子还说让我来看看叶老为道喜带的礼，可叶老分明两手空空，没见着带了什么礼来啊？"

叶渠乐呵一笑，说道："急什么，你们且稍等一会儿。"

此时正是傍晚，夕阳辉光渐盛，天色映得周遭昏黄，又从昏黄中压迫出一丝如初日东升般的光。

不知多久，月亮门处有几名小厮的说话声传来。卿如是循声看去，两人拿着一幅展开的画卷正朝这边小心翼翼地走来，另有两名小厮在为他们领路。

"喏，来了。"叶渠用下颌指了指。

只见小厮站定在茶亭外，迎着夕阳将画立起。霎时间，画中景色被夕阳染上金黄，霞光随着云海翻滚，鸿雁迎着长风振翅，耳畔仿佛传来参差不齐的雁鸣声，声声互压，跟着湖面的光点跳跃。群雁归来。

"听说你近日郁结在心，难以遣怀，我就想着送你一幅雁归图。想想那春去秋来，年复一年，不知道去的那批大雁和来的这批是不是同一批，但总归是……带着新的生命回来了。有什么比为了活下去而来往忙碌更重要的呢？去的就让它去了吧。"

不知是否人人都似这般，心恸时听的道理，都像是专程说给自己，似是而非地疗着伤，不一定能疗好，但总是满心慰藉。卿如是亦觉如此，朝叶渠俯身一拜，谢过。

"应该是谢你，"他笑着拍了拍月陇西的肩膀，别有深意地嘲道，"让世子爷未来几月都实在是可喜可贺。"

话落，月陇西便皮笑肉不笑地送走了他。临着踏出门，叶渠望了一眼不远处的茶楼，一拍头，又转身跟他说道："萧殷托我帮忙问一声，是否允他前来拜访？我对他说要来便来，若你不愿见，大不了被赶出来。所以就让他在那边茶楼等着了。你看看要不要让他进去，我好跟他说一声。"

这些天接连有人拜访送礼，叶渠算是来得晚的。前两日她怀有身孕的事传得人尽皆知，熟的不熟的都早来过了，卿如是闭门未见而已。今日好容易让卿如是出门了，多见一人也好，免得她转头就又回房闷着思考人生，而且……月陇西的眸色微深了些。

叶渠哪里晓得他们之间的弯绕，还以为萧殷做事得罪了月府，只当是帮他们缓和一二罢了。月陇西若是不让进，他也没别的辙。

谁知月陇西挺好说话，大度地点头许可，且就站在门口等着。

萧殷到时见到他，神色中露出几分讶然，即刻收敛了，恭顺地施礼道："世子。不知世子为何站在这里等属下？"

"倘若我记得没错，卿卿对你说过，你的才思与崇文相近，应不逊于他。我想来想去……无论是非黑白，你的心狠手辣，或是聪慧颖悟，还真是这样，与崇文如出一辙。"月陇西抿唇，沉了口气。

人走茶凉，卿如是却仍旧站在茶亭内，观赏那幅雁归图。小厮的胳膊举酸了，她静默许久后反应过来，示意他们退下，自己杵在原地，眼中空无一物。

"咳。"

忽地一声轻咳,卿如是回过神,将视线转过去。穿着一身白衣的俊朗青年正站在庭院中望向她,笔挺的身姿,沉静的神色,唯有耳梢一点儿血红看得出他的心境。

"你怎么来了?"卿如是睨着阶梯下的他,看着他朝自己走过来。

萧殷寻了一级矮的,在下面堪堪能与她平视的台阶站定,抬手将一张写了黑字的白纸递过去,低声道:"世子说,你近日心情不好。我听他说了一些,也看过了这张纸上写的。兴许是思考的方式不同吧,我竟觉得你纠结的东西,你所疑惑不解的崇文,于我来说,都十分简单。"

卿如是一直低垂着的眼眸微抬,淡淡的光点凝聚在眸心,她蹙起眉:"嗯?"

萧殷笃定地点头。

此时,夕阳最后一缕余晖映在他的眸中,赋予他清澈的眸子以多变的色彩。他偏头道:"听说秦卿认识崇文,加入崇文党的时候,只是个六岁的小姑娘。那么小的孩子就有决心要跟着崇文反帝了吗?"

卿如是一愣,想肯定地点头,迟疑一瞬,又摇了头,不得不承认道:"兴许是一时兴起,或者什么都不懂,起初跟着起哄,后来被崇文教导,于是所思所想皆随他,慢慢陷进去了。"

"我也是这么想的。秦卿她一开始不怕反帝,因为年纪太小根本不明白那个组织是反帝的,等她能怕的时候,已经被崇文教得以为自己不再怕了。"萧殷似轻笑了声,有点儿嘲讽的语调,"所以,世上没有那么多生来便正直无畏与大义凛然的人,对不对?"

卿如是点头道:"无可否认。"

"那秦卿凭什么说崇文肮脏不堪呢?因为崇文嘴上说着平权,却未将人命放在眼里吗?"萧殷皱眉,状似费解,实则清明地道,"那么秦卿她自己加入崇文党时不过意气用事,未将家人性命考虑进去便头也不回地入了死穴,她没有想过自己反帝也会拉着家人丧命吗?还是说她想过,但执意如此,为了所谓的大义?那么,她何尝不是嘴上说着平权大义,却没有给父母生死的选择?未将自己家人性命放在眼里?"

卿如是哑然。隐约觉得他说得不对,但细想又找不出哪里错。她的心突突地跳,只能握紧拳,有些不知所措。

"觉得哪里不对是吗?你放心,逻辑的确有问题。"萧殷浅笑了下,"我偷换了两者的概念。崇文主动要人死,和秦卿的父母被动受死,自然不同。有思考能力的崇文和六岁的没有分辨能力的孩提，自然也不同。我这样对比只是想结合第一个问题说明两点。既然世上没有生来便正直无畏的人，那么此人如何，基本是靠后天养成。可以说，自六岁起到临死，一直保持纯粹的秦卿，几乎就是那个肮脏的崇文一手教出来的。

"这么说你能明白吗？秦卿进崇文党的年纪比谁都小，进得也比谁都早。别的崇文弟子有觉悟要加入时已经有自己的判断能力了，所以才加入。而秦卿没有，她与崇文认识时，只是个小姑娘。那时候的崇文也十分年轻吧，卿姑娘你应该比我清楚，初期的崇文在著作中体现的是要改变苍生，教化众人，那时他还未打响反帝的算盘，背水一战。

"所以，他刚认识秦卿的时候，又怎么可能已经筹划好了要利用她？决定利用她，是很多年后的事了。我想，那时候的他只想好好教导秦卿。"

卿如是并未否认，只喃喃道："那又如何，他终究是利用了秦卿，终究是背负了那么多条人命。"

"你纠结的是他背负人命这件事本身？"萧殷笑了，带着看穿一切后的了然，"我告诉你，月一鸣当年在塞外拿尚未决定处死的犯人试验酷刑；秦卿多次与皇权叫板时都不慎让她的亲人犯了险，最后全靠月一鸣保住，你知道他怎么保住？不杀秦卿的家人，就要杀别的崇文党，算来算去，这是不是秦卿背负的人命？如今的月将军为保袭檀一事不泄露出去，亦杀过数名无辜百姓，我们窃听时你后来一步，我早就听得清清楚楚。还有你爹，当年为镇压前朝旧臣用计亦杀了不少人。

"我相信你知道，听过之后亦能接受。

"你纠结的不是人命本身，因为这个世道就是这样，你已经看惯太多，无能为力。你无非是纠结，崇文为何背着秦卿坏事做尽，害她被蒙蔽多年，郁郁而终。亦不明白崇文为何在别的弟子面前可以展露出龌龊不堪的一面，偏只将秦卿放逐于崇文党之外。是不拿她当自己人？还是从头到尾对她只有利用？"

萧殷摇头，不假思索地笃定道："如果我是崇文，我也必然不会将自己龌龊不堪的黑色那面展现给秦卿。"

卿如是眉心微动，几乎无声地问："为什么？"

萧殷抿着唇角，露出极为清浅小心的一抹笑，他幻想着崇文应该会惯用的语调，语重心长地道："因为我知道，那样义无反顾地加入崇文党，愿意跟着一群男人去捍卫道义的六岁小姑娘，值得用最纯粹的灵韵栽培。"

"什么？"卿如是长睫轻颤，以为自己听错，"你说他不告诉秦卿，是因为?"

萧殷温润一笑,在暗淡下来的天色与华灯的冷映下,竟像是崇文在对她说。

他说:"我会想,她生来就不该沾染黑色,她只该理解我记在纸张上的那些东西,而非理解我这个人。

"我会教她黑白是非,但我不会让她成为黑色。

"我只要她这个人来保住我的书,因为众多崇文弟子中,只有她一人能明白我在书中留住的纯粹了。

"我仍是会让她送死,但我不会告诉她我的计划里必须要有很多人死。那样她就看到了黑色。

"我要她死并非不看重她;相反,我很看重她,才会选她赴死。

"我亦会赴死,于我而言,死不算什么。可她这人那时候胆小,贪生怕死我也是知道的。没办法,她本就是被我骗进崇文党的。只能一骗到底。

"而我的确利用了她,我肮脏至极,辜负她敬称一声师友。这没有任何理由和借口,我不会辩驳,没有资格,但也坦然接受我的肮脏。再来多少次我都不会改变。所以,不必再多说。"

"对了,我也希望她成为我曾在书中提过的那个过尽千帆仍旧初心不改的人。想来是她的话,会很容易做到。因为我教她的从来都是最纯粹的,饶是她经历再多,饶是她最后从淤泥中爬出来,也够不到黑色,永远纯粹。"萧殷一顿,轻叹气问,"你……懂了吗?"

卿如是没有回应,低垂着眼睫,一行清泪顺着下颌滑落,她想起幼时的事来。那年下暴雨,她偶经雅庐,被里面的人传经授业时的气魄所折服,不明白什么叫平等,但她想知道。为躲雨,她赖在那里没走,雨过天晴后,她第一次见到了彩虹。很多人都顶着彩虹离去,走时都尊敬地唤他一声"崇文先生"。

"你年纪轻轻,辈分这么大吗?"这是她对他说的第一句话。

"什么是平等?"这是第二句。

崇文先生就笑着告诉她:"你看那长虹,我们寻常看到过的每个颜色它都有,那就叫平等。但每个颜色并没有一样多,那就叫不平等。"

后来她再看到彩虹时也会想起这简单的区分,但又萌生出别的问题来。

"——崇文先生,今日雨后现长虹,我看了许久,有一惑至今未解。世间之色如长虹般绚烂多姿便已足矣,为何还要有黑白?"

"——唯有黑白纯粹至极,你再也找不出两种色彩如黑白一般泾渭分明,却又包罗万象。这大概也是上天赠予世间最美好的祝愿，他愿这世间的人事物生来纯粹，非黑即白。"

他愿我生来纯粹，纯粹至终。

萧殷走时已然入夜。黑幕之中，卿如是独自提着一盏明晃晃的灯笼缓步回到房间里。那光随着她的脚步剪破黑夜，直至她走上回廊，黑夜全被抛在身后。回廊上灯火明黄。

书桌上铺开的纸被风卷起一角，她未去关窗，只是用手轻压住，借着半干的墨蘸笔。

凝神停腕了整整一刻钟，她才落笔：

崇文先生，君身康安否？
窗外灵雁岁岁来，又至秋深。
经年未见，弟子秦卿无恙，先生临终嘱托无敢忘怀，特循誓归。

潇洒不羁的字迹，橘色的暖光里透着浅淡的墨香。墨迹边还有两滴被凉风拂去的泪渍。

番外

番外一

随着月份的增长，卿如是的肚子越来越大。她娘和郡主都觉着她怀得格外辛苦，那本该圆圆的肚子越来越尖。俩亲家约着逛街的时候私底下琢磨过，都料她怀的是双胞胎。

于是两人又暗自揣测究竟是一双儿子，还是一双女儿。

这厢两人优哉游哉，卿如是就苦了，她整日囤在家里，站着吧嫌累，坐着吧酸腿，躺着吧又犯瞌睡，那么大的肚子她想好生坐下来写个字都不成，实在找不着可打发时间的东西，只好看书、看书、看书……她长这么大头次觉得看书是一件十分痛苦的事情。

更可恶的是月陇西这个人。当初圆房后没日没夜磋磨她的是他，头几月忍受禁欲之苦嚷着要的是他，现在怀到四五六月，分明可以却又不敢的也是他。

回回抱着她又是吻又是摸，把她惹起火了，然后自己一个刹停忍住，摸着她的肚子怅惘地叹道："算了……"

欲火焚身的卿如是：求求您了，您不要的话就不要来撩拨我好吗？您怕出事就离我远一点儿好吗？回回都这通操作，她都要骂脏话了。

这日月陇西休沐，待在家中逗卿卿。卿如是眼见他走进书房，搁下书放到一边，郑重地跟他说："月陇西，因为昨晚的事，我很生气。"

"昨晚？昨晚什么事？"月陇西脚步一顿，认真思考了一会儿，恍然大悟，"睡觉的事？"

"你厌的话就别来招惹我好不好？"卿如是拧着眉瞪他，"每次都这样，我不上不下的，你以为不难受啊？"

月陇西用舌尖顶了下唇角，笑着走过去，倚着书桌拿起她方才看的书随意翻了翻，道："我也难受啊。"

"我不管，今晚你要么跟我来真的，要么就……"卿如是一把抄起桌角的一本书朝他砸过去，"别跟我睡一张床！"

月陇西反应极快地闪身跳开，顺势接住那本书，轻舒一口气，气没舒完眼见着接踵飞来的一摞，他手里的书都来不及放撒腿就跑。

"哼。"卿如是盯着晃悠的门撇嘴笑了下。

当夜，月陇西的被褥被卿如是扔出了房间，月陇西乖乖地抱着被子笑吟吟滚了回来，应她的邀脱净衣衫捧着她的脸开始亲吻，吻到脖颈时边低喘气边跟她说："其实我也忍了很久，特别难受。真的没问题？"

卿如是眼波流转，盈盈地软在他怀里："大夫都说没问题……别问了，你要不来就出去睡。"

好吧。她都这么主动了，月陇西不再顾忌，伸手拿了个圆枕给她垫在腰后，凑到她的腿间，抚摸着她的肚子，低声说道："似乎不太方便，不知如何下手……我娘和你娘都猜你怀的是两个，你觉得呢？"

"我怎么知道……但的确怀得怪累的。"说着，卿如是蹙了蹙眉，觉得他太磨叽，勉强坐起来凑了过去，咬住他的下唇轻吮，顺着他的下颌一路吻下去，轻啃他的喉结，最后停在锁骨处，手指亦顺着他腹部的肌肉线条打圈。

月陇西还不好撩吗？

片刻就把他勾得动心动情，继而猛烈地回应。他苦忍四五个月的火全都被调了出来，急需纾解。

他将卿如是的衣衫褪去，扶她侧过身，正要与她相贴合，卿如是一把捞起被子隔断了他，得逞地哼笑一声："不来了！该你忍着了！"

月陇西震惊，迟疑地凑过去，啃她的颈子，哑声服软道："不是这时候还债吧，我衣服都脱了……"

卿如是无情地拽紧被褥，慢悠悠打了个哈欠："不许跟我说话，我困得很。"

月陇西慢吞吞翻过身望着床帐顶，木讷地顿了几个弹指的时间，忍不住扶着额头苦笑起来："我就知道，卿卿这般记仇，怎么会忽然热情地邀我共度良宵，果不其然就是报复我。"

卿如是抿唇笑，闭上眼安详地睡去。

日子一晃便是整十月，临着快要生的那几天，月陇西专程跟皇帝请了假，非得要待在月府陪卿如是。皇帝理都不想理他：仗着自己是皇亲国戚就三天两头地请假，不如直接请辞回家带孩子，等着袭国公位置多爽快？心底这么想着，仍是摆手允准了，并很有先见之明地多赐了他一月，省得那孩子生下来他还得再请一次陪坐月子的假。

这几日月陇西表现得十分焦虑，饶是月府早做好了万全的准备，负责接生的稳婆和经验十足的大夫也都住进了西阁，他仍然很是担忧。犹记得前世夫人生子时横跨一个院子传到他耳朵里的撕心裂肺的惨叫声，以及稳婆说的那句"女人生孩子就是和阎王隔着一层纱"。

他心底发怵，只得时时刻刻都跟在卿如是身后，生怕她在路上走着走着就突然要生了。不仅一度尾随她，还跟她说一些莫名其妙的话，比如："如果生不了就算了，我其实也没有那么喜欢小孩子……"

"西爷，怎么算？生一半我说不生了？"卿如是匪夷所思地瞥他，"对我下毒手的时候你怎么没想这些？"

月陇西毫无还口之力，只得继续叮嘱："如果痛就咬我吧，我会陪在你床边的。"

"女人生孩子是不准男人进房间的，怕沾了晦气。"卿如是义正词严，"而且你待在床边的话多挡人家接生婆的道啊。"

月陇西幽幽地一叹："你都不带一点儿紧张的吗？"

卿如是摇头道："也不是。我本来很紧张的，但瞧着你远比我紧张，我也就没那么紧张了。"

这句话方毕，她便觉得小腹一阵坠胀疼痛，顷刻间变了脸色，拧紧眉抓住月陇西的手。"疼……疼疼……"她难受得想要就势躺倒在地，不自觉低声哀号呼痛，"月陇西，现在……现在紧张了……"

月陇西吓了一跳，却也没有手忙脚乱。他毫不犹豫地把卿如是抱起来疾步往房间走，无须他吩咐，身后的丫鬟、嬷嬷早机灵地拔腿去喊稳婆跟大夫了。

担忧整整一个月，生产时却极其顺利。根本不存在月陇西胡思乱想的那些状况，但他就待在产房里，瞧着卿如是痛苦的神情，听着她凄惨的叫声，仍是心疼得不行，暗自下定决心再不让她生了。

稳婆见月陇西异常紧张，笑呵呵地安慰他说："夫人的身体底子极好，这些时日将养得也好，女人都要走这一遭的，夫人算走得极其顺畅的了。这孩子眼看着就要出来了，世子外边等着去吧。"

月陇西瞧见稳婆满手的血，觉得毫无说服力，拒不出门，只站起身在门边来回踱步等着。然则，到底是安慰一些了，听得见外头的热闹，似乎都在猜测卿如是这一胎生下来的究竟是儿子还是女儿。他听在耳中，心底千般温柔同时涌动，让他越来越紧张，越来越期待。

不知过了多久，产房里陡然传来婴孩的啼哭声，清脆洪亮。一声压过一声，此起彼伏。

都没等稳婆的道喜声脱口，月陇西便冲到了床边，霎时红着眼眶笑了出来："卿卿……"他亲眼见到她平安，此时才听得稳婆朗声笑说："恭喜世子，恭喜夫人！一胞两胎，儿女双全！"

　　房门敞开，郡主和卿母先进，进门后又立马关上，不敢让屋里进风。

　　两个婴孩被包在棉被中哭啼不止，刚生下来还是皱巴巴、脏兮兮的，几个经验老到的嬷嬷赶忙抱到一边用温热的湿毛巾悉心清理后才又用干净舒适的棉被裹住，抱了男婴给卿如是。月陇西迫不及待地伸出手，也想抱，嬷嬷走到床边才敢将自己手里的女婴递过去，边递边教他如何着力，郡主又叫他坐下来，莫要颠着孩子。

　　软软的粉团儿在自己怀里哇哇大哭，月陇西的心瞬间融化成一摊水，轻哼着小调哄她，哄了会儿她还哭，他便蹙起眉头轻声问道："她是不是饿了？"

　　郡主笑叱他："你也知道，那还不赶紧交给奶娘去？忍心饿着你闺女啊？"

　　奶娘笑过便将孩子接了去。月陇西还依依不舍的，只好凑到卿如是那边去看儿子。

　　"这俩孩子长得真好啊。"卿母笑赞一句，坐在床边轻抚孩子的脑袋，"别看现在皱巴巴的，等过些时日长开了一定好看。"

　　长相这方面卿如是倒真不担心，毕竟爹娘都是好皮囊，孩子的长相自然不会差到哪里去。她担心的是两个小鬼的性子也会随他们。月陇西小时候浑，这是他自己说的；卿如是没得说，她自己小时候也顽皮，不然不会缠着要学使鞭子。

　　她就怕朝朝和绾绾亦是如此，那不晓得会多难带，整日里闯祸的话不得让她跟月陇西收拾烂摊子吗？

　　于是，为了养成小团子良好温顺的性格，未来的几年里卿如是制订了周密的教育计划，并严格执行。

　　然则，她千算万算，怎么都没有料到，几年后，朝朝在月府严加看管的压迫下反倒长出了跟月陇西幼时别无二致的反骨，当真整日里带着仆人出府惹是生非，府中的先生伴读亦换了好几轮，看顾他的嬷嬷小厮总是莫名其妙满脸油墨，活脱脱的小霸王。月陇西每天下朝后的日常就是询问管家小少爷又闯了什么祸，哪家府上又需要赔礼道歉，哪处讲道理讲不平的又需要砸钱摆平。

　　据他所说，从前他爹娘的日常亦是如此。卿如是扶着额，并不明白他为何笑得这么开心。

　　而绾绾则成了个动不动就能被长辈的说教吓哭的小哭包，三四岁了，甚是喜爱喝牛乳羊乳，吃乳酪奶糖，说话也奶声奶气，连打个小喷嚏都奶唧唧的。不知道为何喜欢用小脸去蹭院子里的花花草草，但总是因为弯腰蹭的时候站不稳而一脑袋栽进花圃里,然后会哭得好大声好伤心。月陇西还偏就吃他闺女这一套,闺女一哭便抱起来喂糖吃糕好一通哄。

卿如是一个脑袋两个大,暗叹教育失败,太失败了。

月陇西却欣慰地认为他们的教育成功,贼成功。

有那么一回,绾绾蹲在花圃里给卿如是种的花浇水玩,身后站着两名婢女、一名嬷嬷。

一只蝴蝶飞到她的小裙子上,引起了她的注意。她皱着眉头认真地盯了很久,伸出两根手指头去捏,没能捏住,蝴蝶飞了。她想去追,也没能追上,倒是看见了坐在庭院中看书写字的卿如是。她一只手扯着卿如是的衣角,一只手指向天,奶声奶气地说:"娘亲,福蝶……"

卿如是抬眸顺着她指的方向看,并未看见,俯身把她抱在怀里,给她整理被泥土蹭脏的小裙子,纠正道:"绾宝,是蝴蝶,不是福蝶。"

"福蝶……"绾绾歪着小脑袋看向卿如是,睁着一双大眼睛很是好学的样子。

卿如是抬起手说:"娘亲的手疼,你给娘呼呼。"

绾绾用小爪子捏着卿如是的手,鼓着脸蛋噘嘴:"呼呼……"

"那跟娘亲念'呼蝶'?"卿如是轻捏住她的腮帮子,把鼓鼓的气捏瘪。

绾绾眨巴着眼睛:"呼蝶。"

"蝴蝶。"

"蝴蝶……"

卿如是笑了笑,抬头看见朝朝手里捂着什么东西朝她们跑过来,径直跑到她们面前,喊道:"娘亲我抓到了蝴蝶!要给妹妹!"

说来应该是绾绾先一步出世,但绾绾自会说话以及听得懂别人说话起就对被朝朝叫妹妹的事无动于衷,永远一副人畜无害的模样,起初还被大家教着叫朝朝为"弟弟",后来彻底与世无争,被朝朝教着叫"哥哥"教顺嘴了。

好在朝朝很争气,个子蹿得比绾绾高,也就无所谓究竟是姐弟还是兄妹了,反正两人前后就差那么一会儿。

"咯咯,蝴蝶!"绾绾已经做好了接手的准备,捧着两只肉乎乎的手满脸期待。

朝朝毫不犹豫地把捂在两手里的蝴蝶塞到绾绾的手心里,并教她紧紧捂着,不能有缝隙。绾绾很听话地点头,但她的手缺乏灵活度,到底还是在两根拇指交错的地方露出了一个口子。

紧接着,就见一条胖嘟嘟的绿色毛毛虫从那条口子里爬出了一个头,探头探脑地蠕动着。

脸上还带着微笑的绾绾愣了愣，没反应过来，朝朝在一旁捂着嘴吭哧吭哧地笑。朝朝又是咯咯咯的两声笑后，绾绾终于摊开爪子"哇"的一声哭了出来，随着她摊开五指的动作，虫子从指缝里掉到了地上。

朝朝拎起地上的虫子撒腿就跑。

目睹一切的卿如是："……"她抱起满脸都写着"我好委屈"的绾绾，拍她的背哄她不哭。转个身的工夫，就见月陇西一只手拎起本已经跑到月亮门的朝朝走了回来。

"啊……爹！爹！放我……放我下来！"

月陇西依言放下他，用脚钩了把椅子坐下，接过绾绾抱在怀里，边给她擦泪，边对朝朝说："站好。你给我交代交代，为何你萧叔叔跟我说，你今天上午入了刑部大牢，还是他从狱中保释出来的？可以啊，我当年头回入狱好歹满了十岁，你倒是创下了入狱年纪新低。"

"还有这事？！"卿如是柳眉倒竖，"回府这么久了怎么也没跟娘说？"

"他怎么敢跟你说。"月陇西挑眉笑，"萧殷跟我说的时候尚且一副'你家儿子真是要干大事的人'的表情。刑部小卒看我的眼神因他还要再多礼让三分，生怕得罪了我我就派他拿弹弓报复，他心虚着呢。"

朝朝鼓了鼓脸，又用粉嫩的小舌尖顶了下唇角，满脸不屑说道："新来的捕头竟然不认识我，我不过是趁斟隐和奶娘不留神跑去跟王府的小公子当街打了一架，那捕头就敢当着好多人的面扣我说要带我去王府认罪。我堂堂皇帝外甥孙，襄国公府嫡长孙，未来要承袭襄国公位的，不要面子的啊？当然要反抗，就拿弹弓打了他的眼睛……好吧，还有他的命根子。他说我袭击捕快，然后就把我给抓起来了，说要吓唬吓唬我。哼，他完了，我出来了，现在他完了。爹，帮我扣他们工钱。斟隐叔叔和奶娘两个人还可以，没有出卖我，只按照我说的帮我找了萧叔叔。父亲你可以考虑给他们加工钱，或者记在我的账上，等我袭位了我给他们加……"

月陇西一只手按住他的脑袋，教训道："月朝大人您过于深谋远虑了，你爹我都还没袭位，等我袭了你才能袭。接着说，在牢里又干什么了？"

"放了把火。"朝朝瞧见卿如是眼睛一瞪就要抽鞭子打人，立马补充道，"啊啊啊，小火！小火！我看牢里窜的耗子挺多的，肚子饿了，想烤来吃。刚把火点起来，狱卒这不就看我身份尊贵不敢饿着我，给我送饭来了吗？没烧大，我踩得可快了。"

卿如是冷笑了声："意思是还得表扬你对吧？"

月陇西盯着他挑眉，道："别骗你娘，整间牢房都要烧着了还是小火？"

语毕，气氛霎时陷入诡异。

朝朝伸出舌头舔嘴角，搓着指尖的毛毛虫嗫嚅道："我都说了我是你儿子，我小西爷的名号没听过，叱咤风云的西爷的面子他们总要给的吧？结果也没给，非说要让我长个记性，不放我出来……我这是帮父亲教训他们……"

月陇西："……"

一片死寂中，绾绾抽搭地吸着鼻子问："咯咯，耗子好吃吗？"

卿如是扶额："……"

朝朝挑眉。"不知道，还没吃上……但是我那份牢饭挺好吃的。"他瞟了一眼月陇西的脸，没见着动怒，便继续交代道，"狱卒灭了火，后面萧叔叔就来放我了，抱我出去的时候还给我买了一串糖葫芦让我压惊。我收下糖葫芦后又郑重转送给了他，让他保证不能告诉你们。没想到，萧殷这个卑鄙小人，明面上收下我的糖葫芦答应得好好的，背地里就告诉了……爹，啊啊啊啊，爹爹爹？！"

眼瞧着月陇西把绾绾交给卿如是，起身接过旁边递来的鞭子，月朝拔腿就跑："娘亲救我！！妹妹救我！！不不不，姐姐！啊啊啊啊啊，姐姐救我！！！"

番外二

"月一鸣，该走啦。"

走吧。此去扈沽城，再难回来了。

"可是……"我站在芦苇荡前，捡起一块石子用力打出去，一漂、两漂、三漂……

很久之后，我才看见石子沉入水中，就像我把未说完的话咽回喉口那样，无声无息。

芦苇随风荡漾，一叶孤舟割开了水波。

我小时候住在扈沽山的清和山庄上，父亲在朝为官，一品大员，母亲为陪伴父亲，亦不在我身边，族人负责抚养我长大。

待我最好的人是祖母，在她的认知里，小孩子都是爱吃糖的。我却不喜欢甜的吃食，但为了哄她老人家高兴，每回都会收下。

人都说我天生薄情，生下来就是无法无天的孽子，只有我的祖母常跟人说，我骨子里重情，是个好孩子。

"是吗？"我坐在祖母膝前的板凳上给她剥花生吃，四五岁的孩童，稚气得很，偏用漫不经心的语调笑问，"我自己怎么不晓得？"

祖母就会抚着我的头顶，慈爱地笑道："等你自己都晓得了，可就苦了。"她精神不太好，平时说话比我还要稚气几分，唯独这句话说得格外语重心长。

我也就笑笑，没当一回事。这句话通透明白得像是痴呆多年临去前的回光返照。

不久之后祖母便去世了。听说是因为她那存在蜜罐子里打算给我的糖被哪个不乖的小孩偷了，她闹着要把人揪出来。别人劝她算了，不过是些不碍事的糖，再买便是，又说我从来也不爱吃糖。祖母脑子不太好，两三句话就急了，跟他们讲我一直爱吃得很，非要下山亲自去给我买回来，还要挑顶漂亮的模子做出来的，嘴里嚷嚷着："你们一个个都不是真疼他，我疼他……他很乖，祖母疼他……"

山庄的人拗不过她，带着她坐马车下山去，马车行至半山腰，不知怎么就颠簸坏了。听活着回来的马夫说，滚下去的时候祖母竟以为我也在她的马车上，还嚷嚷着让人去救我。

"一鸣！一鸣！……活着……活着啊！"

盖棺那瞬，祖母名下仅有的产业悉数被移给了几位长老。一时出神，我仿佛明白了什么。

没有像别的孩子一般撒泼哭闹，我穿着一身麻衣躲到屋子里，翻出从前祖母给我的糖，已经融得差不多了。我放进嘴里，甜腻的东西，吃得我牙疼，心也疼。

从此再没人说我是好孩子，也没有人觉得我重情，只有数不尽的教习先生和让人听出茧子的阿谀奉承。

我倒是不在意他们怎么看我，纨绔也好，薄情也罢。祖母死去的时候，我已见识过真正的薄情，那时我就告诫自己，将来独自面对一切的我，一定要比他们还冷硬。

可那时候的我并不知道，接下来的很多很多年，我都将为了我的毫不在意付出代价，亦为了向一个女人证明我的重情重义尽心竭力，直到死去。

你看，这世上的事就是如此不公。情深不得，浅不得。命数缥缈，反复无常。

"月一鸣，该走啦，得启程去扈沽城了。"

我坐上去往扈沽城的马车，看着街边的风景，心底的寂寥疯狂滋长。

身在扈沽城中，须得谨言慎行，至少不要给父母添麻烦。这是我来这边上的第一堂课。

我嘴上答应得好好的，背地里仍是控制不住地野。

在拿刀砍伤一个地痞之后，我被送进了刑部大牢，好在牢头忌惮我的身份，好吃好喝供了我两日。我被放出来没多久，族中长老连同我的父母一齐合计着将我送去了军营。

我走的时候，惠帝给那边的人发了话，无论如何，我不能死。

后面在军营发生的一些事你都知道了。

年少轻狂，不拿奸细俘虏的命当命。闲暇时候无聊透顶，就琢磨出一些折腾人的法子，被一位战友怒骂残酷不仁。

"上战场屠戮的人，却说我残酷不仁？"

"若我上战场杀敌，保的都是你这种人，那么我的确也是残酷不仁。"

我没有搭理他，继续潜心研究新酷刑，并夹在信中寄回扈沽，呈给惠帝。惠帝果真就看重极了我。

有次，那位战友的父亲不慎被敌人抓获，拴在马后拖行至气绝而亡。当夜，我承诺将那人抓回来给战友报仇。不待他回答，我便纵马离去，只身潜入敌营，把那人给扛了回来。

"要不要让我来帮你折磨折磨他？"

"不必。抓回来就是俘虏，还是和别的俘虏关押在一起，听候将军处置吧。虽然很感谢你为我以身犯险，但你私自离开军营，我已经告诉将军了。"

似是瞧出我眉间隐怒，他叹了声气。

"这是骗你的。让你别用那些腌臜的手段折磨他，是真的。"

"反正他也要死，你难道不想为你爹报仇？为什么不用让自己更痛快更解气的法子？"

"月一鸣，你生来富贵，一定不知道市井里跟人打架的赌徒醉鬼是什么模样吧？他们的气力都用在逞凶斗狠上，我的气力不比他们差，但我更想留着那份气力做些有意义的事。我可以用你的法子，但那样除了增长我的戾气，于我无益。你问为什么，就是为了保证我上阵杀敌后解甲而归时，还有一颗不被戾气侵蚀的心。"

年少轻狂的人终究会死去，我也就是在一次次的年少轻狂中，死去千万次。

也包括这一次。

他说："你阅历太少，我虽勉强长你几岁，但已去过许多地方。有机会你就多出去转转。"

我在军营的历练期满，回程时，我便脱离队伍，去了很多地方。顺便去了一趟战友的老家，替他送家书。

回到扈沽城后，我被迫另立府门，父母不打算再管我。好在惠帝因为我献上的酷刑而十分看好我，我能在他身边混得如鱼得水，也亏了那些年的轻狂暴戾，不择手段。

说来有些好笑，彼时天生反骨的我一边看惠帝不顺眼，一边成了他身旁最得势的走狗。我看不起惠帝，看不起月氏，被惠帝和月氏联合打压得苟延残喘的崇文党我自然也看不起。

回到扈沽城就冲着升官加爵去的我已经做好了跟崇文党死磕到底的准备，谁料到那日天朗气清，我偏偏踏上了廊桥。

如果不是遇见她，我的年少轻狂不会死得那么透，毫无转圜余地。

她让我把一身反骨发挥到了极致。若没有她，我仍是做着友人口中"被戾气侵蚀了心的人"——为族人做事，为惠帝立业，为腐朽的朝代献出一生。有她之后，比起这些，我更愿意为她献出一生。

她去雅庐那年的上元佳节，月圆如盘。我在庐后，看见她抬着头举杯邀月:"扈沽城的月啊月,今夜我饮尽这杯酒,何时让我登琼楼呢?"

很久以后。在她死去以后。我也曾这般与月对饮。

"扈沽城的月啊月,今夜我饮尽这碗毒酒,何时让我去见她呢?"

烈酒灼心,毒汁一寸寸浸透骸骨。

她在西阁枯坐十年,我在世间独活七年,欠她三年没有补齐。来世再补吧。可是……

可是真当要死去的时候,我又那么不舍得。

不舍得这片我爱的人待过的地方,扈沽的清风廊桥,水上孤独的明月。此番我一去不回,清风廊桥该遇谁,孤山明月与谁把酒……秦卿的西阁又让谁来打扫?崇文遗作谁能修补?

"月一鸣,该走了。"

"可是,我舍不得啊。"

芦苇荡的湖水被霞光染成一片,我忍不住蹲身掬了一把,好像捧起了落日,世间所有暖意都在我手中。

这个玩笑,我也就讲给自己听了。

"走吧。"我将落日扔回水里,不屑一顾地拂了拂袍角,起身上马。

一片霞红中,我沿着夕阳的方向纵马驰骋,直到天地间只剩下我的影子。

我终于消失在这世间,再也没有醒来。

兴许……我该在翻身上马时回个头,意气风发地与你们笑。

看着你们在我身后挥手,齐声道别——

月一鸣啊,再也不见了。

图书在版编目（CIP）数据

孤月渡：全二册 / 且墨著. -- 北京：北京联合出版公司, 2024.4

ISBN 978-7-5596-7341-1

Ⅰ. ①孤… Ⅱ. ①且… Ⅲ. ①长篇小说—中国—当代 Ⅳ. ① I247.5

中国国家版本馆 CIP 数据核字（2023）第 254034 号

孤月渡：全二册

作　　者：且　墨　　　出 品 人：赵红仕
责任编辑：管　文　　　产品经理：槐　冬　韩孟迅

北京联合出版公司出版
（北京市西城区德外大街83号楼9层　100088）
北京联合天畅文化传播公司发行
天津光之彩印刷有限公司印刷　新华书店经销
字数 711 千字　710 mm×1000mm　1/16　印张 40.75
2024 年 4 月第 1 版　2024 年 4 月第 1 次印刷
ISBN 978-7-5596-7341-1
定价：79.80 元（全二册）

版权所有，侵权必究
未经书面许可，不得以任何方式转载、复制、翻印本书部分或全部内容。
如发现图书质量问题，可联系调换。
质量投诉电话：010-88843286/64258472-800